BECK & GLÜCKLER

Jean-François Vilar

Bastille Tango

Aus dem Französischen
von Christel Kauder

BECK & GLÜCKLER

Titel der Originalausgabe:
Bastille Tango

Deutsche Erstausgabe
1. Auflage 1990

Holbeinstr. 8, D - 7800 Freiburg
Übersetzung: Christel Kauder
Umschlagdesign: Book Graphics unter Verwendung eines Fotos von Deide von Schaewen
Satz: Barbara Herrmann, Freiburg
EP-Belichtung: Johannes Schimann, Pfaffenhofen
Druck und Bindung: May + Co, Darmstadt
Printed in West Germany

ISBN 3-924175-30-6

Furchtsam und erregt zugleich
betritt der Reisende die Stadt
wie eine Katze fremdes Territorium

Julio Cortázar

November 1984

Da saß er wieder, der nackte Mann. Trotz der hohen Rückenlehne und der Armstützen einer Art Zahnarztstuhl, auf den man ihn verfrachtet hatte, schien der Körper verrenkt, die zerschundene Brust vornübergesunken, angeschwollen, von schwärzlichen Flecken bedeckt, der Kopf nach hinten verdreht. Die Augen des Mannes waren verbunden.

Wie immer waren Ellenbogen, Handgelenke und Knöchel festgeschnürt, zweifellos mit Lederriemen. Die Fesseln zogen die Gliedmaßen nach hinten an den Sitz, was die unbequeme Haltung noch unterstrich und vor allem zu extrem gespreizten Schenkeln zwang. Um die dunkle Zone des Geschlechtsteils verliefen Drähte. Ich wußte, daß man beim Nähertreten Krokodilklemmen erkennen würde, die an den Hoden befestigt waren. Ebensolche waren an den Brustwarzen und den Lippen des schlaff herunterhängenden Mundes angebracht. Ich kannte diesen Mann gut. Ich hatte ihn in den letzten Nächten oft gesehen und gleich beim ersten Mal fotografiert.

Ich tat es wieder, als ob ich hinter sein Geheimnis kommen wollte.

In dieser Nacht erschien es mir notwendig, die schmutzige Ziegelsteinmauer direkt daneben, die verrottet und von anderen Aufschreien übersät war, als Motiv zu nutzen. Wenn man nur ein paar Schritte zurücktrat, konnte man außerdem ein Plakat als kleine Provokation in das Ensemble miteinbeziehen. Es war etwas verblichen und kündigte ein Konzert mit Susanna Rinaldi an. Tango.

Dieser Teil der Rue de Lyon war finster, das erlaubte ein gewagtes Vorgehen. Ich riskierte ein paar Großaufnahmen. Der grelle Schein des Blitzlichts ließ den gefolterten Körper noch starrer aussehen. Lauwarmer Schweiß lief mir in Strömen über den Rücken, während ich wieder und wieder den Auslöser betätigte, nahezu gleichgültig gegenüber den Autos und ihren Scheinwerfern, die weit hinten über die andere Welt der Fahrbahn strichen. Ich fühlte mich schuldig. Ohne größere Konsequenzen. Ein vertrauter Zustand.

Dieser hilflose Körper war nicht zur Ruhe gekommen. Nur eine winzige Atempause. Was anschließend passieren würde, konnte sich nur nach einer perfekten Gewohnheitslogik abspielen. Es würde wieder losgehen. Ein Bier, ein Witz, ein Sandwich, und sie würden weitermachen. So lange, wie es ihnen nötig erschien, zu jeder Zeit, die verlangt wurde, zu jeder Zeit, die ihnen gefiel. Sie waren die Herren.

Ich fotografierte die Rinaldi und dazu, am linken Rand des Bildausschnitts, die verkrampfte Hand des Opfers, die sich ans äußerste Ende der Armlehne klammerte. Ich hatte die vage Idee, daß die Fläche aus bröckelnden Ziegelsteinen zwischen diesem Gesicht und dieser Hand, zwischen Kabarett und Keller, das Eindringlichste war, das ich festhalten konnte. Eine Idee wie jede andere. Die Zeit verging.

Noch eine Sekunde, und die Schreie werden dasein, das nutzlose Gebrüll, die wahnsinnige Verzweiflung, daß man nicht rasch sterben konnte. Als ich das Bild ganz nah heranholte, sah ich genau diese Falte der Verbitterung im Winkel des zerschlagenen Mundes. Der Mann wird lange darum flehen, daß man ihm den Gnadenstoß gibt, daß man ihn endlich tötet. Bei jedem Wiedererwachen unter den eiskalten Wassergüssen wird er ungläubig die ihm innewohnende Zähigkeit verfluchen, die die Hölle verlängert.

Sie verstehen sich darauf, verstehen sich darauf, es in die Länge zu ziehen. Erstens hat man es ihnen beigebracht, und zweitens haben sie Erfahrung. Da gibt es den Arzt, der sich ein wenig im Hintergrund hält, beobachtet, Notizen macht, aufpaßt. Hier wird nicht einfach gestorben, nicht so leicht. Nicht so schnell.

Er wird sich winden, den Rücken an die Lehne des Sessels geschweißt, unfähig, auch nur für den Bruchteil einer Sekunde den Schmerz hinauszuzögern, den sie für ihn vorgesehen haben. Er wird reden, alles wiederholen, was er bereits gestanden hat, während sie ihm gar keine Frage mehr stellen. Die Namen, die Verstecke, die Kodes, alles. Alles, was sie wollen, aber was wollen sie? Sie wissen Bescheid. Sie wußten schon Bescheid, als er noch nicht nachgegeben hatte. Als sie ihm die Knöchel gebrochen haben. Oder als sie seine Frau vergewaltigt haben. Seine Geständnisse haben die Schmerzen nicht beendet, nicht einen Augenblick. Seitdem schreit er oder glaubt zu schreien, selbst wenn seine keuchende, heisere Stimme nur noch kümmerliche Klagelaute zustandebringt, die niemand hört.

Seine Schreie sind nur noch ein großes, banales Schweigen zum leisen Surren des Tonbandgeräts, das den zerschlagenen Körper erstarren läßt, oder zum Klirren der kleinen glitzernden Instrumente, die schneiden, zerreißen, herausreißen, verstümmeln. Sie lachen. Kaum weniger laut, seit sie nicht mehr versuchen, ihn zu provozieren. Sie reden nicht mehr von seiner Frau, die sie gefoltert und unzählige Male vergewaltigt haben. Er hat alles gesehen, man hat ihn gezwungen hinzusehen. Eines Tages – aber wie soll er unterscheiden, was Tag ist und was Nacht? – war sie nicht mehr da. Verschwunden.

«Verschwunden», haben sie ihm ins Gesicht gespuckt. Da hat er gedacht, daß es wenigstens für sie vorbei war, während er weiterhin ihrer methodischen Hartnäckigkeit ausgeliefert war. Er nahm es ihr übel, daß sie gestorben war, ihn allein gelassen hatte. Er hatte seine Folterer nicht beschimpft. Aus Angst, sie könnten sich eine neue Grausamkeit ausdenken. Oder er hatte es doch gewagt. Er erinnerte sich nicht mehr. Er schämte sich.

Ich machte ein letztes Foto von dem Plakat.

Nur eine Siebdruckzeichnung von äußerster, klinischer Realität, die irgend jemand mit verbissenem Eifer in gewissen Pariser Vierteln klebte. Zum ersten Mal habe ich sie eines Nachts in der

Rue des Lombards gesehen, mit Jessica. Sie war darüber verstört oder gereizt gewesen.

Meistens machten sich die Plakate in großer Serie breit, tapezierten einen ganzen Straßenabschnitt. Schon am anderen Morgen waren sie abgerissen oder überklebt.

Der Anschlag, den ich vor Augen hatte, an der Wand des Cafés *Au Hêtre de la Bastille* (ein hübscher Name: Zur Buche an der Bastille), hatte Aussicht, ein oder zwei Tage hängenzubleiben. Es bestand kaum Gefahr, daß er einen Ladenbesitzer störte. Die Geschäfte in den Arkaden unter den Geleisen der Gare de la Bastille, der ehemaligen Anlaufstelle für Reisende nach Vincennes, kündigten fast alle ihre baldige und endgültige Schließung an. Sanierungsgebiet. Im Zustand der Enteignung.

Dann fielen mir die breiten, feuchtglänzenden Spuren auf dem Körper des Gefolterten auf, die noch frischen Leimspritzer auf dem Asphalt. Das Plakat hing erst seit kurzem da. Ich ging zu meinem Fahrrad zurück.

Es war eine schöne Novembernacht, ungewöhnlich mild und von einem nur mäßig bewegten Himmel beherrscht. Es war spät, und zum ersten Mal seit mehreren Wochen fühlte ich mich wohl in Paris, als ob ein dumpfes, unklares Mißbehagen überstanden wäre. Das Plakat, das ich gesehen hatte, wollte mir etwas sagen und natürlich auch der Bruch mit Jessica vor knapp einer Stunde. Zeit für eine Fahrt durch die leicht verträumte Stadt; eine ziellose Fahrt, nur bestimmt von einer wiedererwachten Erregung. Ich hatte keinen Einfluß auf die Trennung gehabt, es interessierte mich wenig. Was zählte, war die Befreiung. Das Vergnügen über die beendete, abgeschlossene Affäre. In gewisser Hinsicht war Jessica eine schöne Affäre gewesen.

Ich entdeckte ein weiteres Plakat auf dem Eisengitter der Waffenhandlung Guyot. Es war frisch geklebt und hing genau unter dem übergroßen Arm, der ein Gewehr schwenkt und als Firmenschild dient. Sollte ich noch einmal anhalten? Ich war zu müde. Für diese Nacht war mein Soll an Bildern erfüllt.

Ich fuhr weiter. Bestimmt war der Kleber nicht weit. Ich stellte mir vor, daß er ungesellig und mißtrauisch war, nicht darauf erpicht, bei seiner Arbeit überrascht zu werden. In langsamer Fahrt näherte ich mich der Place de la Bastille und sah, daß sie angefangen hatten, den Bahnhof abzureißen.

Julio hatte mich vorgewarnt. Er hatte mir sogar den Beginn der Bauarbeiten genannt. Ich hatte es vergessen. Jetzt war es passiert. Zerstört die große Halle, der Park, die Auffahrten auf den Viadukt, der die Straße beherrschte. Geblieben waren nur verbogene Stahlträger, bis auf die Fundamente geschleifte Mauern, trostlose Haufen von Bauschutt, die sich gegen den sternenlosen Himmel abzeichneten. Ich machte so viele Fotos, wie es das bißchen Licht ermöglichte. Lediglich die Fassade des Bahnhofs stand noch, ein Schmuckelement, das sich mühsam behauptete. Nur eine Frage von Tagen. Hier würde man eine Oper bauen.

Ich hatte den Anfang der Angelegenheit verpaßt. Ich hatte ihn verpaßt, und ich wußte, warum. Gleichzeitig stieg eine irrationale, aber gesunde Wut in mir auf.

Jessica hatte all meine Zeit in Anspruch genommen. Ich hatte die ersten Stunden der Zerstörung dieser ganzen Ecke nicht fotografiert, nicht gesehen. Denn der Bahnhof war nur eine erste Etappe. Diese Nachlässigkeit gegenüber Paris war unverzeihlich. Das unbestreitbarste Zeichen meines Fehlers. Der bereits vollzogene Bruch nahm Form und Sinn an. Das ging fast ein bißchen zu schnell.

In diesem Augenblick beschloß ich, den Inhalt des dicken wattierten Umschlages, den Jessica mir vor ihrer Tür herausfordernd übergeben hatte, erst später zu lesen. «Geh, Victor, geh. Jetzt ist endgültig Schluß.» Der Umschlag war schon vorbereitet. Der Entschluß stand also vor dem Streit bereits fest. «Tu mir den Gefallen und hau ab.» Ich bin gegangen. Vor nun schon fast einer Stunde.

Ich bog auf den Platz ein. Prachtvoll, zerschlagen. Es war wie ein plötzlicher Rausch. Der Raum war frei. Natürlich müßte man wiederkommen, morgen und jeden Tag. Die laufenden Veränderungen in fotografischen Minuten festhalten. Ich legte einen Zwischenspurt ein und amüsierte mich bei dem Gedanken, daß das Ende meiner Beziehung zu Jessica nur dem Abbruch der Gebäude entsprechen konnte. Notfalls würde ich dafür sorgen. Ich fühlte mich wohl und trödelte in der Gegend von *Bofinger* und dann vor dem *Café des Phares* herum (wozu dienten diese Scheinwerfer überhaupt, die früher – wann genau? – auf die beiden Ecken des Gebäudes der *Banque de France* gerichtet waren?). In Paris und nur mit Paris verabredet zu sein; ich trat in die Pedale und jubilierte, was für ein Glück. Ich versuchte – eine schwierige Übung – so genau wie möglich der gepflasterten Trasse um die ehemalige Festung herum zu folgen. Dann fuhr ich in entgegengesetzter Richtung zurück und über den Boulevard Richard-Lenoir bis vor die Apotheke, die Pierre Goldman nicht angerührt hatte. Überquerte den Mittelstreifen und dachte an einen Spaziergang längs der rutschigen Uferstraßen des unten gelegenen Kanals. Grüßte auf der anderen Seite die Wohnung, die Kommissar Maigret zugeschrieben wird. In euphorischer Stimmung kurvte ich mehrmals im Zickzack um die Julisäule herum, nahm endlich das Territorium wieder in Besitz. Ich kreiste seit ein paar Minuten, als ich den Mann sah, der seine Plakate klebte.

Das starke, runde Gitter, das das Fundament der Säule umgibt, verdeckte ihn teilweise. Er schien mich nicht bemerkt zu haben. Ich stellte mein Fahrrad ab, trat näher, beobachtete ihn. Eine hochgewachsene Silhouette, mager und muskulös; flinke, fast fieberhafte, präzise Gesten. In wenigen Sekunden war es getan, ein weiteres Bild des Gefolterten breitete sich an der Wand aus. Die eindrucksvolle Serie bedeckte bereits fast den gesamten Umfang des Säulenschafts.

Zuerst schlich ich gebückt voran, dann, auf den letzten Metern, kroch ich beinahe. Der Mann war ganz auf seine Arbeit konzentriert. Das Blitzlicht wirkte auf ihn wie ein Schuß. Einen Augenblick war er verblüfft. Nicht lange. Die

Geschwindigkeit, mit der er sich auf mich stürzte, brachte mich aus der Fassung. Er packte mich am Kragen und drückte mich brutal gegen das Gitter. Meine Stirn stieß an die Bronze.

– Idiot!

Der Mann hatte sehr schöne helle Augen, die jetzt vor Wut weit aufgerissen waren. Eine Strähne seiner störrischen glänzenden Haare hatte sich gelöst und hing ihm in die Stirn. Ich fühlte, wie mir ein feiner Strahl einer warmen Flüssigkeit an der Schläfe herunterlief.

Mit der einen Hand hielt er mich kraftvoll fest. Mit der anderen versuchte er, mir den Apparat abzunehmen. Wegen des Gitters, das uns trennte, war ich sicher, daß es ihm nicht gelingen würde. Es kam nur darauf an, wie lange er brauchte, um sich davon zu überzeugen. Er sah nicht aus wie ein Dummkopf, wirkte nicht einmal unsympathisch. Fest gegen den Boden gestemmt, wartete ich, daß er der Sache überdrüssig wurde.

Der Platz war immer noch menschenleer. Ein seltenes Ereignis. Der Plakatkleber und ich befanden uns in einer lächerlichen Position. Ich hatte den Eindruck, daß ihm das mit jeder Sekunde klarer wurde. Freund oder Feind? Einfach ein Störenfried oder eine echte Gefahr? Seine wasserblauen Augen taxierten mich. Eine Mischung aus Angst und Brutalität. Er machte Anstalten, aufzugeben.

– Dämlicher Idiot! wiederholte er überflüssigerweise.

Ein Wagen, der offensichtlich auf Kundschaft aus war, fuhr langsam vorbei, entfernte sich wieder.

Sicher weil ich darauf gefaßt war, gelang es mir ohne Mühe, den Messerstoß zu parieren, den der Mann mir versetzen wollte. Die Klinge schlug an die breiten Stäbe des Gitters, das Messer entglitt ihm, fiel auf den Boden. Ein schönes Laguiole mit Horngriff. Ich stieß es mit dem Fuß weg. Ich hatte das gleiche in der Tasche, es schien mir unangebracht, es herauszuholen. Erstaunlicherweise lockerte sich der Griff an meinem Kragen ein wenig.

Vom Boulevard Beaumarchais ertönte jetzt das Geräusch einer Sirene. Gellend, aggressiv, noch weit weg, aber nicht mehr lange. Die Sirene einer Nachtstreife. Meine Stirn stieß erneut an das Gitter. Ich wußte nicht so recht, wie ich ihm sagen sollte, daß womöglich der Augenblick gekommen war, mit dem Spiel aufzuhören.

Er würde meinen Fotoapparat definitiv nicht bekommen. Damit das klar war.

Als das gellende Geräusch der Sirene bedrohlich laut wurde, ließ der Typ los. Die blauen Augen blinzelten. Endlich befreit, bückte ich mich, um das Laguiole aufzuheben. Die Bullen waren nur noch zwei oder dreihundert Meter entfernt. Man konnte deutlich das kreisende Blaulicht erkennen, das über den schönen, schnurgeraden Boulevard huschte.

– Hier, nimm.

Er griff nach dem Messer, schob es in die Gesäßtasche seiner Hose. Schnell und ungeschickt kletterte ich über die Absperrung und konnte nicht verhindern, daß ich an der Spitze eines Gitterstabes hängenblieb. Meine Jacke wurde ein wenig in Mitleidenschaft gezogen.

Mechanisch half mir der Plakatkleber auf den Boden. Er verstand nicht ganz, was ich tat, ich übrigens auch nicht. Der Streifenwagen war jetzt ganz nah. Teils aus Spiel, teils, weil ich keine Lust hatte, die Nacht mit einer notwendigerweise lästigen Ausweiskontrolle zu beenden, preßte ich mich auf die Steinplatten am Boden. Der Typ tat es mir nach.

Mit quietschenden Reifen und ohne ersichtlichen Grund voll aufgedrehter Sirene fuhr der Polizeiwagen vorbei. Zweimal. Man suchte uns nicht, man fand uns nicht. Ich tupfte das Blut ab, das mir an der Stirn herunterlief, während der Lärm in Richtung Rue Saint-Antoine verebbte. So auf den Boden gepreßt, in gewisser Weise vor allem geschützt, fühlte ich mich glücklich. Ein paar Sekunden hatten gereicht, damit die Kälte des Bodens sanft in mir hochkroch. Es war genauso angenehm wie all die letzten Nächte, in denen ich im kaum zerwühlten Bett eingeschlafen war, nackt, das Fenster zum Kanal geöffnet.

– Zigarette?

Der Typ bediente sich aus meiner Gauloises-Packung. Die Freiheit, die ihre Ketten zerbricht, ragte erstarrt zweiundfünfzig Meter über uns hinaus in die Höhe. Schweigen breitete sich aus. Eine Zeitlang schien es meinem Gefährten recht zu sein.

Ich rückte den Umschlag von Jessica in meiner Tasche zurecht. Er konnte warten. Morgen. Später. Die Zeit dieser Frau würde nie mehr die meine sein. Ihre endgültigen Worte brauchten nicht mehr so dringend gelesen zu werden.

Eines Nachts waren sie und ich bis oben auf

die Säule geklettert. Eine Nacht der fröhlichen Demonstration, in der man sich viel zu zahlreich auf der spiralförmigen Treppe drängelte, was die bronzene Säule zum Beben brachte. Da oben, im Schatten des gewaltigen Genius' war mir fast schwindelig geworden beim Anblick dieses Bildes von Paris, das ich nie gesehen, nie aus dieser Perspektive gesehen hatte. Angst hatte mich erfaßt, brutal wie ein Schlag in den Magen, und war sehr schnell vertrieben worden vom Glück über dieses verrückte Spektakel aus Tänzen, Freudenfeuern am Boden und Gewitterblitzen am Horizont. Man drängte sich in einer Art panischer Hochstimmung zusammen. An das Geländer geklammert, fühlte ich in meinem Rükken Jessicas Körper. Die Säule schwankte, dessen war ich sicher. Zu viele Leute, zuviel Gewicht. Der unglaubliche Unfall, der Einsturz schienen mir unvermeidlich. Jessica führte meine Hand, versuchte rücksichtslos, sich zu befriedigen. Unten wurde eine nachgestellte Barrikade von Schaulustigen oder Demonstranten aufgelöst. Man hörte undeutlich eine *Carmagnole* aufsteigen. Vor dem Paramount-Kino wurde getanzt.

Schade, daß die Säule in jener Nacht nicht gefallen war.

Immer noch am Boden liegend, richtete sich der Mann auf einem Ellenbogen auf. Es war die Stunde, in der die Bartstoppeln sprießen. Sein Gesicht war dadurch noch dunkler. Er musterte mich eingehend, besänftigt, mit einem Rest von Mißtrauen.

– Wie geht's?

– Gut.

Er drückte seine Kippe aus, klopfte sich etwas Splitt von der Kleidung, probierte ein nicht sehr selbstsicheres Lächeln.

– Was willst du mit den Fotos anfangen?

Ich beruhigte ihn.

– Nur zum privaten Gebrauch. Nichts zu befürchten, kann ich dir versichern. Aber du mußt mir natürlich nicht glauben.

Ich hatte ihm den Apparat zugeschoben und gleichzeitig das andere Laguiole hervorgeholt, mein eigenes. Ein wirklich schönes Messer, das gut in der Hand liegt und sehr nützlich ist. Man muß nur damit umgehen können. Ich kann es ein wenig. Zumindest versuche ich mir das einzureden. Ich erinnere mich an die Worte aus einem Tango: «Wenn du ein echter *compadrito* bist, mußt du zuerst dein Messer ziehen».

– Gib mir noch eine Zigarette, sagte der Typ.

Ich schaffte es, ihm eine anzubieten und zugleich das Messer gezückt zu halten. Aber diese Macho-Konfrontation wurde mir allmählich zu blöd. Er und ich, und höchstwahrscheinlich er besser als ich, kannten sämtliche Rituale dieser Art. Mein Laguiole war nur das Souvenir einer Frau, die ihre Austern mit einer Klinge aufspießte. Ein Geschenk. Ich steckte es weg. Ich war müde.

– Wenn du mir nicht traust, kann ich dir den Film geben.

Es war nicht mehr der Zeitpunkt, an dem ich mich um so etwas schlagen würde, ohne mich zu schämen. Mit unbewegtem Gesicht schob er mir den Apparat wieder zu. Ich sagte ihm dann, daß ich seine Plakate schon seit längerem kannte, daß sie meine Neugier weckten, daß ich sie fotografierte, daß sie dazu bestimmt waren und daß er mir nicht auf den Wecker gehen sollte, weil ich sein Spiel spielte und niemand ihn gezwungen hatte, sich auf frischer Tat ertappen zu lassen. Der Tagesanbruch war nicht mehr fern. Die Kälte nahm zu.

– Wie heißt du?

Der Boden vibrierte. Die erste Metro. Ich sagte, daß ich Victor heiße.

– Victor?

– Richtig. Wie das Restaurant da unten.

Ich zeigte mit dem Finger auf das Vordach der Kneipe zwischen *Brasserie Pschorr* und *Pizza Juventus*, in der Nähe der Passage Damoye.

– Gehört sie dir?

– Nein. Aber da mir dieser Platz gefällt, finde ich es amüsant. Und du? Wie heißt du?

Er kniff die Augen zusammen, seine Haut spannte über den Backenknochen. Dieser Mann hatte etwas von einem Indio oder besser, von einem Andenbewohner. Er lächelte, verzog das Gesicht. Ziemlich viel Koketterie alles in allem.

– Oscar.

Ich lehnte mit dem Rücken am Gitter und war bereit, mir egal was anzuhören. Oscar? Auch gut. Blieb der Akzent. Woher kam er? Ein paar Autos fuhren vorbei. Dann schob sich eine Wolke vor den Mond. Wieder vibrierte der Boden. Ich könnte Jahrhunderte so stehenbleiben und mir selbst Geschichten erzählen. Und im übrigen war der Bruch mit Jessica ein Fehler. Ich mußte es ihr sagen, die richtigen Worte finden. Oder hier auf sie warten. Sie würde mich finden, hatte es immer gekonnt.

– Spanier?

Seine Gesichtszüge verhärteten sich. Es war die falsche Frage, was machte das schon. Er war Oscar oder was immer er sein wollte. Spanier oder Lateinamerikaner. Wahrscheinlich ein Latino. Chilene oder Argentinier mit einem Elternteil, das aus den Bergen stammte. Ich sagte ihm nicht, daß einige meiner Freunde und die Frau, die ich liebte, aus Südamerika kamen. Paris interessierte mich, er nicht mehr.

Um uns herum erwachte das Leben. Ein beharrliches Getöse, das zunimmt, das Terrain erobert, isoliert. Ein grünweißer Müllwagen fuhr vorbei, unbestimmbare Wagen in immer größerer Zahl. Ich stand auf.

Ich stützte mich mit der Kamera ab und machte ein paar Aufnahmen von den Überresten des Bahnhofs, vom Paramount-Kino, vom *Tour-d'Argent*. Es war höchste Zeit, alles würde verschwinden. Ich fröstelte. Wegen der Kälte und überhaupt.

Da sich Oscar außerhalb des Blickfeldes wähnte, wagte ich noch ein Foto von den Plakaten. Quast und Eimer in der Hand, wartete er ungeduldig.

– Hilfst du mir?

Ich nahm den Quast. Erzählte ihm, daß Freunde von mir sich ebenfalls jede Nacht an den Wänden zu schaffen machten, mittels Schablonen Zeichnungen übertrugen, Graffiti sprühten oder Werbeplakate mit großen Pinselstrichen entstellten, bis sie wie gefälschte naive Malereien aussahen. Mi Noche Triste, Blek le Rat, Miss Tic, die Musulmans Fumants, Marie Rouffet...

– So etwas mache ich nicht, sagte Oscar ernst. Ich bin nicht wie sie.

Na, wenn er es sagte! Ich nahm eins der zusammengerollten Plakate aus der khakifarbenen Leinentasche, die vor seinen Füßen stand, legte es an den steinernen Sockel und bearbeitete es kräftig mit dem Quast. Der Leim bespritzte meine Jeans.

Oscar taxierte meine Arbeit.

Ich wischte mir die Hände ab. Aber nein, das Plakat war unten ein bißchen zerknittert. Deswegen konnte man die Riemen, die die Knöchel zusammenschnürten, nicht richtig erkennen. Das Ganze wirkte jedoch nur, weil die Strichführung so unbarmherzig genau war. Ich löste sorgfältig das feuchte, empfindliche Papier und glättete es, wie es sich gehört. Oscar sah keine Notwendigkeit, diesen absonderlichen Perfektionismus zu kommentieren. Vielleicht dachte er darüber gar nicht nach. Es waren nicht mehr viele Plakate in der Tasche. Gerade genug, um den Sockel der Säule ganz zu bekleben. Es war besser, sich zu beeilen. Ringsherum erreichte der Verkehr allmählich seine normale Dichte. Oscar legte ein Plakat zurecht, ich ging wieder mit dem Quast darüber.

– Was ist das für eine Zeichnung? Hast du sie gemacht?

Oscar nahm mir den Quast aus der Hand und beendete die Arbeit mit ein paar exakten Gesten. Der gesamte Schaft war jetzt tapeziert, und es sah schön aus, ja, schön. Aber er legte keinen Wert darauf, sein Werk zu bewundern.

– Laß uns abhauen.

Während ich wieder fotografierte, schüttete er den restlichen Leim aus, der am Boden des Eimers klebte, säuberte das Gefäß rasch mit einem Lappen, den er von irgendwo hergezaubert hatte, und verstaute alles mitsamt dem Quast in seiner Tasche. Dann machte er eine abrupte Bewegung und legte seine Hand auf mein Objektiv. «Nichts da!»

– Nichts da! Kein Foto von mir. Ich bin nicht wie deine Freunde. Ich will keine Reklame. Hast du mich geknipst?

– Du weißt genau, daß ich es nicht getan habe, nur die Plakate. Gehen wir?

Wir gelangten ohne Schwierigkeiten auf die andere Seite des Gitters, harmlose Gaffer, die schon früh unterwegs sind. Ich zeigte Oscar meine leimverschmierten Hände. Er half mir, eine Zigarette anzuzünden. Ein Mannschaftswagen der Polizei fuhr vorbei. Unser Werk ließ sie völlig gleichgültig.

– Zur Zeit der Kommune wurden nach den Kämpfen in diesem Viertel und anderswo die Verdächtigen erschossen, die zwar nicht Leim, aber Pulver an den Händen hatten.

– Tatsächlich?

Das interessierte ihn wahrscheinlich nicht.

Ich wollte die Idee weiterverfolgen. Oscar von der Blutigen Woche berichten, von den Versuchen der Aufständischen, die Säule mit einer Kanone niederzuschießen. Ich wollte ihm die Anekdote von dem Lastkahn erzählen, der mit

Reisigbündeln beladen war und den man durch den unterirdischen Kanal bis unter den Bronzeschaft getreidelt und angezündet hatte. Die sterblichen Hüllen einiger revolutionärer Märtyrer waren dabei verkohlt. Ein paar Mumienreste, alte Erinnerungen des Ägyptenfeldzuges, die dort irrtümlich gelagert waren, erlitten das gleiche Schicksal. Aber Oscar, dessen Blick sich etwas zu beharrlich in den luftigen Höhen des Juli-Genius' verlor, unterbrach mich mit einer unwilligen Geste.

– Manchmal, in gewissen Ländern verhaftet und tötet man. Nicht nur die Leute, die Pulver an den Händen haben. In diesen Ländern gibt es nicht mal Verdächtige. Jeder ist schuldig.

An der Achse Rue du Faubourg-Saint-Antoine hellte sich der Himmel auf. Es war immer noch sehr früh. Oscar langweilte mich. Seine billigen Effekte hatten ihre Grenzen. Wenn ihm wirklich daran lag, konnte ich auf die Todesschwadronen oder die AAA, auf die Entführungen, auf die Fords der Marke Falcon, die «Verschwundenen» zu sprechen kommen. Ich konnte. Und nicht nur, weil Jessica und ihr Bruder Julio sowie ein paar ihrer Freunde durch die Keller der Marineakademie in Buenos Aires gegangen waren. Sie waren wieder herausgekommen oder hatten fliehen können. Waren zurückgekehrt. Sie hatten Glück gehabt, ja, Glück! Sie sprachen wenig darüber.

Jessica hin oder her. Ich habe schon immer gewußt, daß man in den Städten verschwindet.

Aber Jessica hatte mir natürlich doch etwas erzählt. In dem bruchstückhaften Ausmaß, in dem sie sich überhaupt dazu äußern konnte. Es geschah stets auf unvorhersehbare Weise. In Schüben und mit bemerkenswerter Besessenheit, das richtige Wort zu finden, beschrieb sie die Tatsachen, ruhig, als ob sie sich auf gar keinen Fall von Zorn oder Schmerz übermannen lassen wollte.

– Das haben sie mit mir gemacht.

Dann berichtete sie, wie ein Protokoll aufgenommen wird.

Die gleichen Riemen, die gleichen Zangen. Zahnarztstuhl oder rauher weißer Holztisch. So rauh, daß die Splitter im Rücken manchmal unerträglicher waren als die Elektroschocks an den intimsten Stellen.

– Hauptmann Ortiz schloß die Elektroden an einen Löffel an, den er in die Vagina einführte. Wegen der größeren Wirksamkeit. Es war furchtbar.

Sie standen alle rund herum. Mit ihrem Lachen, ihren Bierflaschen, ihrem Geschlechtsteil.

– Meistens vergewaltigten sie mit Flaschenhälsen. Kein Sperma im Fall einer Nachforschung.

Nachforschungen hatte es nie gegeben.

Jessica sprach wenig darüber. Immer herrschte danach lange Zeit Schweigen. Manchmal mußte sie sich übergeben. Meistens bat sie mich, sie allein zu lassen, zu gehen, bitte geh!

Ich hatte zu Oscars Plakaten nichts zu sagen. Keine Vertraulichkeiten zu machen.

– Gehen wir uns aufwärmen?

– Einverstanden.

Ich nahm mein Fahrrad, schob es über die Fahrbahn. Alle Cafés am Platz waren noch geschlossen. Wir überquerten die Straße in Richtung Rue de la Roquette. Es war kalt. Heute morgen begann ernsthaft der Winter.

– Ein Freund von mir wohnt dort.

Wo? Ich zeigte Oscar den Eingang zur Passage du Cheval-Blanc. Es war weit über fünf Uhr morgens. Das konnte der richtige Zeitpunkt sein für einen Kaffee, einen frühen Weißwein, einen späten Bourbon. Oder für einen Mate. Es ist immer Zeit für einen Mate. Das hatte Julio mir beigebracht, Jessica nicht so sehr. Sie verachtete alle Rituale.

– Wer ist dein Freund?

– Julio. Er ist Filmvorführer in dem Kino da. Dem Paramount.

Ich sagte ihm nicht, daß er Jessicas Bruder war. Es war ziemlich unwichtig für Oscar, zu wissen, wer Jessica war. Als wir das Gitter passiert hatten, hallten unsere Schritte unter dem Portalvorbau der Passage. Bei unserem Näherkommen flüchtete eine Katze ohne besondere Eile. Ein dicker grauer Kater. Mein Fahrrad holperte über das unregelmäßige Pflaster. Ich mag diese Passage. Immer noch.

– Julio? Woher kommt er?

– Aus Buenos Aires.

Er beendete seine Arbeit spätabends und konnte danach nie sofort einschlafen. Er bastelte in seinen Nächten lieber an Filmen herum.

– Filme?

– Er macht sie selber, aus Schnipseln, die er wiederverwendet.

Er montiert alles mögliche zusammen, macht

eine Art Experimentalkino. Nur für sich selbst. Für den jeweiligen Augenblick.

Julio könnte das alles sehr gut selber erklären, wenn er wollte. Oscar würde sich zurechtfinden, wenn er Lust dazu hätte in der kleinen Wohnung in der Cour de Janvier.

– Cour de Janvier?

In der Passage du Cheval-Blanc gibt es eine Reihe von Höfen. Ich weiß nicht, warum, aber jeder dieser Höfe trägt den Namen eines der ersten sechs Monate des Jahres. Julio wohnt in der Cour de Janvier.

Der graue Kater beobachtete uns aus sicherer Entfernung und machte Anstalten, sich die Pfoten zu putzen. Ich stellte mein Fahrrad ab, befestigte die Diebstahlsicherung.

– Ein Mate, das ist genau das richtige. Darauf habe ich jetzt Durst. Kommst du?

Ich drehte mich um, wollte Oscar zu der Treppe mit den knarrenden Stufen und dem defekten Minutenlicht führen. Oscar war verschwunden. Man kann durchaus sagen, daß das für mich in der Logik der Dinge lag. Ich bedauerte nur, daß ich ihm kein Plakat gestohlen hatte. Als Souvenir oder als Pfand.

Cour de Janvier

**Auf der Straße und in mir –
kein Unterschied.**

Ballade pour un fou,
A. Piazzola, H. Ferrer.

Jessica nahm das Sektglas, das Edgardo ihr reichte, leerte es mit einem Zug, schnalzte mit der Zunge und brach in lautes Gelächter aus. Einige Gäste drehten sich um. Ich wußte alles über dieses schallende, herausfordernde Lachen, die Kinnbewegung, die es begleitete, eine Methode, mit der sie herausstellen wollte, daß ihr Lachen nie geheimes Einverständnis sondern stets Provokation bedeutete. Edgardo entfernte sich. Wie immer sah er ohne sein Bandoneon ein wenig verloren aus. Ein anderer kam heran, legte seine Hand auf Jessicas Arm.

Für diesen Abend, an dem das La Boca eingeweiht wurde, hatte sie ihr schweres braunes Haar zu einem strengen Knoten geschlungen. Ein zerbrechlicher Nacken, leicht knochige Schultern. Die sehr dünne Seidenbluse verhüllte ihre Brüste ziemlich unvollkommen.

– Der große Bruch zwischen euch dauert an, möchte man meinen.

Marc servierte mir ein großes Glas Bourbon.

– Normalerweise haltet ihr nicht so lange durch. Ist es wirklich ernst?

Ein bestimmter Tango, ich weiß nicht mehr, welcher, erklärte das sehr gut. Daß die Brüche, die Kämpfe, die Kriege auch ein Fest sind. Ich hätte versuchen können, Marc diese Dinge zu erläutern. Nicht unbedingt Sensationen. Es konnte also leicht passieren, daß es ihn nicht besonders interessierte. Seine Vorliebe für gewinnbringende Unterhaltungen war bekannt.

Der Mann, der neben Jessica stand und sie begleitete (er begleitete sie, nicht umgekehrt), beunruhigte mich nicht. Ich kannte die Sorte gut: ein wohlsituierter Fünfzigjähriger, der sich zugleich seines Charmes und seiner Grenzen bewußt war. An diesem Abend war sich der Typ nicht sicher, ob er am richtigen Platz war, das passende Jackett gewählt hatte. Trotz seiner Weltläufigkeit und seiner ausgezeichneten Erziehung fühlte er sich nicht ganz wohl in diesem kleinen Kreis entwurzelter Emigranten und leicht ausgeflippter Künstler. Er versuchte, sich umsichtig anzupassen. Jessica umarmte ihn. Zur akustischen Untermalung sang Gardel *La Cumparsita*.

– Man hat mir allerhand über diesen Typ erzählt, sagte Marc. Er ist noch nicht lange in Paris. Er besitzt Talent oder Macht, ich weiß es nicht mehr. Er heißt Baxter.

– Baxter wie?

– Einfach Baxter.

Was immer die Verdienste oder Mängel dieses Mannes waren, für Marc war er noch keinen Artikel wert. Also existierte er nicht. Dagegen lohnte das La Boca durchaus ein paar Zeilen in der morgigen Zeitung. Er bestand darauf, daß ich ihm Rita vorstellte.

Ihre Idee, ein ehemaliges Lager in der Cour d'Avril in ein Tangolokal umzuwandeln, war weder besonders originell noch besonders dämlich. Sie lag ganz im Trend der Entwicklung des Viertels, die man ohne Mühe voraussehen konnte. Rita hatte gar nicht schlecht getippt. Hier würde man Tango hören und tanzen. Würde trinken und plaudern. «Ich möchte, daß das La Boca zum Treffpunkt der *compadres* wird», hatte Rita mir mehrfach gesagt. Für sie und unter Berücksichtigung der Traditionen dieser Gegend war ein *compadre* ein «schicker Indianer».

– Gefällt's dir? fragte sie mich.

Ich versicherte ihr, daß ich gern bereit war, mich an ihre Spelunke zu gewöhnen. Dann stellte ich sie einander vor. Auf der einen Seite Marc, Direktor der Zeitung *Le Soir*, dem ex-*Grand-Soir*. Zweihunderttausend Leser. Auf der andern Rita, japanischer Abstammung, Wahlargentinierin, Wohnsitz Paris.

– Eine Japanerin, die einen Tangoschuppen aufzieht, ist das nicht ein bißchen paradox?

– Die Argentinier, erwiderte Rita, werden mit dem Rücken zur Pampa und dem Blick auf Paris geboren. Das sagen sie selber. Ich dagegen komme aus Tokio und träume von Buenos Aires. Aber ich ziehe es vor, in Paris zu leben. Wußten Sie überhaupt, Herr Journalist, daß der Tango aus Japan kommt?

Sie entfernte sich lachend und schlug Marc vor, als Interviewer erst wiederzukommen, wenn er seine Hausaufgaben gemacht hatte. Es geschah ihm selten, daß er verunsichert war. Jetzt war er es.

– Aus Japan... der Tango?

– Sie hat eine ganze Theorie darüber, die sie dir stundenlang erklären kann. Was hältst du von ihr?

– Sie ist sehr schön.

Ein paar Meter von uns entfernt schwadronierte Jessica. Eine Gruppe umringte sie, das war nichts Neues bei ihr. Ich sah Julio, der sich mitten durch das geschwätzige Gewimmel einen Weg zu uns zu bahnen versuchte.

– Du solltest ein paar Fotos machen, sagte Marc zu mir. Ich werde ein oder zwei als Illustration für meinen Artikel nehmen.

Marc wollte höchstpersönlich zur Feder greifen für einen Artikel in der Klatschspalte? Dann wäre das La Boca also ab morgen der Treffpunkt für jede hergelaufene Schicki-Micki-Type. Ich verzog das Gesicht.

– Keine Fotos im Augenblick.

– Wie, keine Fotos? Überhaupt nicht mehr?

– Du sagst es.

Das verblüffte ihn total, diesen Schwachkopf, weil er seit fünfzehn Jahren daran gewöhnt war, mich auf Teufel komm 'raus fotografieren zu sehen. Darüber und auch über alles andere war ich ihm keine Erklärung schuldig. Seit November herrschte bei mir Funkstille.

Trotzdem hatte er recht. Im Saal boten sich hübsche Portraits an. Marti der Maler, der auf einer Papiertischdecke kritzelte. Edgardo, über sein Bandoneon gebeugt und von Anhängern umringt, die von seinen jazzigen Tangoimprovisationen gefesselt waren. Ruben, der düstere Schriftsteller, der immer wieder an sein Exil und seine Unfähigkeit dachte, das wahre große Buch zu schreiben. Die Leute von Mi Noche Triste, die Gruppe von Pflastermalern und ihre Freunde, verrückte Sprayer und Graffitiexperten.

– Sieh an! sagte Marc. Jacob ist da.

Er zeigte mir einen mittelgroßen Mann, dem jedes weitere nennenswerte Merkmal so auffällig fehlte, daß es schon wieder beachtlich war.

– Ein Anwalt, erläuterte er.

– Deiner?

– Ich habe keinen Anwalt. Wie soll ich jemandem Vertrauen schenken, der bereit ist, meine Verteidigung zu übernehmen? Nein. Aber es ist logisch, daß er hier ist. Er hat jede Menge Latinos als Klienten.

Julio hatte sich endlich zu uns durchgeschlagen. Es lag nicht nur am Gedränge im Saal, daß er so langsam vorangekommen war. Er hatte ganz schön getankt. Wieder wollte ich die Vorstellung übernehmen, aber Marc bat uns, ihn zu entschuldigen. Ein Fotograf hatte angefragt, ob er ihm ein paar Minuten gewähren würde, das konnte er nicht ablehnen.

– Guck dir das an, sagte ich zu Julio.

Marc war es wert, fotografiert zu werden, und er wußte es. Wohlfrisiertes Haar, gestreifter Zweireiher, das Glas in der Hand, so posierte er. Echter als in Natur. Für ein paar Fotos mehr übertrieb er auch gern: desillusionierte Miene, fetter, fleischiger Nacken. Die Asche seiner Zigarette fiel herunter, verteilte sich auf seinem Kragen. Der Kollege knipste, Marc lächelte.

– Das wird ein prima Bild. Ich gebe mir schon ziemlich lange keine Mühe mehr, als smarter Bursche durchzugehen.

Da Julio für die Rubrik «Leute» sichtlich nichts hergab, entfernte sich Marc schweren Schritts.

– Ein komischer Mann, sagte Julio.

Ich hatte lange Zeit gedacht, daß Marc sich zu einem leicht verkommenen Typen entwickelt hatte, was er nicht immer gewesen war. Ein Gedanke, den ich vielleicht überprüfen sollte. Aber im Stande der Gnade war er sicher nicht mehr. Wir kannten uns schon ewig und hatten, wie es schien, einige gemeinsame Utopien. Ein für allemal und seit Jahren hatten wir darauf verzichtet, uns über irgend etwas aufzuregen, was es auch sei. Ich amüsierte ihn, ich verachtete ihn. Wir brachten uns gegenseitig Dinge bei, als Kumpel. Was jede Vertraulichkeit über unser wahres Leben ausschloß.

– Immer noch einverstanden mit dem geplanten Ausflug?

Mehr denn je. Ich wollte den Bewaffneten Arm wirklich haben.

Weiter hinten verrutschte der Träger von Jessicas Bluse, enthüllte ihre Schulter ganz und entblößte beinahe eine Brust. Wie spät mochte es sein?

Zuerst verabschiedete sich Edgardo, er wollte sich ein Taxi suchen. Danach konnten wir alle den Ablauf der Ereignisse verfolgen, obwohl das Ganze sehr schnell ging. Obwohl es dunkel war.

taling is bedongen, kan de patiënt/consument geen enkel recht doen gelden aangaande de uitvoering van de bestelling
dongen vooruitbetaling heeft plaatsgevonden.
e plicht om onjuistheden in verstrekte of vermelde betaalgegevens onverwijld aan de apotheek te melden.
t tijdig aan zijn betalingsverplichting(en) voldoet, is deze, nadat hij door de apotheek is gewezen op de te late
/consument een termijn van 14 dagen heeft gegund om alsnog aan zijn betalingsverplichtingen te voldoen,
ze 14-dagen-termijn, over het nog verschuldigde bedrag de wettelijke rente verschuldigd en is de apotheek
gerechtelijke incassokosten in rekening te brengen. Deze incassokosten bedragen maximaal: 15% over
r de volgende € 2.500, en 5% over de volgende € 5.000 en 1% over de volgende € 190.000.
De apotheek kan ten voordele van de patiënt/consument afwijken van genoemde bedragen en

atie en daarbij behorende administratie gegevens tot volledig bewijs op grond waarvan de
en.

den is Nederlands recht van toepassing.
onderworpen overeenkomst betreffen of daarmee verband houden,
chter. Nederlands recht is van toepassing.

n.

rden
ekers in Nederland, de Koninklijke Nederlandse
den opgesteld. Deze algemene voorwaarden zijn een
akt tussen de apotheek en u, zijn deze algemene
arden zijn van toepassing als u bij de apotheek op
d van afspraken tussen uw verzekeraar en de
n zullen u voor of bij het sluiten van een
aarden doordat deze opgehangen zijn
erlijk 14 dagen na de datum van de
teld hebt bij de apotheek dat niet
u besteld had.

Versie 2018

DUPLICAAT

Apotheek H...
Weert
Hoogstraat 27 / ...
6001 El W...
www....

** L = tot. btw-laag: € 1,41 H = tot. btw-hoog: € 0,00

totaal huisarts	totaal specialist	totaal diversen	totaal gvs/ebv	totaal materiaalkosten
0,00	17,11	0,00	€ 0,00	€ 3,73

nr. 068264 en Contantnota: nr. 4099181

€ 17,11
Contant Voldaan

...iver, H = Huisarts, S = Specialist, V = Verlos of Verpleegkundige, T = Tandarts, P=Psychiater, D = Diversen,
...er, GVS = Bijbetaling eigen bijdrage, WMG = Wet Marktordening Gezondheidszorg, MK = Materiaalkosten
...0 0176909 90 • KvK 13023244 • BTW NL006300893B01 • AGB 02009618
...zijn de Algemene Verkoop- en Betalingsvoorwaarden van toepassing zoals gedeponeerd bij de Kamer
...glanden (Hr. 40409373 / 11 Februari 2009).

Apotheek H...
Weert
Hoogstraat 27 / ...
6001 ET ...
www.h...

L010B2

** L = tot. btw-laag: € 1,41 H = tot. btw-hoog: € 0,00

totaal huisarts	totaal specialist	totaal diversen	totaal gvs/ebv	totaal materiaalkosten	
0,00	17,11	0,00	€ 0,00	€ 3,73	**€ 17,11**

Debiteurnr. 068264 en Contantnota: nr. 4099181

Contant Voldaan

* = Code voorschrijver, H = Huisarts, S = Specialist, V = Verlos of Verpleegkundige, T = Tandarts, P=Psychiater, D = Diversen,
ZI-nr. = artikel nummer, GVS = Bijbetaling eigen bijdrage, WMG = Wet Marktordening Gezondheidszorg, MK = Materiaalkosten

IBAN NL39 RABO 0176909990 • KvK 13023244 • BTW NL006300893B01 • AGB 02009618

Op al onze transacties zijn de Algemene Verkoop- en Betalingsvoorwaarden van toepassing zoals gedeponeerd bij de Kamer van Koophandel voor Haaglanden (Hr. 40409373 / 11 Februari 2009).

50%. Wanneer vooruitbetaling ...
of dienst(en), voordat de bedonge...
12. De patiënt/consument heeft de plich...
13. Indien de patiënt/consument niet tijdig ...
betaling en de apotheek de patiënt/consu...
na het uitblijven van betaling binnen deze 14-...
gerechtigd de door hem gemaakte buitengerec...
openstaande bedragen tot € 2.500, 10% over de vo...
Het minimumbedrag van incassokosten is € 40. De ap...
percentages.
14. Behoudens tegenbewijs strekken de apotheekdeclaratie en...
patiënt/consument gehouden is tot betaling over te gaan.

Toepasselijk recht en geschillen
15. Op de overeenkomsten genoemd in artikel 1 van deze voorwaarden is N...
16. Alle geschillen van welke aard ook, die een aan deze voorwaarden onderw...
zullen aanhangig worden gemaakt voor de bevoegde Nederlandse rechter. ...

Vindplaats en wijzigingen
17. Deze voorwaarden zijn gedeponeerd bij de Kamer van Koophandel Haaglanden.
18. De aldaar meest recent gedeponeerde voorwaarden zijn van toepassing.

Toelichting voor de patiënt/consument over de algemene verkoop- en betalingsvoorwaarden
Om duidelijkheid te geven over de rechten en plichten heeft de beroepsorganisatie van apothekers ...
Maatschappij ter bevordering der Pharmacie (KNMP), algemene verkoop- en betalingsvoorwaarden op...
aanvulling op de algemene regels van het Burgerlijk Wetboek. Tenzij er andere afspraken zijn gemaakt tuss...
voorwaarden van toepassing en bent u als patiënt/consument eraan gebonden. De algemene voorwaarden ...
rekening koopt en niet aan uw verzekeraar (zoals bij veel zorgverzekeraars) de rekening toezendt op grond van a...
voorwaarden van toepassing ... niet betaalt, mag de apotheek van u alsnog betaling vragen. De voorwaarden zullen ...
apotheken. Als uw verzekeraar niet betaalt ... In veel gevallen kunt u ook kennis nemen van de inhoud van de voorwaarden ...
overeenkomst worden bekend gemaakt. ... de website van de apotheek. Belangrijkste regel is dat rekeningen uiterlijk 14 ...
in de publieksruimte van de apotheek of op ... Betaalt u niet op tijd dan moet u rekening houden met extra kosten. Ook als u iets besteld he...
rekening betaald moeten zijn. ... u verplicht tot aanschaf en betaling van het bestelde, tenzij het bestelde niet overeenkomt met wat u beste...
in voorraad is, bent u verplicht tot aanschaf en betaling van het bestelde ...

Edgardo verließ den Bürgersteig und ging auf der Straße weiter. Das war etwas unvorsichtig, aber es herrschte wenig Verkehr. Sein Bandoneon trug er unter dem Arm. Ein Ernst L. Arnold. Ein schönes Stück. Mehrmals winkte er Taxis, die bereits besetzt waren.

– Wir sollten uns beeilen, sagte Julio zu mir. Ich habe den Lieferwagen und das Werkzeug.

– Wir könnten ihn vielleicht vorher absetzen.

– Scheiße. Du mußt schon wissen, was du willst!

Das Auto fuhr schnell. Es erfaßte ihn mit voller Wucht, ein schreckliches Geräusch. Ich sah den Körper eine Sekunde lang in der Luft schweben, in Zeitlupe. Ich keuchte. Der Wagen bremste abrupt ein paar Meter weiter, dann setzte er zurück. Wieder Geräusche. Zerquetschen, Platzen. Man sah Edgardo nicht mehr. Wir stürzten hin, Julio, Marti, ein paar andere. Der Wagen fuhr mit quietschenden Reifen wieder an und bog nach rechts auf den Boulevard Richard-Lenoir ein.

Edgardo lag auf dem Rücken, die Augen weit geöffnet. Regungslos. Er atmete mühsam. Seine Beine schienen zerschmettert zu sein. Ich hörte die üblichen Sätze. Nicht anfassen. Die Polizei rufen. Eine Decke holen. Niemand hatte Zeit gehabt, sich die Nummer des Wagens zu notieren.

– Hauen wir ab, sagte Julio. Ich ertrage das nicht.

Ein Polizeiwagen näherte sich. Die alltägliche Runde.

– Die Freunde können alle notwendigen Zeugenaussagen machen. Komm.

In dieser Nacht hatte ich weder Lust, die Bekanntschaft der Bullen zu machen, noch mich auf irgendeinen Unfall einzulassen.

Zu unseren Füßen lagen Teile des zerborstenen Bandoneons herum. Elfenbeintasten, Stücke aus lackiertem Holz.

Während ich die Umgebung im Auge behielt, schlug ich den Kragen hoch. Julio übersprang das Geländer aus bröckelnden Ziegelsteinen, die in schmutzigen Zement gefaßt waren. Er saß rittlings da oben, genau senkrecht zur Nummer 48, Rue de Lyon, dem Waffengeschäft Guyot. Es war finsterste Nacht und kalt, sehr kalt. Zwischen uns beiden auf halber Höhe: der Bewaffnete Arm, wie aus der Mauer vorspringend.

Eine seltsame Sache, dieser Arm. Aus Stuck oder Gips. Mit einem rot gestrichenen Ärmel und einem Gewehr in der Faust.

Eines Abends, es war vor ungefähr vierzehn Tagen bei Julio, wir schlürften gerade den unvermeidlichen Mate, muß ich wohl gesagt haben: «Wenn sie schon alles zerstören, was wollen sie dann mit diesem Arm anfangen?» Wer würde ihn herunterholen?

– Du, wenn's dir recht ist, hatte Julio geantwortet.

– Wie stellst du dir das vor?

– Wir gehen zusammen hin, wenn du willst. Der Gag würde mir gefallen.

Ich hatte mir den Einweihungsabend des *La Boca* ausgesucht.

Vom Bürgersteig aus gesehen, wo ich mich befand, sah es machbar aus. Zudem: Die Straßenlaternen waren so angeordnet, daß die Ecke fast dunkel war. Nur ein paar Meter weiter entfernt fuhren die Autos achtlos vorbei. Es waren nicht sehr viele.

Julio wühlte in seiner Werkzeugtasche. Dann überzeugte er sich, daß der Lassoknoten gut glitt. Er wog die dicke Leine mit der Hand ab, brachte die Schlinge in die richtige Ausgangsgröße. Ich lag auf der Lauer und hatte den Eindruck, daß alles gutgehen würde. Wie ein Reiter auf der niedrigen Mauer sitzend, erzählte Julio irgend etwas von einem Vorfahren, der Gaucho gewesen war, dann machte er eine ausbalancierte Bewegung, weit ausholend und schnell zugleich, exakt, ohne überflüssiges Getue.

Die Leine rollte sich um den aufragenden Gewehrlauf, fiel auf das Handgelenk. Der Knoten zog sich zusammen. Julio ließ ihn bis zum Ellenbogen gleiten, spannte die Leine.

Plötzlich kam mir das Ding riesig vor. Welche Ausmaße hatte dieser übergroße Arm, dieser unschickliche Auswuchs eines Riesen, der durch die Mauer ging? Zwei Meter? Oder mehr? Und das Gewehr war gut und gern genauso lang. Julio sicherte seine Beute.

– Immer noch einverstanden? Willst du ihn?

– Natürlich.

Julio ließ sich fallen, machte sich hinter dem Geländer zu schaffen, befestigte die Leine; ich konnte nicht richtig sehen, woran. Ich wußte genau, wie es oben auf dem Viadukt aussah. Nachdem jeglicher Bahnverkehr stillgelegt worden war, hatte sich ein freies Gelände entwickelt, übersät von Unkraut, lächerlichen herrenlosen Dingen, eindrucksvollen Bergen verbogener Eisenträger. Ein Spazierweg, den ich gern gemacht hatte und der von nun an versperrt war. Weniger als hundert Meter entfernt schliefen die Poclain-Löffelbagger. Sie hatten schon gute Arbeit geleistet. Julio tauchte wieder auf.

– Geschafft. Es wird halten.

Wagen fuhren vorbei. Von der mir gegenüberliegenden Mauer waren Oscars Plakate praktisch verschwunden. Geklebt, neu geklebt und immer wieder abgerissen. Nur ein Papierfetzen zeugte noch von dem Unternehmen. Der verzerrte Mund des Gefolterten. Man konnte deutlich die Klemme sehen, die in seine Unterlippe kniff.

Oscar war immer noch als Kleber unterwegs. Bestimmt jede Nacht. Wenn ich früh aufstand oder spät in meine Wohnung am Quai de Jemmapes zurückkam, entdeckte ich seine Plakate an den Mauern des Viertels (er hatte sich die Place de la Bastille offenbar zum Epizentrum erkoren). Sie blieben nicht lange hängen.

Auf Spaziergängen hatte ich eher zufällig festgestellt, daß er auch anderswo in Paris klebte. Seltener zwar, aber keinesfalls ohne System: in der Gegend der Argentinischen Botschaft, des Konsulats, nicht weit von der Place de l'Etoile.

Er hatte sogar in der Rue de l'Arcade im VIII. Arrondissement gearbeitet (das bewies ein Foto, nicht von mir aufgenommen natürlich, das eines Tages auf der Leserbriefseite von *Le Soir* erschienen war). An der Nummer 14, wo ein Schild neueren Datums (5. November 1984) darauf hinweist, daß dies der letzte Pariser Wohnsitz von Carlos Gardel gewesen ist. Oscar hatte alles beklebt, sogar die Bürgersteige. Das Foto des Lesers zeugte von wahrem Feuereifer.

Ich war so schnell wie möglich in die Rue de l'Arcade gegangen. Es war fast nichts mehr übriggeblieben. Die wachsamen Pförtner hatten durchgegriffen. Gut zehn Meter von der Gedenktafel entfernt hatte ein Plakat widerstanden. Als ich es noch einmal aufmerksam betrachtete, verblüffte mich eine Einzelheit. Auf der besudelten Brust des Mannes zeigten sich neue Flecken. Verbrennungen durch Zigaretten. Ganz real. Nicht gezeichnet. Echte Verbrennungen. Oscar – wer sonst? – hatte es übernommen, das Papier seines Plakates mit fünf oder sechs kleinen, runden Löchern zu versehen, gräßlich und peinlich genau.

Ich hatte an die Statue von Gardel gedacht. Jene Skulptur, die sein Grab auf dem Friedhof in Buenos Aires überragt. An die angezündeten Zigaretten, die seine Anhänger systematisch immer wieder zwischen seine steinernen Finger stecken.

Ich hatte an gewisse Chansons von Gardel gedacht, die während der Diktatur nicht durch den Äther gehen durften. Ich hatte an den Tango gedacht, den man, wie es schien, in Buenos Aires nur noch selten hörte. Ich hatte bestimmt ziemlich schnell an etwas anderes gedacht. Diese Verbrennungen. Jessicas Unterleib...

Ich hatte Oscar seit der Novembernacht an der Bastille nicht wiedergesehen. Vielleicht streifte er nicht weit von hier wieder durch die Gegend.

– Wenn's dir recht ist, sagte Julio. Ich bin soweit.

An dem breiten Gurt, den er hinter der Einzäunung festgemacht hatte, ließ er sich heruntergleiten. Er erreichte die Höhe des Armes oder besser, die Stelle, an der die Schulter so unschicklich aus der Mauer kam. Julio holte die Säge hervor, die er unter seiner Jacke verborgen hatte, und machte sich ans Werk.

Es dauerte nicht lange. Kaum zwei Minuten. Aber es machte einen furchtbaren Lärm, ein Kreischen, das an Zähnen und Nerven zerrte. Der lange Arm vibrierte, wackelte jämmerlich. Dann war er abgeschnitten, berührte die Mauer und landete schwankend und baumelnd am Eisengitter des zugemauerten Geschäftes.

Das Gewehr hatte beim Sturz leichten Schaden genommen. Nicht viel. Nichts, was nicht zu reparieren wäre (aber wann würde ich es reparieren?). Der Stuck umkleidete ein starkes Metallgerüst. Trotzdem sah der Gewehrlauf jetzt so aus, als sei er dazu gedacht, um die Ecke zu schießen.

In der Nähe wurde gehupt. Nicht weiter beunruhigend, aber alles in allem erschien es ratsam, sich nicht aufzuhalten. Julio zerschnitt das Lasso, und ich nahm den Arm in Empfang. Ich achtete darauf, daß er nicht auf den Boden stieß und dadurch noch mehr beschädigt wurde. Ich setzte ihn so behutsam wie irgend denkbar ab. Jetzt war Eile geboten.

Julio ließ sich an seinem Gurt gut einen Meter herab, dann sprang er und stand wieder vor mir. «Zufrieden?»

Entzückt. Dabei hatte ich den Eindruck, daß die Augen sämtlicher Fahrer, die über die Rue de Lyon fuhren, auf uns gerichtet waren. In seiner Riesengröße lag der Arm zu unseren Füßen. Selbst wenn diese Beute nur mich interessierte, war es nötig, sie in Sicherheit zu bringen.

Julios Lieferwagen stand in der Nähe. Genau gegenüber dem Laden *Au Hêtre de la Bastille*. Wir schleppten das Firmenzeichen mit Ach und Krach dorthin.

– Es paßt nicht. Zu groß.

Das angeknackste Gewehr stand tatsächlich über. Unmöglich, die hintere Tür zu schließen. «Egal.»

Nervosität stellte sich ein, absurd, aber verstärkt durch ein Blaulicht in der Nähe des Bahnhofs, durch einen Wagen, der ungewohnt langsam an uns vorbeifuhr, durch die strenge Kälte, die uns jetzt wieder bewußt wurde. Julio ließ den Wagen an. Es war geschafft.

– Da sind wir.

Die Katzen beschnupperten zurückhaltend die Trophäe.

Dieser Bewaffnete Arm, der mitten im Wohnzimmer lag und für den ich noch keine Verwendung hatte, weckte nichts besonderes in ihnen, nur die Neugier der Katzen.

Julio schlürfte bedächtig seinen Bourbon.

– Mit dem Bahnhof ist's vorbei. Bald ist das Kino an der Reihe. Wenn du von dort etwas abstauben willst, sag mir Bescheid.

Der Job als Filmvorführer war für ihn, den Emigranten, ein Glücksfall gewesen. Außerdem hatte er dort schönes Rohmaterial für seine kleinen Arbeiten gefunden. Was konnte ich da schon abstauben? In Paris waren schon viele Kinos zugunsten von zumeist unvertretbaren Bauten abgerissen worden. Daß dieses hier verschwand, das Lux meiner Kindheit (das der Donnerstage auf dem Rasiersitz, mit Walt Disney), betrübte mich ein wenig. Aber nur ein wenig.

– Wann?

– Nächsten Monat.

– Und du, was wirst du machen?

– Ach, ich...

Er hielt die Nase etwas lange ins Glas gesenkt, als ob er plötzlich reges Interesse an dem Alkohol hätte, den ich ihm eingeschenkt hatte. Zu dieser Stunde hätte er garantiert einen Mate vorgezogen.

Julio schüttelte seine graumelierte Mähne. Er hatte zwei oder drei Sachen in Aussicht. Nicht mehr und auch nicht weniger befriedigend als sein Filmvorführerjob. Es war ihm ziemlich egal. Das Paramount erlaubte ihm, seine Schrullen auszuleben, das stimmte. Und es konnte durchaus sein, daß er etwas Gleichwertiges woanders nicht fand. Das war kein Drama.

– Du stammst von hier, sagte er. Du bist an den Ort gebunden, an dem du wohnst und arbeitest. An all das (er umfaßte mit einer raschen Bewegung die Bücher, die Bilder und Objekte, die alle Wände bedeckten). Dieser Arm... Ich dagegen werde zwar sicher noch lange in Paris wohnen, aber im Grunde ist es mir egal. Völlig egal.

Vielleicht hatte er vor, mir mal wieder die

Nummer des Entwurzelten vorzuspielen, des ausgeflippten *porteño*. Ich würde es nicht so weit kommen lassen. Es war spät, gut, aber nicht spät genug, um große Tragödien heraufzubeschwören, die zu Tränen rühren und kein Ende haben. Kamenew kratzte seit ein paar Minuten an der abgeblätterten Farbe des Arms. Schließlich ließ sie sich in der Ellenbogenbeuge nieder. Die konnte sehr gut als Bett dienen. Sie putzte sich, überzeugte sich, daß auch wirklich jeder ihre Vorführung ausreichend gewürdigt hatte, und schlief an diesem Platz ein. Kamenew ist eine sehr alte Katze.

Ich würde dieses Firmenschild sehr sorgfältig mit milder Seife reinigen und anschließend, wenn es getrocknet war, mit farblosem Lack überziehen müssen, damit die restliche Farbe erhalten blieb. Aber wohin dann damit? So groß war die Wohnung nicht. Sah man vom Arbeitszimmer (der Job, der Broterwerb) ab, war sie geradezu klein, vollgestellt mit lauter gesammeltem Kram, mit Büchern und Schachteln, in denen sich mehr oder weniger gut sortierte Fotos drängten, mit all den unentbehrlichen Reliquien eben.

– Wo willst du dieses Ding anbringen?

Für den Augenblick war das Ding da, und das war gut so. Unverhofft. Ebenso wertvoll wie eine Turmspitze von Notre-Dame, ein Stück Treppe vom Eiffelturm oder die Wasserpumpe aus der Passage des Singes. Ein Stück von Paris, das jetzt mir gehörte und in Sicherheit war. Ein Streich wie dieser wäre nach Jessicas Geschmack gewesen. Früher einmal.

– Sie war schön heute abend, nicht wahr? Du mußt ihr das nicht übelnehmen. Du weißt doch, wie sie ist. Sie muß immer provozieren. Sie kann einfach nicht anders.

Auch darüber wollte ich heute abend mit Julio nicht reden. Kein genußvolles Verweilen bei sündigen Gedanken, keine Vertraulichkeiten. Ich hatte nichts zu sagen zum Thema Jessica. Weder ihrem Bruder noch sonst irgendwem. Eigentlich kam mir die Art, wie sie mit unserem Bruch spielte, sehr entgegen. Zu sehr sogar.

Da Julio sich entschieden zurückhielt, konnte ich ein letztes Gläschen bei ihm in der Passage du Cheval-Blanc nicht ablehnen. Während ich seine Einladung annahm, wurde mir ohne besonderes Vergnügen bewußt, daß es mich in dieser Nacht nicht sehr danach drängte, allein zu sein.

Wir fuhren über den Boulevard Richard-Lenoir und waren fast an der Place de la Bastille, als Julio zu mir sagte:

– Ich gehe nächsten Monat nach Buenos Aires zurück.

– Was?

– Nicht endgültig. Für ein paar Wochen. Ich soll im Prozeß gegen die Militärs aussagen.

– Der Prozeß gegen die Junta?

– Genau.

Es fror. Die Nacht war von durchsichtiger Klarheit. Die Straßenlaternen tauchten Julios Gesicht in regelmäßigen Abständen in ihr bleiches Licht. Sein Blick war auf die Straße geheftet, stur geradeaus. Wir fuhren um die Säule herum. Kein einziges Plakat. Schon einen Tag nach der Klebeaktion im November hatte eine städtische Reinigungskolonne für Ordnung gesorgt. In gelbem Ölzeug und mit einem Dampfdruckrohr bewaffnet. Soweit ich wußte, war Oscar an dieser Stelle nicht wieder aufgetaucht.

– Die Typen von der CONADEP, der Untersuchungskommission für verschwundene Personen, haben vor einigen Monaten auch in Paris Nachforschungen angestellt. Sie haben jede Menge Leute befragt. Mich haben sie aufgefordert, als Zeuge in dem Prozeß aufzutreten. Mich und andere.

Ohne einen bestimmten Grund war ich verblüfft. Ganz schön blöd von mir. Weil ich ihre Musik hörte, ihre Bilder sah, ihre Gedichte und Romanentwürfe las und auch, weil ich mich zu sehr in den Jessica-Trubel hatte hineinziehen lassen, hatte ich ein paar Dinge vergessen.

Soweit sie nicht alle aus politischen Gründen ins Exil gegangen waren, gab es unter ihnen viele, die die Gefängnisse der Diktatur überlebt hatten. Julios Fall grenzte schon an ein Wunder. Man hatte es mir erzählt.

Nachdem er auf der Avenida Florida mitten in der Stadt in einem grünen Falcon entführt worden war, hatte man ihn mehrere Jahre lang unter die «Verschwundenen» gezählt. Er gehörte zu jenen paar Dutzend Davongekommenen, die von den Folterern nicht getötet worden waren. Er hatte mir die Einzelheiten nicht erzählt. Ich hatte den Eindruck, daß er sie niemandem erzählt hatte.

– Die Untersuchungsbeamten, die ich gesehen habe, sind in Ordnung. Und der Schriftsteller Sabato, der für die Kommission verantwortlich zeichnet, ist ein wirklich integrer Mann. Dieser Prozeß wird entscheidend sein.

Jessica hatte mir das auch gesagt. Ich erinnerte mich daran. Auch sie war in die Botschaft einbestellt worden, um ihre Zeugenaussage zu machen. Sie hatte ihnen alles erzählt, was sie ihr in der Marineakademie angetan hatten. Und wer es getan hatte. Alles? «Ich werde niemals alles sagen können.»

Die Befragungen hatten im Lauf des Sommers stattgefunden. In der Zeit, als wir mit dem Gedanken spielten, daß Jessica vielleicht am Quai de Jemmapes einziehen könnte, zumindest auf Probe.

– Jessica wird auch als Zeuge auftreten, sagte Julio. Hast du das nicht gewußt?

Seit November wußte ich nichts mehr von Jessica. Nichts. Außer den Fotos, die sie mir am Abend der Trennung gegeben hatte. Und all die anderen, jeden Monat. Sowohl provozierende als auch sehr erträgliche Fotos. Jessica in Buenos Aires? Wann?

Er sprach ziemlich schnell und über etwas anderes, abgehackt, wie ich es bei ihm nicht gewohnt war. Er sagte, daß er jetzt, nach so vielen Jahren der Scham und des Schweigens, den Mut haben müsse auszusagen, alles zu erzählen, in allen Einzelheiten, das Übel mit der Wurzel auszureißen, zum Ende zu kommen damit. Er sprach von Würde, von Identität, die es wiederzufinden gelte. Er sagte auch, daß er Angst hätte.

– Angst? Weshalb?

– Es sind neun, die auf der Anklagebank sitzen. Lediglich neun. Und das Gesetz erlaubt ihnen sogar, nicht an der Verhandlung teilzunehmen. Nicht mehr als neun! Nur die Generäle, die Admiräle, die großen Tiere der verschiedenen Junten. Weißt du, wie viele Folterer namentlich im Bericht der Sabato-Kommission genannt werden? Tausendzweihundert.

– Ihnen allen den Prozeß zu machen, wäre das überhaupt möglich?

– Ich weiß es nicht. Ich glaube es nicht.

Er lenkte den Lieferwagen in die Rue de la Roquette.

– Eine Gesellschaft kann nicht ihrer gesamten Armee den Prozeß machen. Schon gar nicht, wenn diese Gesellschaft sich ebenfalls schuldig fühlt.

Es hatte die Frauen gegeben, die «Verrückten» auf der *Plaza de Mayo*, die jede Woche vor dem Präsidentenpalast demonstrieren kamen, damit man ihnen sagte, was aus ihren Söhnen, ihren Männern, den Genossen geworden war. Es hatte all die anderen gegeben, die in der Mehrheit waren und nichts gesehen hatten, nichts hatten sehen wollen oder sich eingeredet hatten, daß man Leute nicht grundlos festnimmt, daß dieses Land Ordnung brauchte, vor allen Dingen Ordnung, selbst um den Preis einiger Ungerechtigkeiten am Rande. «Der Sabato-Bericht hat 8 961 bewiesene Fälle illegalen Verschwindens erfaßt. Kannst du dir die tatsächliche Zahl vorstellen?» Man sprach von 30 000.

– Präsident Alfonsin will der Armee nicht

den Prozeß machen. Doch auch die Militärs haben jetzt Angst. Das ist das einzige, was mich in meiner Angst tröstet. Aber neun Angeklagte, das ist wirklich zu wenig.

Er stellte den Wagen in der Rue Daval ein paar Meter entfernt von einer Wohnung ab, die vor vielen Jahren den Organisatoren der Jeanson-Gruppe und anschließend den Freunden von Curiel als Unterschlupf gedient hatte. Ich hatte mich ihrer ebenfalls schon mal bedienen müssen. Die Städte haben seltsame Geschwüre. Gewisse Wohnungen seltsame Traditionen. Wie lange hätte ich durchgehalten in Buenos Aires?

Überall Stapel von Weißblechdosen, Filmrollen, an der Decke befestigt und meist bis zum Boden herabbaumelnd. Selbst auf dem Bildbetrachter in der Ecke, dem wichtigsten Möbelstück, lagen Blätter herum, die mit Notizen und Entwürfen bekritzelt waren. «Noch nichts Vorzeigbares, nur Versuche, du wirst später sehen.» Neben dem Bett ein Stapel der *Nación*, darauf eine alte Schreibmaschine. Eine Remington.

Wie vorherzusehen war, brachte Julio Wasser zum Kochen. Als guter Gastgeber bot er mir etwas an, das stärker war als Mate. Ein Schlückchen Scotch war das richtige. Die Marke wollte ich lieber nicht wissen.

Wenn Julios Arbeitszimmer überhaupt einen Eindruck hinterließ, dann den eines schöpferischen Chaos. An die Wände hatte er viele sympathische Fotos geheftet: Jacqueline Bisset, Catherine Deneuve, Kim Novak, Diane Keaton, Heddy Lamarr. Nackt. Handelsware für Fans.

Nichts ist leichter für einen Filmvorführer, als ein oder zwei Bilder herauszuschneiden, den Film wieder zusammenzukleben und den Liebhabern die Spur des kostbaren, auf der Leinwand so flüchtigen Augenblicks zu verkaufen, in dem eine Brust oder das Hinterteil des Stars erscheint! Um diese Einzelbilder riß man sich, wie es schien.

– Das Foto der gleichen Schauspielerin im *Playboy* oder in *Lui*? Völlig uninteressant. Das Aufregende ist ja gerade das eine, aus dem Ablauf der 24 Bilder pro Sekunde gestohlene Bild.

Das verstand ich gut. Dieser kleine Schwarzhandel half Julio über das Monatsende hinweg. Ich war oft sein Kunde. Das verlieh seinem schalen Whisky auch keinen besseren Geschmack. Er sog an seinem Röhrchen. Im Grunde ging mir das Ritual des Matetrinkens genauso auf den Wecker wie das Getue um einen abgelutschten Joint.

– Ich habe außerdem einfach generell Angst, nach drüben zurückzugehen. Buenos Aires, du machst dir keine Vorstellung. Die Stadt ist dermaßen unübersichtlich! Manchmal frage ich mich sogar, ob sie überhaupt existiert. Wir reden alle über sie, jeder mit den Erinnerungen an sein Heimatviertel. Man fragt sich, ob man überhaupt die gleiche Ecke der Welt meint.

– Außer wenn ihr Tango hört.

– Hier schon. Aber drüben hört man Tango fast gar nicht mehr.

Wir schwiegen einen Augenblick. Julio hatte automatisch eine Platte aufgelegt. Piazzola, *Adiós Noniño*.

Die Einspielung, die mit einem langen, sehr getragenen Klaviereinstieg beginnt, bei dem jeder Ton sich löst wie ein zögernder Schritt auf unbekannter Straße in gefährlicher Zeit, bei dem Geige und Bandoneon einander überlagernd aufklingen, reich, strömend. Mich überlief ein Schauer, wie jedesmal.

– Das ist schön, nicht wahr? Wirklich schön. Auch wenn Piazzola faule Geschäfte mit der Junta gemacht hat.

– Hat er?

– Pah!

– Ich habe Angst, weil ich Beweise gegen die Mittelsmänner habe, die Hauptleute, jedenfalls gegen einige von ihnen. Und die werden nicht dasein an dem Tag, an dem die Anklageschrift verlesen wird. Aber mir geht es nicht um die Generäle sondern um die Hauptleute. Zumindest um einen von ihnen.

– Die Ausführenden?

– Die Henker!

Er nannte mir mehrere Namen. Ich versuchte gar nicht, sie zu behalten. Die Müdigkeit gewann die Oberhand. Das waren nicht meine Geschichten. Mich interessierte nur die eine Neuigkeit: Jessica würde Paris verlassen.

– Auch wegen dieser Angst habe ich dich gebeten, mich zu begleiten und noch ein Glas mit mir zu trinken. Ich bin eine Gefahr für sie, ich habe Beweise. Und das wissen sie.

– Wer sind sie?

– Die unteren Chargen, die in den Kellern, die Katzenjäger.

– Versteh' ich nicht.

– So nannten sie sich selbst, wenn sie unter sich waren, in Cordoba, ganz am Anfang, bevor sie an die Macht kamen. Da haben sie Strafexpeditionen organisiert. Sobald es Nacht wurde, legten sie die Uniform an, bewaffneten sich und brachen in Kommandos auf. «Die Katzenjagd.»

Die nächtliche Kälte drang durch irgendeinen Spalt dieses letztlich erbärmlichen Zimmers ein, in dem ich mich unwohl fühlte. Ich wollte weg, schnell, wie einer, der flieht.

Ich wußte Bescheid, ich hatte darüber gelesen, Jessica oder andere hatten mir vieles berichtet. Man mußte seine Angst respektieren. Ich konnte ihm nicht groß helfen. Für heute abend hatte ich getan, worum er mich gebeten hatte: ihm die Hand zu halten bis in seine Wohnung.

– Nicht nur die Leute der Sabato-Kommission sind nach Paris gekommen. Die anderen sind auch da. Ich weiß es.

– Du willst sagen, sie bedrohen dich?

Er legte das Materöhrchen, die *bombilla*, ab. Vielleicht war es sein Fehler, daß die Lässigkeit dieser Bewegung ihn nicht ganz glaubwürdig wirken ließ.

– Ich fühle, daß sie unterwegs sind. Sie sind mir ständig auf den Fersen.

– Willst du vögeln?

Ich war ziemlich sicher, nicht deswegen gekommen zu sein. Ich hatte nicht einmal ein besonderes Verlangen nach einem letzten Schluck. Aber es war trotzdem eine gute Idee, ihn mit ihr zu trinken. Rita lächelte.

– Ich wollte dich nur zu deinem Fest beglückwünschen. Es war gelungen. Hier kann man schöne Stunden verbringen. Ein guter Name, *La Boca*.

– Da ist der Tango geboren, sagte sie. Zwischen Schlachthöfen und Puffs. Jedenfalls in Buenos Aires. Weil...

Die Ursprünge des Tangos waren für Rita ein unerschöpflicher Diskussionsgegenstand. Ich habe schon so manchen *porteño* gesehen, dem ihre Nipponthese die Sprache verschlagen hat. Sie ging zur Bar.

Übereinandergestellte Bistro-Stühle, volle Aschenbecher, ein verschmutztes Parkett – das *La Boca* war der angemessene Zufluchtsort für diese Uhrzeit (sechs Uhr oder schon sieben?). In einer Ecke lief auf einem halb verdeckten Apparat sehr leise Gato Barbieri. Das Saxophon paßt zum Tango nur in den Übergangsmomenten der Nacht. Rita servierte einen Jack Daniel's.

– Schade, daß du nicht willst. Ich habe keinen Mann hierbehalten, weil ich mir dachte, daß du zurückkommst.

– Auf dein Wohl.

– Auf deine Liebeleien... und glaub ja nicht, daß ich dir nicht recht gebe wegen Jessica. Du hast haargenau die Frau gefunden, die dir am meisten weh tun kann. Das mindeste ist, daß du dich an sie klammerst.

– Wie ist es weitergegangen heute abend?

Sie schnürte ihren grauen Kimono noch etwas enger, zündete sich eine Boyard an (wüste Lippenstiftspuren auf dem porösen weißen Papier;

ich habe schon Bewunderer gesehen, die ihre Kippen einsammelten, ungelogen).

– Gut. Es war ein Riesenandrang.

Die jungen Leute von Mi Noche Triste hatten vorgeschlagen, die Toilettenräume des *La Boca* auf ihre Art auszumalen. Marc hatte einen Artikel in *Le Soir* versprochen, ein australischer Journalist ebenfalls. Tequila und Veuve-Clicquot waren beinahe ausgegangen, aber wenn ich Hunger hätte, ein paar *empanadas* wären sicher noch übrig. Oder roher Fisch. Ob ich Barbieri nicht allmählich leid wäre? Sie war schön, glatte Haut, untadelig gepudertes, weißes, maskenhaftes Gesicht, rosafarbene Lider, glänzende Lippen, blutrot. Ein schöner Mund.

– Die Freunde, die uns am liebsten sind, schienen ziemlich nervös zu sein.

– Die Argentinier?

– Sie blieben meist unter sich und sprachen viel miteinander, wie immer. Aber doch nicht wie sonst. Vielleicht weil dieser Prozeß bevorsteht.

An die Wände hatte Rita mehrere gerahmte Fotos gehängt, die, insgesamt betrachtet, gut eine Retrospektive der Geschichte des Tangos darstellen konnten. Von Gardel zu Piazzola, dazwischen in loser Reihenfolge Goyeneche, Pugliese, Troilo, Diescepolo, Manzi usw. Sie hatte noch drei weitere Fotos hinzugefügt. Das erste zeigte Che Guevara mit nacktem Oberkörper, christusähnlich, von Kugeln durchbohrt (1967). Auf dem zweiten sah man eine Reihe von Gefangenen nebeneinander, aufgenommen in Trelew kurz vor dem Massaker (1972). Auf dem dritten eine

Demonstration der Mütter der *Plaza de Mayo*. Undatiert.

– Weshalb diese Fotos?

– Jessica hat sie mir gegeben.

Sie reichte mir ein Glas.

Rita verstand sich darauf, ihren Kimono äußerst streng zu wickeln und trotzdem im Ausschnitt eine Brust sehen zu lassen, wann immer es ihr angebracht erschien. Diese Brust war klein, beinahe flach. Die Brustwarze sprang so auffällig vor, daß man einfach Lust haben mußte, sie zu berühren. Unterm Finger reckte sie sich noch mehr. Rita ließ mich gewähren und sah mir dabei lange forschend in die Augen, dann senkte sie erwartungsvoll die Lider.

– Wenn du willst, komm hierher, sagte sie mit rauher Stimme. Jeden Abend, jede Nacht, wenn du willst. Du schläfst mit mir. Oder nicht. Es ist dein Haus.

Sie löste den Gürtel, zündete sich eine neue Boyard an.

– Du kannst dich hier ausruhen. Oder verstecken. Du kannst herkommen und dich ausschweigen.

Glattrasierte Scham. Sie öffnete sich, gefiel sich darin, zu schwatzen, während ich sie befummelte.

– Wir hören uns die Musik an, die wir lieben. Wir empfangen die Freunde, die wir mögen. Ich hätte meine Seitensprünge, und du hättest Jessica. Wir wären sehr klug und sehr gute Freunde, unzertrennlich.

Erst später hielt sie endlich den Mund, ihre Schamlippen waren hart wie Gebirgskämme.

Noch später preßten sich ihre Finger stärker in meinen Nacken. Sie kam auf ihre Weise zum Ziel, mit zurückgeworfenem Kopf, unbewegtem Gesicht, seufzte, drückte ihre Boyard aus.

– Nur du verstehst es, mich als Freund zu befriedigen.

Der Tag brach an. Es war Winter, richtiger Winter, mit knackiger Kälte, die die Schläfen angreift und jeder Bewegung Sinn gibt. Es war mir gar nicht so unangenehm, daß ich in diesem Punkt empfindlich war. Rita ließ sich unten am Gitter der Säule nieder.

– Und was wollen sie da hinstellen?

Sie drückte die Kippe ihrer verschmierten Zigarette aus.

– Eine Oper.

– Eine Oper, sagte sie nachdenklich. Hältst du das für gut? In Tokio hätte ich beinahe *Carmen* gesungen, mußt du wissen.

Sie lachte, zündete sich die nächste Boyard an, das Gesicht immer noch unbewegt. «Wenn du mich nicht liebst, ich liebe dich jedenfalls.»

So sehr ich mich auch anstrengte, ich war einfach nicht traurig. Die Baustelle kam mir gerade recht. Der gesamte Platz entsprach einem Zweifel, den ich nur schwer identifizieren konnte. Nichts drängte. Rita trällerte *Carmen*. Ein Bus fuhr vorbei, an der Seite geschmückt mit der Werbung für irgendeine Veranstaltung zum Victor-Hugo-Jahr. Es war ein schöner Tagesanbruch.

– Sieh mal, die Lichter. Die Kneipe macht auf. Trinken wir einen Kaffee?

Es war das *Rey* an der Ecke Rue de la Roquette und Faubourg-Saint-Antoine. Ich hatte keine große Lust auf Kaffee, wollte lieber allein nach Hause gehen, nach Herzenslust den eisigen Wind genießen, bis ich wieder bei meinen Katzen war.

Ich sagte Rita, daß ich müde sei. Sie tat gar nicht erst so, als glaubte sie mir, und blieb, wo sie war, an das Gitter gelehnt, eine erstaunte, trügerische Puppe. Ich ging. Ich glaube, im Kino würde so etwas von ein paar Takten schwebender Musik im Stil der Endsechziger begleitet. Oder von einem härteren Cuarteto Cedrón.

– Sei vorsichtig, sagte Rita.

Genau das Gegenteil schien mir die Losung des Tages. Aber ich bin ein Zauderer.

Ich machte nicht den Umweg über die Rue de la Roquette und konnte deshalb Maleo in seinem Laden für feine Wäsche, Accessoires etc. auch nicht guten Tag sagen. Obwohl er zu dieser Zeit bestimmt seinen ersten Kaffee aufsetzte; ein alter Mann mitten in seinem wunderbaren Plunderkram. Ich war wirklich müde.

Als ich den Canal Saint-Martin erreichte, war es endgültig Tag geworden. Gegenüber dem *Capitale*, das gerade öffnete, kündigte ein städtisches Schild immer noch bevorstehende Sanierungsarbeiten im Square Frédérick-Lemaître an. Das Gelände war tatsächlich sehr heruntergekommen, aber war das diesem Ort in Paris nicht durchaus angemessen?

Die Büste von Frédérick Lemaître schaute wie stets mit höhnischem Gesichtsausdruck auf den

Besucher herab. Ich hatte mich erkundigt. Man würde sie nicht anrühren. Ich grüßte sie. Auf der anderen Seite der Rue du Faubourg-du-Temple reckte sich die «Grisette», den Oberkörper vorgebeugt, der restliche Körper bereits überredet. Meine Ecke, mein Revier. Ich liebte diese beiden etwas lächerlichen Statuen, und für einen Moment bedauerte ich, daß der große Frédérick hier in seinem Viertel keine so glühende Verehrung erfahren hatte wie Gardel in Buenos Aires. Nicht ohne Schwierigkeiten gelang es mir, ihm eine Gauloise zwischen die Lippen zu drücken. Eine angezündete.

Dann kaufte ich die Morgenzeitung *Le Soir* am Kiosk der Kneipe. Ich blätterte sie rasch durch und fand eine Gesellschaftsnotiz von Marc über die Eröffnung des *La Boca*. Ich las sie nicht. Als Illustration war oben auf der Seite ein unsigniertes Foto von Rita abgebildet, im Hintergrund etwas verschwommen auch Jessica.

Am Quai, Nummer 38, ging ich zu meiner Wohnung hinauf. Schon im Hausflur hörte man die Katzen miauen. Auf dem Treppenabsatz des dritten Stockwerks wartete Oscar auf mich.

Er hatte sich hingesetzt und lehnte mit dem Rücken an meiner Tür. Das Treppenhauslicht oder das Geräusch meiner Schritte hatte ihn aufgeweckt. Er erhob sich mühsam und stieß dabei den fast leeren Leimeimer neben sich um.

Oscar sah erbärmlich aus. Ein riesiger Pullover aus dicker Wolle von undefinierbarer Farbe, ausgeleiert, durchlöchert, eine dreckige, leimverschmierte Khakihose – er war unglaublich heruntergekommen seit unserer ersten Begegnung. Nur sein Gesicht bildete einen Kontrast zu der offensichtlichen Verlotterung. Ausgemergelt, erschöpft, aber glattrasiert. Das Haar war tadellos geschnitten. Er versuchte zu lächeln.

– Ich wohne ziemlich weit weg. Da habe ich mir gesagt, ich könnte bei dir Pause machen.

Ich dachte an die Kälte. Ich hatte sie mit dem matten Frohlocken dessen durchquert, der sich anschließend in der Wärme aalen wird. Oscar unterdrückte mit Mühe ein Zähneklappern. Er mußte lange draußen gewesen sein. Zu lange. Ich ließ ihn eintreten, fragte ihn nicht einmal, woher er meine Adresse kannte.

Die Katzen bestanden auf Futter – der Tick von Luxusgeschöpfen, weiter nichts. Kaum hatten sie sich vollgestopft, nahmen sie das Wohnzimmer wieder in Besitz. Schweigend und mit erloschenem Blick ließ Oscar sich in den Korbsessel fallen. Sinowjew knurrte, man besetzte ihren Lieblingssessel, den Ort für die Verdauungspause oder die derben Schmusereien mit mir. Angesichts der Teilnahmslosigkeit des Eindringlings versuchte sie es mit Spucken, blieb jedoch auf Distanz. Ich wollte sie mit einer Streicheleinheit beruhigen, die mir vielleicht zu nachlässig geriet. Jedenfalls brachte ich sie nur noch mehr in Wut. Sie kratzte mich. Ich konnte ihr deswegen kaum böse sein. Es bestand Einigung darüber, daß bei uns nur Besucher Zutritt hatten, die sich benehmen konnten. Der Sessel gehörte zu den reservierten Zonen. Die Katze spuckte ein letztes Mal, dann steuerte sie mein Schlafzimmer an. Oscar hatte die Szene nicht beachtet.

Er war einverstanden mit einer Tasse Kaffee und auch mit einer Tomatencreme aus der Dose, die ich warm machte, damit sie einer Suppe etwas ähnlicher war. Mehr konnte ich ihm nicht anbieten. Er hatte Hunger, wollte es aber nicht zugeben, und bei mir hatte der Bruch mit Jessica all meine Routine des vorausschauenden Junggesellen über den Haufen geworfen: Schränke und Kühlschrank waren leer. Oscar ging mir ein wenig auf die Nerven. Gleichzeitig interessierte mich der unverhoffte Besuch. Er entsprach exakt dem, den ich mir erlaubt hatte, als er nachts den Gefolterten an die Julisäule klebte.

Ein Bourbon wäre jetzt vielleicht das beste für ihn. Ich jedenfalls brauchte einen.

– Ich bin dir gefolgt, sagte er schließlich. Mehrmals. Deshalb weiß ich, daß du hier wohnst.

Seine Mundpartie zitterte immer noch leicht. Er war mir gefolgt, aber wann?

– Ich gehe häufig morgens in die Straßen zurück, wo ich mein Plakat geklebt habe. Dabei habe ich dich ein paarmal gesehen.

Daß ich ihn nie bemerkt hatte, empfand ich als eine Art Demütigung.

– Ich glaube, du hast Wort gehalten in bezug auf die Nacht damals. Du hast mein Foto nicht veröffentlicht. Oder es ist dir nicht gelungen, mich aufzunehmen. Aber das läuft auf dasselbe hinaus.

Das Foto existierte. Es gehörte zu dem letzten Film, den ich entwickelt und abgezogen hatte. Seitdem hatte ich den Apparat nicht angerührt. Oscar stand im Vordergrund des Fotos, nie ganz scharf, aber sehr gut zu erkennen. Aus dem Kontrast zwischen dem leicht verschwommenen Gesicht, dem bleichen Licht des Blitzes und der Schärfe der Plakate im Hintergrund sowie der beklemmenden Schwärze des Himmels ergab sich eine packende Komposition. Es hatte mich selber als ersten überrascht. Ich erhob mich und nahm einen Ordner aus dem Regal.

– Hier.

Er sah sich das Bild lange an.

– Hast du es veröffentlicht?

– Nein.

– Hast du es vor?

– Nein.

Er zögerte.

– Es ist immerhin ein gutes Foto.

– Ich habe danach keine mehr gemacht.

Das beste, das ich seit langem geschossen hatte. In meinen Augen jedenfalls eines der wichtigsten. Auf dem gleichen Film gab es auch ein paar Fotos von Jessica.

– Warum veröffentlichst du es nicht?

– Weil ich es dir versprochen habe.

Das stimmte nicht. Nicht ganz. Ich pflege nicht viel zu versprechen, wenn es um gute Bilder geht. Warum war er mir gefolgt?

– Du hast mich neugierig gemacht. In der Nacht damals habe ich dich zum Schluß sympathisch gefunden.

Das stimmte ebenfalls nicht, das wußte ich. Er trank viel, und ich merkte sehr wohl, daß er keine große Lust hatte, sich zu erklären. Er wiederholte, daß er weit weg wohne. Ich war nicht sicher, ob er eine Bleibe hatte. Einen Augenblick dachte ich sogar, daß seine hartnäckige Kleberei aus ihm nur einen Außenseiter machen konnte, der zwangsläufig ohne Bindung war.

Er trank weiter. Sein Kopf wackelte hin und her, und plötzlich sank er in tiefen Schlaf. Das war mir recht. Wenigstens hatte ich ihm nicht ausdrücklich vorschlagen müssen, bei mir zu übernachten.

Als ich eine Decke holen ging, stellte ich fest, daß Sinowjew die ganze Zeit auf der Türschwelle Beobachtungsposten bezogen hatte. Sie ließ sich widerstrebend über den Rücken streicheln. Ich war wie zerschlagen.

Auch in den folgenden Tagen machte ich keine Fotos. Paris erstarrte in einer Kälte, die absolut überraschend war. Clochards erfroren, Notvorkehrungen wurden mehr schlecht als recht getroffen, um einem nicht genau zu erfassenden Opferkreis aus Dauerclochards und Neuer Armut zu helfen. Sogar einige Metrostationen wurden über Nacht offengelassen.

Wie zu erwarten war, zeigte Jessica sich häufig. Ihre Beziehung zu Baxter bekam sogar den Anschein, als lebten sie offiziell zusammen. Sie zeigten sich, sie wurden gesehen. Genau genommen war es Jessica, die gesehen wurde. In meinem Briefkasten fand ich regelmäßig Einladungen zu Abendgesellschaften, Cocktailempfängen, verschiedenen Premieren, bei denen ich, sofern ich nur hinging, sicher sein konnte, sie mit ihm zu sehen. Meistens drückte ich mich nicht. Wir unterhielten uns nie.

Nach einigen Tagen fand ich endlich einen

angemessenen Platz für den Bewaffneten Arm. Zwischen den beiden Wohnzimmerfenstern. Er behinderte ein wenig den Durchgang zwischen dem Schachtisch, dem thailändischen Sessel und Laureen, einer meiner Schaufensterpuppen, die ich mir aus einem Müllcontainer geholt hatte. Auf die gleiche Weise hatte ich mir Gene und Jane besorgt. Aber sie standen in weniger frequentierten Ecken, so daß man es gut aushalten konnte. Genaugenommen entsprach es sogar meinem Bedürfnis, zu Hause alles aufzustapeln. Ich gehöre zu denen, die wenig wegwerfen und sich vieles hinstellen, ohne wirklich ein Sammler zu sein. Ich trage einfach alles mögliche zusammen.

Es war nicht ganz leicht, den Arm an der Wand zu befestigen. Das Ding war entsetzlich schwer. Es war nur ein sehr kleiner Ausschnitt der Schulter vorhanden, und darin lag das Problem. Die Mi Noche Triste hatten es in weniger als einem halben Tag gelöst.

Eine Zeitlang hatte ich überlegt, ob ich noch einmal Julios Hilfe in Anspruch nehmen sollte. Die spärlichen Neuigkeiten, die ich direkt oder indirekt von ihm hatte, brachten mich schnell davon ab. Es ging ihm schlecht. Mir erzählte er nicht groß darüber. Rita, die seine Hofnachbarin war, bestätigte es mir. Sie wollte sogar mit mir darüber reden, weil sie beunruhigt war. Ich hielt mich mit Auskünften zurück, denn Beunruhigung bekam Rita schlecht. Sie hatte einen zu starken Hang zum Tragischen und hätte die Dinge nur dramatisiert.

Die Bastler von Mi Noche Triste hatten rasch

die richtige Methode ausgetüftelt: eine raffinierte Montage mit einer Gewindeschraube durch den oberen Armteil, den sie zuvor ausgehöhlt hatten und dann von innen mit einer zementartigen, schnellhärtenden Masse verstärkten, die ich nicht kannte, die aber, wie sie sagten, das bevorzugte Material einer absolut genialen Bildhauergruppe war, echte Avantgarde aus Skid Row, downtown L.A. Tatsache ist jedenfalls, daß der Arm nach einer kühnen Bohrung in der Wand hielt, ohne daß man auf die Idee kam, er könnte je aus dieser neuen Halterung herausrutschen. Zwei Flaschen waren durchaus angemessen, um das Ereignis zu feiern. Mir gefielen die Typen von Mi Noche Triste.

Ich hatte sie oft fotografiert, sie und ihre Piratenakte an den Werbeplakaten in der Metro, als sie sich gerade zusammengefunden hatten. Warum mußte das Gespräch so schnell auf Oscars Gefolterten kommen? Sie mochten das Plakat nicht. Dragon Lady war am heftigsten dagegen. Für sie war das «Mao-Kram». Oder «Moha». Wie Mohammed.

– Der Große Steuermann oder die Ayatollahs, ist doch alles der gleiche Mist. Diese Anprangerei. Wie im Mittelalter. Was soll das schon sein, dieses fromme Bildchen, dieser Typ da, der leidet? Langweilig, das Ganze.

Dragon Lady war die Tochter des Malers Marti. Für sie und ihre grell aufgemachten Freunde, Wesson Smith und Jill de Ray (Punkerlook, aber mit einem Schuß Gelassenheit), war Oscar ein Spinner, ein Gefühlsexhibitionist, der sich breitmachte.

– Es ist doch Platz für alle da. Aber der Typ muß ein Einzelgänger sein. Wir haben ihn noch nie gesehen. Vielleicht sollte ihm mal einer was vom Leben, von Mode und solchen Sachen erzählen.

Ihre Absichten waren friedlich.

– Das hat einfach zuviel Ähnlichkeit mit den 68er Plakaten, die mein alter Herr in sein Wartezimmer gehängt hat.

Jill de Rays Vater war Psychoanalytiker. Sie lachten. Die jungen Leute waren in Ordnung, der Umgang mit ihnen war angenehm, und sie hatten mir gerade einen hervorragenden Dienst erwiesen. Ihre Ansicht über Oscars Arbeit war vertretbar. Und sie liebten den Tango.

Ich erklärte mich einverstanden, sie bei einer ihrer nächsten nächtlichen Spritztouren zu begleiten. Um Fotos zu machen. Wenn ich eines Tages wieder welche machte. Später. Jedenfalls drängte mich nichts. In der Ellenbogenbeuge des Armes hockte Kamenew wie in einem Nest und leckte sich.

Oscars Besuche bei mir wurden zur Gewohnheit. Sie folgten einem genauen Fahrplan.

Er kam nur zu bestimmten Zeiten, zwischen fünf und sieben morgens, wenn er seine nächtlichen Streifzüge beendet hatte. Ohne das Wort jemals zu benutzen, erzählte er mir von seinen Klebeaktionen wie von einer Pflicht, einer «Mission». Seine Lage schien sich nicht verbessert zu haben: Sein Pullover wies immer mehr Löcher auf. Ich fragte ihn nie, wie und wo er tagsüber lebte. Eine stillschweigende Übereinkunft besagte nur, daß er im Morgengrauen bei mir klingeln konnte. Schlaf ist für mich nie Erholung gewesen, seine Besuche störten mich nicht. Es wurde zu einem Ritual. Ein paar Tassen Kaffee, etwas zu essen, ein bißchen Alkohol, ein paar Worte. Ich legte mich wieder ins Bett, er blieb in seinem Sessel sitzen und schlief. Ohne daß es mir besonders auffiel, wartete ich mit der Zeit darauf, daß er vorbeikam. Meistens verschwand er, bevor ich wach wurde. Die Katzen gingen ihm weniger ostentativ aus dem Weg, kamen ihm deshalb allerdings noch lange nicht nahe.

Er war nicht gerade gesprächig. Ich war es schon lange nicht mehr. Manchmal kam er müde und vielleicht auch etwas gekünstelt auf Paris zu sprechen, das eine harte Stadt sei, die er liebe, und auf Buenos Aires, eine andere, ebenfalls sehr harte Stadt, in die er nie mehr zurückkehren wolle.

– Nie mehr.

– Warum nicht?

Diesmal erzählte er mir von der Pampa, von seiner Ankunft in der Stadt und in wirrer Reihenfolge, bei der ich nicht alles begriff, von seinem Scheitern an der Universität, von seinen brasilianischen Freunden, von den verrückten Müttern und von den Falklandinseln. Die Falklandinseln, diesen Krieg hatte er mitgemacht.

– Beim ersten Einsatz hat sich der Hauptmann meines Bataillons ergeben. Sie haben es nicht geschafft, mich gefangenzunehmen, aber ich mußte fliehen. Das einzige Mal in meinem Leben! Das ganze Bataillon gefangen, nur ich nicht. Findest du das nicht zum Lachen?

Mir stand nicht der Sinn danach. Die Falklandinseln. Ein idiotischer Krieg, vom Zaun gebrochen von Schweinehunden gegen einen schwachsinnigen Kolonialismus. Die Schwachsinnigen hatten gewonnen, die Schweinehunde einen Teil ihrer Macht verloren und schließlich abgedankt.

– Warum hast du das Land verlassen? Sie haben jetzt eine Demokratie dort.

Er antwortete nicht.

Für unsere Verhältnisse war das ein langer Dialog. Er schlief stets ganz plötzlich ein, sein Kopf sackte nach vorn wie unter einem Schlag. Ich ließ ihn allein, achtete nur darauf, daß er gut zugedeckt war, und ließ Zigarettenschachteln liegen, die er mitnehmen konnte, wenn er ging (er nahm sie immer mit). Mehrmals hatte ich seine Leinentasche durchsucht, die er zusammen mit dem Leimeimer stets in der Diele zu Füßen der Schaufensterpuppe (Gene) abstellte. Ich habe nie etwas darin gefunden, nur einmal einen alten Presseausschnitt aus *Le Soir*. Marcs Artikel zur Eröffnung des *La Boca*. Ich hatte ihm oft vorgeschlagen, dort irgendwann abends einmal mit mir ein Glas zu trinken, aber er war ausgewichen, hatte mir zu verstehen gegeben, daß solche Lokale ihm nicht gefielen und er überhaupt keine Neigung habe, Emigrantenversammlungen zu besuchen. In Wirklichkeit wollte er nicht, daß unsere Beziehungen über die morgendliche Verschnaufpause und die paar Satzfetzen, die sie begleiteten, hinausgingen. Und das war mir ausgesprochen recht.

Die Tage vergingen schnell, ohne daß ich viel daraus machte. Das große Sortieren der Fotos und Negative, mit dem ich begonnen hatte, trug auch nicht gerade dazu bei, die Verdrossenheit zu mildern. Ich zerriß viele der mehr oder weniger alten Abzüge und warf sie weg. Es waren häufig Portraits und noch häufiger Portraits von Frauen. Bei vielen von ihnen ließ sich die Geschichte in diesen Bildern zusammenfassen, der Rest konnte unter Anekdote abgehakt werden. Aber keine Illusionen über dieses opfervolle Aufräumen, die Negative behielt ich. Ich entdeckte dabei, und das bereitete mir ein köstliches Unbehagen, daß eine ganze Anzahl verblaßt und vergilbt war, sicher weil ich sie beim Entwickeln zu oberflächlich fixiert hatte. Sie würden nur noch mittelmäßige Abzüge gestatten und irgendwann unbrauchbar sein. Es gab einfache Hilfsmittel, um diese Katastrophe aufzuhalten. Ich wußte, daß ich nicht darauf zurückgreifen würde. Es war mir ganz recht, daß die Eile, die manche Entwicklungen beherrscht hatte (dieses Fieber, die Bilder schnell erscheinen zu sehen und zu besitzen), sich langfristig als eine selbstzerstörerische Falle erwies.

Ich ging fast täglich in der Gegend der Place de la Bastille spazieren. Bahnhof und Viadukt waren seit langem abgerissen. Das weite offene Gelände, das sich vom Kino bis zum Hôpital des Quinze-Vingts erstreckte, war die Beute von Bulldozern und Kränen. Nach einer unbegreiflichen, nicht einmal erschreckenden Logik wurde gegraben, gebohrt und planiert. Viele streiften in der Umgebung herum und fotografierten das große Verschlingen, das gerade erst begonnen hatte.

Julio ging es schlecht und in dem Maße immer schlechter, wie der Tag seiner Abreise nach Buenos Aires näherrückte. Dieses Datum hatte er bereits mehrmals verschoben.

– Ich muß erst im Mai aussagen, also habe ich noch Zeit genug.

– Du fährst doch nicht nur hin, um auszusagen.

– Zurückzukehren ist eine schwierige Entscheidung, das ist alles.

Zurückkehren. *Volver*. Ganz dem Thema angemessen, pfiff Julio das berühmte Chanson von Gardel vor sich hin, allerdings nicht sehr lange. In seiner Art war Julio ein äußerst zurückhaltender Latino.

– Genau das ist unser Problem, das Problem von uns Emigranten. Abzureisen ist keine Kunst. Aber die Rückkehr...

– Wann fährst du?

– Morgen? In zwei Monaten? Was soll ich dir sagen? Ich habe einfach Angst, und damit Schluß.

Da saß er zwischen seinen baumelnden Filmstreifen, seinen Bildern, seinen Stapeln von Zeitungen aus der Heimat, mitten in seinem Museum. Es gab auch einen Koffer. Zum ersten Mal wurde mir klar, daß Julio ihn immer ganz ostentativ in einer Ecke des Zimmers hatte herumstehen lassen, gut sichtbar wie ein Wahrzeichen. Den Koffer und die Mate-Kalebasse.

– Machen wir eine Runde? schlug ich vor. Auf ein Glas?

– Ich habe eine andere Idee. Willst du das Kino sehen?

– Welches Kino?

– Das Paramount. Es ist jetzt dicht, mußt du wissen. Vorige Woche hatte ich meine letzte Vorführung.

– Was lief da?

– *L'année des méduses*. Ein echtes Meisterwerk. Gehen wir hin?

Das Kino hatte trotz seiner halbkreisförmigen Säulenhalle und seiner Kolonnade an der Vorderfront keinen besonderen Charme. Es war so schön wie ein ganz normales Kino in einem Stadtteil. Dem Stadtteil meiner Jugend.

– Tatsächlich?

– Aber sicher. Sämtliche Walt Disney-Streifen, Jean Marais, *Le Bossu, Le Capitan* und *Les misérables* mit Gabin. Die Harcourt-Fotos in der Halle.

Später waren dann die Bardot-Filme gekommen, alle mehr oder weniger ab sechzehn freigegeben. *La femme et le pantin, Une Parisienne, En cas de malheur*. Ich hatte in diesem Kino auch *James Bond contre Dr. No* gesehen, mit einer Frau, die eine reizvolle, verrückte Rosy-College-Garnitur trug. (Hatte Maleo Rosy-College-Wäsche in seiner Kollektion im Nebenraum? Müßte ich nachprüfen.)

– Dann wirst du wohl ganz schön schockiert sein, wenn sie das Ding abreißen!

Pah! Kein einziges Plakat kündigte mehr die Filme der Woche an. Über der vergitterten Eingangshalle gab es nur noch ein Rechteck aus nackten Mauersteinen. Keine Fotos mehr in den Vitrinen zu beiden Seiten des Eingangs.

Als Junge hatte ich einen Freund, der einen Weg gefunden hatte, das Rollgitter an der Glasscheibe aufzubrechen. Seine Methode richtete nicht allzuviel Schaden an und machte vor allem keinen Lärm. Wir unternahmen nächtliche Streifzüge dorthin. Bei der Gelegenheit habe ich mir das Foto von Jeanne Moreau besorgt, aus dem Film *Les amants*, sie liegt im Bett. Und ein anderes von Jayne Mansfield aus *La blonde et le shérif*.

– Gehen wir hinein?

Auf dem Boden bei der Kasse lagen rollenweise Eintrittskarten herum, Staub machte sich breit, der von der Straße her eindrang. Schon seit langem kein einziges Harcourt-Foto mehr. Abflauendes Interesse.

– Komm.

Ich folgte ihm über eine enge Treppe auf der linken Seite, die in den Vorführraum und weiter in eine Art Büro führte. Der Umzug war im großen und ganzen erledigt. Stapel von Ordnern lagen verstreut auf einem Tisch, runde Blechdosen waren in allen Ecken aufeinandergetürmt. Waren sie leer?

– Nein. Es sind Trailer, die nicht verwertet worden sind und auch nicht mehr verwertet werden.

– Nicht mal von dir?

– Ich habe mir so gut wie alles herausgeholt, was mich interessiert. Bediene dich nur, wenn du willst.

Les rues de l'enfer, L'été prochain, Joyeuses Pâques, Xanadu, Réveillon chez Bob, Urgence...

– Ein andermal.

– In diesem ganzen Schrott gibt es manchmal ein oder zwei interessante Bilder. Gelegentlich aber auch viel mehr, sagte er mit Nachdruck.

Dieser Bilderwust war sein Rohmaterial. Unter anderem Blickwinkel betrachtet auch das meine. Wo der Filmprojektor gestanden hatte, zeichnete sich eine Art helleres Viereck auf dem Plattenbelag ab. Durch die beiden rechteckigen Einschnitte in der Wand sah man nicht viel in dem dunklen Saal. Nicht einmal den weißen Fleck der Leinwand. Auch die hatten sie weggeschafft.

– Ich habe diese Arbeit sehr gern gemacht. Wenn ich nicht nach Buenos Aires fahre, dann vielleicht, weil ich dabeisein möchte an dem Tag, an dem sie alles zerstören.

– Das ist der einleuchtendste Grund, den du mir bisher genannt hast.

Es war trotzdem ein vorgeschobener Grund. Nur noch ein paar mit Klebstreifen befestigte Postkarten waren übrig an der schmutzigblauen Wand. Ansichten von Kurorten, rosigen, etwas leichtgeschürzten, blonden Mädchen und Denkmälern. Eine andere zeigte das Haus der Maria La Vasca in Buenos Aires.

– Woher weißt du das? fragte Julio erstaunt. Kennst du dieses Haus?

– Ich habe nie einen Fuß hineingesetzt.

Ich wußte aber, daß man annahm, die erste Tangopartitur sei hier geschrieben worden.

Mußte man denn unbedingt Argentinier sein, um Buenos Aires im Kopf zu haben?

– Schon gut. Diese Karte hat mir ein Cousin geschickt. Das war vor zwei Jahren. Seitdem habe ich nichts mehr von ihm gehört. Er ist ebenfalls Filmvorführer.

– Nichts mehr von ihm gehört, soll das heißen «verschwunden»?

– Wie soll ich das wissen? Es gibt viele Möglichkeiten, zu verschwinden, einfach so, ohne Vorankündigung.

Ich verstand nicht, weshalb er plötzlich so verärgert war.

– Man verschwindet! Das kann irgendeinen Grund haben, eine Liebesgeschichte, weil man sich selbst nicht mehr ertragen kann, weil man Politik macht oder jemanden kennt, der Politik gemacht hat! Für nichts!

Er zitterte.

– Und dieses Kino wird ebenfalls verschwinden! Es war nicht besonders schön, man saß schlecht, die Filme, die hier gezeigt wurden, waren eher blöd. Statt dessen wird ein hübscher Gebäudekomplex hingestellt, wohlgeordnet, schön sauber; man wird gute Theaterstücke aufführen, prima wird das, und alles zu sehr demokratischen Preisen.

– Was willst du damit sagen?

Julio kickte in einen Stapel Filmdosen. Die Filmrollen verteilten sich auf dem schmutzigen Boden, Schlangen, die einen bedrückt machten.

– Scheiße! Du bist doch der Pariser! (Er schwieg kurz, nahm mich mit ins Büro und zeigte auf ein eigenartiges rundes Fenster.) Sieh hinaus.

Ein Ausschnitt der Place de la Bastille. Die Seite mit dem Bassin de l'Arsenal. Ein schöner Anblick.

– Sieh genau hin, weil es in vierzehn Tagen vorbei ist damit. Dann siehst du nur noch einen Schutthaufen hier.

Er zündete sich eine Zigarette an, brachte Ruhe ins Spiel. Welches Spiel? Ich kannte ungefähr alles, was man so sagen konnte über Kinos, die zerstört werden, über die letzten Vorführungen, die nostalgischen B-Serien, die Kung-Fu-Filme, die Western, die Krimis, das Eis in der Pause und die Fummeleien mit der Kleinen auf dem Nebensitz. Der Abriß des Lux (für mich würde es immer das Lux bleiben, nicht das Paramount) war eine Schweinerei. Und nun?

– Nichts. Vergiß es. Ich bin nervös in letzter Zeit. Sie verfolgen mich wieder.

– Wer?

– Sie.

Resignierte Armbewegung («lassen wir's, Entschuldigung»), Zigarette aus und gleich die nächste an. Ein paar Meter weiter draußen auf der Straße bremste ein Bus sehr scharf. Es war ein vertrauter Lärm, der heraufdrang. Meine geliebte Stadtmusik.

– Du weißt nicht, wie das ist. Ich habe es drüben monatelang erlebt. Zu wissen, daß man dauernd belauert und verfolgt wird. Daß sie sich nicht mal verstecken, daß sie warten, die aufsteigende Panik beobachten. Sie lassen dich nicht los. Und wenn sie sich entschieden haben, oder wenn man ihnen den Befehl gibt...

Nicht nötig, es auszusprechen. Die Entführung im Morgengrauen, der grüne Falcon, die Kapuze auf dem Kopf, die Schläge, die sofort benommen machen, der Keller.

– Glaubst du wirklich, sie überwachen dich? Wer ist das, «sie»?

– Sei doch nicht so begriffsstutzig.

Es war nicht mein Heimatland, meine Informationen waren unvollständig, aber ich konnte mir wirklich nicht vorstellen, daß es der Radikalen Partei von Alfonsin gelungen war, innerhalb eines Jahres sämtliche Faschisten auszuschalten. Ich glaubte nicht, daß alle aufrührerischen Militärs im Gefängnis saßen und auf ihre Verurteilung warteten. Ich glaubte auch nicht, daß die Mörderbanden zerschlagen worden waren. Ich konnte verstehen, daß der belastende Sabato-Bericht und der bevorstehende Prozeß gegen die Juntaführer die Spannung steigen ließen. Alles in allem sagte man mir nach, daß ich von Politik immer noch ein bißchen Ahnung hatte. Julio umklammerte meine Schulter.

– Sieh jetzt mal hinaus.

Er schleppte mich zu dem ulkigen Bullauge des Büros. Es war schön draußen. Wintersonne.

– Was siehst du?

– Den Platz natürlich.

– Und sonst?

– Ganz nach Wahl: die Baustelle, das Gebäude mit der Werbung für Sani-Central, das Bassin de l'Arsenal...

– Die Bushaltestelle?

– Ja.
– Und da?
– Was, da?
– Wer steht da?
– Wer schon?

Leute, die ganz normal warteten. Eine dicke alte Frau. Ein Traumwesen, zumindest von hinten, mit zerzausten roten Haaren, in einen schwarzen Regenmantel gezwängt. Ein Mann, der die *Libération* las, ein jüngerer, in die *Humanité* vertieft. Ein Undefinierbarer mit Überzieher, der sich eine Zigarette anzündete. Ein kleines Mädchen, das den Fahrplan studierte und den Linien mit dem Finger folgte. Ein Typ mit Schirm, Mütze und Regenmantel, der nach der Rothaarigen schielte. Eine...

– Laß gut sein. Der kleine Kerl, der die *Huma* liest, und der andere da in dem etwas zu großen Überzieher. Sie waren da, als wir hineingegangen sind. Seitdem müssen an die zehn Busse vorbeigefahren sein. Ich habe sie schon mal gesehen. Sie gehören zu der Bande, die mich verfolgt.

– Bist du sicher?
– Paß auf.

Der 62er bremste jäh. Die Rothaarige stieg ein, das kleine Mädchen auch. Die anderen blieben zurück.

– Sie warten vielleicht auf den 76er.

Dieser Paranoiker ging mir allmählich auf die Nerven.

– Komm mit.
– Was hast du vor?
– Wir gehen.

Ich stürzte zur Treppe. Julio hielt mich zurück.

– Warte, sagte er. Okay, wir gehen hin. Aber vorher will ich dir noch etwas sagen.

Er war ein bißchen fahl im Gesicht, und ich dachte zuerst, ich hätte verstanden. Er würde erfahren, daß seine Befürchtungen unbegründet waren, und das konnte durchaus unangenehm sein für ihn. Für den Bruchteil einer Sekunde wurde mir klar, wie unentbehrlich die Falcons im Morgengrauen für ihn geworden waren.

– Darum geht es nicht, unterbrach er mich. Hier (mit einer ausladenden Bewegung umfaßte er den Vorführraum), hier war ich zu Hause. Hierher muß ich zurückkehren. Ich habe noch Dinge, die mir gehören. Wirst du mich daran erinnern?

Ich verstand nicht mehr. Er lachte etwas gezwungen.

– Für den Fall, daß sich meine Abreise nach Buenos Aires überstürzter gestaltet als vorgesehen...

– Los, komm jetzt.

Unten wartete ich, bis er das Gitter vorm Kinoeingang geschlossen hatte. Die beiden Typen, die er mir gezeigt hatte, standen immer noch bei den anderen, den gleichen wie eben. Eine Oma hatte sich zu der Gruppe gesellt, und ein Punkie, das wahrscheinlich ihre Enkelin war, weil sie sich untergehakt hatten. Ich sprach den Mann im Überzieher an.

– Pardon?

Ich war gut einen Kopf größer als er, dafür war er massig gebaut. Er hatte schwere Augenlider, und seine Wangen wiesen erste geplatzte Äderchen auf. Sehr vertrauenerweckend für den

Fall einer Prügelei. Warum dachte ich überhaupt daran? Der Mann war in den Fünzigern und sein Überzieher war tatsächlich zu weit. Er sah nicht aus wie ein Raufbold. Ich war ebenfalls keiner. Der junge *Huma*-Leser hatte eine speckige Lederjacke und ziemlich spitze Stiefel an.

– Wie bitte? fragte der dicke Mann.

– Sagen Sie... Sie warten nun schon fast eine Stunde auf Ihren Bus und...

Ich machte mich lächerlich. Was hieß das schon? Ich selber war schon ganze Tage lang ohne besonderen Grund auf diesem Platz herumgelaufen, hatte Passanten fotografiert, die das manchmal gar nicht gut fanden, hatte mich auf der Terrasse von Cafés aufgehalten und vage darauf gehofft, daß Jessica sich den Luxus eines überraschenden Stelldicheins leistete, auch das konnte sie nämlich gelegentlich. Julio lief ein paar Meter weiter auf und ab. Er fühlte sich unwohl.

– Also, was möchten Sie mir denn nun sagen? Daß ich Busse vorbeifahren lasse? Das ist richtig. Ich habe es nicht eilig. Ist das verboten?

Er lächelte leicht, seine Stimme war leise, er stand breitbeinig und solide auf dem Pflaster.

– Dieser Platz ist vielleicht der schönste von ganz Paris, werter Herr. Es macht Vergnügen, ihn zu bewundern. Alles bis in die kleinste Einzelheit zu studieren.

Ein 76er hielt am Straßenrand, um uns herum wurde es leer. Der *Huma*-Leser blieb. Der 76er fuhr weiter.

– Mein Freund denkt, daß Sie ihn verfolgen.

– Aha! Wir verfolgen ihn? Dann muß er sich

für ein hübsches Mädchen halten, oder er hat sich etwas vorzuwerfen. Was meinen Sie? Wo ist er, Ihr Freund?

So ging das weiter. Der Überzieher hatte überhaupt keinen Grund, mich zu schonen. Der *Huma*-Leser amüsierte sich köstlich. Es ist lange her, daß ein Leser der *Huma* mich ohne Argumente gesehen hat. Ich entschloß mich, den geordneten Rückzug anzutreten.

– Entzückt, Ihre Bekanntschaft gemacht zu haben, sagte der Mann. Und vergessen Sie nicht: In der Stadt verfolgt jeder jeden.

Am gleichen Abend erfuhr ich aus einer Nachricht, die Rita auf meinen Anrufbeantworter gesprochen hatte, daß Edgardo im Hôpital Saint-Louis gestorben war. Ich hatte ihn kein einziges Mal besucht. Aus Nachlässigkeit, aus Faulheit. Weil er kein sehr enger Freund gewesen war. Auch auf diese Weise verschwand man in der Stadt.

An diesem Morgen wie an jedem beliebigen kam Oscar nach einer Klebenacht bei mir vorbei. Immer abgerissener, aber wie stets untadelig rasiert. Er schlotterte vor Kälte. Wir sprachen kaum ein Wort. Auf dem Sessel halb ausgestreckt, trank er mehrere Tassen heißen Kaffees hintereinander und ein großes Glas Bourbon. «Ich habe eine Überraschung für dich», sagte er. Sein Kopf wackelte ein bißchen, und er schlief auf die fast gewaltsame Art ein, die ihm zur Gewohnheit geworden war. Er hatte keinerlei Fragen zu den Fotos gestellt, die den Boden bedeckten, meine gegenwärtige Sortierarbeit (ich warf immer weniger weg). Er stellte übrigens nie Fragen. Es klingelte, ein kurzes Klopfen. Julio.

Aufgeregt. Trotz der Kälte stand sein Hemd weit offen. Seine Hände steckten in den Taschen eines alten, aus der Form geratenen Parka. Ich hatte das Licht im Wohnzimmer gelöscht und bat ihn ins Schlafzimmer.

– Nebenan schläft ein Freund. Sprich leise.

Ich tat so, als machte ich Ordnung auf dem Tisch. Ich mußte unbedingt das Foto von Jessica verstecken. Ich wußte nicht, warum: Julio hätte sofort erkannt, daß nicht ich es aufgenommen hatte. Er hatte andere Dinge im Kopf.

– Sie sind dagewesen, sagte er.

Es war sechs Uhr morgens. Draußen fror es Stein und Bein, und Julio machte ein Gesicht, wie ich es bei ihm noch nie gesehen hatte.

– Eine Haussuchung. Wenn man das so nennen kann.

– Bei dir?

– Alles ist umgekrempelt worden. Kein Diebstahl, viel Bruch. Vor allem bei den Filmen. Aus reiner Freude am Wegschmeißen. Vandalen.

– Wann war das?

– Am Nachmittag, nehme ich an. Ich bin tagsüber nicht zu Hause gewesen (er seufzte). Ich habe mit Jessica einen Spaziergang gemacht. Ich habe sogar einen Teil der Nacht bei ihr und ihrem neuen Macker verbracht, wenn es dich interessiert. Du siehst, wie blöd das war. Als ich nach Hause kam, war meine Wohnung total auf den Kopf gestellt.

Und er war ganz selbstverständlich zu mir

gekommen! Warum? Warum war er nicht zu seiner lieben kleinen Schwester gegangen?

– Du gehst mir auf den Geist. Was weiß denn ich? Sind wir Freunde oder nicht, verdammt noch mal?

Richtig. Wir waren Freunde. Ich ging leise ins Wohnzimmer und tastete nach der Bourbonflasche.

– Drüben haben sie mir den Streich mehrmals gespielt. Zuletzt achtundvierzig Stunden vor meiner Verhaftung.

Zwei Jahre im Knast. Ohne Prozeß. Monatelang gefoltert.

– Wir sind hier nicht in Argentinien. Die Faschisten sind nicht an der Macht. Das kann ein einfacher Einbruch gewesen sein.

– Sie haben nichts gestohlen.

– Weil du nicht reich bist.

Wieder konnte er sich nur mühsam bezähmen.

– Weißt du, was sich bei uns abspielt? Der Prozeß kommt näher. Die Ehemaligen der Junta mobilisieren ihre gesamte Anhängerschar. Faschistische Pfaffen organisieren Messen, die regelrechte Versammlungen sind. Die alten faschistischen Sturmtruppen drehen auf. Gegen wen wohl? Gegen Alfonsin, gegen die Zeugen, gegen die Mütter.

– Das ist weit weg.

– Red keinen Mist! Das glaubst du doch selber nicht. Sie haben alles, was sie brauchen, um hier zu agieren. Und außerdem, weißt du schon das Neueste?

– Was?

– Zwei französische Anwälte, die auch Jessica, mich und einige andere Emigranten vertreten, haben gefordert, daß gegen Ortiz ein internationaler Haftbefehl erlassen wird.

Der Bourbon schmeckte immer schärfer, das Fenster war schlecht geschlossen, es ging auf den zugefrorenen Kanal.

Eine Hundekälte drang in das Zimmer. Ortiz? Der Mann, der Jessica gefoltert hatte?

– Er hat außerdem drei französische Staatsangehörige, die bei uns lebten, gefoltert und eigenhändig getötet. Eine alte Geschichte, die jetzt herausgekommen ist. Ortiz ist wichtig, weil man an ihm beweisen kann, daß es nicht nur um ein paar Hochrangige geht, die vor Gericht zu stellen sind. Daß die gesamte Armee Blut an den Händen hat.

– Gibt es Beweise gegen Ortiz?

Pause, Schweigen, dann:

– Ich habe welche. Glaub mir. Solche, die ihn stürzen lassen, ihn und eine Menge andere.

Er würde sie bis zum Prozeß behalten, einverstanden. Man sprach seit Wochen über diesen Hauptmann Ortiz. Zumindest in einigen Zeitungen. *Le Soir, Libération*. Ein Symbol. Vielleicht weil ich nicht besonders viel über seine Vergangenheit wußte, kam mir Julio, der verrückte Filmvorführer, nicht gerade wie der Inbegriff des entscheidenden Zeugen vor. Seine Geschichte war nicht hieb- und stichfest. Der Tag brach an, und ich war etwas benommen. Julio konnte hier schlafen, wenn er wollte. Aber wo? In meinem Zimmer, warum nicht. Aber er sollte mich eine Weile in Ruhe lassen, damit ich noch einmal über dieses Foto nachdenken konnte.

Julio hatte keine Angst, das war es nicht. Nur etwas Schicksalhaftes im Blick.

– Nein, danke. Ich gehe nach Hause.

– Ich begleite dich.

– Nicht nötig. Jetzt zeigen sie sich ein oder zwei Tage nicht mehr. Wir telefonieren regelmäßig miteinander, das ist besser.

– Einverstanden. Willst du immer noch fahren?

– Glaubst du, ich hätte Angst, auszusagen? Keine Sorge.

– Das habe ich nicht gemeint.

– Schluß jetzt!

Ich begleitete ihn in die Diele. Sinowjew und Radek kamen, um sich an seinen Waden zu reiben. Ich war entschieden zu müde, ihn bis zur Bastille zu begleiten.

– Ich wollte dir sagen... Unten vor deinem Haus hat einer was Seltsames geklebt. Plakate. Komm mal mit.

Wir brauchten nur das Atelier zu durchqueren, den Ort, an dem ich früher Leute empfing, die sich in Positur setzten, Persönlichkeiten, Mannequins, sehr schöne Frauen manchmal. Über kurz oder lang würde ich die Arbeit wohl wiederaufnehmen müssen. Etwas anderes konnte ich nicht, nur das, schöne Fotos machen. Seit kurzem wußte ich, daß sie verderben konnten.

– Guck dir das an!

Er hing überall, an den Bretterzäunen der Baustelle um die Grünanlage, an den Mauern des Gebäudes, auf der anderen Seite des Kanals. Oscars Gefolterter in eindrucksvoller Serie. In dieser Nacht hatte er ordentlich geschuftet. Das war also seine Überraschung!

– An deinem Haus hängt es auch.

Julio nahm mich beim Arm. Er wirkte beunruhigt.

– Es hat mir einen Schock versetzt, dieses Plakat wiederzusehen.

– Es wird schon seit Monaten in Paris geklebt.

– Ich gehe nicht so häufig aus. Ich habe es noch nie gesehen. Jedenfalls nicht hier.

Er trank. Wir tranken beide erheblich zuviel.

– In Buenos Aires gab es auch ein solches Plakat. Der gleiche Entwurf, das gleiche unsignierte Plakat, dieser Typ. In den Zeiten von Isabelle Peron. Es wurde systematisch abgerissen.

– Und dann?

– Nichts mehr. Ich weiß nicht mehr genau, wann; aber man sah es einfach nicht mehr, nicht einmal am frühen Morgen. Auch ein Fall von Verschwinden. Es war schon ein merkwürdiger Eindruck, es hier unten bei dir wiederzusehen.

– Weißt du, wer es gemalt hat?

Er zögerte.

– Das ist nicht so wichtig. Es war eine der vielfältigen Widerstandsformen. Andere Leute überfielen Banken, organisierten Attentate... Warum wird es hier im Viertel geklebt?

Ich würde ihm Oscar nicht vorstellen. Es gab keinen besonderen Grund, es war einfach unmöglich. Zwei Türen und ein paar Meter weiter war sein rauhes Schnarchen zu hören. Ich hatte mehrfach diese friedliche Gelöstheit bemerkt: Bei mir jedenfalls schlief Oscar gut.

Wir waren leicht betrunken. Julio machte eine ungeschickte Bewegung. Das Glas fiel zu Boden. Scherbenklirren.

– Es wird Zeit, daß ich gehe.

Das zerbrochene Glas störte mich nicht weiter. Wieder begleitete ich Julio in die Diele. Da tauchte Oscar auf. Er war verschlafen, schwere Lider. Zum ersten Mal fiel mir auf, daß er ein bißchen stank. Das kam vom Dreck.

– *Que pasa*?

– Julio musterte ihn erstaunt. Er schloß von diesem verstörten Mann, an dem noch schmutziger Leim glänzte, augenblicklich auf die Plakate, die überall in meiner Umgebung geklebt worden waren, und schien darüber verärgert. Oscar kniff die Augen zusammen, murmelte unverständliche Worte.

– Wir kennen uns, sagte Julio.

– Sie irren sich, sagte Oscar.

In der Küche miauten die Katzen. Sie hatten Hunger. Wir sahen alle drei ein bißchen blöd aus, wie wir da in Gesellschaft von Gene in der Diele standen. Das bleiche Licht der Deckenlampe höhlte unsere Gesichter auf wenig vorteilhafte Weise aus.

– Da bin ich nicht so sicher, sagte Julio.

Oscar zuckte gereizt die Achseln: Ist ja lächerlich. Er nahm seine Tasche: Ich gehe dann. Einen Moment lang dachte ich, Julio würde ihn zurückhalten, aber nichts dergleichen. Er ging hinaus, machte die Tür unsanft hinter sich zu. Allmählich war ich wirklich müde.

Durch das Fenster sah ich, daß die Plakate unten noch hingen. Die wenigen Passanten, die steif vor Kälte mit schnellen, abgehackten Schritten und eingezogenem Kopf vorübergingen, schenkten ihnen keine Beachtung. An den Schleusentoren, da, wo normalerweise das Wasser hervorschießt, an der Verbindungsstelle von Stein und Holz, hatten sich dicke durchsichtige Eistrauben gebildet. Vom Frost gebleicht, ähnelte Paris immer mehr den Schwarzweißbildern, die es von der Stadt gab.

Schlafen? Der Augenblick war zu schön. Die Stunde für einen weiteren Kaffee, für die Tageszeitung, sogar schon für die Post. Ins *Capitale* hinuntergehen? Natürlich, ich war erschöpft. Wie immer und erheblich stärker, seitdem ich nicht mehr fotografierte. Ich hatte mich geirrt. Der Bruch mit Jessica entlastete mich überhaupt nicht, erlaubte mir nicht, die Stadt wieder neu zu erfahren. Paris franste aus. Während eines eher ziellosen Spaziergangs hatte ich mich sogar schon einmal verlaufen.

Ich machte das Fenster weit auf, die Kälte drang ein, ein Schock. Für die Zeit einer Zigarette blieb ich schlotternd dort stehen und sah auf die Straße hinunter. Der Wirt des *Capitale* begann, die Plakate abzureißen, die seiner Kneipe am nächsten waren. Der Frost machte ihm die Arbeit nicht leichter.

Das Telefon läutete, ich hob nicht ab. Es klingelte fast eine Minute lang. Brach ab. Fing wieder an. Ich zog den Stecker heraus. Da war dieses Foto von Jessica.

Ich holte es unter dem Heft hervor, wo ich es

vor Julio verborgen hatte. Es war notwendig, daß ich mich ihm noch einmal aussetzte.

Jessica lag auf den Knien, der Oberkörper ruhte auf einer Art gepolstertem Hocker. Sie war nackt, bot ihre Hüften dar und drückte sich die Brust auf dem gespannten Stoff des lächerlichen Möbelstücks platt. Er mußte sie in dieser Stellung gebumst haben, vor oder nach der Fotografie. Das Foto eines Verliebten, eines Amateurs. Baxter?

Ich hatte genug Zeit gehabt, den ungeschickten Gebrauch des Blitzlichts zu registrieren, die laienhafte Einstellung der Brennweite, wodurch die Körperproportionen verzerrt waren. Auch den konventionellen Luxus des Teppichs, den Schick der im Hintergrund sichtbaren Sessel hatte ich zur Kenntnis genommen. Eine Wohnung? Ein Hotel?

Vorher oder nachher? Das war tatsächlich die Frage. Jessica ist nicht vollkommen nackt. Etwas Hemdähnliches in Weiß bedeckt ihre Taille, nur die Taille. Doch, sie hat vorher gevögelt, ganz eindeutig.

Der Kopf liegt in der Ellbogenbeuge. Der andere Arm ist ungezwungen nach vorn gestreckt. Die Hand stützt sich auf den Teppich und hält einen undefinierbaren Gegenstand, ein Parfumfläschchen oder einen künstlichen Penis.

Er hat sie gerade gebumst, oder sie hat sich in seinem Beisein selbst befriedigt. Der bekannte Effekt: Die Unbeholfenheit des Fotos, die Gelöstheit der Haltung machen das Bild noch intimer, noch unerträglicher.

Dieses Bild hatte sie mir in jener Novembernacht in einem Umschlag überreicht. Es kam nicht in Frage, sie zu vergessen. Keinen einzigen Tag, keine einzige Minute. Nichts davon verlieren. Darauf legte ich Wert.

Ich schloß das Fenster wie einer, der kapituliert.

Cour de Février

Diese Schritte? Wen suchen sie?
Dieser Wagen? Hält er vor seiner Tür?
Und diese Männer auf der Straße?
Was überwachen sie?
Die Nacht, die Geräusche sind unzählig.

Le Chant du Coq – Bruits,
J. Cedron, J. Gelman

Im Briefkasten lagen zwei Umschläge. Der erste wattiert, großes Format, steif. Die Schrift kannte ich. Unmöglich, ihn sofort zu öffnen. Ich wußte, was er enthielt. Ein Foto. Ich steckte ihn in meine Jacke. Der zweite war äußerlich harmloser: Name und Adresse in steilen Buchstaben, Standardformat, weißes Papier. Ich öffnete ihn. Ein Brief von Julio, ebenfalls mit der Maschine geschrieben.

Er war abgereist, es war geschafft. Jedenfalls sollte es geschafft sein, wenn ich den Brief läse. «Genug gezögert, ich reise ab.» Er erwähnte seine «Pflicht», die «ihn nach drüben rief» und daß er sich beinahe schäme, weil er das Unausweichliche so lange vor sich hergeschoben hatte. Er ging sogar noch weiter. «Ich muß dir sagen, amigo (nie hatte er mich 'amigo' genannt), daß ich jetzt, da der Entschluß gefaßt ist, glaube, daß ich für immer abreise. Das war es, was mir

Angst gemacht hat: Diese Rückkehr ist die wahre Rückkehr. Ich möchte Buenos Aires wiederfinden, darin untertauchen, mich darin verlieren und als guter, namenloser *porteño* meinen Platz einnehmen. Du wirst also vielleicht nie mehr von mir hören. Du sollst aber wissen, daß eine meiner ersten Taten darin bestehen wird, auf den Friedhof zu gehen und Carlito Gardel eine Zigarette zwischen die Finger zu stecken, und zwar eine Gauloise bleue. Dir zu Ehren. Ist dir das recht? Ich sage dir das zum Zeitpunkt meiner Abreise («*Volver*» hatte er darübergeschrieben), weil es eine idiotische Tradition ist und weil du sie eines Abends im *La Boca* mit Feuereifer verteidigt hast. Ich umarme dich.»

Das Ganze ergab einen sympathischen, herzlichen Brief. Er schloß mit einem handgeschriebenen «*che!*» genau über der Unterschrift.

Ich erinnerte mich flüchtig an einen anderen Brief, auch er ein Abschiedsgruß, in dem Guevara Castro mit «all seinem revolutionären Feuer umarmte», und darüber konnte ich nicht lächeln.

Julios Brief wirkte echt.

Es war falsch von mir gewesen, ihn zu vernachlässigen nach der Nacht der Durchsuchung. Es hatte an Jessica gelegen, nur an ihr. Ich hatte ihm übelgenommen, daß er zu mir kam, nachdem er sie gerade verlassen hatte. Entweder die Schwester oder der Freund? So ähnlich war es wohl. Ich war nicht stolz darauf. Er hatte die Verlegenheit gespürt.

Oscar ebenfalls. Seine Plakate... Ich konnte mir vorstellen, daß sie die Entwicklung erheblich beschleunigt hatten.

Und dann, nein. Dieser Brief paßte nicht. Er war gefälscht.

Zum einen war der Anschlag der Schreibmaschine zu leicht. Julio benutzte seine Maschine nur selten. Eine Remington, die er auf dem Flohmarkt gekauft hatte. Meines Wissens hatte er allerdings nie wirklich damit gearbeitet.

Julio rief mich an. Er schrieb mir selten oder gar nicht.

Sie hatten ihn entführt. Hatten diesen gefälschten Brief auf seiner Maschine getippt. Er hatte recht gehabt, die Gefahr gewittert. Natürlich hatten sie ihn verfolgt und gejagt, natürlich hatten sie alle Mittel, ihren «schmutzigen Krieg» nach Europa oder wohin sie wollten auszudehnen. Julio hatte Beweise gegen sie. Sie hatten ihn aus dem Weg geräumt.

Die handgeschriebenen Worte? Die bewiesen gar nichts. Julios Schrift war leicht zu imitieren. Das «Che» am Schluß zum Beispiel, das paßte überhaupt nicht zu ihm. Sicher äußerte er als waschechter Argentinier gelegentlich solche geläufigen Ausrufe wie: «Eh!», «Salut!», «Che!» Aber deshalb schrieb er sie noch lange nicht...

Hatten andere außer mir Briefe dieser Art erhalten? Jessica? Wann wollte sie abreisen? Vielleicht gab es eine Notiz zwischen den Fotos in ihrem Umschlag. Wenige Worte: «Ich reise ab.»

Ich öffnete den Umschlag nicht.

Es war Sonntag, immer noch sehr kalt, aber nicht mehr so schlimm wie in den vorangegangenen Tagen. Ida la Clocharde pries ihre Waren an. Wer kaufte ihre Brillen? Wer? Die Kunden drängten sich nicht, obwohl um sie herum viel Betrieb war, Spaziergänger, die bestürzt vor den Trümmern standen.

Sie gestikulierte, schwenkte ihre Brillen, bot sie nicht stückweise sondern gleich handvollweise an. Ein Franc, zwei Franc, eine kleine Spende für den guten Zweck! Schöne Brillen: Pappgestell, grüner und roter Kunststoff für die Augen. Sie machte eine enttäuschte Bewegung. Niemand kaufte.

– Ich geb's auf. Ich werde den Kram auf der Place d'Aligre verhökern. Machen wir Pause?

Ein dicker Stein unter vielen anderen konnte als Sitz dienen. Wir ließen uns nieder. Ich holte eine Schachtel Gauloises heraus. Ida nahm sich fünf oder sechs Zigaretten. Von den Schaulustigen hinter uns traute sich keiner so recht auf die Baustelle.

– Die Brillen hab' ich massenweise hinter der Kasse gefunden, sagte sie. Soll ich's dir zeigen?

– Später.

– Hast du schon mal dreidimensionales Kintopp gesehen? Wie ist das?

– Nicht schlecht. Es würde dir gefallen.

– Zu blöd. Das hab' ich verpaßt. Jetzt...

Es gab keine Wände, keinen Saal, keine abgeschabten roten Plüschsitze mehr. Nur noch einen Schutthaufen. Wo vorher die Leinwand war, ein Loch. Nicht sehr tief. An diesem Platz hatten Ida und ich uns niedergelassen. Das war eine alte Geschichte mit uns beiden. Zu der Zeit, als ich ins Kino ging, donnerstags mit der Jugendgruppe, war sie Platzanweiserin. Damals war sie mir aufgefallen wegen ihrer Strümpfe mit Naht und dieses prächtigen Hinterteils, das unter dem schwarzen Rock spannte. Unter uns Jungen kursierten jede Menge Geschichten über sie. Über Dinge, die sie angeblich mit den Größeren oder jedenfalls mit manchen von ihnen auf der Kinotoilette anstellte, unglaubliche Sachen. Ich hatte ihr das sehr viel später erzählt. Sie hatte gelacht.

– Ein oder zwei von euch waren tatsächlich ganz niedlich, aber...

Ich hatte sie auf dem Markt an der Place d'Aligre am Rand des Flohmarktbereichs angesprochen. Es hatte mich Zeit gekostet, die Zeit einer ausgedehnten Verhandlung über den Preis irgendeiner alten Single von den Shadows, die sich zwischen all den anderen Platten auf ihrem Einkaufswagen mit den verbogenen Rädern verlor. Sie wollte zehn Franc, ich bot fünf, und so hätten wir stundenlang weiterfeilschen können. Ihr Aussehen machte mich stutzig. Ich glaube, daß ich sie zuerst an ihren ziemlich stämmigen Waden erkannt habe und dann sehr schnell an allem Übrigen: Sie war es. Ida. Natürlich hatte sie keinerlei besondere Erinnerung an mich, dafür war ich in der Schar der Donnerstagsgören zu sehr untergegangen. Aber all die Geschichten ergaben ein stimmiges Bild. Ich war wirklich einer der Ihren, gehörte zu dieser Epoche ihres Lebens. «Eine glückliche Epoche», darauf hatte sie bestanden. Eine der wenigen.

Für sie war alles an dem Tag kaputtgegangen, als das Lux zum Paramount wurde. Man hatte ihr zwar angeboten, sie zu übernehmen, aber zu der Zeit sah es nicht gut aus in ihrem Leben. Ihr

Mann, ihre Tochter, alle machten sich aus dem Staub. Und sie selber, das wollte sie gern zugeben, hatte angefangen, gehörig zu saufen. Warum? Wer kann das wissen!

– Was ich auf dem Scheißhaus gemacht habe? Den Jungs einen abgelutscht?

– Ganz bestimmt. Genau das haben wir geglaubt. Und nicht nur das.

Ich hatte sie auf ein Glas in der Kneipe am Markt eingeladen, und es blieb nicht bei dem einen. Ich war glücklich über dieses Wiedersehen, diese Rückkehr zum Ausgangspunkt. Der Wein, die Zeit, die unförmige Kleidung hatten dafür gesorgt, daß sie nicht wiederzuerkennen war. Blieben die Strümpfe, selbst mit Laufmaschen. Sie zwinkerte mir zu.

– Und jetzt? Würde es dir jetzt gefallen?

Sie hatte den Preis genannt, fünfzig Franc pro Nummer, der Preis von fünf Singles. Weil ich einen Sinn für Konsequenzen habe und auch, weil ich diese Kindheitserinnerungen haßte, die man samt und sonders abtöten muß, hätte ich beinahe eingewilligt, ich, der nie zu Nutten geht. Das Ganze lief schließlich darauf hinaus, daß ich ihr die Plattenladung für fünfhundert Eier abnahm. Kuhhandel zu Ende, noch 'ne Runde trokkenen Weißen, bitte sehr, und bis zum nächsten Mal.

Wir sahen uns von Zeit zu Zeit im *Bretagne*, einer Kneipe an der Rue de Charenton, oder anderswo. Meistens nicht weit vom Kino entfernt.

– Wozu soll der ganze Aufwand hier gut sein? Für eine Oper?

Sie stibitzte mir weitere Zigaretten, trällerte: «Wie die Feder im Wind, hängt mir die Scheiße im Arsch...»

Sie hatte immer noch ein sehr schönes Profil. Im schmeichelnden Gegenlicht traten die suffbedingten Schwellungen zurück. Ein hartes, fast aristokratisches Profil. Vor allem die Nackenlinie war makellos.

– «Wie die Feder im Wind...»

Sie zog an der Gauloise, weinte dabei, und das sah ich nicht so gern. Sie ähnelte einem Foto von Brassaï.

Beim Abriß des Kinos hatten die Abbrucharbeiter eine alte Werbung für Nicolas-Weine zutage gefördert. Sie war auf die Brandmauer zum *Nectar* gemalt und zeigte einen Auslieferer in blauem Kittel, der fächerförmig angeordnete Weinflaschen in den Händen hielt. Sein Kopf war abgeschnitten. Man hätte ein Foto davon machen müssen. Das ebenfalls zu zerstören wäre.

Ich hatte nie ein Foto von Ida gemacht. Sie nahm sich zusammen.

– Ich glaube, daß sie morgen alles abreißen werden. Das bißchen, was noch übrig ist.

Was war geblieben? Die Fassade (Rotunde, Säulen), die Eingangshalle, das Büro und der Vorführraum oben drüber... Seit seinem Brief hatte ich nichts mehr von Julio gehört.

– Ein Schlückchen, mein Freund?

Wie man ein Kaninchen aus dem Hut zaubert, hatte sie eine Flasche aus der Tasche ihres formlosen Umhangs hervorgeholt. Ich hatte nichts gegen einen Fleuron-Vin de Table Français-Blanc

Sec (abgefüllt von den Vereinigten Kellereien in AF 94320 – Félix Potin). Unter den vorwurfsvollen Blicken der Nicht-Brillenkäufer tranken wir einen ordentlichen Schluck. Ich umarmte Ida.

– Ich werfe mal einen Blick in das Kino.

Ich stand auf.

– Paß auf, da ist alles kaputt.

Was vom Paramount geblieben war, glich einem Bühnenbild. Vom Platz her gesehen konnte man denken, alles sei noch intakt, die Fassade, die Säulenhalle, die Kolonnade. Von der Baustelle aus betrachtet, zum Beispiel von jenem Ort, den man früher Cour aux Juifs nannte und der gleichzeitig mit dem Bahnhof zerstört worden war, sah es aus wie ausgeweidet. Ich marschierte los, ließ Ida sitzen, ging an einer Gruppe von Schaulustigen vorbei (ein paar kannte ich vom Sehen, Leute aus dem Viertel, Stammgäste des *Rey*, des *Tour-d'Argent, des Tabac de la Bastille*).

Hier ein Teil von einem Sessel, da ein Streifen Eintrittskarten. Man mußte einen sicheren Tritt haben, um auf dieser Ansammlung aus losen Steinen nicht zu stolpern. Wenn sie morgen wieder mit der Arbeit begannen, war die vollständige Zerstörung bestimmt nur eine Sache von Stunden. Ich stieß die Flügeltür auf (abgeblätterte Farbe, ein schmutziges Beige, kleine viereckige Fenster aus bläulichem Glas), betrat die Halle gleich neben der Kasse. Seit dem Besuch mit Julio hatte sich nicht viel verändert, der desolate Zustand trat nur noch endgültiger zutage. Ida hatte wahrlich nicht versucht, die Exklusivrechte an ihrem Fund zu wahren: Brillen für dreidimensionales Sehen fand man auf Schritt und

Tritt. Ein paar Meter weiter, hinter dem Gitter und den Glastüren, lag die Place de la Bastille in friedlicher Stille, ein Wintersonntag. Ich hörte ein Geräusch, eine Art Rascheln.

Durch zwei Türen gelangte man von der Halle in das, was einmal der Saal gewesen war. Ich war durch die eine hereingekommen und ging jetzt auf die zweite zu. Ein Baggerstoß hatte sie teilweise zerstört. In den Trümmern machte sich ein Mann zu schaffen. Ich grüßte ihn. Er war einen Moment lang überrascht, dann grüßte er zurück und ließ eine enttäuschte Geste folgen, als wollte er mich auf das Ausmaß der Schäden aufmerksam machen.

Mitten im Schutt verstreut lagen runde Weißblechdosen (manche geöffnet, sie enthielten Filmrollen), die meisten geschlossen. Darauf runde Etiketten: «Éditions René Château», «Éclair», «Parafrance» usw.

– Ein schönes Durcheinander, was? sagte eine Männerstimme.

Ich konnte ihn nicht gut sehen, er stand mit dem Rücken zum Licht. Hinter ihm baumelten wie unzählige Lianen verdrehte Filmstreifen aus dem Vorführraum herab. Das hätte Julio gefallen. Oder wahrscheinlicher, es hätte ihn bestürzt. Der Mann stand gebückt und hatte seine Wühlerei wiederaufgenommen. Mit beachtlicher Betriebsamkeit öffnete er die Dosen, drehte sich zum Licht, inspizierte die Filme, warf sie wieder zurück oder steckte sie in den großen grauen Plastikmüllsack, den er mit sich herumschleppte.

Es gab immer noch eine Anzahl unberührter Dosen. Einige davon zu meinen Füßen. Ich machte mich an meine eigenen Nachforschungen.

Nichts als ziemlich beschissene Trailer, Thriller französischer Machart oder drittklassige Horrorfilme.

– Wir sind nicht die ersten, sagte der Mann. Die interessanten Sachen sind allesamt schon rausgesucht worden.

Die Stimme klang atemlos, der Ton wollte auf unauffällige Weise abschrecken. Ich machte weiter. Sogar mit wachsender Erregung. Auf die Titel kam es nicht an, ich beachtete sie kaum. Die Einteilung 24 Bilder pro Sekunde über jeweils einen Meter war verblüffend. Kein Film, sondern eine schwindelerregende Abfolge von erstarrten Fotos. Ich wühlte und war bald von einer wahren Besessenheit erfaßt.

Ganz in meiner Nähe fand sich eine alte Prisunic-Tüte, in die ich meine Schätze hineinstopfte. Ich durchforstete die Filmspulen, trennte mit den Nägeln die Sequenzen ab, die mich interessierten. Schnell begriff ich das System meiner anfänglich unsicheren Auswahl. Was mich interessierte, waren Gewalt- oder Pornoszenen, Großaufnahmen von Schauspielern und vor allem von Schauspielerinnen. Weil die Vorfilme aus Prinzip aufdringlich sind, boten sie in dieser Hinsicht eine Fülle von Material.

Manchmal verzichtete ich aufs Betrachten (die Arme zum Licht strecken, zum gähnenden Loch in der Ruine, zum ehemaligen Saal) und packte die Spule samt ihrer Dose ein. Stillschweigend hatte sich eine Aufteilung des Plünderungsgebiets zwischen mir und dem Mann ergeben. Durch Höflichkeiten.

– Für Sie, dieser Stapel?

– Nehmen Sie ihn. Ich kümmere mich um den da.

– Sehr gut.

Wäre ein Dritter hinzugekommen, es hätte Krieg gegeben. Ich hatte schon zwei Tüten zum Bersten voll. Ich sah bereits, wie ich das Material im Labor behandelte oder es mir auf der Leinwand vorführte wie Dias. Die kleinen Brüste der Sophie Marceau, die üppigeren der Kaprisky. Diese erstaunliche Prügelszene. Oder auch dieses Springmesser, das in weniger als 48 Bildern aus einer Jacke hervorwächst.

Ich malte mir aus, daß ich Abzüge machen und mit den Negativen Schwarzhandel treiben würde, sah mich einzelne Fotos aus ihrem Filmkontext reißen und hatte sogar schon Ideen, welche Geschichten man daraus spinnen konnte. Ich dachte an Julios Erregung, die ich nicht immer verstanden hatte. Ich vergaß, daß ich seit nahezu drei Monaten kein Foto, keine Laborarbeit mehr gemacht hatte. Hatte Julio noch Material hier?

Es war natürlich eine Plünderung, aber gleichzeitig war ich fest davon überzeugt, ein Rettungswerk zu tun.

– Ich gehe jetzt nach oben, sagte der Mann.

– Ich begleite Sie.

Was wollte er dagegen einwenden? Jetzt konnte ich ihn besser sehen. Gut dreißig sicherlich, die lockigen Haare schon etwas gelichtet, hohe Stirn, Nickelbrille. Er hatte eine Intellektuellenvisage und starke Kiefer. Er verzog das Gesicht. Ich beruhigte ihn.

– Sie waren zuerst da, Sie haben den Vortritt.

– Versuchen wir, uns zu arrangieren.

Außer dem weinroten Hemd, der schwarzen Krawatte und dem dicken Überzieher hatte der Mensch noch ein weiteres Merkmal: einen leichten, kaum wahrnehmbaren spanischen Akzent. Als wir wieder in der Halle waren, zeigte er mir ein Plakat, das auf dem Boden lag. «Freigegeben ab 18 Jahre»; Pappe, weiße Buchstaben auf hellblauem Grund.

– Wollen Sie es?

– Bedienen Sie sich.

– Vielen Dank. Und dies hier?

Über einer Tür eine Wandleuchte. In weißen Buchstaben auf grünem Grund das Wort: «Ausgang». Es gab noch eine weitere Leuchte dieser Art in der Halle.

– Die nehme ich.

– Gehen wir hinauf.

Die gleiche Treppe wie mit Julio einen Monat zuvor. Ergänzt um den Schutt, die herausgerissenen elektrischen Leitungen, den Tod. Der Vorführraum bot den schwer zu ertragenden Anblick eines schlampig gemachten Umzugs und einer absonderlichen Vandalenaktion. Es waren nur noch wenige Filmspulen da. Wir teilten sie uns. Dann untersuchte der Mann die Wände, riß sich einen ziemlich veralteten Kalender unter den Nagel. Unverständlicherweise hing die Postkarte von Julios Cousin noch da. Das Haus der Maria La Vasca. Er nahm sie sich. Ich protestierte nicht.

Ich sagte, und warum hätte ich es nicht sagen sollen:

– Das Geburtshaus des Tangos.

– Wie bitte?

– Das Haus da auf der Karte.

– So? sagte der Mann. Interessant.

– Warum haben Sie die Karte genommen, wenn Sie gar nicht wissen, was sie zeigt?

Er zuckte die Achseln. Was zeigte diese Karte schon? Eine Ansammlung von Möbeln, Stühlen, ein Bett, Schränke. Auch Koffer. Eine vollbusige Frau in grünem Kleid betrachtet sich verlegen im Spiegel eines der Schränke. Es stehen Koffer herum, und an einer rauh verputzten Wand findet sich eine interessante, leicht malvenfarbene Beleuchtung. Ein Bild, das augenblicklich die Lust am Verwurzeltsein und das Verhängnis des Exils suggeriert (aber das sind Konstruktionen, die mir rasch und für gewöhnlich folgenlos in den Sinn kommen).

– Wollen Sie die Karte haben?

– Behalten Sie sie nur. Sind Sie Argentinier?

Er schien sich zu versteifen.

– Ich habe lange in Madrid gelebt, sagte er.

Blieb der Arbeitsbereich. Diesmal ging ich weniger ernsthaft zu Werke. Ich war überzeugt, daß Julio in diesem Bereich alles gesichtet und ausgewählt hatte. Ein paar Verfolgungs- und Bettszenen, eine Schießerei und ähnliche Sachen suchte ich mir trotzdem aus. Der Mann dagegen sackte mit einer Raffgier ein, die von Sekunde zu Sekunde ausgeprägter wurde. Als ob er das gesuchte seltene Stück nicht finden könnte.

Bei meinem Besuch mit Julio hatte ich die

Falltür in der Decke nicht bemerkt. Eine Leiter war darangelehnt. Sie stand nicht ganz fest, konnte aber gut halten. Sie führte auf das Dach des Kinos. Das Risiko lag auf der Hand. Der Mann beobachtete mich aus dem Augenwinkel. Er kam mir zuvor, zwang sich zu einem Lächeln.

– Sie möchten gern hinaufklettern, fürchten aber, ich könnte die Gelegenheit nutzen, um mich aus Ihrer Tasche zu bedienen, oder?

So ähnlich war es.

– Ich bin mir tatsächlich nicht sicher, ob ich der Versuchung widerstehen könnte. Klettern wir zusammen hinauf. Einverstanden? Es reizt mich wirklich, zu wissen, wie es da oben ist.

Es war schön. Als wir ins Freie kamen, die Luft war sehr frisch, befanden wir uns in der Mitte des Kreisbogens, auf der Rückseite des Schildes «Paramount-Filmtheater» (große Zinkbuchstaben, dunkelrot gestrichen, die Farbe abgeblättert). Jenseits davon lag der Platz, so gigantisch, wie ich ihn nie gesehen, nie aufgenommen hatte. Der Verzicht auf den Fotoapparat wurde unerträglich. Ich spürte es noch deutlicher, als der Mann eine Minox aus seiner Tasche nahm. Er hatte vorgesorgt.

Er schlängelte sich zwischen die riesigen Buchstaben und fing an zu knipsen. Zur Linken die Baustelle. Bahnhof und Viadukt dem Erdboden gleichgemacht. Die Grenze für die Abbrucharbeiten bildete das *Hêtre de la Bastille,* eine Stammkneipe an der Ecke Rue de Lyon und Avenue Daumesnil. Der Mann fotografierte den Beginn des Kanals. Eine Metro fuhr vorbei. Er machte weiter, als ob er eine Serie von Fotos erzielen wollte, die ein Panorama ergaben. Das hätte ich an seiner Stelle jedenfalls getan. Damit ich später zu Hause die Organisation und die Funktion dieses Ensembles verstand, dieses Zusammenpralls von Vierteln mit widersprüchlichen Traditionen, deren überraschenden Mittelpunkt die Julisäule bildete.

Jetzt fotografierte er das *Tour-d'Argent*. Es lag so nahe, daß wir die Fassade berühren konnten. Ich hatte das Gefühl, als würde er mich bestehlen, mich um Bilder bringen, die nur ich hätte aufnehmen dürfen.

– Gestatten Sie?

Er hatte mich im Visier. «Erinnerungsfotos», erläuterte er. Ich gab mir keine Mühe, vorteilhaft auszusehen. Er beendete sein Spiel.

– Der Abriß dieses Kinos ist ein Skandal. Finden Sie nicht?

– Das ist es sicherlich.

Er steckte seine Minox ein, wurde etwas lebhafter.

– Wissen Sie, alles was mit Film zusammenhängt, begeistert mich. All diese Filme, all diese Streifen, die hier zurückgelassen werden, das macht mich ganz verrückt. Ich bin wohl ein Besessener, ja, genau das bin ich: ein Besessener.

Der Mann war sehr zufrieden, daß er dieses Wort gefunden hatte. Er nahm mich bei der Schulter, zog seine Hand aber schnell wieder zurück aus Furcht, er könnte mich verärgern.

– Ich werde Ihnen einen Vorschlag machen.

Ich hätte es doch gemerkt, nicht wahr, meine Anwesenheit habe ihm zwar nicht gepaßt, aber er habe sich taktvoll damit abgefunden. Schließlich habe jeder das Recht, die sterblichen Hüllen zu besichtigen.

– Aber das enttäuscht mich, verstehen Sie? Es ist, als ob Sie mir bei einer Versteigerung alles vor der Nase wegschnappten.

– Sie hätten früher kommen können.

– Ich bin nicht ständig in Paris. Ich habe das Massaker erst gestern abend entdeckt.

Er konnte nicht anders: Er legte mir wieder seine Hand auf den Rücken.

– Ich kaufe Ihnen alles ab. Ohne zu feilschen. Was ist Ihr Preis?

– Der Preis wofür?

– Für alles, was Sie gefunden haben: die Spulen, die Filmfetzen, alles.

– Kein Preis. Ich behalte es.

Ich hätte ihm ebensogut erklären können, daß auch der Bewaffnete Arm unverkäuflich war. Ich tat es nicht. Meine Weigerung ärgerte ihn.

– Das ist doch idiotisch. Was Sie da haben, interessiert nur einen...

Besessenen. Er wiederholte das Wort. Ich war es auf andere Art genauso wie er, das war alles, und das hieß nein.

Weil ich bestimmt nicht nachgeben würde, schätzte er eine Sekunde lang Zweckmäßigkeit und Erfolgschancen einer körperlichen Auseinandersetzung ab. Dieser Intellektuellenkopf hatte keine Skrupel, bei Bedarf Gewalt anzuwenden. Zu Recht oder zu Unrecht kam er zu dem Schluß, daß die Dinge sich nicht so einfach regeln lassen würden, und entschied sich für eine friedlichere Gangart.

– Wie Sie wollen, schade. Ich war bereit, bis 1000 Franc zu gehen.

– Bedaure.

– Gehen wir hinunter.

Ich wäre gern ein paar Minuten allein auf dem Dach geblieben, um den Platz zu betrachten. Es war unmöglich. Einmal im Vorführraum, brauchte der Mann nur die Leiter umzukippen, dann wurde die Sache kompliziert. Also beschloß ich, vor der Zerstörung noch einmal hierher zurückzukehren, komme, was da wolle.

Unten teilten wir uns ohne Überzeugung ein paar Stapel zerkratzter und ziemlich verschmutzter Fotos. Uninteressante Filme, Schauspieler, die nicht zur Legende geworden waren.

Er warf sich das Ganze über die Schulter, beugte sich leicht vor, beladen wie ein Kuli.

– Ich glaube, es ist alles gesagt. Auf Wiedersehen?

– Warum nicht.

Der Mann sagte, *che compadre*, bestimmt sehen wir uns eines Tages wieder, *hasta luego*. Eine Visage wie ein Politkommissar. Oder ein Bulle. Oder ein... Besessener. Woher rührte nur mein Eindruck, daß dieser Mann bewaffnet war, daß er aktuelle Karteien besaß, vielleicht über das Kino, vielleicht über eine Menge anderer Dinge oder verschiedene Leute? Von nun an gehörte auch mein Gesicht zu seiner Sammlung.

Ida erzählte mir, daß seit zwei oder drei Tagen Leute abends in den Trümmern des Kinos herumwühlten. Wer? Das wußte sie nicht. Keine Leute aus dem Viertel, bestimmt nicht, sie kannte hier jeden, auch wenn sich alles veränderte, auch wenn Lagerhallen, die nach Holzleim rochen, sich in schicke Appartements verwandelten und Galerien aus der Hallen-Gegend sich in der Rue de Lappe niederließen. Sie lachte über all diese Neuankömmlinge, die sich einbildeten, sie könnten das Gelände so leicht erobern, und nahm mich beim Arm, plötzlich ein wenig niedergeschlagen.

– Ehrlich gesagt, je mehr ich darüber nachdenke... die Idee, hier eine Oper hinzusetzen, ist eine verdammte Schweinerei. Glaubst du nicht?

– Nicht unbedingt. Wir gehen zusammen in die Premiere, einverstanden? Für die Generalprobe vor der Presse lade ich dich ein. Ehrenwort.

– Soll das heißen, du bist damit einverstanden, daß sie hier alles kaputtschlagen?

– Nicht ganz. Aber es ist auch unser Fehler, wenn wir ihnen das Gelände überlassen.

Sie seufzte und sagte, daß sie in die Opernpremiere gern mitgehen wolle. Wir banden die Plastiktüten mit Gummiseilen und ein paar Bindfäden, die sie aus der Tasche zog, auf meinem Fahrrad fest.

– Im Grunde ist das ungerecht, sagte sie.

– Was?

– Wir machen beide das gleiche. Wir heben Dinge auf. Aber ich bin eine kaputte Alte und du: ein Sammler.

Der Tag ging zur Neige, ein bleierner Himmel. Die Kälte nahm zu. Wo schlief Ida heute nacht? Sie antwortete, wie es sich gehört, das sei nicht meine Sache. Ich nahm einen Schluck Fleuron-

Blanc Sec an, und sie klaute mir noch ein paar Gauloises.

Was konnte ich dagegen tun? Der Mann aus dem Kino saß auf seinem Motorrad und versuchte nicht einmal, Tricks zu gebrauchen. Auf dem Boulevard Beaumarchais verfolgte er mich im Abstand von ungefähr fünfzig Metern. Es war wirklich komisch, eine 500er Honda auf der Spur eines Fahrrads. Und beunruhigend. Aber der Typ war vielleicht alles andere als ein unschuldiger «Besessener». Auch Julio war verfolgt worden. Lange Zeit, wie er gesagt hatte. Von Männern, die sich nicht versteckten. Ich bog in eine Einbahnstraße, Richtung Rue du Pas-de-la-Mule. Daß ich der roten Ampel ein Schnippchen geschlagen hatte, würde meinen Verfolger nicht lange aufhalten, darauf fiel keiner rein. Ich fuhr jetzt auf dem Bürgersteig unter den Arkaden, immer noch in der falschen Richtung. Es ärgerte mich ein bißchen, daß ich mir nicht die Schaufenster ansehen konnte. Er war mir immer noch auf den Fersen, mit gedrosselter Geschwindigkeit.

Obwohl Winter war, wimmelte es von Spaziergängern. Auf der Höhe der Rue de Béarn angekommen (auf die erlesenen Steine der Arkade war ein schöner Gainsbourg aufgesprüht), bog ich auf den Platz ein und fuhr im Schrittempo. Wie es auch ausging, er konnte mich einholen, wenn er wollte. Aber ich hatte das unendlich beruhigende Gefühl, daß ich hier auf vertrautem Gelände war und er nicht. Woher kam er? Ich fuhr ein paar Runden und Schlenker in der Gegend der Reiterstatue Ludwigs XIII. Die

Bäume waren kahl, Kinder spielten in den drekkigen Sandkästen des hochherrschaftlichen Platzes. Der Mann war sich unschlüssig, wie er sich verhalten sollte. Ich mir auch.

Man hätte ein paar Fotos machen können von den unsympathischen Gören, den einfältigen Liebespaaren, den neu verputzten Fassaden. Ich verzog mich in Richtung Rue de Birague. Hinter mir hörte ich so etwas wie das Aufheulen eines Motors.

Er hätte mich beinahe eingeholt, als ich zur Rue Saint-Antoine unterwegs war und gerade das Polizeiauto gekreuzt hatte. Die Bullen konnten bei einem Radfahrer, der entgegen der Fahrtrichtung im Schrittempo fuhr, ein Auge zudrükken. Der Mann aus dem Kino war aber Motorradfahrer. Ohne Helm. Sie würden ihm wohl nicht allzulange auf den Wecker gehen. Ich war sicher, daß seine Papiere in Ordnung waren, und sein Verstoß war ziemlich harmlos. Aber er gab mir Zeit, Boden zu gewinnen. Nicht weit von hier, in der Gegend von Saint-Paul, gibt es ein ausgezeichnetes Weinlokal. Dort genehmigte ich mir ein paar Gläser Brouilly und verschiedene edle Käsesorten. Das Raleigh hatte ich in einer Toreinfahrt abgestellt.

Es war nicht das Vordringlichste, die Bilder zu sichten, die ich im Paramount eingesammelt hatte.

Mit Jessicas Post kam das Foto des Monats. Sie war schon wieder nackt. Auf einem Bett mit zerknüllten Laken ausgestreckt, nur von einer kleinen Nachttischlampe beleuchtet, lag sie und schlief. Ich war sicher, daß sie nicht nur so tat, daß es keine Pose war. Das entspannte Gesicht, die Gelöstheit der Hand auf dem dicken Kissen, diese charakteristische Wölbung der Schulter, all das hatte seinen Grund in der Versunkenheit des echten Schlafes.

Ob wahr oder unwahr, sie hatte mir einmal gesagt, ich sei der einzige Mann, mit dem sie je geschlafen habe. Seit dem Gefängnis. Dieses Foto tat mir nicht gut. Für so etwas war sie nicht gemacht. Ich hatte nicht allzuviel Zeit, mich in sündige Gedanken zu vertiefen. Das Telefon klingelte. Es war Marc. Er wollte, daß ich ihn besuchte.

– In meiner Wohnung, der neuen. Ich bin gerade umgezogen.

– Wohin?

– Passage du Cheval-Blanc, Cour de Février.

Ganz in der Nähe der Zeitung und auf dem besten Weg, eine schicke Gegend zu werden. Marc hatte Sinn fürs Einträgliche, und das betraf jeden Aspekt seines Lebens.

Der Anwalt Maître Jacob sah nach nichts aus: ein schlaffer Vierziger, zerknitterter Anzug, Pünktchenkrawatte. Er stand im Ruf, ein Anwalt der Linken zu sein, und wohnte in der Rue du Ranelagh. Seine sonstigen Aktivitäten in der Menschenrechtsliga, wo er wohl so etwas war wie Stellvertreter des Stellvertreters des Vorsitzenden, machten aus ihm nicht gerade eine hochrangige Persönlichkeit des öffentlichen Lebens. Er litt darunter.

– Ich habe ebenfalls einen Brief von Julio erhalten, sagte er. Wie Sie. Wie alle nahen Bekannten. Es sind Fälschungen. Gar kein Zweifel. Julio ist entführt worden.

– Haben Sie Beweise? sagte Marc.

Er hatte die Versammlung in der Cour de Février mitten in den Kisten und Kästen seines Umzugs organisiert. So stellte er sich offenbar ein unauffälliges Treffen vor.

– In allen Briefen, erklärte der Anwalt, finden sich ein paar Worte, die mit der Hand hinzugefügt sind, wie um sie authentischer zu machen. Diese Handschrift habe ich von einem befreundeten Fachmann analysieren lassen.

– Und?

Maître Jacob zuckte die Achseln.

– Nichts Beweiskräftiges, weder in der einen noch in der anderen Richtung.

Eines Nachts im Balajo war Julio dermaßen betrunken gewesen, daß er es nicht schaffte, einen Scheck auszustellen. Ich hatte anhand seines Passes seine Unterschrift imitiert. Wenn es nur um ein paar Worte ging, konnte jeder diese Schrift nachahmen.

– Sein Name taucht bei keiner Fluggesellschaft in den Listen auf.

– Das beweist gar nichts, sagte ich. Er hat mir mehrfach versichert, daß er über einen ganzen Satz verschiedener Ausweispapiere verfügt.

– Auf welchen Namen?

– Ich habe nicht die geringste Ahnung.

– Und warum sollte er das gemacht haben?

– Paranoia, Angst, was weiß ich? Vielleicht wollte er die Spuren verwischen. Er fühlte sich verfolgt.

– Er wurde verfolgt. Er ist nicht in Buenos Aires.

– Was wissen Sie über ihn?

Der Anwalt versuchte nicht einmal, zu überzeugen, nicht uns.

– Bei all seinen immer wieder verschobenen Abreiseterminen und der Angst, die er hatte, war eine Sache zwischen uns ganz klar vereinbart. Sollte er jemals in einer plötzlichen Anwandlung aufbrechen, wollte er mir, sobald er angekommen war, eine Nachricht schicken, einen verschlüsselten Brief.

Er hatte offensichtlich nichts dergleichen erhalten, und Julio war seit zwei Wochen verschwunden. Man mußte schon begriffsstutzig sein, um nicht an Entführung zu glauben. Es war eine Suchmeldung aufgegeben worden. Jacob machte sich keine großen Hoffnungen bezüglich ihrer Wirksamkeit.

– Solange die Presse sich nicht einschaltet, wird sich die Polizei auf Routinearbeit beschränken. Im Klartext, sie wird nichts tun.

– Und was soll ich da machen? erregte sich Marc. Wissen Sie, wie viele Menschen jedes Jahr in Frankreich verschwinden? Fast 3 000! Abgehauen, in Luft aufgelöst, eine Spur, nichts mehr. Keine Entführungen: Fluchten, Wahnsinnsanfälle. Weiß der Teufel was.

– Mit Julio ist das anders.

– Gut, akzeptiert. Wo sind die Beweise?

– Er wollte aussagen. Dieser Prozeß drüben ist der Prozeß des Jahrhunderts.

– Hunderte von Typen werden dort erscheinen. Julio ist als Zeuge nicht wichtiger als jeder andere.

– Doch, sagte der Anwalt. Er hatte erdrückende Beweise gegen einen Mann, einen Hauptmann, der sich im Augenblick wohl in Sicherheit wiegt. Wir haben ein Auslieferungsersuchen gegen ihn gestellt.

– Hauptmann Ortiz? Eine fette Beute.

Marc hatte seine Vorteile und seine Nachteile, aber er schaltete schnell. Selbst eine junge Demokratie wird beurteilt nach dem Schicksal, das sie Leuten wie Ortiz bereitet. Eine exemplarische Figur. Er dachte laut vor sich hin.

– Solche Kerle werden entweder sehr schnell während des Aufstandes liquidiert, oder man verurteilt sie, indem man ihnen jede Verteidigungsmöglichkeit läßt. Aber man verurteilt sie.

– Es hat kein Aufstand stattgefunden. Die Militärs haben die Macht abgegeben.

Die Falklandinseln, die Wirtschaftskrise. Marc kannte das alles. Er wurde etwas lebhafter; der Beginn einer spürbaren Erregung, wie jeden Tag, wenn es auf die Redaktionskonferenz zuging.

– Julio war also im Besitz von Dokumenten oder ähnlichen Dingen. Wo sind sie?

– Keine Ahnung, sagte der Anwalt. Er hat mir davon erzählt, hat sie mir aber nie gezeigt. Er sagte, er wolle warten, bis seine Stunde gekommen sei.

– So hat er sich auch mir gegenüber geäußert, sagte ich.

– Verflucht, sagte Marc. Wie soll ich mit lauter Windeiern eine Pressekampagne starten?

Maître Jacob zündete sich eine Zigarette an,

was nicht zu seinen Gewohnheiten gehörte. Er zog ein paarmal daran, ohne den Rauch zu inhalieren, zappelte auf seinem Umzugskarton hin und her und verfiel in einen feierlichen Ton.

– Ich vertrete zwei Familien, deren Kinder während der Diktatur in Argentinien verschwunden sind. Außerdem berate ich mehrere politische Flüchtlinge (er legte eine Pause ein). Ich bin überzeugt (neue Pause, dann mit Nachdruck): ich bin zutiefst überzeugt, daß Freunde von Hauptmann Ortiz sich gegenwärtig in Paris aufhalten. Daß sie es sind, die Julio entführt haben. Daß sie alles tun, um bestimmte weitere Zeugen, die in ein paar Wochen am Prozeß gegen die Junta teilnehmen müssen, einzuschüchtern. Verstehen Sie?

– Was mich betrifft, will ich Ihnen gern glauben, sagte Marc mit einer müden Geste. Aber die Beweise?

– Das hier.

Es war Maître Jacobs Pech, daß er den Gegenstand vorführte wie andere einen Taschenspielertrick. Dieser Mann war ebenso anrührend wie unsympathisch. Als ob seine Gewißheiten über jeden Zweifel erhaben wären. Was er uns zeigte, war ein Sarg. Ein kleiner Sarg von etwa zwanzig Zentimeter Länge, aus Balsaholz geschnitzt.

Auf der einen Seite war der Name des Empfängers eingraviert: Maître Jacob, Rue du Ranelagh. Auf der anderen drei Großbuchstaben: AAA.

– Wissen Sie, was das heißen soll?

– Antikommunistische Allianz Argentiniens, sagte Marc. Verdammt, für wen halten Sie mich?

Das ist vielleicht ein Scherz. Warum auch nicht? Und außerdem dürfte jemand wie Sie solche Drohungen ziemlich oft erhalten.

– So ist es, sagte der Anwalt, ohne sich groß aufzuplustern.

Marc erhob sich, machte eine paar Schritte in Richtung der verglasten Wand. Er war unzufrieden, witterte den großen Coup ganz in der Nähe und wußte nicht, wie er ihn packen sollte.

– Julio war dein Freund. Wenn er sich jemandem anvertraut hat, dann dir. Da müssen wir einhaken. Versuch, dich zu erinnern.

Für ihn war ich der Dreh- und Angelpunkt für die mögliche Sensationsnachricht. Sein Pech! Der Anwalt sah aus wie ein Profi für schwierige Fälle, und ich wußte nichts. Julio war ein Typ, der nur dann mit Volldampf bei mir antanzte, wenn man seine Wohnung verwüstet hatte. Und zu mir paßte, daß ich ihn wegen ein paar kleiner Gereiztheiten, die sich aus einem komplizierten Liebesverhältnis ergaben, fallenlassen hatte. Die Nacht senkte sich über den Innenhof. Marc hatte sich eine schöne Wohnung gesucht, seinem neuen Standard angemessen, aber nicht angeberisch. Er drängte uns ein wenig. *Le Soir* erwartete ihn.

– Da ist noch etwas, sagte der Anwalt.

– Heraus damit.

– Mir ist aufgefallen, daß manchmal ein Mann um meine Kanzlei oder in der Nähe meiner Wohnung herumschleicht.

Er beschrieb ihn. Mittelgroß, um die dreißig, die gelockten Haare ziemlich gelichtet, Nickelbrille, zu großer Überzieher. Wo hatte ich gelesen, daß *porteños* Leute sind, die leicht frieren?

Kaum war ich zur Tür hereingekommen, da klingelte es. Ich verschob die Schmuserei mit den Katzen und machte auf. Ein Mann stand im Treppenhaus. Wir hatten uns mehrere Jahre lang nicht gesehen, aber ich kannte ihn gut. Polizeiinspektor Villon.

Er hatte sich nicht sehr verändert. Immer noch die gleiche Mischung aus Tweed und abgetragenen Jeans, US-Hemd für fünfzig Franc und Jackett. Vielleicht besuchten wir auch die gleichen Bars und die gleichen Absteigen. Nur nicht in den gleichen Nächten. Wahrscheinlich, weil wir nicht den gleichen Job hatten.

– Darf ich?

Er trat ein. Er kannte den Weg.

Wie war das doch damals gewesen? Ein schlecht geplanter Einsatz? Ein Schönheitsfehler? Eine alte Geschichte jedenfalls. Aber ich war Zeuge gewesen, und zwar aus nächster Nähe. Fast der Hauptdarsteller. Diese Geiselnahme in Beaubourg, die mit einem Massaker zu Ende gegangen war, gehörte zu den Erinnerungen, an die ich nicht so gern rührte. Nicht allzu oft. Nur sehr behutsam.

– Machen wir's amtlich oder...?

– Machen Sie's, wie Sie wollen.

Villon selber hatte nicht geschossen. Aber er hatte den Einsatz geplant. Die Typen auf der anderen Seite waren Idioten und bewaffnet, zugegeben. Kein Grund, ihnen nicht die geringste Chance zu lassen. Alle tot.

Er betrat das vollgestellte Wohnzimmer, setzte sich in den thailändischen Sessel. Sinowjew protestierte nicht.

– Ganz Ihrer Meinung, sagte der Bulle. Es gibt keine guten alten Zeiten, die wir gemeinsam feiern könnten. Bieten Sie mir trotzdem etwas zu trinken an?

Ich glaubte mich zu erinnern, daß er auf Bier stand. Ich hatte zwei oder drei Gueuze auf Lager, aber auch andere Sorten, falls er wollte. Daran glaubte ich allerdings nicht so recht. Die Katzen beobachteten uns neugierig. Und ich beobachtete Villon. Bei genauerem Hinsehen wirkte er älter. Falten, noch nicht sehr ausgeprägt. Weniger Haare. Nicht mehr blond, eher weiß. Er trank langsam, es drängte ihn nicht, zu reden. Wenn er keine Waffe in der Hand hielt, war er ein geradezu besinnlicher Bulle.

Die Fotos auf dem Boden verstreut, Filmspulenstapel.

– Großes Aufräumen?

– Muß manchmal sein.

Er blieb lange vor einem großen Portrait von Jessica stehen, das an der Wand hing. Vor Oscars Plakat. Er amüsierte sich über den Bewaffneten Arm über seinem Kopf.

– Ich habe mich gefragt, wer diesen Arm wohl gestohlen haben könnte. Ob Sie es glauben oder nicht, ich hatte Sie im Verdacht.

– Sind Sie deshalb hergekommen?

– Also gut, seufzte er. Gehen wir an die Arbeit. Ich stelle Nachforschungen über das Verschwinden dieses Julio an. Sie kannten ihn, wie es scheint. War er Ihr Freund? Nach Aussage seines Anwalts ist das eine eigenartige Geschichte. Wie ist Ihr Eindruck?

– Meine Zeugenaussage?

– Wenn Sie so wollen. Aber ich möchte zuerst Ihren Eindruck hören.

Er beugte sich vor in seinem Sessel, rieb sich die Augen und öffnete zerstreut eine neue Flasche Bier, als ob wir uns am Vortag gesehen hätten, als ob bei unserer letzten Begegnung kein Massaker stattgefunden hätte. Als die Angelegenheit vorbei war, hatte ich ihm die Fresse poliert, er hatte sich nicht gewehrt. Ein komischer Bulle.

– Sie haben ihn entführt, sagte ich.

– Wer?

– Die Typen von der Junta. Deren Freunde in Paris.

– Das meinen Sie wirklich?

– Ja.

Er nahm einen großen Schluck. Frisches Bier, Kirschgeschmack. Er stand auf.

– Ich meine es auch. Aber wie kann man es beweisen?

– Sehen Sie Möglichkeiten?

– Überhaupt keine. Aber man braucht ja wohl nicht mehr als zwei Gramm Politik im Kopf, um zu verstehen, oder? Die berühmten Beweise, die er gegen Ortiz hatte, hat er Ihnen davon erzählt?

– Ja. Aber ich weiß nicht, worum es sich handelt.

– Was für ein Trottel! Auf diese Weise haben sie sich schon immer kriegen lassen, diese Latinos. Die Ehre und der Schwanz. Großes Theater. Aber was Technik angeht: nichts.

Kein Zweifel, Inspektor Villon war ein linker Bulle geblieben.

– Und was ist das da?

Oscars Plakat hatte seine Neugier geweckt.

– Das ist doch auch argentinisch, oder? Ich würde zu gern den Typen kennenlernen, der das macht. Gute Arbeit (Pause). Eine ehrenwerte Arbeit. Darf ich Ihnen eine indiskrete Frage stellen?

Er war im Dienst.

– Aus welcher Zeit rührt Ihre erste... (er suchte nach Worten)... Ihre erste, sagen wir, bewußte Politisierung?

Das kam unerwartet, aber es war tatsächlich eine Frage. Ab welchem Zeitpunkt? Das Ende des Algerienkrieges? Charonne? Ja, Charonne war ein wichtiges Datum. Meine erste Demo. Treffpunkt war vor dem Lux-Filmtheater. Mein Vater hielt mich an der Hand. Er ging nie zu Demos. Bei dieser hatte er gesagt, es sei ein Muß. Ich hatte gesagt (meine Güte, ich war ein grüner Junge damals), nimm mich mit. Er hatte geantwortet: einverstanden. Es hatte ernst geklungen. Wir waren weit weg von jeder Metrostation, als der Angriff losging. Sehr weit weg. In der Rue de Montreuil hatten wir uns in eine Toreinfahrt flüchten müssen, um uns vor den entfesselten Bullen zu schützen. Ich hatte keine Angst gehabt. Daran erinnere ich mich sogar am deutlichsten. Nur das Gefühl, wehrlos zu sein, nichts in der Hand zu haben. Warum hatten wir keine Waffen, wo doch die anderen welche hatten? Ich war noch klein damals.

Ab welchem Zeitpunkt die ersten politischen Aktivitäten? Zur gleichen Zeit hatte es Straßenunruhen gegeben. Ein Schulfreund, der in dem Viertel wohnte, hatte mir auch von den Ertrunkenen erzählt, Algerier, die man im Canal Saint-

Martin wiederfand. (Und schon vor Jahren hatte ich mich entschieden, am Kanal zu wohnen, oberhalb der bewußten Stelle, die man die «Strecke der Verstorbenen» nannte, aber dieser Name reicht natürlich sehr viel weiter zurück als die algerische Revolution.) Tote, von denen die Zeitungen nicht sprachen, die man nicht zur Kenntnis nehmen wollte.

Ab welchem Zeitpunkt? Vielleicht seit dem Schock, den die Entführung von Mehdi Ben Barka ausgelöst hatte? Mitten in Paris, am hellichten Tag. Verschwunden! Das war die Zeit der Dritte-Welt-Bewegung, des Aufrufs von Che.

– Che!

Das Zauberwort. Die Losung. Che Guevara. Che Bandoneon! Che Buenos Aires! Was hatte ich Vertraulichkeiten von mir zu geben? Dieser Bulle nervte mich.

– Wie bei mir, sagte er nachdenklich. Ich weiß auch nicht genau, wann ich angefangen habe, mit meiner gesamten Umgebung unzufrieden zu sein. Während des Krieges wohnte meine Mutter in der Rue des Ecouffes. Kennen Sie das Viertel? Die Nachbarin, die sie im Juli 1942 versteckt hat, eine tapfere Frau, hat ihr erzählt, wie sehr sie die Reaktion der meisten Leute überrascht hat. Juden wurden verhaftet, niemand hatte etwas gesehen. Sie verschwanden, und es war, als hätten sie nie existiert. Oder man sagte, das sei unumgänglich, weil sie irgend etwas angestellt hätten. Das Leben ging weiter. Ich brauche Sie ja wohl nicht daran zu erinnern, daß es französische Bullen waren, die die Razzia organisiert haben.

Ich wurde kurz danach geboren, als sie wieder Republikaner geworden waren.

Was wußte ich schon von einem Bullen? Villon hockte ein wenig krumm im Sessel, sein Jackett saß schlecht, der Halfter hatte sich an seiner Hüfte verkeilt. Die Knarre sah nach einer 357er Magnum-Dienstpistole aus. Er war wirklich gealtert. Stärker als ich es auf den ersten Blick bemerkt hatte.

– Falls es das ist, was Sie sagen wollen – nicht nötig, mich daran zu erinnern. Ich habe meinen Teil an Schönheitsfehlern weg.

Etwas angeknackst, aber immer noch giftig. Genau das war er. Nur möglicherweise nicht mehr so glücklich, ein Bulle zu sein.

– Die Untersuchung, sagte er, ist reine Formsache. Der Anwalt ist in Aufregung, die Polizei tut ihre Pflicht, der normale Gang der Dinge.

– Kurz, man wird Julio niemals wiederfinden.

– Ich möchte wissen, wo der Typ geblieben ist. Ob er in Buenos Aires sitzt und gerade an seinen Nägeln kaut, oder auf der Flucht vor Liebeskummer irgendwo in der Welt herumstreunt. Aber wenn er in Paris oder Umgebung ist mit einem Lötkolben im Arsch, du lieber Himmel, dann ist es nicht meine Schuld, wenn man ihn so bald nicht wiederfindet. Verstehen wir uns? Diese Verschwundenen sind ein Alptraum für mich.

So tragisch es war, ich hatte ihm nichts, wirklich gar nichts zu sagen. Nicht mehr als dem Anwalt oder Marc. Und das hatte nichts zu tun mit dem unerquicklichen Eindruck, daß mir gegenüber ein Bulle saß, der so aussah, als suchte er seine Seele zu retten.

So gut es eben ging, sah ich mir die Filmbilder im Diaprojektor an. Ein altes Gerät, das ich selten benutze, nicht für so etwas gedacht.

Das Faszinierende an diesen Bildern war, daß sie jedes Zusammenhangs und jeder Geschichte beraubt waren. Gestohlene Bilder. Selbst bei den alltäglichsten war der Schock so stark wie bei der unerlaubten Lektüre eines Tagebuchs, eines unterschlagenen Briefes.

Da gab es Verbrechen, Küsse, Prügel, Fluchten, Umarmungen; man sah aufregende Schwenks, bekannte Gesichter, die wie ertappt wirkten (ich dachte: kompromittiert). Das hatte nichts zu tun mit den Szenenfotos, die für die Werbung und das Image gemacht wurden. Hier war es das Obszöne der lebendigen Aufnahme, das Unbewußte, vom kinematografischen Blick an den Tag gebracht.

Und ich erinnerte mich an gewisse Fotos, Bilder, die ich heimlich im dunklen Saal von der Leinwand abfotografiert hatte.

Auf diese Weise hatte ich die Bardot am Anfang von *Mépris* eingefangen; Vogler, der in *Alice* prüfend seine Polaroid-Fotos betrachtet; Muni in *Scarface* bei der Begrüßung der Freunde, die er bald ermorden würde; das Gesicht von de Niro, dem Fixer, der alles versteht, in *Il etait une fois en Amérique*, und viele andere Bilder. Ich hatte häufig das Kino abfotografiert (oder sogar das Fernsehen), so wie ich Jessica, die Straße oder Paris fotografiert hatte.

Mit den Streifen, die ich im Paramount in großer Erregung eingesammelt hatte, drang ich in das innerste Geheimnis einer ungewissen Fiktion ein. Da nur Bruchstücke außerhalb jedes Erzählrahmens zu sehen waren, verwiesen mich die Bilder auf eine rein zufällige Darstellung, parallel, überzeugend und in die Irre führend.

Belmondo stürzt sich in einen Wasserfall, Eastwood zielt mit seiner Waffe, Bo Derek zeigt ihre Brüste; das hatte etwas Ruhiges, darin fand man sich zurecht. Unerklärlicher war eine kurze Sequenz, in der nur die Hand einer Frau zu sehen ist, eine Hand mit karmesinroten Fingernägeln, die ein Springmesser schwingt. Gegen wen? Man sah es nicht. Um sie herum ein luxuriöses Appartement. Oder eine andere Folge auf einigen Dutzend Zentimetern Film: eine Silhouette, die nachts über eine Straße läuft. Der Wettermantel flattert. Es regnet. Das Licht der Straßenlaternen auf dem bläulichen Asphalt. Die Silhouette, es ist eine Frau, erreicht eine Telefonzelle. Klassisch. Und danach? Danach, nichts.

Anderswo auf einigen Zentimetern Film schleppen zwei Männer, von denen man nur die Beine sieht, eine Frau, die sich wehrt. In der Wohnung keine Möbel bis auf eine Art Schreibtisch. Das Bild ist schlecht eingestellt, auf der Leinwand dürfte es hin- und herspringen, wie um einen Reportageeffekt zu erzielen.

Von dieser Art hatte ich Dutzende von Fragmenten, die ich größtenteils nicht identifizieren konnte (ich hatte nur wenige vollständige Spulen mitgenommen, weil mir die Blechdosen zu schwer gewesen waren). Sie alle wollten etwas sagen, verbargen eine Geschichte. Ich mußte Ordnung in dieses Durcheinander bringen. Das Telefon läutete. Es war Rita.

Ruben war gestorben.

– Selbstmord, ergänzte sie ein paar Sekunden später.

– Wie?

– Mit dem Revolver. Eine Kugel in den Mund.

Ich hörte, daß sie kurz vor dem Weinen war. Aber sie nahm sich zusammen. Sie hatte vor einigen Monaten ein Verhältnis mit Ruben gehabt. Ein kurzes, folgenloses Verhältnis. Jedenfalls für sie. Er dagegen hatte mir mehrmals anvertraut, daß er Rita immer noch liebte. Dieser Masochismus eines beharrlichen Liebhabers hatte mich interessiert. Der Selbstmord war keine logische Konsequenz daraus.

– Woher stammte die Waffe?

– Er hatte sie bei sich. Eine Gewohnheit von drüben, nehme ich an.

– Wann hat man ihn gefunden?

– Gerade eben. Eine Freundin, die Schlüssel zu seiner Wohnung hatte... Die Bullen meinen, es sei schon vor ein paar Tagen passiert.

Ich schaffte es nicht, all diese Informationen auf die Reihe zu bekommen. Ruben? Ein Stammgast im *Trottoirs de Buenos Aires,* manchmal im *Balajo,* inzwischen im *La Boca*. Zugeknöpft, aber zu heftigen Gemütsbewegungen fähig. Kein besonders guter Schriftsteller, gut genug immerhin, in Paris veröffentlicht zu werden, während er im Argentinien der Diktatur verboten gewesen war. Er war einer der Verantwortlichen im Zentrum der Montonero-Bewegung gewesen. Selbstmord?

Ich sagte Rita, daß ich wahrscheinlich im Laufe des Abends oder später bei ihr vorbeikommen würde.

Beim Weggehen nahm ich den Fotoapparat mit, rein mechanisch und ohne mir etwas Böses dabei zu denken.

An den meisten Abenden war das *La Boca* ein modisches Nachtlokal wie viele andere auch. Bei anderen Gelegenheiten war es ein merkwürdiger Ort, wo sich nach Laune des Zufalls Stammgäste an den runden Marmortischen trafen. An solchen Abenden war man weniger im *La Boca* als «bei Rita», der *guapa geisha*, wie die Latinos sie nannten. Es war ihr gelungen, einen Teil des Pariser Vororts in ein *arrabal porteño*, eine lateinamerikanische Vorstadt, zu verwandeln; das *La Boca* war eine lebendige Nachbildung dortiger Lokale. Es wurde viel Musik gehört. Man sprach wenig, lachte selten. Das hatte nichts mit Stimmung zu tun. Weil die Musik gut war und weil sie dem Gefühl der Verbitterung Ausdruck verlieh, herrschte im *La Boca* eine Hoffnungslosigkeit, die auf diskrete Weise dennoch gesellig war.

Über Ruben wußten sie alle schon Bescheid. Marti der Maler war da, zeichnete wie gewohnt auf dem Tischtuch. Die Mi Noche Triste-Leute. Fehlte nur noch Jessica. Das machte es auch nicht schlimmer. Die Mienen waren ernst. Ich war hier mit Marc verabredet. Weil das *La Boca* auf halbem Weg zwischen der Zeitung und seiner neuen Wohnung lag, hatte er es zu seinem Hauptquartier gemacht. Er hätte schon dasein müssen.

– Selbstmord? sagte Marti zu mir. Möglich ist alles. Ruben neigte zu Depressionen, das stimmt. Aber...

– Sollte er auch im Prozeß gegen die Junta aussagen?

– Ja. Er hat anfangs ziemlich unter der Diktatur gelitten. Ich meine... in körperlicher Hinsicht. Er war sehr übel dran, als sie ihn schließlich freigelassen haben.

– Und du?

Marti verzog fast verlegen das Gesicht.

– Ich bin schon sehr lange in Paris. Nicht wirklich im Exil! Und schon gar nicht im politischen Exil.

Auf dem Tischtuch überschnitten sich bunte Linien. Er zeichnete, während er sprach. Es sah aus wie ein Grundriß.

– Die Sabato-Kommission hat gute Arbeit geleistet, fuhr er fort. Natürlich kommt alles auf den Prozeß an. Und abgesehen von den Müttern hat keiner ein Interesse daran, daß zu tief im Schlamm gewühlt wird.

Ich hakte nach:

– Und Ruben? Was denkst du darüber?

Er zwirbelte lange an seinem dichten, graumelierten Schnurrbart.

– Ich glaube gar nichts. Ich weiß, daß wir alle Angst haben. Wovor? Vielleicht vor der Vergangenheit, die drüben besiegt ist, aber hierher zurückkehren könnte.

Der nächste Gast war nicht Marc sondern Villon. Da man ihm den Bullen nicht gleich ansah, erregte er keine Aufmerksamkeit. Als er mich begrüßte, überließ Marti ihm höflich seinen Platz.

– Habe ich Sie vertrieben?

– Aber nein! sagte der Maler freundlich. Ich ziehe mich zurück, weil meine Unterhaltung trübsinnig zu werden drohte.

– Wer ist das? fragte Villon, sobald Marti gegangen war.

– Ein guter Kerl, der mir Kummer macht.

– Sind diese Leute allesamt Freunde des Selbstmörders?

Rita kam zu uns und erkundigte sich, was wir zu trinken wünschten. In ihren Augen glänzten noch Tränen. Ihr enges schwarzes Lamékleid, hochgeschlitzt über Schenkeln, die in Netzstrümpfen steckten, war weder Arbeitskleidung noch Trauerkleidung. Ich stellte ihr Villon vor, seines Zeichens Inspektor.

– Tun Sie Ihr Bestes, sagte sie ziemlich gleichgültig.

– Sie hätten ihr nicht gleich sagen müssen, wer ich bin, knurrte der Bulle.

Ich mochte die Masche des Unterlegenen, auf die er sich offenbar zu meinen Ehren verlegen wollte, nicht besonders. Er sei also mit der Untersuchung der Umstände von Rubens Tod beauftragt?

– Nicht so direkt, wich er aus. Aber ein Selbstmord ist ja nie eine ganz einfache Angelegenheit. Und was mich gerade in diesem Augenblick noch mehr stört, ist, daß es sich um einen Latino handelt.

– Hat man ihn getötet?

– Wenn man die Möglichkeit in Betracht

zieht, daß Julio entführt worden sein könnte, kann man auch erwägen, daß Ruben ermordet worden ist.

– Der Anfang einer Liste?

– Warum nicht? Und sogar dieser Edgardo, der verunglückt ist... angeblich. Was sagen die Leute hier dazu?

Ein fesselnder Anblick. Fahles Licht aus kugelförmigen Wandleuchten, Körper, die sich über die Getränke beugten, ein träges, resigniertes Grau in Grau – das *La Boca* glich an diesem Abend den alten Fotos vom *Café Victoria*, vom *El Estribo* oder von irgendeiner Kneipe in Corrientes (die Traumstraße des Tangos, alle, die da gewesen sind, haben mindestens einmal zum besten gegeben, was sie über das goldene Zeitalter des Tangos wußten).

Was sie sagten? Nicht viel. Edgardos Unfall, Julios Verschwinden, Rubens Tod hatten die Angewohnheit der *porteños* verstärkt, nur zwischen langen Schweigephasen zu reden, offenbar eine ihrer Lieblingsangewohnheiten. Ein Schweigen der Vorsicht und des Entwurzeltseins. Das alte Grammophon mit dem Schalltrichter, das Rita als Dekoration auf eine Ecke ihres Tresens gestellt hatte, spielte *Cambalache*: «Ich weiß, die Welt ist ein Schweinestall und wird es immer bleiben.»

– Und Sie?

Villon verzog das Gesicht, trank einen Schluck Bier.

– Es war kein richtiger Revolver, den er benutzt hat. Was man in seiner Hand gefunden hat, ist eines dieser Schrotdinger, verstehen Sie.

Die dazu dienen, Alarm zu schlagen. Oder Angst zu machen, nehme ich an.

– Das kann tödlich sein?

– Normalerweise nicht. Aber aus nächster Nähe... Wenn man sich die Flinte an den Gaumen hält und schießt, das ist natürlich ungesund.

Er fröstelte, was man auf mehrere Arten deuten konnte, und zog den Kopf ein.

– Wenn ich mich abknallen wollte, würde ich diese Sorte Spielzeug lieber nicht benutzen. Aber die Kollegen meinen, daß es sich tatsächlich um einen Selbstmord handelt.

Marc trat ein, massig und angespannt. Kaum hatte er sich gesetzt, ging er zum Angriff über.

– In Buenos Aires ist heute von Rechtsanwälten ein Kommuniqué veröffentlicht worden. Sie beschweren sich, daß gewisse Zeugen, mit denen wegen des Prozesses Kontakt aufgenommen wurde, bedroht und unter Druck gesetzt werden. Rechtsanwalt Jacob hat mit einem von ihnen am Telefon gesprochen. Sie sind überzeugt, daß eine Gruppe nach Frankreich geschickt worden ist, um bestimmte Emigranten einzuschüchtern.

– Einzuschüchtern?

– Ja, einzuschüchtern. Und das heißt nicht zwangsläufig, «auszuschalten».

– Das kann es aber auch heißen.

– Haben Sie Beweise, Bulle?

Marcs Aggressivität war überraschend. Es sei denn, man ging davon aus, daß er nicht den kleinsten Zipfel eines Beweises in der Hand hatte, um eine Schlagzeile zu lancieren. Marc hatte

Geschmack an Schlagzeilen gefunden. Er wandte sich zu mir und zeigte auf Villon.

– Dieser Kerl ist der verkommenste Polizist von Paris, das solltest du doch wohl am besten wissen. Er versucht, sich reinzuwaschen mit dieser Angelegenheit, die aus einer ganz anderen Ecke kommt. Nichts, aber auch gar nichts beweist, daß eine Todesschwadron oder ein AAA-Kommando in Paris ihr Unwesen treiben.

Er hatte den letzten Satz sehr laut gesprochen und sogar auf den Tisch geklopft dabei. Wir zogen Blicke auf uns. Villon machte eine beschwichtigende Geste.

– Ich gehe dann. Ich war außer Dienst hier.

– Mich stört, was Sie machen, wenn Sie im Dienst sind.

Der Bulle quittierte diese Äußerung, indem er sich kurz auf die Lippen biß. Dann stand er auf. Sein Abgang erleichterte mich nicht sehr. Marc teilte mir mit, daß mehrere Journalisten von *Le Soir* hinter dem Fall herwaren. Falls es überhaupt «ein Fall» war. Und auch, daß ein Sonderberichterstatter sich ein bißchen in Argentinien umsah.

– Für den Augenblick haben wir außer den merkwürdigen Zufällen und diesen Paranoikern nichts in der Hand (fast angewiderte Geste in Richtung Saal). Sieh dir das an: Angeblich geht die Angst um, und in Wirklichkeit schlürfen einige der schönsten Exemplare des argentinischen Exils Mate oder Alkohol und hören sich Tango an!

Beim Aufbruch nahm Rita meinen Arm und zog mich ein Stück weg zur Bar. An ihrem Mund, der aussah wie der eines alterslosen Püppchens, begannen sich zwei hübsche Falten abzuzeichnen.

– Du weißt, daß Ruben mein Liebhaber gewesen ist.

– Ich weiß es, ja.

– Er hat mich mehr geliebt als ich ihn. Weißt du das auch?

– Das hast du mir gesagt.

– Ich habe dir nicht gesagt, daß er mehrmals gedroht hat, sich umzubringen, wenn ich jemand anders als ihn liebte.

Nein. Das hatte Rita mir tatsächlich nie gesagt. Aber es war nicht sicher, ob diese Information an der einleuchtendsten Lesart der Dinge viel ändern würde. Sie schob mir einen Flachmann in die Tasche. Schnaps.

– Du kannst ihn heute nacht vielleicht gebrauchen.

Draußen herrschte wieder eisige Kälte. Es war spät, pechschwarze Nacht. Die Passage war kaum beleuchtet, nur ein paar kümmerliche Funzeln. Marc hielt mich fest. «Sieh dir das an.»

Oscars Plakate waren frisch geklebt. Die üblichen Leimpfützen auf dem Pflaster bezeugten es. Sie umrahmten den Eingang des *La Boca*.

– Sie waren noch nicht da, als ich gekommen bin, sagte Marc.

Er kannte diese Plakate schon und fand sie, wie jedermann, wie alle Latinos, denen ich davon erzählt hatte, schön und unerträglich.

– So was zum jetzigen Zeitpunkt zu kleben, in dieser Nacht, das hat etwas zu bedeuten, verdammt!

Ich hatte Oscar nicht mehr gesehen seit seinem Zusammenstoß mit Julio in der Nacht der Haussuchung. Er hatte also nicht aufgehört mit seiner Arbeit. Das wunderte mich nicht. Ich war sogar überzeugt, daß er dieses Unternehmen jede Nacht nach einer nur ihm eigenen Logik fortsetzte.

– Wenn du bloß wieder mit dem Fotografieren anfangen würdest, sagte Marc. Man könnte eine Untersuchung über diesen Plakatkleber anstellen. Ich bin sicher, sie würde dich interessieren.

– Warum?

Er näherte sich dem Plakat. Der Leim war noch frisch.

– Eine bemerkenswerte Zeichnung, nicht wahr? Sehr beeindruckend. Sehr realistisch. Es ist ein Plakat, das man in einer bestimmten Epoche oft an den Mauern in Buenos Aires sehen konnte, und zwar vor der Machtergreifung der Militärs.

– Und danach?

– Der Typ, der es entworfen und geklebt hat, war ein Künstler, einer, der sich wenig um Politik kümmerte. Jedenfalls hatte er keinerlei aktive Verbindungen zu den radikalen Gruppen. Eines Tages hat man ihn festgenommen. Genauer gesagt, er ist verschwunden.

– Weiß man, was aus ihm geworden ist?

– Die Antwort dürfte sich im Sabato-Bericht finden oder auf einem geheimen Friedhof oder am Grund des Rio de la Plata. Aber weißt du, wer der Typ, dieser Künstler, war?

Unsere Schritte hallten auf den dicken, vom

Frost weißen Pflastersteinen wider. Wenn Marc mir bis zum Portalvorbau an der Rue de la Roquette Gesellschaft leistete, dann nicht einfach aus Takt und Höflichkeit. Seine Vorliebe für gut recherchierte Enthüllungen zeigte sich nicht nur bei seiner Zeitung.

– Er hieß Miguel. Er war Jessicas Freund und auch ihr Mann, glaube ich. Wußtest du das nicht?

– Wer hat dir das erzählt?

– Jessica selber, neulich. Wir kamen aus dem *Trottoirs de Buenos Aires*. Da hing wieder einmal dieses Plakat. Als sie es zuerst gesehen hat, dachte ich, sie kriegt einen Nervenzusammenbruch. Und dann hat sie mir die ganze Geschichte erzählt, ohne Kommentar, auf ihre Weise. Du kennst sie ja.

Ich ließ Marc vor der Terrasse des *Rey* stehen. Ich hatte zu tun, ohne groß zu wissen, was. Zum ersten Mal seit langen Wochen hatte ich das glückliche Gefühl, daß ich mich wieder auf meine Intuition verlassen konnte.

Nur eine kleine Öffnung, ein lockeres Brett in der Absperrung. Ich schlich mich auf die Baustelle. Im selben Moment, als ich diese geringfügige Verfehlung beging, hatte ich das Gefühl, zu Hause zu sein. Ein fast ebenso starkes Gefühl wie damals, als ich unten an der Julisäule zur Ruhe gekommen war, im Schutz des Gitters, mit Oscar.

Die Bauarbeiten folgten im wesentlichen einem Plan, dessen Unerbittlichkeit mir entging. Mich interessierte nur das Kino. Die Fassade stand immer noch. Sie genoß eine Art unerklärlicher Gnadenfrist.

In der näheren Umgebung des ausgeweideten Saals wurde das Vorankommen schwierig, ja riskant. Ich strauchelte mehrmals und landete auf allen Vieren, wenn mein Fuß an einen wackeligen Steinbrocken geriet. Ich bekam sogar Schürfwunden und konnte nicht verhindern, daß ich mich schmutzig machte.

Im Inneren konnte ich nur mit meinem Feuerzeug leuchten. Von der Straße kam kaum mehr als ein verschwommener Lichtschein. Ich fühlte mich wohl. Ich setzte mich vor dem Gitter, das die Halle abschloß, auf den Boden. Ringsherum lagen Glasscherben unklarer Herkunft (die Fensterscheiben waren noch heil), winzige Splitter, Eintrittskarten am Streifen. Ich rauchte mehrere Zigaretten und sah in der Zeit nur wenige Passanten vorbeieilen. Keiner von ihnen ahnte etwas von meiner Anwesenheit.

In der Säulenhalle war ein Liebespärchen. Sie küßten sich lange, wie es sich gehört, wenn man auf Kundenfang ist und die Sache konkreter wird. Er befummelte eifrig ihren Hintern, wobei er sorgfältig ihren Rock hochzog, die wahre Zärtlichkeit. Ein hübscher, weißer, ziemlich praller Hintern, der schön beweglich war. Dann glitt die Frau an ihm herunter, ging fast auf die Knie. Der Mann wurde erst einmal verführt, ließ es sich eine Zeitlang gefallen. Einige wenige Passanten, die noch unterwegs waren, beunruhigten ihn. Er zerrte an der Frau, damit sie sich wieder hinstellte, küßte sie aufs neue, fast gewaltsam. Sie befreite sich, sagte ein paar spöttische oder auch bösartige Worte, entfernte sich in Richtung Rue de Lyon. Verpatzt, die Angelegenheit! Er versuchte nicht, sie zurückzuhalten. Sein schlaff gewordener Schwanz hing ihm noch aus der Hose.

Eine Treppe höher hatte eine merkwürdige Aufräumarbeit stattgefunden. Immer noch Chaos, aber kein Film mehr. Die paar runden Dosen, die geöffnet herumlagen, waren sämtlich leer. Kein einziges Bild mehr. Ich war auch nicht deswegen zurückgekommen. Genau wie ich gehofft hatte, war die Holzleiter, die aufs Dach führte, noch an ihrem Platz. Ich kletterte hinauf.

Die Nacht war kalt, gut für jede gewünschte Einsamkeit. Hoch über dem ausgestorbenen Platz, der keinerlei eindrucksvolle Beleuchtung hatte, machte ich es mir zu Füßen der riesigen Buchstaben des Schildes bequem, zitternd wie beim Orgasmus.

Morgen, sehr bald schon, würde der Abbruch losgehen. Nur wenige Meter entfernt standen die Maschinen bereit, die schweren Poclain-Bagger. Ich war der letzte, der hier oben stand. Wächter über die letzte Nacht.

Anderswo entführten, töteten sie. Vielleicht streiften sie ein paar Straßen weiter schon durch die Gegend. Sei's drum. Die Place de la Bastille blieb unvergleichlich schön. Für mich waren sie nicht die Herren des Geländes.

Rita hatte recht gehabt. Man mußte trinken. Ich trank gelassen einen großen Schluck. Die wenigen Autos, die vorbeifuhren, zählten nicht, und auch nicht die in der Ferne verschwommen sichtbaren Schaulustigen. Paris war leer, ausgestorben, pures Theater. Nur ich hockte da wie in der Zwischenpause und war schnell ein wenig angetrunken. Eine Weile später brach der Tag an.

Ich schüttelte mich, machte ohne große Erschütterung ein paar Fotos (das hastige Treiben rund um die Metro, die Lichter der fernen Kneipen). Vor mir auf dem Boden eine Schachtel Gauloises, die fast leere kleine Bourbonflasche, drei Tri-X-Filme. Dieser Tagesbeginn gefiel mir.

Ich unternahm die gleiche Fotoexkursion über das Dach wie der Mann neulich. Das Panorama, der genaue Zustand der Räumlichkeiten. Und dann das Schild. Und dann die Fassade des *Tour-d'Argent*. Alles festhalten. Auch die Straße, ihre milchigen Lichter, ihre Unruhe. Ich taumelte. Der Gedanke drängte sich von selber auf. Da war dieses Portrait von Jessica in meinem Notizbuch (aufgenommen in einem Bistro, dem *Rey*, an einem harten Tag, in der Musikbox lief Guidoni). Ich ließ das Foto fallen, ließ es da. Und dann machte ich mich rasch an den Abstieg (wackelige Leiter, seltsam ausgeplünderter Vorführraum, Halle, Schalter, zerstörter Saal, hinten in der Ferne der Ausschnitt der Dächer der Rue de Charenton, der rötliche Himmel). Ende der Parenthese.

Oscar hatte zwei Plakate geklebt, rechts und links vom Kinoeingang. Immer die gleichen. Keins an den Zäunen, die die Baustelle sicherten. Er hatte Wert darauf gelegt, sich genau an diesem Kino zu vergreifen. Wie vor ein paar Stunden am *La Boca*. Warum? Die Anklage wurde zu einem Schandfleck. Was wollte er? Ich hatte beinahe Lust, die Plakate abzureißen.

Ihm gehörte der Gefolterte an den Wänden. Mir das Foto von Jessica auf dem Dach des Kinos. Was war er für Jessica? Die ersten Arbeiter kamen auf die Baustelle. Sie benutzten den Eingang an der Rue de Charenton, wo sich die Hütten der Bauleitung befanden. Vorher hatten die meisten von ihnen sicher im *Café La Bretagne* Station gemacht. Sein Abriß war auch geplant, aber für später, für den Sommer. Ich gelangte wieder auf die Straße. Die Männer machten sich am Bagger zu schaffen. Die Zeit verging schnell.

Maleo bastelte hinten in seinem Laden an einem Camping-Gaskocher herum. Ein schöner Laden: «Pariser Reizwäsche und Accessoires». Voll von kleinen Wunderwerken, ganz nach unserem Herzen. Der Kaffee würde gleich fertig sein. Ich konnte einen gebrauchen.

– Es kommt nicht oft vor, daß du mich so früh mit deinem Besuch beehrst, sagte der Alte mit seiner knarrenden Stimme. Was könnte ich dir dazu anbieten? Einen kleinen Gin?

Maleo trank nicht oder nicht mehr, ich habe es nie genau gewußt. Aber er hatte stets einen Rest Gin herumstehen für den Fall, daß Freunde hereinschauen sollten. Er hatte nicht mehr viele Freunde. Ich verabscheute Gin. Er war ein alter Kerl inzwischen, noch rüstig auf seine Art. Seine Haut und sein Glencheckanzug schlotterten ein wenig an ihm. Er trug eine dicke Brille, die seinen Augen etwas Eulenhaftes gab, die Haut auf seinem Schädel glich der eines jungen Hühnchens. Um seinen Mund, in dem ständig eine meist erloschene Pfeife hing, lag ein bitterer Zug. Er führte das Damenwäschegeschäft weiter, das ihm seine Frau bei ihrem Tod vor ein paar Jahren hinterlassen hatte. Nur einige wirkliche Kundinnen, aber viele begeisterte Interessenten. Der Kaffee war wie gewohnt fade.

– Sieht so aus, als ginge das Massaker weiter, brummelte er. Heute ist das Kino dran. (Er zeigte auf meinen Apparat.) Ich wette sogar, daß du aus diesem Grund so früh hier bist.

Neben ihm auf dem Tisch stand eine Schaufensterpuppe, müdes Gesicht, umfangreicher Oberkörper, schmale Hüften. Ein sehr schönes Exemplar aus einer Pierre Imans-Serie der Jahre 1945-1950. Um ihren Hals hatte Maleo ein anachronistisches kleines Werbeschild gehängt: «Chantelle verwöhnt Ihre Brust.» Darüber hatte er mit einem dicken Filzstift geschrieben: «Ich auch.» Seine Art von Humor.

– Hör mal, Paris ist sowieso schon lange im Eimer, da kommt es auf das Kino auch nicht mehr an.

Er war Laufbursche, Dichter, Anarchist, Journalist, Pornoschreiber und Liebhaber gewesen. Er war hier gestrandet, obwohl es ihn eher ins XIII. Arrondissement zog (der Bau der Hochhäuser hatte ihn verjagt), und hatte eine Zeitlang versucht, ein Buch über das Viertel zu schreiben, das «Die Vereinnahmung der Bastille» hätte heißen können (Maleo hatte eine Vorliebe für diese Art Wortspiele). Er hatte es nicht verwirklicht. Paris ist im Eimer, das war sein Lieblingsspruch.

– Man darf sich nichts vormachen. Inzwischen ist mir diese Stadt zuwider. Ich habe keine Lust mehr auszugehen. Ich finde mich nicht mehr zurecht. Und außerdem muß man die Dinge sehen, wie sie sind: Paris, das ist Paris bei Nacht. Aber in meinem Alter, da hat man Angst, verstehst du? Lach nicht. Ich habe Angst vor Halbstarken. Vor Angriffen.

Er war der Freund von einigen Bombenlegern gewesen und verantwortlich für eine sehr polemische Rubrik «Vermischtes» in einer nonkonformistischen Zeitung. Jetzt war er alt, im allgemeinen ziemlich rückschrittlich und sympathisch.

– Du schielst nach der Schönen da, was?

Er lächelte und putzte seine dicken Brillengläser. Die Schöne war eine weitere Schaufensterpuppe. Sie trug eine Art Bustier, ein schwarzes Etwas aus Spitzen, phantastisch. Maleo beschrieb mir lang und breit, wie dieses Wäschestück auf Brüsten und Lenden aussah. Ich hörte zerstreut zu. Der Laden war voll mit solchen Dingen. Sie waren ausgestellt oder steckten in den tiefsten Tiefen sorgfältig etikettierter Schubladen. Es gab einfach alles. Korsetts, die Taille einengende Mieder, Strumpfhaltergürtel, tausend Strumpfvariationen, Büstenhalter und Höschen. Alles, was junge Dinger ebenso entzückt wie alte Kerle und jeden Kenner. Vom winzigen Slip bis zum guten alten Hüftgürtel, von der altmodischen Miederhose bis zum Allzweckshorty, vom Büstenheber zum beunruhigenden Body. Eine Institution. Ein Museum. Ein Muß. Ich kam ziemlich oft her.

Maleo setzte seine Brille wieder auf, schenkte Kaffee nach und aufs Geratewohl noch etwas Gin.

– Trotzdem, in der Gegend rührt sich was. Es ist komisch.

– Die Oper? Die Bulldozer?

– Die Bulldozer sind mir egal, und in die Oper habe ich noch nie einen Fuß gesetzt. Von diesem Unsinn rede ich nicht. Es geht etwas vor. Das fühle ich.

Von klein auf war die Straße sein Revier gewesen. Er hatte Zeitungen ausgerufen, war Maler in Montmartre, Gelegenheitsstudent, Bouquinist am Seine-Ufer, Tangolehrer, Straßenfeger gewesen. Oder Privatbulle oder Zuhälter. Maleo log ständig.

– Hier streunen Typen rum. Keine Typen aus dem Viertel. Auch keine Touristen.

– Bullen?

– Könnte man meinen. Ich halte sie eher für Ganoven.

Er tätschelte das Hinterteil einer Schaufensterpuppe, ein seltenes Stück, eine Siegel aus den 50er Jahren, geschminkt von Clovis Trouille (dessen Beruf das im übrigen war) nach den besonderen Wünschen Maleos, der in den 30er Jahren auch mit den Surrealisten verkehrt hatte.

– Typen, die Prospekte in die Briefkästen werfen oder mehrere Tage hintereinander im gleichen Bistro die gleiche Zeitung lesen. Die einen Akzent haben.

– Welchen Akzent?

– Was weiß ich! Ich kenn' bloß das, was die Leute hier reden, außer *Verlan* und *Louchebem*!

Er kippte sich einen Gin. Hinter der Fensterscheibe belebte sich die Straße. Der Alte würde nicht ausgehen. Er ging fast nie mehr aus seit dem Tod seiner Frau. Er empfing in seiner Höhle Freunde und Stammkunden, fluchte über den Zustand der Welt und sein ungerechtes Schicksal. Ich machte ein paar Fotos von ihm. Das Glas in der Hand, stand er inmitten seiner Spitzen und meckerte. Durch das Objektiv sah ich, daß er auf ganz und gar unerwartete Weise lächelte. Das war selten. Das galt nicht mir. Als das Foto geknipst war, drehte ich mich um. Auf der Schwelle stand Ida, zerlumpt und prachtvoll. Ida und Maleo, lieber Himmel: Das hätte ich mir denken können!

Es war Mittwoch, der 13. Februar 1985, knapp acht Uhr dreißig. Der 82. Geburtstag von Georges Simenon. Die Bagger setzten sich in Marsch. Sie hatten auf banale Weise Ähnlichkeit mit Monstern; langsame, genaue Bewegungen, erbarmungslose Kiefer, ihrer Beute gewiß. Zuerst kam die Säulenhalle an die Reihe, als ob sie sich Appetit machen wollten. Unter den unablässigen Angriffen der schweren, zahnbewehrten Baggerschaufel unten am gebogenen Arm der Maschine brach sie zusammen. Die Betonblöcke fielen ein, stürzten mit dumpfem Lärm zu Boden. Manchmal blieben gewaltige Blöcke hängen, die durch ihr Metallgerüst mit der Terrasse verbunden waren. Gebrochene Gliedmaße. Eine Säule stürzte. Eine zweite Bewegung des Monsters mähte sie nieder bis auf den Grund. Es ging alles sehr schnell. Der Mann, der am Steuer saß, war Spezialist, ein Mörder ohne Haß oder sonstige Gemütsbewegung, er hielt sich an seinen Vertrag. Eine Gruppe von Arbeitern war da, um ihm zu sekundieren. Sie umstanden ihn mit ein paar Metern Abstand, führten ihn, sprangen ihm bei, wenn es notwendig war. Alle beherrschten ihr Geschäft. Profis. Auf dem Bürgersteig entstand ein kleiner Auflauf verblüffter, ungläubiger Menschen. Die zweite Säule stürzte, glatt durchgebrochen auf halber Höhe, die letzten Buchstaben des Schildes mit sich in die Tiefe reißend. Aus für das «Paramount Bastille».

Auf dem Boden mischten sich die demolierten Buchstaben aus verbogenem Metall mit dem schon beträchtlichen Trümmerhaufen. Weiter hinten sagte ein Mann: «Diese Schweine!» Ich ließ den Fotoapparat sinken, um mir die Sache endlich mit bloßem Auge anzusehen. Außerdem mußte ich einen neuen Film einlegen.

Der Großteil der Fassade stand noch an seinem Platz, aber es war nicht mehr das Kino. Dieser bogenförmige Vorsprung, diese Säulen, das war es, was dem Gebäude sein einzigartiges Aussehen verliehen hatte. Vorbei für immer. Keine Trauer. Auch keine Wut. Nur ein einmaliger Orientierungspunkt, ein Anhaltspunkt war verschwunden, ein Kästchen weniger im Pariser Gänsespiel. Der Bagger ging wieder an's Werk.

Ein gutes Drittel des oberen Schildes wurde mit einem langsamen seitlichen Stoß heruntergefegt. Genau der Ort, an dem ich in der vergangenen Nacht Zuflucht gefunden hatte. Die Eisenstangen ließen sich widerstandslos zusammendrücken. Ich nahm mit einer sehr großen Brennweite, 200 mm, den Angriff der Baggerzähne auf den Schlußbuchstaben auf. Er knickte fast gleichgültig weg, wurde abgeräumt. Der Rest folgte, die anderen Buchstaben, das Metallgerüst. Was übrigblieb, hatte keinen Namen und keine Ähnlichkeit mehr mit irgend etwas. Ein lächerlicher Frontgiebel. Die Fläche, auf der sich sonst die Werbung breitmachte und die Portraits der Stars prangten, war nur noch eine Wand aus groben Mauersteinen. Erst jetzt entdeckte ich, daß weiter unten keine Spur mehr von Oscars Plakaten zu sehen war.

Vor der Zerstörung mußte irgend jemand das Bedürfnis verspürt haben, sie zu entfernen! Rund um den Eingang, der zur Hälfte von dem Durcheinander der Betonblöcke verdeckt war, nichts mehr. Nicht der kleinste Fetzen des Gefolterten.

Der Bagger trat wieder in Aktion. Seine Ketten gruben sich über das Bett aus Bauschutt vor, der Arm reckte sich, verharrte einen Augenblick über dem Dach, senkte sich dann, eine schwere Masse, auf die Stelle herab, an der ich ein paar Stunden zuvor das Foto von Jessica liegengelassen hatte. Glaube ich jedenfalls.

Bei jedem Stoß flog Staub auf, den der eisige Wind schnell auseinandertrieb. Ich sah die leeren Filmdosen fallen, die Holzleiter, die Möbel aus dem schmutziggrünen Büro, das Mauerstück, an dem noch alle Postkarten, bis auf eine, befestigt waren.

Ringsherum herrschte Gedränge. Fast hundert Leute standen wie hypnotisiert. Manche fotografierten. Von der Instamatic bis zum ausgeklügeltsten Profimaterial alles vorhanden. Die Mi Noche Triste waren da und Rita, unbeweglich. Und Lageat vom *Balajo*. Und Bizot von

Actuel. Und einer der Kellner aus dem *Juventus* (dem ehemaligen *Tambour*, der Hochburg der alten Aktivisten).

Sie waren bei den Mauern des Erdgeschosses angelangt. Die Sache war gelaufen. So gründlich, daß die Maschine anhielt. Der Mann, der alles erledigt hatte, sprang von seinem Sitz. Es war ein kleiner untersetzter Dunkelhaariger, muskulös unter seiner hellgelben Leinenjacke. Er wischte sich Gesicht und Augen ab, zündete sich eine Zigarette an (ein Blick zu uns, dem zusammengedrängten Häuflein von Zeugen), war kultiviert genug, uns nicht zu bedeuten, daß er schließlich nicht umsonst hier sei (später lernte ich ihn besser kennen, Roger, ein guter Kerl). Frühstückspause. Schon zehn Uhr.

Ich hatte alles im Kasten. Alles. Aber fast keinen Film mehr. Da sah ich Jessica.

Sie war vielleicht schon länger da, vielleicht von Anfang an. Sie stand auf einer öffentlichen Bank, sehr gerade; schwarzes Cape und Gauchoschal aus rotbrauner Wolle. Der einzige wirkliche Farbfleck in dieser ganzen wintergrauen Menschenmasse. Sie neigte den Kopf, ein Gruß, lächelte und richtete dann den Blick wieder teilnahmslos auf die Baustelle.

Ich machte ein paar Aufnahmen von den Mauerresten, dic noch standen. Unnütze Fotos. Sie erlaubten mir, mich zu beruhigen, wenigstens das. Ich wollte mich nicht zu schnell umdrehen. Die Arbeiter entfernten sich. Mindestens für diesen Morgen war das Massaker beendet. An einer der Ruinen konnte man noch schwach ein Plakat erkennen: «Das Photomaton ist wegen

Vandalismus entfernt worden – Wiederaufstellung Anfang Oktober.» Vandalismus! Die Gaffer ringsherum zerstreuten sich. Ich nahm mir die Zeit, eine Gauloise anzuzünden und mich lange an den ersten Zügen festzuhalten.

Sie war nicht mehr da, weggegangen. Ich wagte nicht zu denken: verschwunden. Ich rannte ein Stück. An der Ecke des Zauns sah ich sie wieder, sie war auf der Höhe der Fassade des *Tour-d'Argent*. Sie blieb stehen, trat ein. Ich wartete, wollte die Zeit nutzen, einen neuen Film einzulegen. Aber ich hatte keinen mehr. Nach der Anzeige im Gehäuse blieben mir nur noch ungefähr zehn Fotos.

Jessica kam wieder heraus, ohne auch nur im geringsten auf ihre Umgebung zu achten. Auch nicht auf mich. Sie zündete sich ein Zigarillo an. Immer noch der gleiche Havannaverschnitt, ihr Spleen (Foto). Sie wandte sich zur Rue de la Roquette. Um in die Passage du Cheval-Blanc zu gehen? Nein. Sie bog nach links ein, überquerte die Straße, ohne sich um die Autos zu kümmern, die haarscharf an ihr vorbeifuhren, ging in Richtung Boulevard Richard-Lenoir. Foto. Ein Foto von ihr nur aus einem Grund: Sie war seit langem die einzige Frau, die auf der Straße zu verfolgen mich interessierte, und das war gut so, denn ich liebte die Straßen. Und diese traumwandlerischen Vormittage; kratzige Wangen, schmutziges Hemd, eiserner Himmel und eine Kälte, die sich in den Magen frißt.

Jessica gewann Vorsprung, ich ließ sie gewähren. Sie würde sich nicht umdrehen. Sie würde sich niemals umdrehen. Wohin wollte sie? Eine

Verabredung? Mit ihrem Liebhaber. Von Zeit zu Zeit rückte sie den Schal zurecht, den sie um ihre Schultern geschlungen hatte, eine ungezwungene Geste. Foto.

Sie ging an der Apotheke vorbei, als ich den Mann sah. Den aus dem Kino. Er war fast auf meiner Höhe, auf der anderen Seite der Fahrbahn, auf dem Mittelstreifen des Boulevards. Dort, wo der Bulle Quinet geglaubt hatte, Pierre Goldman wiederzuerkennen. Ich war verblüfft, aber nicht lange. Ich beeilte mich ein bißchen, rannte ein paar Meter, überquerte die Straße bis zur Mitte, drehte mich um und fotografierte den Mann. Er blieb abrupt stehen, war überrascht. Ein Foto wie eine Ohrfeige. Er zögerte, wie er sich verhalten sollte. Es war tatsächlich der gleiche Mann, kein Zweifel. Er taxierte mich. Genausowenig wie im Kino suchte er die körperliche Auseinandersetzung. Ich war nicht sicher, ob ich sie wollte; welche Rechnung hatte ich schon mit ihm zu begleichen? Er drehte sich um und ging rasch in Richtung Platz zurück. Auf der anderen Seite war Jessica verschwunden, nein, ich wollte kein anderes Wort. Es war nicht sehr wichtig. Ein paar Stunden Schlaf, und ich würde zum ersten Mal seit November einen langen, langen Arbeitstag im Fotolabor vor mir haben, endlich.

Cour de Mars

Deine Stimme fehlt mir
Du an meiner Seite
Um durch die Stadt zu schweifen.

Cafard, E. Canton, J. Cortázar

Zuerst stellte sich unvermeidlich Radek ein. Sie marschierte mir über den Bauch, dann über die Eier und flüchtete sich schließlich ans Bettende. Da, wo die Decke ganz zerknüllt war, nistete sie sich ein. Danach kam Kamenew. Ihr System bestand darin, schnurrend das Kopfkissen zu umkreisen, zu umrunden und dabei kleine zärtliche Nasenstüber zu verteilen. Ihr Hin und Her brachte zwangsläufig mit sich, daß ihr Schwanz in aller Unschuld über meine Nase strich. Sinowjews Taktik war anders. Sie besetzte das Bett wie ihre beiden Gefährtinnen, blieb aber ruhig und sehr würdevoll auf ihrem Hintern sitzen und begnügte sich damit, herzzerreißend zu miauen, sobald ich das erste Blinzeln riskierte. Sie wußten eben, wann es soweit war. Im allgemeinen leistete ich eine, manchmal auch zwei Zigaretten lang Widerstand (Kamenew haßt den Rauch der Gauloise, ist aber hochzufrieden, wenn ich von Zeit zu Zeit auf Craven umsteige). Wie jeden Morgen gab ich nach, stand auf und ging in die Küche. Ein paar Minuten lang nahm das Miauen noch zu. Weil ich träge war und meine Bewegungen ungeschickt, weil ich nicht mehr wußte, wo ich bloß den Dosenöffner gelassen haben konnte, weil sie mich wahnsinnig machten mit ihrer Ungeduld, auch wenn von Anfang an zwischen uns vereinbart war: ein ordentliches Fressen und eine Schale frisches Wasser jeden Morgen um Punkt acht Uhr. Ich verteilte die Anteile demokratisch auf die drei Näpfe, die jeweils mit ihrem Namen gekennzeichnet waren. Natürlich bekamen sie auch den Rest, aber das war nur noch ungezügelte Völlerei. Ich machte mir einen Kaffee.

Das Wohnzimmer sah schlimm aus inzwischen, doch das war mir im Augenblick ganz recht. Man hatte mir gelegentlich vorgeworfen, ein Museum daraus zu machen. Es glich mittlerweile einem echten Kramladen. Da waren nicht nur die immer noch offenstehenden Fotokästen (und die nach wie vor überall verstreuten Stapel) aus der Zeit meines abgebrochenen Aufräumversuchs. Andere Bilder hatten sich hinzugesellt. Was ich im Kino gefunden hatte, die Filmschnipsel, die noch lange nicht ausgewertet waren, und nicht zu vergessen, die Bilder von Jessica. Ihr Bemühen, mich über ihre gesellschaftlichen Aktivitäten mit Baxter auf dem laufenden zu halten (schlichte offizielle Einladungen, ohne ein persönliches Wort), hatte dazu geführt, daß ich eine Menge beachtlicher Fotos von ihr besaß, die ich in der zweiten Februarhälfte aufgenommen hatte. Aber vor allem waren da die Objekte, die gesammelten oder zusammengetragenen Dinge.

Der Arm war immer noch an seinem Platz, sperrig, ein wahres Monstrum. Weitere Reliquien leisteten ihm inzwischen Gesellschaft. Nach dem Abriß des Paramount-Bastille war ich auf die Baustelle gegangen. Diesmal nicht allein sondern mit Marc, der kurz vorher bei mir vorbeigekommen war und im Gegensatz zu mir einen Wagen hatte (einen popeligen alten DS, das war einer seiner Snobismen). Er hatte mir geholfen, ein paar der Buchstaben des zerstörten Schildes sicherzustellen. Das «B» und das «A» von «Bastille», das «P» von Paramount. Sie waren alle ein bißchen verbogen, und die Farbe blätterte ab, aber ich hatte beschlossen, daß ich sie unmöglich im Bauschutt liegenlassen konnte. An die anderen Buchstaben, die meisten in sehr schlechtem Zustand, war ohnehin nicht heranzukommen.

Marc hatte sich seine Mitarbeit honorieren lassen, indem er mir unaufgefordert einen Vortrag darüber hielt, wie problematisch für ihn die mögliche Tätigkeit eines argentinischen Killerkommandos in Paris war. Er wollte den Fall um keinen Preis verpassen. Aber war es überhaupt ein Fall? Ich hatte wohl irgend etwas vor mich hingegrummelt, und er hatte mir geholfen, die Buchstaben nach Hause zu transportieren.

Dann gab es noch all die Kleinigkeiten: Schilder und Plakate, die ich mir im Kino besorgt hatte. Dinge, die ich aus den verlassenen, weil zum Abbruch bestimmten Wohnungen an der Rue de Charenton gerettet hatte: ein Teppaz aus den 60er Jahren, eine eindrucksvolle Sammlung von Barbiepuppen, in einem einzigen Mädchenzimmer gefunden (an den Wänden Fotos von Mylène Demongeot, Dany Saval, Elke Sommer, Pascale Petit – ich habe geplündert); Sachen dieser Art eben, die nun bei mir Platz wegnahmen.

Ich trank meinen Kaffee in kleinen Schlucken. Nebenan und vor allem oben im Studio hatten die Dinge nach und nach Gestalt angenommen. Ich hatte wieder zu arbeiten angefangen. Aufträge, Portraits, Routineangelegenheiten, ohne große Mühe zu erledigen, ein bißchen Werbung. Wenig Reportagen. Außer gelegentlich für Marc und seinen *Soir*. Beiträge für die Klatschspalte, dank Jessica.

Das Wohnzimmer spiegelte meine relative Verunsicherung wider. In puncto Ordnung bestand keine Notwendigkeit zur Eile. Die Katzen kamen vollgestopft herein. Radek machte ihre Toilette eine Pfote breit entfernt von Jessicas jüngster Post, die vom Monatsanfang datierte. Ein schlichtes Foto, wie es inzwischen die Regel war. Es zeigte sie nackt in einem Badezimmer, im Begriff, sich zu frisieren. Bei wem? Was das Foto bemerkenswert machte, war der Umfang der Brüste, der durch die Bewegung der erhobenen Arme betont wurde und auch durch die delikate Unschärfe der Schulter (schlechte Einstellung, Irrtum bei der Schätzung der Tiefenschärfe, verpatzte Spiegelreflexe). Wieder ein rührendes Amateurfoto. Schreckliche Vorstellung, daß Jessica eines Tages aufhören könnte, mir Fotos dieser Art zu schicken.

Sinowjew leckte sich ein letztes Mal und rollte sich dann in ihrem Sessel zu einer Kugel zusammen. Kamenew zog sich in mein Schlafzimmer zurück, kuschelte sich in die Falten meiner Tagesdecke. Draußen herrschte immer noch Winter, aber die Kälte war nicht mehr so streng. Alle wichtigen Schmerzpunkte waren erkannt, also richtete ich mich wieder auf ein friedliches Leben ein. Eine Feststellung, die mich nicht fröhlich stimmte.

Ich war im Labor, als es klingelte. Zuerst reagierte ich nicht. Auf der Platte des Vergrößerungsapparates lag ein Negativ von Rita. Ein gelungenes Foto, bei dem sich ein sanft abgestuftes Papier empfahl, damit man nicht auf die übertriebene Schminke hereinfiel, die Rita bevorzugte. Es war hier bei mir aufgenommen, kein besonderer Anlaß, und Ritas Make-up war nicht ganz makellos. Ein bißchen Wimperntusche war auf ein Lid abgefärbt (an jenem Abend hatte sie wieder einmal zu *Mi Noche Triste* geweint, dem Lied, nicht der Gruppe junger Maler), die Folge einer ungeschickten Bewegung. Es wurde immer noch hartnäckig geklingelt. Ich stellte erst noch den Abzug fertig. Ein Versuch.

In den Wannen wurde das Portrait sichtbar. Der erste Entwurf entsprach dem, was ich erwarten konnte. Eine gute Stunde Arbeit, und Rita würde sein, was ich in ihr sehen wollte, als ich sie trunken von Tango und Alkohol betrachtet und aus Freundschaft geliebt hatte. Die Klingel war verstummt. Ich verließ das Labor und öffnete gereizt. Auf den Treppenstufen saß Oscar.

Er blickte auf und lächelte sofort. Das war ungewöhnlich bei ihm. «Darf ich?» Ich trat zur Seite, um ihn durchzulassen. Er trat ein.

Seine Geschäfte schienen besser zu laufen. Der stahlgraue Anzug kam direkt von einem Trödler, war aber einigermaßen sauber. Oscar trug sogar eine Lederkrawatte und einen unverschämten Filzhut. Das Ganze konnte als eine gewagte, modische Ausstaffierung durchgehen. Kein Leimeimer mehr. Die Tasche mit den zusammengerollten Plakaten hatte er immer noch bei sich.

– Hast du Durst? Hunger? Einen Kaffee?

– Kaffee. Erstaunt, mich wiederzusehen?

– Ein bißchen, ja.

Eine harmlose Lüge. Ich hatte nie gezweifelt, daß er eines Tages wieder auftauchen würde. Er hatte es nicht eilig gehabt, das war alles. Was wollte er? Er sah aus, als drängte es ihn, zu sprechen.

– Ich hab' über ziemlich viel nachgedacht. Zum Beispiel was meine Plakate angeht.

Ich führte ihn ins Wohnzimmer. Sinowjew wurde wach und flüchtete augenblicklich aus dem Korbsessel. Oscar setzte sich auf die Couch. Ich brachte ihm den Kaffee. Falls er Lust hatte, bitte sehr, es gab noch Hering, Chablis, einen Rest Räucherfleisch, er brauchte es nur zu sagen. Ich verteilte die saure Sahne auf den Blinis und war bereit zu hören, was er mir mitzuteilen hatte.

– Ich glaube, daß ich es falsch angefangen habe. Zuerst wollte ich so eine Einzelgängerkiste machen, verstehst du. Keine Kunst. Eine Art Anklage, die sich allmählich und anonym verbreitet.

– Dein Plakat?

– Genau. Keinerlei Werbung. Die stört nur und wird sehr schnell abgerissen. Ich bin hartnäckig. Ich klebe und klebe wieder neu. Ich denke mir, das weckt Neugier. Genügt das?

Als kein Kaffee mehr da war, nahm er mit Chablis vorlieb, verzog aber das Gesicht beim Anblick der Fische. In seiner Heimat aß man lieber Fleisch. Ich ließ ihn reden. Er hatte selten so viel erzählt.

– Dann habe ich mir gesagt, daß man vielleicht Zugeständnisse machen müßte, Leute sehen, sich ein bißchen bekannt machen. Du bist schließlich Fotograf, oder?

– Und ich habe viele argentinische Freunde. Nicht nur Maler.

– Daran habe ich auch gedacht.

Nichts mehr von einem weltfremden Nachtwandler. Ein angespannter Typ. Mit einer genauen Vorstellung, einem Ziel im Kopf. Der um den heißen Brei schlich und sich fragte, was ich wohl von seinem Schmus hielt. Er kam nicht, um sich wie sonst zu erholen und zu schlafen. Er kam, um zu verhandeln. Ich war so frei, mit offenem Visier weiterzumachen. Auf meine Weise.

– Die Zeichnung auf dem Plakat, das du klebst, ist nicht von dir. Warum nicht?

– Nicht von mir, genau. Ein Typ aus Buenos Aires hat sie gemacht. Ein Verschwundener, wenn du es wissen willst.

Er legte Wert darauf, eine Pause zu machen, mir zu verstehen zu geben, daß ihm die Fortsetzung schwerfiel. Als er weitersprach, ließ er sich nicht lumpen.

– Ein Künstler, ein richtiger. Er hieß Miguel.

Sein Plakat war überall. Aber er klebte allein. Man riß sie ab.

– Wer riß sie ab?

– Die Peron-Banden, die vom AAA, die Ladenbesitzer, die braven Leute, die von nichts wissen wollten. Zwangsläufig blieben ein paar hängen. Einmal...

Noch ein Glas Chablis.

– Einmal, es war mir dann etwas peinlich, kam ich mit Freunden von einer Fête und bin auf eines dieser Plakate gestoßen. Es hing noch nicht lange da, und ich konnte es leicht ablösen. Ich habe es behalten. Kurze Zeit später verschwanden die Plakate vollständig von den Wänden in Buenos Aires. Nichts mehr. Der Putsch, verstehst du? Die Wände wurden wieder sauber.

Er erzählte mit tonloser Stimme.

– Nur eine einzige Wandkritzelei, bei der man dich erwischte, bedeutete Verhaftung und Folter. Und wenn es nur ein paar Wörter waren, mit einem Nagel in die Wand gekratzt. Es herrschte Grabesstille. Und wozu sollte man überhaupt auf Wände schreiben, wenn sowieso niemand etwas sah, niemand etwas hören wollte.

Und dann:

– Ich habe das Plakat behalten. Ich habe mir gesagt, daß man demjenigen, der es entworfen hatte und der verschwunden war, Gerechtigkeit widerfahren lassen mußte.

– In Paris?

– Ich lebe inzwischen in Paris. Ich habe dir schon gesagt, warum. Und ich denke an den bevorstehenden Prozeß.

– Bist du Zeuge?

– Nein (er verkrampfte sich). Während dieser ganzen Periode, der Diktatur, meine ich, war ich ein Argentinier wie jeder andere. Ich habe nichts besonderes gemacht.

– Kanntest du Miguel? Und Jessica?

Noch während ich ihren Namen aussprach, wußte ich, daß es falsch war, Jessica zu erwähnen. Er verzog das Gesicht.

– Viele Leute kannten Miguel, ein berühmter Künstler. Jessica, das war eine andere Geschichte. Trelew. Es gab eine Ablehnung, einen Haß, das kannst du dir nicht vorstellen, gegenüber all diesen... Terroristen.

– Terroristen?

– Die *Montoneros*, die Leute vom ERP, der Revolutionären Volksfront, die Banken ausraubten, Attentate organisierten, Gefängnisse überfielen. All diese sogenannten Revolutionäre.

– Und du, was hast du gedacht?

– Ich habe es dir doch gesagt. Ich war wie die anderen Argentinier, wie die anderen *porteños*. Ich wollte Frieden.

– Warum das Plakat?

– Warum? Später habe ich mir gesagt, das war so etwas wie eine Verpflichtung. Keine große Tat, aber etwas, womit ich in meinem Rahmen den Opfern die Ehre erwies.

Vielleicht weil es anfechtbar war, sagte es mir erst einmal zu. Was konnte ich für ihn tun?

– Nichts, sicherlich nichts. Ich meine nur, es wäre besser, die Argentinier in Paris ein bißchen zu kennen. Oder daß man dieses Plakat in der Presse zur Kenntnis nimmt. Das von Miguel.

Wie würde Jessica darüber denken? Ich konnte jederzeit einen bebilderten Artikel in *Le Soir* unterbringen. Marc hatte es mir bereits vorgeschlagen. Das Problem lag woanders.

– Argentinier zu treffen, das ist nicht besonders schwierig. Aber du hast nicht sehr glücklich ausgesehen, als du Julio begegnet bist.

– Wer ist das?

– Der Mann, der dir eines Morgens hier über den Weg gelaufen ist. Beim letzten Mal.

Da ihm nichts Besseres einfiel, machte Oscar ein bockiges Gesicht:

– Er kam mir nicht sympathisch vor. Er hat gesagt, daß er mich kennt. Das stimmt nicht.

– Er ist verschwunden. Ich habe ihn seit jenem Tag nicht wiedergesehen.

– So?

– Und ein anderer Freund von mir hat Selbstmord begangen. Zumindest sagt man das. Und noch ein anderer ist gestorben, nach einem Unfall oder einem Attentat.

– Warum erzählst du mir das?

– Damit du weißt, daß du nicht der einzige bist, den es umtreibt. Warum hast du auch am *La Boca* geklebt?

– Ich mache es überall, wo Argentinier sind.

– Und am Kino?

Er verzog wieder das Gesicht, sank in sich zusammen. Er log in zwei oder drei wahrscheinlich wesentlichen Punkten; ich wußte nicht, in welchen, und für den Augenblick war es nicht so wichtig. Nur seine Bestürzung interessierte mich. Sie war unsere einzige Gemeinsamkeit.

– Es hat mir nicht gefallen, daß dieses Kino abgerissen wurde (er zögerte). Paris ist ein bißchen meine Stadt geworden. Vielleicht nicht für lange, aber trotzdem. Ich wollte dabeisein. Glaubst du, das war unvorsichtig?

– Ich weiß nicht.

«Unvorsichtig»? Es wäre mir nicht in den Sinn gekommen, diesen Ausdruck zu benutzen. Jedenfalls brauchte Oscar nicht zu hoffen, er könnte sich so aus der Affäre ziehen. Ich wühlte ein bißchen in den Abzügen, die auf dem Boden herumlagen.

– Und dieser Mann da, kennst du den?

Er sah sich den Mann aus dem Kino an, so wie ich ihn auf dem Boulevard Richard-Lenoir aufgenommen hatte.

– Nein, sagte er schließlich. Ich glaube nicht.

Ich war überzeugt, daß er log.

– Ich denke, daß du Julio erkannt hast.

– Das ist deine Sache, sagte er. Ich kümmere mich um meine eigenen.

– Ich werde Fotos von dir und deinem Plakat veröffentlichen.

– Tu, was du für richtig hältst.

Die Maßstäbe für das Gute waren mir manchmal durcheinandergeraten. Dafür besaß ich eine gewisse Neugier angesichts von Dynamit.

Villon war überrascht von meinem Anruf, enthielt sich aber jeden Kommentars. Eine Stunde später trafen wir uns im *Tour-d'Argent*. Wie ich darüber dachte, daß diese Gaststätte demnächst verschwinden würde, stand nicht auf der Tagesordnung.

Das Foto des Mannes aus dem Kino sagte dem Bullen nichts. Ich erklärte ihm, unter welchen Bedingungen ich es aufgenommen hatte. Er fragte kaum nach weiteren Einzelheiten.

– Kann ich es behalten?

Er konnte, das war sogar mein einziger Grund, ein Bier mit ihm zu trinken. Jedenfalls für heute.

Le Soir erlebte einen Aufschwung, die Verkaufskurve stieg regelmäßig an. Die beengten Räumlichkeiten aus den Zeiten der linksextremen Entstehungsgeschichte waren vor gut einem Jahr aufgegeben worden. Die Zeitung hatte sich auf den drei geräumigen Etagen einer pleite gegangenen Tischlerei am Anfang der Rue de Charonne, Cour de Panier-Fleuri, ausgebreitet – der Blumenkorb-Hof, so etwas kann man nicht erfinden.

Marc empfing mich in seinem Büro. Hinter ihm war eine alte Titelseite der Zeitung als Poster aufgezogen. Sie trug die Schlagzeile «Volle Kraft nach links». Zu seiner Linken, über einer Reihe von Wörterbüchern, der *Encyclopaedia Universalis* und Handbüchern über die Schwierigkeiten der französischen Sprache, einige Werke von Hergé und die vollständige, wirklich absolut vollständige Sammlung der *Cahiers du Cinéma*, allerdings nicht nach Jahrgängen geordnet, sowie eine ebensolche, aber weniger üppige der *Cahiers marxistes-léninistes.* An der gegenüberliegenden Wand hingen ein paar Fotos. Marc mit Alain Delon, Marc trinkt ein Glas mit Lauren Bacall, Marc schüttelt Serge July die Hand etc. Er bat mich, die Tür zu schließen, tischte den Jack Daniel's und die Plastikbecher auf. Ohne daß ich etwas Konkretes zu tun hatte, fühlte ich mich in Eile. Oder unbehaglich. Ich nahm das Foto heraus, das gleiche, das ich Villon gegeben hatte, und erläuterte die Sachlage. Marc spielte den Beleidigten.

– Zwei prächtige Informationen, wenn man es bedenkt, fauchte er. Zuerst kümmerst du dich wieder ums Fotografieren, was eher eine gute Nachricht ist. Und dann gehst du hin und räumst den Bullen Vorrang ein. Und auch noch diesem Bullen! Das ist das letzte!

– Kennst du den Typ auf dem Foto?

– Nein. Aber falls es eine Möglichkeit gibt, dieser Visage einen Namen und eine Biographie zu geben, wäre ich genauso erfolgreich wie dein Bullenschwein, das schwör' ich dir.

Ich wußte nicht, ob Villon noch verkommener war, als ich selbst hatte feststellen können. Aber er schien wahrhaftig in Ungnade gefallen zu sein. Daß er mit den Nachforschungen über die verschwundenen Personen betraut war, glich nicht gerade einer Beförderung.

– Was ist mit Jessica? Hast du sie gewarnt? Nicht? Wenn es stimmt, was du sagst, bist du vollkommen plemplem. *Loco,* wie deine Latinofreunde sagen. Deine kleinen Spielchen, deine kleinen künstlichen Wehwehchen, alles Scheiße!

Er hielt sich eine Weile bei diesem Thema auf, ohne daß etwas wirklich Interessantes dabei herauskam. Der Typ aus dem Kino war nicht notwendigerweise ein Killer. Ein komischer Typ eben, der sich in einem Viertel herumtrieb, in dem eine ganze Menge notorischer Rowdys zu finden war. Julio konnte überall sein und nicht zwangsläufig in einer schlimmen Lage. Ruben war verschroben genug gewesen, um sich tatsächlich selbst zu erschießen. Jeder konnte Lust haben, Jessica auf der Straße zu folgen, leider oder Gott sei Dank. *Loco?* Oscar war es auch und Jessica selber und all die anderen aus der Passage. Und im Grunde genommen war das gut so.

– Du bist ganz einfach unfähig, sie anzurufen und ihr zu sagen, daß ihr Leben vielleicht bedroht ist.

Er hatte recht, aber nicht völlig. Er kannte Jessica nicht, nicht gut genug. Ihr zu verkünden, ihr Leben sei bedroht, war keine Neuigkeit für sie. Sie wußte es seit zwanzig Jahren, und da spielte kein bißchen Romantik mit. Deshalb lebte sie so intensiv.

Jemand klopfte an und trat unmittelbar darauf ein, ohne daß Marc Zeit gehabt hätte, ein Wort zu sagen. Der Mann hielt zwei Papiere in der Hand, zwei AFP-Depeschen.

– Willst du immer noch Informationen über die Pariser Latinogemeinde? Da bewegt sich was.

– Laß hören.

Der Typ studierte die Depeschen. Die erste berichtete von einer Explosion in der Wohnung eines argentinischen Geigers im Marais-Viertel.

– Wer?

– Parella. Osvaldo Parella. Ein Virtuose. Fünf Jahre Knast unter der Diktatur. Freigelassen aufgrund einer Kampagne von Amnesty. Er war nicht zu Hause, Glück gehabt. Vielleicht war es das Gas. Oder ein Attentat.

– Die zweite Depesche?

– Man hat eine männliche Leiche aus dem Canal Saint-Martin gefischt. Übel zugerichtet und außerdem enthauptet.

– Welcher Zusammenhang mit den Latinos?

Der Typ hüstelte.

– Laut unserem Informanten in der Morgue... ich meine: im gerichtsmedizinischen Institut, nimmt man an, daß es die Leiche dieses Julio-wie-hieß-er-noch sein könnte, der vor einiger Zeit verschwunden ist. Hängt mit irgendeiner Tätowierung zusammen. Wir dürften es bald wissen.

Marc ließ mich nicht aus den Augen. Es lag etwas Beschützendes in diesem Blick, eine Sanftheit, die sonst nicht seine Art war. Eine Frage war noch offen. Sie fiel mir wieder ein.

– In welcher Gegend hat man die Leiche gefunden?

Der Laufbursche sah noch einmal in seine Depesche.

– An der Zollschleuse. Ich glaube, das ist kurz vor der Stelle, wo der Kanal unter die Erde geht, in der Nähe der Rue du Faubourg-du-Temple.

Am Square Frédérick-Lemaître. Die Strecke der Verstorbenen. Unten vor meiner Wohnung.

Ich fuhr mit dem Rad zum Platz, wie immer. Ich mußte die lange bilderlose Zeit aufholen. Von nun an kein Tag mehr ohne einen Besuch auf der Baustelle! Es galt, die Minuten der Zerstörung festzuhalten. Ohne denunziatorische Hintergedanken. Wie man ein Tagebuch führt.

Es passierte, als ich am Hôpital des Quinze-Vingts in der Rue Moreau vorbeifuhr, eine ruhige, oft menschenleere Straße. Ein Wagen überholte mich, scherte ziemlich brutal nach rechts aus, streifte mich. Bevor ich zu Boden ging, schlug ich noch auf einen anderen Wagen auf, der dort parkte. Das erste, was ich wieder sah, war das Vorderrad meines Fahrrads, das sich wie blöd vor meiner Nase drehte, dann quietschten Autoreifen. Mein Knie kam mir schmerzlich schmerzlos vor. Ich lag auf dem Boden und dachte, daß es vielleicht nicht so schlimm war, dachte, daß etwas anderes wichtiger war. Als der Mann sich über mich beugte, war er überrascht, eine Messerklinge auf sich gerichtet zu sehen. Eine Reflexhandlung, Erinnerung an Edgardo.

– Rühren Sie mich nicht an!

Ein friedlicher Mann in den Fünfzigern, untröstlich. Zu Tode erschrocken jetzt. Wie kam ich bloß darauf, ihn zu bedrohen? Er stammelte, es sei seine Schuld, er gebe es zu. Dieser Wagen, der ihn ein bißchen zu schnell überholt hatte, habe ihn zu einem unglücklichen, ja dummen Schwenk veranlaßt (dreißig Jahre fuhr er schon, und kein einziger Unfall!). Aber weshalb das Messer? (Ich steckte es weg.) Ob ich Schmerzen hätte?

Sein Gejammer war schwer zu ertragen. Dieser alte Knacker begriff offenbar nicht, daß in der Stadt, in der er lebte und sich auf seine Weise bewegte, Unfälle manchmal Attentate, Spazierfahrten manchmal risikoreich waren. Das Raleigh hatte nur ein paar Kratzer, und mein Knie hinderte mich nicht am Gehen, außer daß ich ein bißchen humpelte. Ich schlug dem Alten vor, ein Glas mit mir zu trinken. Um zur nächsten Kneipe zu gelangen, mußte man unter einer der Arkaden des Viadukts hindurch, die von den Abbrucharbeitern an dieser Stelle verschont geblieben war. Unter dem Gewölbe hingen noch, ziemlich ramponiert, aber gut lesbar, ein paar Plakate, die ein Konzert mit Susanna Rinaldi ankündigten.

Diesmal war nichts mehr übrig. Die Bulldozer waren dagewesen, hatten reinen Tisch gemacht. Man konnte den Standort des Kinos nur erraten, wenn man sich an der noch intakten Bürgersteigführung orientierte. Wo der Saal gelegen hatte, gähnte jetzt ein riesiger Krater, dessen Funktion unbestimmt war. Ein Stück weiter in Richtung Rue de Charenton war ein anderer Krater von Arbeitstrupps einer ganz besonderen Spezies bevölkert. Sie machten Ausgrabungen in den Fundamenten der Cour des Juifs. Das war einst eine Art Ghetto gewesen, in dem Kleidung hergestellt und unter den Armen verhökert wurde.

– Das *Tour-d'Argent*?

– Ist noch nicht dran, sagte Roger. Mai oder Juni. Vorher muß das hier zerstört werden.

Die Brandmauer des Kinos, ziemlich verwüstet. Mit der gemalten Werbung für Nicolas.

– Dahinter liegt ein Hof, sehr eng und langgezogen. Widerlich.

– Und dann?

– Die Häuser der Rue de Charenton. Die nehmen wir uns vor, sobald wir mit dem Restaurant fertig sind.

Roger arbeitete auf dem Bagger. Er war zuständig für Zerstörung. Ohne besondere Gemütsbewegung. Aber er redete gern mit den Leuten aus der Gegend. («Ist doch normal, wenn man so lange auf einer Baustelle ist, sind es mehr oder weniger immer die gleichen Leute, die uns zusehen.») Er kam aus Saint-Brieuc, einer Stadt, die sich ebenfalls im Lauf einiger Jahrzehnte sehr verändert hatte, allerdings nicht auf die gleiche Weise. Seine erste Baustelle in Paris waren nichts Geringeres als die Hallen gewesen.

– Typen, die brüllten und uns beschimpften. Es ist nie so weit gekommen, gut, aber man hat sogar Bullen zu unserem Schutz geschickt für den Fall der Fälle. Hier gucken die Leute zu, aber es ist ihnen ziemlich schnuppe. (Er lachte.) Vielleicht weil es eine Baustelle der Linken ist.

Ich drehte den Schlüssel, stieß die Tür auf. Ungewöhnlich war auf Anhieb die Stille und daß die Katzen nicht zur Stelle waren. Sie kommen sonst immer. Ich höre ihr Miauen schon im ersten Stock. Nichts.

– Ich bin da, sagte Jessica.

Sie saß im Wohnzimmer auf dem Korbsessel, Sinowjew auf den Knien, Kamenew und Radek nicht weit. Sinowjew war immer ihr Liebling gewesen.

Sie hatte weder ihr schwarzes Cape noch den Gauchoschal abgelegt und war nach jener strengen Art frisiert – schweres, eng am Kopf anliegendes Haar, dicker Knoten –, die an sehr alte Fotos erinnert. Sie sah abgespannt und erschöpft aus, dunkle Augenringe, eingefallene Wangen. Schön. Mir wurde ganz wirr im Kopf.

Ich hatte Lust, sie hinauszuwerfen. Sie zu

umarmen. Sie zu ohrfeigen, zu beschimpfen. Ich hatte Lust auf sie. Sie lächelte, sagte, daß auch sie oft Lust hätte. Aber nicht heute.

Meine Schlüssel, die auch ihre Schlüssel waren, lagen auf dem niedrigen Tisch neben dem Schachspiel. Ich hatte sie ihr gleich am Anfang gegeben, obwohl ich wußte, daß sie kaum Gebrauch davon machen würde. Wir hatten beide einen Sinn für abgesteckte Territorien, Bunkermentalität. Der Pakt war dennoch unantastbar, Trennung hin oder her. Jessica konnte sich bei mir einrichten, wann immer sie es für richtig hielt.

Aufgeregt und nervös öffnete sie das Cape, ließ den Schal von der Schulter gleiten.

– Ich möchte zwei Dinge, sagte sie. Einen Schluck Alkohol, weil ich zittere. Und dich sprechen.

Sie zitterte wirklich, wie jedesmal, wenn wir uns nach einer längeren Trennung wiedersahen. Sie lächelte wieder, trank ein paar Schlucke Bourbon. Was sie auch nicht ruhiger machte.

– Ich komme vom gerichtsmedizinischen Institut.

– Julio?

– Du weißt es schon? Sie haben mich einbestellt, damit ich ihn identifiziere. Ich habe den Körper gesehen.

Den «Körper»! Sie schluckte mühsam. Schweigen breitete sich aus. Ihr Gesicht war aschfahl. Sie krümmte sich plötzlich zusammen, stieß einen kurzen, heiseren Schrei aus, wurde von Krämpfen geschüttelt. Sie erhob sich schnell und lief ins Badezimmer.

Sie erbrach sich lange, schmerzlich, die Nägel in meine Handfläche gegraben. Dicke Tropfen liefen über ihre Schläfen. Ich sah es vor mir: der nackte Körper ohne Kopf, die angeschwollene weiße Haut, die klinische Beleuchtung, die weißen Kacheln, die höflichen Stimmen, die Kittel, die Kälte. Jessica richtete sich wieder auf, die Augen geschlossen, alle Muskeln angespannt. Sie zwang sich zu atmen, vorsichtig zuerst, in kleinen Stößen, es tat weh, dann tiefer. Das dauerte ein paar Minuten, und auch dabei war sie schön. Als sie sich wieder in der Gewalt hatte, waren nur ihre Nägel immer noch in meine Handfläche gegraben.

Sie spülte sich den Mund aus, das Gesicht plötzlich nackt im grellen Neonlicht, schweißnasse Strähnen an der Stirn. Seit November hatte sich eine Falte gebildet, zwischen Wange und Kinn, eine schöne, arrogante Linie. Sie sagte:

– Das ist unser Problem: Nur in den schlimmen Augenblicken bin ich mir ganz sicher, daß du der richtige Mann für mich bist.

Als wir wieder im Wohnzimmer waren, leerte sie auf einen Zug ihren Jack Daniel's, zündete sich ein Zigarillo an und erzählte.

– Es war nicht einmal ein menschlicher Körper, den ich gesehen habe. Ein Rumpf ohne Kopf, aufgeschwemmt vom Wasser, gezeichnet von schrecklichen Narben, verstümmelte, zerquetschte Gliedmaßen. Sie haben ihn kastriert.

– War er es?

– Ich weiß es nicht, sagte sie sehr leise. Ich kann nicht einmal das bestätigen. Ich glaube, ja.

– Die Tätowierung?

– Einmal das, ja. Auf Julios Schulter war eine Katze, eine schwarze Katze tätowiert. Bei dieser Leiche war es genauso. Was beweist das schon? Eine Menge Typen überall auf der Welt dürften eine solche Tätowierung haben, oder?

Jessica zitterte wieder. Aber auf andere Weise, fast anmaßend, ihre Augen verloren sich im unermeßlichen Grauen.

– Der Mann, den ich gesehen habe, sagte sie ruhig, ist bestialisch gefoltert worden. Wie sie es drüben über Jahre gemacht haben. Dieser Leichnam gleicht denen, die man morgens auf Müllkippen oder unbebautem Gelände fand. Oder denen, die vom Meer wieder ans Land gespült wurden.

– Was sagen die Ärzte?

– Sie sind verwirrt. Sie sagen, daß der Körper vielleicht von einer Schiffsschraube verstümmelt worden ist. Sie glauben es aber nicht wirklich. Eine Schiffsschraube zerquetscht nicht sorgfältig alle Fingerknöchel einer Hand, sie reißt keinen Anus auf, sie hinterläßt keine Brandspuren auf der Brust, sie schneidet kein Geschlechtsteil ab. Und außerdem...

– Außerdem?

– Die Katzentätowierung auf der Schulter. Sie haben sich mit dem Rasiermesser darüber hergemacht. Es ist eine Signatur. Erinnerst du dich?

Die «Katzenjagd». Die ersten «Todesschwadronen», die AAA aus San-Miguel de Tucuman.

– Als diese Jäger mit ihren Schweinereien angefangen haben, hat Julio sich diese Tätowierung machen lassen. Als Herausforderung.

– Hatte er tatsächlich so viele Beweise gegen sie?

Sie zuckte die Achseln, holte noch einmal tief Luft. Sie wußte es nicht.

– Er hat mir oft von Dokumenten erzählt, die er aus Argentinien herausbringen konnte, aber ohne nähere Einzelheiten. Wir haben über diese Dinge selten gesprochen. Ich hasse es, wieder von dieser Zeit zu reden.

– Trotzdem willst du dort als Zeugin auftreten?

Sie löste mit einer Handbewegung die Nadel aus ihrem Knoten, die Flechten fielen herab, eine schwere, wilde Masse. Sie schüttelte sich. Ja, sie würde hinfahren. Das war das mindeste trotz allem. Und es war ihr gleich, ob es unangenehm sein würde oder nicht.

– Ich werde es tun, weil ich Ordnung in mein Leben bringen will. Ich werde für die Dauer des Prozesses hinfahren, keine Stunde länger. Ich werde hinfahren, weil ich sie nicht umbringen kann.

– So sehr haßt du Buenos Aires?

– Ich habe mich entschlossen, in Paris zu lieben.

– Kennst du diesen Mann?

Ich reichte ihr das Foto des Mannes aus dem Kino, sagte ihr, unter welchen Umständen ich es aufgenommen hatte.

– Nein, aber was beweist das schon? Wenn sie uns festnahmen, bestand ihre erste Tat darin, uns eine Kapuze über den Kopf zu ziehen, damit wir sie nie wiedererkennen könnten. *La capucha*, sagte man.

Sie erschauerte aufs neue, legte die Arme über der Brust zusammen. Das Verlangen nach ihr.

– Als ich einige Gesichter gesehen habe, dachte ich, sie machten sich einen Spaß daraus, weil sie mich sowieso töten würden. Nicht all die brutalen Visagen, nein. Dieser Mann mit der runden Brille. Er hat leichte Ähnlichkeit mit Ortiz.

– Kennst du Hauptmann Ortiz? War er es, der dich...?

– Meistens sah man nichts, unterbrach sie. Aber er ist es nicht.

Ich hatte nie angenommen, daß er es war.

– Haben Sie von dir Schlimmes zu befürchten?

– Du kennst mein Leben. Seit Trelew, ja, ich habe eine Menge gegen sie vorzubringen.

– Tust du etwas zu deinem Schutz?

– Überhaupt nichts, sagte sie und war plötzlich wütend. Ich weiß nicht, ob sie mich suchen. Ich weiß nicht einmal, ob sie wirklich in Paris sind (ihr Zorn steigerte sich überraschend). Alles, was passiert, kann einen Haufen anderer Ursachen haben. Sogar dieser Leichnam!

Sie hatte jahrelang in Angst gelebt, in Furcht vor Verfolgung, Verhaftung, Folter. Jede Stunde, jede Minute, jede Sekunde in dieser Angst.

– Jeden Weg, jeden Schritt kontrollieren, kannst du dir das vorstellen, ausgerechnet du, der du so gern spazierengehst? Und das da (wütende Geste auf die Bilder, die herumlagen, die Bücher, die Sammelobjekte)! Kein einziges Foto behalten, selbst den kleinsten Brief sofort verbrennen, vor allem, wenn es ein Freundschafts- oder Liebesbrief ist, damit man im Fall der Verhaftung niemanden in Gefahr bringt. Ohne Spuren leben in dem Wissen, daß man jeden Augenblick verschwinden kann und daß es nicht einen Zeugen gäbe.

Sie war beschattet, verhaftet, gefoltert, vergewaltigt worden.

– Sie werden mich nicht mehr kriegen, nie mehr und niemand mehr, zischte sie. Ich werde nie mehr vorsichtig sein, weder ihnen noch dir gegenüber. Ich werde mich exakt so bewegen, wie ich Lust habe, ohne mich um irgend etwas zu kümmern.

Ich öffnete das Fenster, das zum Kanal ging. Genau darunter hatte man die Leiche gefunden. Ich hatte nichts gesehen. Seit ich wieder fotografierte, hatte ich das merkwürdige Gefühl, immer weniger zu sehen. Oder vielleicht nicht das, was man sehen mußte.

– Das geht auch an deine Adresse, Victor. Keine Vorsicht dir gegenüber.

Natürlich. Sie würde unseren Krieg fortsetzen.

Jessica schubste Sinowjew, die sich wieder auf ihre Knie gesetzt hatte, sanft zur Seite. Die Katze protestierte nicht.

– Laß mich das Foto noch einmal sehen.

Sie stand auf.

– Falls dieser Mann mir gefolgt ist und du ihn mit deinem Fotografieren verjagt hast... sie arbeiten immer zu mehreren.

– Also hat ein anderer dich weiterverfolgt.

– Vielleicht, aber ich an seiner Stelle hätte mich für dich interessiert.

Sie legte ihren Schal wieder um, faßte mich kurz am Arm.

– Ich gehe dann. Zwei Dinge noch, sagte sie. Du wirst wieder leiden. Aber ich kann nicht anders leben.

– Und weiter?

– Vorhin, als ich gezittert habe, das war nicht wegen der ... der Ereignisse. Das war deinetwegen.

Das alte Lied. So deutlich hätte sie gar nicht werden müssen. Sie würde die Schlüssel behalten. Blieb nur noch die Frage zu stellen, wer Miguel war.

– Der Mann, den ich vor dir geliebt habe. Ein Maler. Irgendein Scheißkerl klebt schon seit einiger Zeit ein Plakat von ihm in ganz Paris. Ich wüßte gern, warum (Pause). Ich schwöre dir, daß ich eines Tages herauskriege, warum.

Ich hatte noch nie so richtig bedacht, daß Oscar ein Scheißkerl sein könnte. Eine interessante Hypothese.

Am Freitag, den 22. März (dieser Jahrestag interessierte absolut niemanden mehr), wurde ein internationaler Haftbefehl gegen Hauptmann Ortiz erlassen.

Am Vortag hatte ein anderer Jahrestag stattgefunden. Neun Jahre zuvor hatten die Militärs in Argentinien die Macht übernommen. Unter der Knute Videlas und seinesgleichen wurde der Staatsterrorismus zur Regel. In Buenos Aires fand eine gut vorbereitete Demonstration statt, zu der die «Mütter» aufgerufen hatten. Die Idee war, «den Verschwundenen die Hand zu reichen».

– Eine phantastische Idee, sagte Marti zu mir und löste sich für einen Augenblick von seinem neuen Plan einer idealen Stadt. Sie haben jeden, den sie finden konnten, aufgefordert, die Umrisse der eigenen Hand auf ein Stück Papier zu malen und es ihnen zu schicken. Und all diese Hände sind an Leinen befestigt worden, die sie zwischen Präsidentenpalast und Kongreß über die Plaza de Mayo gespannt haben. Mehr als 700 000 Hände! Ein richtiges Dach.

Er lachte.

– Meine habe ich natürlich auch geschickt. Und deine, stell dir vor.

– Meine?

Eines Tages hatte er mich gebeten, meine Hand flach auf eine Ecke des Tischtuchs zu legen, und hatte mit einem Filzstift die Umrisse gezeichnet. Ich hatte das für ein Spiel gehalten.

Die Demonstration war ein Erfolg gewesen. Dreißigtausend Menschen, die aber der *Casa Rosada* des Präsidenten den Rücken zugewandt hatten.

– Die Mütter haben kein Vertrauen mehr. «Alfonsin, du hast nur zwei Möglichkeiten: Entweder du verbündest dich mit dem Volk oder mit den Mördern.» Das war ihre Parole. Vor allem die Jungen waren bei dieser Demonstration. Die Älteren sind vorsichtiger, nehme ich an.

– Wie wird es weitergehen?

– Was weiß ich! *Quien sabe*?

Marti zeichnete eine Plaza de Mayo mit einer Kaserne daneben und nicht weit davon schnell noch etwas Rundes, das er «Radrennbahn» nannte.

– Man spricht von einer Amnestie für all diese Stadtguerillageschichten, die nun schon so lange dauern. Damit wären die Militärs und die politischen Aktivisten in Sicherheit, nur die Anführer nicht. Sie werden zahlen müssen. Aber wer sind die wahren Anführer?

Zwischen die umfassenden Gebäude zeichnete Marti ein dichtes, ausuferndes Häusergewimmel, deutete unterirdische Verbindungen und Verstecke an; ein undurchdringliches städtisches Flechtwerk.

– Männer, die verhaftet und gefoltert worden sind, landen jetzt wieder im Gefängnis. Eine Frage der Symmetrie, verstehst du. Die Armee fürchtet die Prozesse, das macht sie nervös und gefährlich. Um sie zu beruhigen, setzt man den Gedanken in Umlauf, daß der Terrorismus der Gefolterten den der Folterer allemal aufwöge.

Er zerknüllte das Tischtuch.

– Ich kann dir eine Zeitung von drüben zeigen. Ich habe gelesen, daß man nach Leuten gesucht hat – sie sollten vor Gericht gestellt werden –, die vor sieben oder acht Jahren verhaftet worden sind und die man nie wiedersehen wird. Führer der Montoneros oder Chefs des ERP. Darauf fällt keiner rein. Aber das erlaubt ihnen, sehr freundlich mit den miesen Handlangern umzugehen, die eigenhändig dafür gesorgt haben, daß die Gesuchten irgendwann aus einem Hubschrauber ins offene Meer befördert wurden.

– Handlanger wie Ortiz?

– Ortiz? Ja. Amnestie? Gott bewahre!

Marti hatte keine Einwände, daß ich den Tischtuchausschnitt mit dem neuen imaginären Plan sicherstellte.

Bild für Bild waren es zwei Männer, und sie schleppten eine Frau. Man sah keinen Kopf. Ich hatte nur ein paar Meter Film.

Die Frau gestikulierte. Auf der Leinwand im Kino sah das wahrscheinlich nach einem Mittelding zwischen fast besiegt und bereits unterworfen aus. Sie war nicht kräftig. Konnte gerade noch die Beine zusammenpressen, um zu verhindern, daß ihr Rock allzu hoch über die Schenkel rutschte. Am Ende der Sequenz zogen die Männer sie hinter eine Tür, und man konnte ahnen, daß in diesem ausgesparten Raum eine andere Zeit anbrechen würde, die Zeit der Schläge, der Vergewaltigung, der Folter.

Ein anderer Film zeigte genau das. Nur wenige Bilder. Ein nackter Mann, an einen gewöhnlichen Stuhl gefesselt. Grelle Scheinwerfer waren auf ihn gerichtet. Trotzdem – das war auffällig – entstand nicht der Eindruck einer Inszenierung. Es sah eher nach Routine aus. Die Augen des Mannes waren verbunden.

Es war das Bild dieses von Schlägen gezeichneten Mannes, das mich nach und nach auf die Spur brachte. Ich suchte in dem Durcheinander der Filmrollen herum. Im Grunde hatte ich im Kino alles mitgenommen, was mir in die Hände gefallen war, ohne wirklich auszuwählen, einzig nach dem Reiz von ein oder zwei Ausschnitten.

Man sah von allem etwas. Einen Kuß Delon-Deneuve. Darth Vader in einem Moment, als ihn

«Die Macht» bedroht. Roger Moore, der kurz vor einer schwierigen Mission einen Teller aphrodisischer Austern zurückweist. Eine schöne Unbekannte, die auf bemerkenswerte Weise an einem anonymen Schwanz lutscht. Pascale Ogier im Karatekampf mit Stévenin auf dem Pont du Nord. Ein zähnefletschender Christopher Lee. Barbara Steele, zu neuem Leben erweckt. Die Brust der Seyrig in *India Song*.

Man sah lachende Kerle; sie hielten die Klemmen elektrischer Drähte an die Eier eines anderen Kerls, der unter den Schocks unhörbar brüllte. Man sah die Vergewaltigung einer dicken Frau, die mit weit gespreizten Gliedmaßen auf einen Tisch gebunden war. Mit heruntergelassenen Hosen wechselten sie sich über ihr ab, gaben es ihr mit kräftigen Stößen. Kurze Bildfolgen. Die Kamera wurde benutzt wie ein Fotoapparat. Man sah (Einstellung-Gegeneinstellung) den stummen Dialog zwischen einem Mann, der mit den Handgelenken an eine Heizung gefesselt war, das Gesicht entstellt von Schlägen, und einem anderen, der ihn verhörte. Man sah einen Jugendlichen, stets nackt, zwangsläufig unbeweglich, weil auf einem Zahnarztstuhl angebunden, eine Kapuze auf dem Kopf, und die anderen, die ihn umkreisten und sich sicher fragten, welche Folter sie ihm als nächstes antun könnten. Die Gesichter waren klar und deutlich zu erkennen. Sie lachten.

Der Mann, der verhörte, war nicht der aus dem Kino, der vom Boulevard Richard-Lenoir. Er hatte Ähnlichkeit mit ihm.

Bei Jessica meldete sich niemand. Am Telefon der Anrufbeantworter. Die Nachricht, es war ihre Stimme, besagte, sie sei umgezogen. Man solle sie in Paris suchen. Das sei schließlich nicht so schwierig.

Diesmal umgaben die Mauern und Wachtürme der Kaserne die ganze Stadt auf der Tischdecke. Ein Museum neben dem Fußballstadion. Im *La Boca* herrschte trübe Stimmung. Das Sexteto Major spielte die *Peregrinacion.*

– Sie machten das wirklich, wie es scheint, sagte Marti. Zumindest in der Marineakademie. Der Blutschwur. Der Admiral folterte zusammen mit dem Oberfeldwebel. Alle beteiligt, alle Komplizen, innig verbunden in der gleichen Scheiße. Filme, Fotos? Ja, sie konnten welche gemacht haben. Damit einer den anderen in der Hand hatte, damit niemand abspringen konnte. Warum stellst du mir diese Frage?

Die Baustelle machte scheinbar wenig Fortschritte. Ich stattete ihr jeden Tag skeptisch einen Besuch ab. Die Maschinen planierten, bohrten, stampften fest. Man goß Beton, legte Einschnitte an. An den Zäunen sah man überall das «Bereit für morgen» des *Ressemblement pour la République* und Plakate zu den Filmen *La déchirure* und *La petite fille au tambour*.

Ich ging häufig allein ins *Tour-d'Argent*. Setzte fast meine Ehre darein, hier meine täglichen Gauloises zu kaufen, meine Junggesellengewohnheiten in diese nachgemachte Klubatmosphäre einzuführen. Ich ließ Speisekarten,

Aschenbecher, Bierdeckel und Kaffeetassen mitgehen.

Roger, der Mann von der Baustelle, war über die Ferien nach Hause in die Bretagne gefahren. In einer Art selbstverordneter Begeisterung machte ich viele Fotos ohne ein wirkliches Motiv. Ganz allgemein hatte ich den Eindruck, daß man mich verfolgte.

Für Villon stand fest, daß der verstümmelte Leichnam niemand anderes als Julio war. Keiner der Ärzte des gerichtsmedizinischen Instituts hatte den Beweis dafür erbringen können. Der Bulle gab sich überhaupt keine Mühe, seine Unzufriedenheit, seine Isolation zu verbergen. Im Gegenteil, er zog daraus nach ein paar Gläsern einen Stolz, der nach seinesgleichen suchte.

– Julio, Ruben, Fälle, die man abhaken kann, falls keine neuen Elemente auftauchen.

– Aber der Leichnam...

– Seine eigene Schwester ist nicht in der Lage, ihn einwandfrei zu erkennen, also... Und Ihr Typ auf dem Foto ist bei den Dienststellen unbekannt. Jedenfalls da, wo ich noch Zugang habe.

Hier am Platz war das *Bofinger* Villons Lieblingskneipe. Jeder nach seinem Geschmack. Er gewöhnte sich allmählich an, mich dahin einzuladen, offenbar einzig und allein, um sich dort den Bauch mit Meeresfrüchten vollzuschlagen und übermäßig zu trinken. Wir unterhielten uns wenig, weil wir uns fast nichts zu sagen hatten. Ich fand das erholsam. An diesem Abend hatten wir uns für Belon-Austern entschieden, eine feste, graue Sorte.

– Als ich zum ersten Mal hier war, vor gut zwanzig Jahren, lange bevor sie den ganzen Saftladen umgekrempelt haben, hatte dieses Restaurant für mich so etwas wie Schick. Fast wie das *Lipp*. Lachen Sie nicht. (Er lachte: Lipp, war das wohl schick?) Ich habe mit meinem Schwarm zu Abend gegessen. Zwei Tische von uns entfernt saß Aragon. Aragon höchstpersönlich! Damals hatte ich noch eine gewisse Bewunderung für ihn. Er war allein, aß Windbeutel und las in einem Manuskript. Seitdem esse ich regelmäßig mehrmals in der Woche hier, und die Oberkellner, stellen Sie sich das vor, haben sich nie anmerken lassen, daß sie mich kennen. Wissen Sie, warum?

Offen gesagt, hörte ich ihm nur zerstreut zu. Sein Tweedjackett mit graublauem Fischgrätenmuster hatte die Form verloren und war an den Ellenbogen so durchgescheuert, daß es schon ungehörig war.

– Eines Abends, als ich aus dieser Kneipe kam, wollte ein Typ mit Motorrad eine Handtasche klauen. Ein kläglicher Versuch. Ich habe den Kerl ausgeschaltet, ohne auch nur den Revolver zu ziehen, kann ich Ihnen versichern. Sämtliche Kellner waren draußen. Die Frau wollte keine Anzeige erstatten. Ihrem Macker war die Sache peinlich. Ich bin wieder reingegangen, um noch einen Kaffee zu trinken. Seitdem sind sie sauer auf mich. Ein stalinistischer Hund, der Windbeutel mampft, ist gut für ihr Image. Ein Bulle, der seine Arbeit macht, ist was Unanständiges. Diese Geschichte ist gut zehn Jahre her. Ich bin von der anhänglichen Sorte.

Seine Bewegungen waren hektisch zwischendurch. Er legte lange Pausen ein und ereiferte sich dann wieder. Wir bestellten zwei Tassen starken Kaffee nach und tranken noch ein paar Gläser Chablis.

– Falls es sich tatsächlich um eine Todesschwadron handelt, wird man nichts beweisen können, es sei denn, sie machen eine gewaltige Dummheit. Diese Typen haben Erfahrung. Sie wissen, was eine Stadt ist und wie man darin tötet.

Marc kam vorbei. Er war in Begleitung eines Ministers, dessen Name mir sogleich wieder entfiel. Er zeigte wenig Lust, sich an unseren Tisch zu setzen, der ja in der Tat keinerlei besonderes Ansehen genoß. Er flüsterte mir lediglich zu, daß wir uns sehen müßten, und zwar bald, weil er vielleicht Neuigkeiten hätte. Marc hatte immer Neuigkeiten zu verkaufen, das war sein Beruf.

Draußen war es kalt, aber der Winter verlor an Biß. Ich empfand fast Bedauern darüber. Ich liebte Paris auch, wenn es in seinen grauen Kältepanzer eingeschlossen war, ich liebte seine Nächte, die früh hereinbrachen, eine Mischung aus frostiger Lethargie und Dringlichkeit, den Tag zu nutzen.

Heute abend sah die Place de la Bastille noch gewaltiger aus, weil die Lichtwand der hohen Laternen die Umrisse verschwimmen ließ.

– Gehen wir ein Stück zu Fuß?

Wir überquerten den Boulevard und nahmen ganz selbstverständlich Kurs auf die Baustelle. Villon war taktvoll genug, mir nicht mit einem letzten Glas im *La Boca* zu kommen.

Er war nur ein anrüchiger Bulle. Ich wollte ihm nichts von den Filmen erzählen. Von dem, was ich darin zu sehen glaubte. Ich war mir in allem unsicher, und wenn ich es in seltenen Fällen einmal nicht war, verwirrte mich diese Gewißheit.

Die abrißbereite Rue de Charenton war dunkel und menschenleer. Mehrere Fenster des Gebäudes (die Nummer acht bezeichnete den gesamten Häuserblock vom Hotel bis zum Reisebüro) waren bereits zugemauert. Ein handgeschriebenes Plakat älteren Datums rief die Anwohner auf, sich zusammenzuschließen und gegen das Unternehmen Oper zu kämpfen. Villon verzichtete darauf, mich zu fragen, was ich von dieser ganzen Umwälzung hielt.

Wir befanden uns auf der Höhe jener offenen Passage zur ehemaligen Cour des Juifs. Das Auto fuhr schnell. Die Rue de Charenton ist schmal. Die aufgeblendeten Scheinwerfer machten uns fast blind. Der Wagen raste in vollem Tempo auf uns zu. Villon packte mich. Ich stolperte, fiel. Ein dumpfes Geräusch, Villon wurde an ein Gitter geschleudert. Dann konnte ich deutlich erkennen, daß er sich mehrmals um sich selber drehte und dabei gleichzeitig seine Waffe zog. Der Wagen war noch nicht weit, zwanzig oder dreißig Meter, Villon war in Position, er lag in der Mitte der Fahrbahn, die Waffe im Anschlag, den Finger am Abzug.

Er schoß nicht.

Der Wagen verschwand. Ich half dem Bullen beim Aufstehen. Er verzog das Gesicht.

– Ich glaube, mein Arm ist gebrochen. Sind

Sie zufrieden? Heute abend ist mir kein Schönheitsfehler unterlaufen.

Man hatte meinen Briefkasten aufgebrochen. Es war nicht das erste Mal, und die meiner Nachbarn hatte das gleiche Schicksal ereilt. Auf dem Anrufbeantworter waren überdurchschnittlich viele anonyme Anrufe. Das ließ sich nicht mehr auf den normalen Anteil von Leuten zurückführen, die gehemmt oder nicht sicher waren, ob sie etwas zu sagen hatten. Seit mehreren Tagen hatte ich Oscar nicht mehr gesehen, und es gefiel mir nicht, daß er seine Klebeaktionen unten vor meinem Haus und im gesamten benachbarten Viertel systematisch fortsetzte. Ebensowenig hatte mir der steife Katzenkadaver gefallen, den ich eines Tages im Square Frédérick-Lemaître fand, eine schwarze Katze. Vertreter klingelten an meiner Tür, unbekannte Postangestellte, Zeugen Jehovas oder Kinder Marias, die ich nach Herzenslust beleidigte. Neue Gäste hielten sich ausdauernd am Tresen des *Capitale* auf und überwachten auf unangenehme Weise meine Flipperpartien. Unter anderem.

Ich begriff, was Jessica gesagt hatte. Keinerlei Vorsicht! Ich pfiff darauf, ob ich beschattet wurde oder nicht. Ich war hier zu Hause.

Bevor ich zur Redaktion von *Le Soir* ging, rief ich Villon an. Sein gebrochener Arm würde ihn mehrere Wochen blockieren. Anschließend sei dann eine Heilgymnastik nötig, dieses Ellenbogengelenk sei etwas schrecklich Kompliziertes. Es war der rechte Arm, keine Chance. Er lachte.

– Irrtum auf der ganzen Linie. Ich bin ein verhinderter Linkshänder. Ich werde wieder ich selbst werden.

Der Mann aus dem Kino war wahrscheinlich der Bruder von Hauptmann Ortiz. Er hatte nie der argentinischen Armee angehört. Seine Grundausbildung hatte er in den Reihen der «Gerechtigkeitsfanatiker» gemacht. Zu Beginn sehr weit links, dann ziemlich schnell bei der extremen Rechten. Er war Mitglied rechtsradikaler Kommandos gewesen, die bei der Rückkehr Juan Perons in die Menge gefeuert hatten. Später, zu Zeiten der Witwe Isabelita, die ihre Macht mißbrauchte, war er in der AAA zu Ansehen gelangt.

– Nach Aussage unseres Korrespondenten in Buenos Aires, sagte Marc, ist er ein begnadeter Filmkenner. Er hat auch ein Buch über Borgès geschrieben.

– Was sagt dein Korrespondent sonst noch?

– Daß er ein Killer ist. Aber er hat keinen einzigen Beweis.

– Welche Verbindungen zu seinem Bruder?

– Nichts Nachprüfbares.

– Sein Bruder?

– Im Arrest in La Plata. Unser Korrespondent meint, nicht für lange. Man wird ihn freilassen.

– Trotz des internationalen Haftbefehls?

– Das kümmert doch keinen. Bis auf die Mütter, die wirklich Verrückte sind, gibt sich jeder mit einem mittelmäßig spektakulären Prozeß zufrieden. Alfonsin kann weder die Armee noch ihre Helfershelfer vor Gericht stellen. Und alle waren Helfershelfer. Sogar die Zivilisten.

– Und was willst du jetzt unternehmen in Bezug auf diesen Typ?

– Sobald man ihn ausfindig gemacht hat, du oder ein anderer, darf man ihn nicht mehr aus dem Auge verlieren. Aber dafür müßte er erst einmal wieder in Erscheinung treten.

– Er treibt sich praktisch jeden Tag auf der anderen Seite meines Kanals herum.

– Tatsächlich? Und was hast du bis jetzt damit angefangen?

– Ich gewöhne mich daran.

Ansonsten war Marc mit einer Fotoreportage über die verrückten Sprayer, Kleber und Graffitiexperten der Nacht einverstanden.

«Eine Fotoreportage, okay», sagte Poupée Brisée, «aber unter einer Bedingung: Anschließend machst du von mir anstandslos das Foto, um das ich dich bitte. Abgemacht?» Ich sah keinen Grund, diesen Deal abzulehnen.

Poupée Brisées Vorname war in Wirklichkeit Martine. Sie war ein großes, schlankes Mädchen und besuchte die letzte Klasse des Lycée Charlemagne. Von ihrem großen Busen abgesehen, hatte sie eine vage Ähnlichkeit mit Françoise Hardy (in jungen Jahren).

Sie sprühte mit Hilfe von Schablonen im Bereich Archives – Francs-Bourgeois – Beaumarchais – Rivoli – Saint-Antoine. Ausschließlich Portraits von weiblichen Hollywoodstars: Mae West, Thelma Todd, Jean Harlow, Lana Turner etc. Ich war ihr eines Nachts begegnet, als sie bei der Arbeit war (die Heddy-Lamarr-Periode), während ich mit dem Fahrrad durch das Marais-Viertel streifte. Weil ich keine vernünftige Ausrüstung bei mir hatte, war die fotografische Ausbeute unserer Begegnung nicht überzeugend gewesen. Wir hatten uns vorgenommen, das Experiment zu wiederholen. Die Reportage für *Le Soir* war genau die richtige Gelegenheit.

– Wer noch außer mir?

– Mi Noche Triste.

– Die sind gut, bestätigte sie.

– Der Typ, der den Gefolterten klebt.

Sie verzog das Gesicht.

– Aber nein, bloß der nicht! Lieber Himmel, ich weiß nicht, wer der Kerl ist, aber er muß völlig bescheuert sein! Vergiß es! Sein Plakat geht mir auf den Geist.

– Deswegen ist es ja so gut.

– Ich wußte nicht, daß du es mit den Heulsusen von Amnesty hältst! Wäre es dir nicht lieber, wenn ich dir Blek le Rat vorstelle? Oder Marie Rouffet?

Ich erhob keinen Einspruch.

– Von denen sind ebenfalls Fotos vorgesehen.

– Du bist schließlich der Chef, schloß sie. Aber es geht mir wirklich gegen den Strich, meine Püppchen neben diesem Leichnam zu sehen.

Wir hatten uns an der Ecke Vieille-du-Temple Blancs-Manteaux verabredet. Der auserkorene Star der Nacht war Jayne Mansfield («schön ordinär, schön doof, ausgesprochen hübsch, oder?»).

Für die Arbeit hatte Martine ihre Aufmachung verändert. Statt der alten Jeans trug sie mit Grandezza ein Kleid im Blau der südlichen oder näher gelegenen Meere, sparsam mit Pailletten bestickt, in der Taille eng gegürtet und vor allem schwindelerregend ausgeschnitten. Ich wettete mit ihr, daß der frivole Büstenhalter, der die Brust anschwellen ließ, direkt aus dem Hause Maleo stammte, und gewann.

– Hast du auch meine Strümpfe gesehen? fragte sie errötend.

Nylons mit Naht, untadelig gerade gerichtet.

– Ich habe mir gedacht, daß die Aufmachung dem gemalten Bild absolut angemessen sein sollte. Gehen wir?

Sie zog lange rote Handschuhe an, die ihr bis zu den Ellenbogen reichten. Nicht die Marke Gilda. Einfache Haushaltshandschuhe aus Gummi.

Schablone und Farbspraydosen waren in einer großen Prisunic-Tüte untergebracht.

Ihr Revier begann an der Rue des Guillemites, was mir sehr recht war. Martine arbeitete mit genauen, routinierten Bewegungen. Zuerst legte sie die Sperrholzschablone an die Wand, hielt sie mit ausgestrecktem Arm fest. Aus dieser Entfernung sprühte sie das Aerosol, um unsaubere Stellen zu vermeiden und eine schöne, glatte Linie zu erzielen.

Mit strahlendem Gesicht, dick geschminkten Augen und Colgate-Lächeln beugte sich Jayne Mansfield leicht nach vorn. Das klaffende Dekolleté ließ ihre Brustwarzen sehen. Ein wohlbekanntes Bild, ein perfektes Wahrzeichen. Einzige Unterschrift wie gewohnt Poupée Brisée.

– Marilyn, okay, die bewundere ich, du wirst

schon sehen. Aber Jayne, die hatte viel mehr Sexappeal. Und viel direkter. Findest du nicht?

Die Passage des Singes war schon lange abgerissen. An ihrer Stelle hatte man ein Parkhaus mit sieben Ebenen ausgeschachtet, und darüber ging der Bau eines einigermaßen erträglichen Gebäudes seinem Ende entgegen. Manche Elemente erinnerten an die Architektur des 18. Jahrhunderts. In ein oder zwei Jahren würde sich das Ganze, mit Patina und städtischem Schmutz überzogen, in das Ensemble der umliegenden Häuser eingefügt haben, und es gäbe nichts mehr darüber zu sagen. Nur noch ein paar alte Fotos, die man betrachten könnte. Die Zerstörung der Passage war kein Skandal gewesen, höchstens eine Dummheit. Ich machte mehrere Aufnahmen von Poupée Brisée, die ihren Star auf die zu weiße Wand dieses neuen, leblosen Gebäudes sprühte. Es war eine Art, es zu taufen, ihm eine Chance zu geben.

Wir begegneten einem schwarzen Kater, den ich nicht kannte. Er zögerte, rieb sich ein wenig an meinen Waden und ging seines Wegs.

– Wir sollten nicht bummeln, sagte die Künstlerin.

An der Ecke Sainte-Croix-de-la-Bretonnerie Vieille-du-Temple hatte Poupée Brisée ein schönes Erfolgserlebnis. Mehrere Typen mit kurzen Haaren, sorgfältig gestutztem Schnurrbart und ansehnlichen Muskeln unter Lederjacken oder T-Shirts wollten unbedingt in Gesellschaft dieser üppigen jungen Frau fotografiert werden, die direkt dem Kalender eines Lastwagenfahrers der fünfziger Jahre entsprungen schien. Sie fanden Lastwagenfahrer gut.

Das richtige Foto kam unten an der Treppe der protestantischen Kirche in der Rue Saint-Antoine zustande. Wegen des starken Schlagschattens von Martine an der Wand und weil der Fuß eines empörten Passanten genau in dem Moment ins Blickfeld kam, als ich den Auslöser betätigte.

Poupée Brisée machte sich noch in der Rue du Petit-Musc, der Impasse Guéménée, der Rue des Tournelles und ein bißchen auch auf dem Boulevard zu schaffen.

Ich mußte endlich die Leute von Mi Noche Triste treffen.

– Und das Foto? protestierte sie. Du schuldest mir ein Foto, so lautet der Vertrag. Ich wohne nur einen Katzensprung entfernt.

Es sollte nämlich in ihrer Wohnung stattfinden. Sie hatte ein Zimmer in der Passage Damoye. Ein sympathisches Zimmer, die Wände bespannt mit bonbonrosa Stoff (genau diese Nuance!), überall Fotos von amerikanischen Filmstars (aus den 40er und 50er Jahren), Spiegel mit vergoldeten Rahmen und ein gewaltiges rundes Bett, mit rotem Satin bedeckt. Ich war nicht überrascht, weil ich schon lange darauf verzichtet hatte, mich zu fragen, wovon junge Mädchen, ob Künstlerinnen oder nicht, wohl träumen mochten.

Poupée Brisée befreite sich von ihren Plastiktüten, zog ohne jede Effekthascherei ihre Handschuhe aus und bat mich, Platz zu nehmen. Dann nahm sie ein Foto von der Wand. Es war

Marilyn (1953), nackt. Das Foto des berühmten Kalenders.

– Ich möchte, daß du mich in genau dieser Stellung fotografierst.

Sie begann sich auszuziehen. Blieb nur, ihr klarzumachen, daß ich keine Zeit zu verlieren hatte.

Wir warfen uns in den R4-Transporter.

Die Mi Noche Triste arbeiteten auf ganz anderem Niveau als Poupée Brisée. Ihre Spezialität war nicht die Vignette in einem Mauerwinkel. Sie hielten es mit wilden, überschwenglichen, farbenfrohen Fresken über einen ganzen Straßenzug.

Ohne mich groß zu fragen, wählten sie als ersten Träger den Bauzaun aus, genau auf der Höhe der Waffenhandlung Guyot. Dieser sehr belebte und sehr düstere Straßenabschnitt verlangte nach Einmischung.

Auch sie hatten die Gewohnheit, schnell und mit präzisen Gesten zu arbeiten. In wenigen Sekunden wurden die Farbtöpfe auf dem Bürgersteig so verteilt, daß sich eine streng festgelegte Palette ergab, aus der jeder der drei Maler sich ohne Zeitverlust bedienen konnte.

Wesson Smith malte rasch mit wenigen Pinselstrichen eine lebendige Kulisse auf die Wellplastik des Zauns. Eine Straße, Fenster, ein angedeuteter Bareingang. Dragon Lady war schon bei der Arbeit. Im gleichen Tempo entwarf sie eine Frau, bestimmt eine Prostituierte, mit dicker Schminke und geschlitztem Kleid, deren Blick sich über den Rahmen hinaus auf der richtigen

Straße verlor. Jill de Ray zeichnete zuerst eine Laterne, ihr rotes Licht und bald ein eng umschlungenes Pärchen darunter, das sich in tangoähnlichem Schritt wiegte. Den Himmel gestalteten sie blau und purpurfarben, gewittrig. Sie waren geschäftig, sprangen hin und her, ohne daß sich ihre breiten Pinselstriche jemals in die Quere kamen oder nicht miteinander übereinstimmten.

– Wißt ihr im voraus, was ihr malen wollt?

– Das Motiv? Nie.

– Wir wissen nur, jeder für sich, daß es ein Stadtausschnitt wird. Und daß diese Stadt Buenos Aires ist.

– Das ist im Augenblick unsere Masche. Ausschnitte von Buenos Aires nach Paris zu verpflanzen.

– Wie alt warst du, als du Argentinien verlassen hast? fragte ich Wesson, während ich fotografierte.

– Fünfzehn.

– Und du, Dragon?

– Noch keine zehn.

Ihr Vater Marti war kein ausgesprochen politischer Emigrant.

Auch Jill de Ray hatte das Land in jungen Jahren verlassen. Sie hatten praktisch nur als Kinder die Stadt erlebt, die sie mit kräftigen, ausdrucksvollen Strichen malten. Nutten, Passanten mit fragwürdigem Aussehen, Bars, die bestimmt Bordelle waren, Straßenlaternen, nur um den Ort des Verbrechens zu erhellen.

Dragon Lady plazierte ein Messer in die Hand des *compadre,* den sie gerade gezeichnet hatte.

Ein paar Meter entfernt, umrahmt von der halbkreisförmigen gewölbten Fassade des Viadukts, befand sich das *Hêtre de la Bastille.* Ein Stück weiter Gerüste... Ich fotografierte.

– Die Gestalten auf unseren Fresken müssen lebensgroß sein, erklärte Wesson. Damit die Leute den Eindruck haben, es seien vertraute Personen.

– Die so sind wie sie selber, ergänzte Jill. Die Szenerie, die wir malen, ist genauso unecht wie deine Stadt, in der andauernd irgendwas abgerissen wird.

Ob es nicht doch ein bißchen auch ihre Stadt geworden sei? Sie sagten, sie stammten nirgendwoher. Es klang nicht ganz überzeugend. Sie waren sehr jung. Sehr talentiert und verloren. Die Bildfläche war fast vollständig mit einer schreienden Vielfalt von Großstadtfarben bedeckt, als die Motorräder bremsten. Sie fuhren auf den Bürgersteig, stießen die Farbtöpfe um.

Es waren nur drei, Lederklamotten und Helme. Sie wußten, was sie wollten, und waren entschlossen, es zu bekommen. Die Knüppel trafen uns überraschend. Sie prügelten. Wie Fachleute. Wie bezahlte Schläger. Wir rannten Hals über Kopf auseinander.

Als wir später zum Tatort zurückkehrten, liefen breite Streifen schwarzer, blauer und roter Farbe wie Schmisse über das Gemälde. Ich machte ein paar Aufnahmen. Das Veilchen an Dragons Auge schwoll auf eindrucksvolle Weise immer stärker an. Jill de Ray hatte eine geplatzte Lippe.

– Wir werden öfter mal von Typen angegriffen, sagte Wesson und massierte sich das Kreuz. Aber nie so brutal.

– Das waren keine Halbstarken.

– Faschos, genau!

Wir wateten durch Farbpfützen. Trotz der wilden Flucht war es mir gelungen, mein Fotomaterial zu retten.

Oscar hatte sich an der Bar des *Balajo* eingefunden. Er wollte nicht mehr kleben. Nicht in dieser Nacht. Er hatte böse Vorahnungen. Was ich ihm über den Angriff auf uns erzählte, überraschte ihn nicht.

– Ich habe gelernt, solche Nächte zu wittern, wenn sie unterwegs sind. Wenn sie Jagd machen.

– Wir sind in Paris.

– Paris, Buenos Aires, pah! Die gibt es in jeder Stadt. Es sind immer die gleichen, und sie spüren uns immer auf.

Ich war wie zerschlagen, aber ich nahm keins der umherfahrenden Taxis. Die Place de la Bastille, mir vertraut und doch immer wieder, wie ich sie noch nie gesehen hatte.

Marc setzte seine Kaffeetasse ab, ließ sich vor dem Dia-Projektor nieder und fing an, in den Filmrollen herumzuwühlen. Ich war verschlafen, er tat so, als wäre er in Hochform.

In einer Art gedämpfter Erregung hielt er sich bei jedem Bild auf.

– Prügeleien, Pornoszenen, sagte er, deine Auswahl ist nicht schlecht. Aber was willst du beweisen?

Ich reichte ihm den Streifen mit der Frau, die von zwei Männern verschleppt wird. Er legte ihn in den Projektor, betrachtete ihn. Ich sah ihm zu und kaute dabei abwechselnd an Blinis und Hering.

– Wenn ich mich nicht irre, handelt es sich um eine Sequenz aus *Urgence*. Ein absoluter Schundfilm.

– Und das?

Die Folge, in der Hände ein Gitter umklammern. Ein Gefängnisgitter, schien mir. Eins dieser geheimen Gefängnisse, das Tausende von Häftlingen durchlaufen hatten, bevor sie beseitigt wurden. Eine Eingebung, einfach so, eine Frage der Beleuchtung vielleicht. Marc rümpfte die Nase.

– Täuschen kann man sich natürlich immer, sagte er. Aber ich bilde mir ein, das in einem Film gesehen zu haben, in *Les rues de l'enfer*, ich bin ziemlich sicher. Ein Graus.

Marc war unschlagbar in Sachen grausiges Kino. Auf diese Weise identifizierte er eine ganze Serie von Szenen, die ich beunruhigend fand, als Ausschnitte aus *Brigade des mœurs, Tirage très spécial, Salo, La belle captive* etc. Er richtete sich wieder auf.

– Aus dem Zusammenhang gerissen, durchaus Grund zur Verwirrung. Eine schöne Ausbeute... aber alles nur Kintopp.

Draußen hatte Oscar wieder geklebt. Sämtliche Gebäude am Kanalufer waren bedeckt. Ich wandte mich wütend ab.

– Und diese Szene hier! Bist du dir wirklich sicher?

Die Frau mit der Kapuze über dem Gesicht war auf einen Stuhl gebunden. Der Oberkörper war von blutigen Striemen gezeichnet. Die Brüste waren nicht schön, der Bauch auch nicht. Ein nackter Körper, Schlägen ausgesetzt. Keine Inszenierung. Ich konnte darin nur Folter sehen.

– Vielleicht, sagte Marc. Und weiter? Es gibt Unmengen Sadomaso-Filme auf dem Markt, die so funktionieren. Folter im Reinzustand. Geschichten von Nazibordellen in den Lagern. Es gibt Unmengen Typen, die so was erregt. Je realistischer, desto besser. Schockiert dich das?

Es gab auch Filme, in denen wirklich getötet wurde, unter dem Auge der Kamera. Wurde jedenfalls gesagt. Ich reichte Marc einen anderen Streifen.

Die Frau wehrte sich von Bild zu Bild. Sie war auf einem Stuhl festgebunden, ihre Bluse war zerrissen. Eine lange Sequenz, in der ihr Oberkörper sich spannte bei dem Versuch, die Schläge abzufangen, in der ihr Kopf nach rechts, nach links schlug. Die Männer um sie herum waren nur Schatten, die sich gegen ein grelles Licht abzeichneten. Sie prügelten. Es folgten ein paar unbelichtete Bilder. Wie ein Kamerastopp. Danach war die Frau nackt, saß immer noch gefesselt auf dem Stuhl. Elektroklemmen hafteten an ihren Brustwarzen, ihrem Geschlecht. Fesseln an den Knöcheln zwangen sie zu einer extrem gespreizten Haltung der Schenkel. Man erkannte genau, daß sie unter dem schwarzen Stoff schrie. Marc sah lange hin, mehrere endlose Minuten, führte sich die Bilder immer wieder vor. Das Licht des Dia-Betrachters und die Hitze gaben seinem Gesicht eine fast beunruhigende Fieberröte. Er atmete schwer.

Jedesmal wenn es auf der Leinwand darum ging, eine Bindung fester zu schnüren, die sich unter den schmerzbedingten Zuckungen der Frau gelockert hatte, wenn der richtige Sitz einer Klemme, eines Drahtes überprüft werden mußte, wenn sie ohrfeigten oder prügelten, tauchten die Gesichter der Folterer auf. Oft sehr flüchtig, manchmal sehr deutlich. Und sei es nur für die Zeit eines verschwommenen Bildes, des vierundzwanzigsten einer endlosen Sekunde.

Ein Gesicht war identifizierbar. Marc stellte den Dia-Betrachter aus.

– Hauptmann Ortiz! räumte er ein. Ich möchte nicht schwören, daß er es ist, aber okay, er sieht ihm täuschend ähnlich. Und ich wüßte nicht, aus welcher B-Serie oder welchem perversen Film so eine Schweinerei stammen könnte.

Ich zeigte ihm weitere Streifen. Nach mehr oder weniger kurzer Zeit tauchte darin der gleiche Mann auf. Nie ganz klar. Jedesmal folterte er, und häufig lachte er. Marc schluckte mühsam.

– Man müßte Fotos machen, Vergrößerungen von den Bildern, auf denen man ihn sieht. Dann könnte man sie mit den Fotos vergleichen, die es von ihm gibt. Die man erst auftreiben müßte. Es gibt ein paar.

Der Umschlag war vorbereitet. Ich übergab ihn, und er öffnete ihn. Er enthielt sämtliche Fotos von Ortiz oder seinem Doppelgänger, die auf den Filmschnipseln waren. Ich hatte dafür nur zwei oder drei Nächte gebraucht. In Marcs

Blick trat ein fast ängstliches Leuchten. Seine Hand griff nach dem Umschlag. Schweigen. Dann:

– Da ist eine Ähnlichkeit... hast du es bemerkt?

Marc war ein Profi. Er tastete sich vorsichtig heran.

– Sein Bruder könnte in Frankreich sein, um lästige Zeugen zu beseitigen, darunter an erster Stelle Julio, dem es, auf welche Weise auch immer, gelungen ist, Filme herauszubringen, die für Ortiz und gewisse Folterer belastend sind.

– Filme, die er im Durcheinander seines Vorführraums versteckt hat.

– Unter lauter Trailern und Aufnahmen, die er aus Filmen geklaut hat. Ein gutes Versteck.

– Zuerst haben sie seine Wohnung umgekrempelt. Sie haben nichts gefunden. Sie haben ihn entführt. Sie haben ihn zum Sprechen gebracht. Ein Mann ist in das Kino gegangen. Ich habe ihn unwissentlich gestört. Ich habe ihm Dokumente vor der Nase weggeschnappt. Er hat nicht so recht gewußt, was er machen sollte. Er und die anderen wissen es immer noch nicht. Sie bleiben mir auf der Spur.

– Das paßt. Und sie hätten Julio umgebracht...

Marc hatte keine Chance, mit großen Schritten im Zimmer auf und ab zu gehen, wie er es am liebsten getan hätte. Zu viele Fotos, Bücherstapel, auf den Straßen gesammelte Gegenstände. Das ärgerte ihn.

– Sie überwachen, sie haben Angst, sagte er. Aber der Prozeß hat noch nicht angefangen, sie haben noch ein bißchen Spielraum (er dachte laut). Unterdessen schüchtern sie Zeugen ein. Normal. Was wirst du tun?

– Ich werde von all diesen Bildern ein Doppel machen. Eine Serie für dich, eine für die Bullen. Außerdem werde ich den Anwalt informieren.

– Wieviel Zeit brauchst du dafür?

– Einen Tag. Nicht viel länger.

– Eins ist dir hoffentlich klar: Wenn sie Gewißheit haben, daß du im Besitz dieser Dokumente bist, haben sie allen Grund, dich abzuknallen!

Sie hatten sich nicht darauf beschränkt, sämtliche Gebäude abzureißen. Sie hatten auch noch den kleinsten Überrest mitsamt der Grundmauern zerstört, den morastigen Boden bearbeitet und metertief ausgehoben.

Gewaltige Maschinen waren in der Umgebung des Zauns abgestellt, der die Baustelle von der Straße ganz in der Nähe des *Tour-d'Argent* trennte. Das Ganze ähnelte einer Aufstellung vor der Schlacht. Wenn diese Zerstörungen mich auch nicht quälten oder mir wirklich weh taten, waren sie doch eine persönliche Angelegenheit.

Ich trank in der Gaststätte einen trockenen Weißen und gleich noch einen. Zuerst aus Gewohnheit, dann aus Lust, mehr zu trinken. Für so etwas war das *Tour-d'Argent* nicht der angemessene Ort, nicht an diesem Abend. Auf der anderen Seite der Fensterscheibe, in der dunklen Masse der eiligen Passanten auf dem Bürgersteig und dem trüben Licht der Scheinwerfer, entdeckte ich Ida. Oder eine Frau, die ihr glich. Nur um diesen Eindruck zu überprüfen, ging ich hinaus, hielt sie an.

Sie war es tatsächlich. Abgespanntes Gesicht, widerspenstige Haarsträhnen. Sie hatte Angst. Dann lächelte sie, etwas überrascht, verwirrt. Ich nahm sie beim Arm, entführte sie in das Lokal. Als sie einmal saß, sagte sie nicht nein zu einem Kaffee und einem Cognac.

– Nein. Keinen Cognac, verbesserte sie sich, als ich die Bestellung aufgab. Einen Williams!

Der Kellner entfernte sich. «Ich liebe Birnenschnaps. Es ist Jahre her, daß ich einen getrunken habe.» Ida stank ein bißchen, der Schmutz, der Fusel, aber sie war prachtvoll in ihrem abgeschabten alten Pelz. Ein paar Sekunden gefiel mir die Vermutung, sie könnte darunter nichts oder fast nichts anhaben. Sie trank.

– Als ich dich auf der Straße bemerkt habe, hatte ich Lust, ins *La Boca* zu gehen. Begleitest du mich?

– Was ist das, *La Boca*?

– Eine Art Nachtlokal in der Passage, gleich nebenan. Man hört dort Tango, trinkt einen Schluck.

– So ein Laden für Snobs? Früher bin ich ins *Balajo* gegangen.

– Wir können auch ins *Balajo* gehen. Aber im *La Boca* habe ich Freunde. Das ist nichts Schikkes. Jedenfalls nicht, was du darunter verstehst.

– Nein, nein (sie schlürfte den letzten Tropfen). Übrigens muß ich bei Maleo vorbei. Ich war gerade auf dem Weg dahin.

– Ist er dein Freund?

Sie runzelte die Brauen, als sie mich lächeln

sah. Sehr schöne helle Augen, übermalt mit billiger Wimperntusche.

– Mein Freund? Du meinst, mein Geliebter? Aber nein. Er ist nur ein Freund. Ein echter Freund.

– Dann begleite ich dich.

Sie zögerte.

– Warum nicht? Er mag dich gut leiden.

Wir erhoben uns. Man sah uns nach, nicht sehr interessiert, eher mit einer vagen Neugier. Beim Zigarettenschalter gegenüber dem Eingang kaufte ich ein paar Schachteln Gauloises. Und Knaster für die Pfeife.

Hinten in Maleos Laden brannte noch Licht. So war es jeden Abend bis spät in die Nacht, denn er blieb gern so lange wie möglich im Kreise seiner geliebten Schaufensterpuppen und umgeben von all seinem Flitterkram. Er öffnete, knurrte:

– Zieht ihr jetzt gemeinsam durch die Gegend? Ich weiß nicht, wer von euch beiden dem Ruf des anderen mehr schadet.

Im Nebenraum des Geschäftes hatte er auf dem Campingtisch eine Flasche Gin und zwei Gläser bereitgestellt. Er holte noch ein drittes heraus und gab sich dabei große Mühe, mich glauben zu machen, es geschehe nur widerwillig. Ich legte die Tabakpäckchen auf das Regal, er tat so, als sähe er sie nicht. Und dann verschlug es mir die Sprache vor dem Wunderwerk. Eine Frauenbüste stand in einer Ecke. Maleo feixte.

– Das haut dich um, was? sagte er und stopfte seine Pfeife. Ein Wachsabguß aus den frühen Zwanzigern, ein Rosa-Fabrikat, eins der besten.

Er ließ mich die sorgfältig implantierten Haare bewundern.

– Beachte, daß ihre Schminke jüngeren Datums ist. Die Mädchen bevorzugten diese Aufmachung in der Zeit, als ich zwanzig war, 1932 bis 33.

– Wo hast du sie her?

Maleo feixte noch mehr.

– Das Geschenk eines treuen Kunden, der kürzlich ins Gras gebissen hat. Du machst dir keine Vorstellung, wie viele Höschen er mir abgekauft hat. Immer aus Satin, immer schwarz, immer den Schlitz da, wo er sein muß. Dieser brave Mann hat Wert darauf gelegt, mich in seinem Testament zu bedenken, stell dir vor. Nach Aussage des Notars war die Witwe ganz schön sauer.

– Wegen der Schaufensterpuppe?

– Als sie begriffen hat, daß der Verstorbene nicht gerade ihretwegen dermaßen emsig meinen Laden besucht hat.

Das Wachs des Rosa-Modells war praktisch nicht nachgedunkelt, die Glasaugen hielten dem Blick unverfroren stand. Maleo hatte die Büste bereits mit einem frivolen kleinen Satinoberteil ausstaffiert. Der Gin war ekelhaft.

– Und ich? sagte Ida. Was wird mit mir?

– Du riechst nicht gut, sagte Maleo. Geh dich waschen.

– Weshalb sonst wäre ich deiner Meinung nach wohl gekommen? erwiderte Ida gekränkt.

An den Nebenraum des Ladens schloß sich

ein winziges Klo-Waschbecken-Dusche-Kabuff an, das hinter einem alten Wandbehang mit verwaschenen Farben und Motiven verborgen war. Ida verschwand darin, immer noch mit ihrem Pelzmantel bekleidet. Ihr eigenes Badezimmer.

– Und was führt dich hierher?

– Ich wollte meine Freunde im *La Boca* besuchen. Wenn es dir gelingt, Ida zum Mitgehen zu überreden, könnten wir dort alle drei einen Schluck trinken. Das würde mir Spaß machen.

Maleo schenkte sich Gin nach. Hinter dem Vorhang hörte man das Geräusch der Dusche. Er zögerte.

– Ich bin zu alt. Ich gehe nicht gern aus. Aber was Ida betrifft, ist es eine gute Idee. Es wird ihr ausgesprochen gut tun, wenn sie mal was anderes sieht als Penner oder einen alten Knacker wie mich. (Er drehte sich um.) Hörst du mich, Ida?

– Was? sagte die Stimme unter der Dusche.

– Victor wird dich heute abend ausführen.

– Hört auf, euch über mich lustig zu machen!

Maleo stopfte erneut seine Pfeife, beugte sich zu mir, senkte die Stimme.

– Lädst du sie wirklich ein?

– Sie und dich.

– Mich nicht. Nur sie.

– Ich habe sie bereits eingeladen. Sie hat mir gesagt, sie könnte nicht, sie ginge zu dir.

Ida tauchte auf, ihre Haare trieften. Sie hatte einen makellos weißen Frotteebademantel übergestreift. Sie lachte. Ein bißchen an meine Adresse.

– Das ist wirklich mein ganzes Glück. Maleo

ist großartig, er legt mir alles zurecht: Seife, ganz weiche Handtücher, Eau de Toilette, Bademantel. Als Gegenleistung...

Sie roch gut.

– Du wirst dich schön machen und ins *La Boca* gehen, sagte Maleo.

– Kommt nicht in Frage!

– Und warum nicht?

Sie trank etwas überstürzt ihren Gin.

– Ich habe nichts anzuziehen. Ich müßte mich schämen vor seinen Freunden.

– Meine Güte, kannst du dämlich sein, sagte Maleo seufzend.

Er stand auf, langsam und entschlossen, weil er schon eine ganze Weile wußte, was er tun wollte. Er verschwand, um in seinem Laden zu wühlen.

Ida schüttelte sich, immer noch ein wenig schmollend.

– Das ist sein Tick. Jedesmal will er, daß ich seine Klamotten anprobiere (sie zwinkerte mir zu). Aber ich will ehrlich sein, ich komme dabei auch auf meine Kosten.

Eine Dusche gegen eine Sitzung, das war also ihr Deal. Ein kindliches und wunderbar sympathisches Leuchten blitzte in Idas Blick auf. Sie frottierte sich die Haare. Maleo kam zurück, die Arme beladen mit leichten, seidigen Sachen. «Zieh das an».

Ida machte keinerlei Anstalten zu diskutieren. Das Ritual zwischen den beiden war perfekt eingespielt. Sie traf ihre Wahl in all den Wäschestücken und begab sich wieder in den winzigen Duschraum. Vielleicht weil ich da war.

Der Alte setzte sich, stopfte eine Pfeife. Er suchte keinen Beifall. Die Dinge würden sich nach seiner Art abspielen, basta. Hinter ihm, halb im Dämmerlicht wirkte die Schaufensterpuppe Rosa wie ein Schutzengel.

Ida zog den Vorhang auf, trat hinaus in das gelbliche Licht der Hängelampe. Sie hatte sich für einen schwarzen Bustier entschieden. Er machte ihre Taille unglaublich schlank und hob vor allem die Brüste an, deren große braune Warzen am Rand der Spitze zum Vorschein kamen. Ihre Beine steckten in Netzstrümpfen, die von Strumpfbändern gehalten wurden. So geschmückt, war Ida von einer erstaunlich ruhigen und beklemmenden Sinnlichkeit.

Maleo stand auf, ging mit langsamen Schritten auf sie zu.

– So ist es gut, sagte er. Sehr gut.

Er schob sie ein kleines Stück weiter, damit das Licht besser auf sie fiel, bat sie, sich zu drehen. Er prüfte sie so, wie ein Künstler sein Werk begutachtet. Nur zärtlicher. Er rückte einen Träger zurecht, kniete sich hin, um eine Strumpfnaht geradezuziehen, richtete sich wieder auf, trat zurück. So ging es, so war es schön. Nein, noch nicht ganz, wie es sein sollte. Mit den Fingerspitzen versuchte er, ihre Haare ein bißchen zu ordnen. Es gelang ihm nicht. Er räusperte sich.

– Hier gibt es alles, was du zum Frisieren brauchst. Und auch zum Schminken. Was für meine Schaufensterpuppen gut ist, muß auch für dich gut sein.

Ida hatte sich nicht gerührt. Er schob ihr über den Tisch ein anderes Paar Strümpfe zu.

– Die da sind besser. Tango hin oder her, damit siehst du weniger nach Nutte aus. Ich werde auch noch ein Kleid für dich finden.

Während er in seinem Lager suchte, wechselte Ida die Strümpfe. Sie beugte sich dabei vor, und ich betrachtete lange die tiefe Furche zwischen ihren Brüsten. Das gleiche Gefühl wie einst im Kino, als sie Platzanweiserin und ich ein Junge war.

Ida zog das Kleid über, das Maleo ihr reichte. Schwarz, unanständig, perfekt. In dieser Aufmachung sah sie aus wie eine Frau von Welt, die ins Bordell geht. Mit einem Mal hatte ich die Befürchtung, ich könnte nicht in den Rahmen passen.

Maleo machte sich lange an ihr zu schaffen, trocknete ihre Haare, frisierte sie. Er war schweigsam und ließ sich Zeit. Dann holte er aus einer Schublade ein Köfferchen, das bis oben hin mit Schminksachen gefüllt war. Puder und Lidschatten, er bearbeitete Idas Gesicht mit den umsichtigen und genauen Gesten eines Künstlers.

Endlich war sie fertig und richtete sich auf. Nicht ein einziges Mal war Ida darauf bedacht gewesen, in einen Spiegel zu sehen, ihre Verwandlung woanders als an Maleos oder (dessen war ich mir nicht sicher) an meinen Augen abzulesen und zu bewerten.

– Was sagst du dazu?

Es gab nichts zu sagen. Nur zu bewundern. Oder Fotos zu machen. Ich hatte keine große

Lust dazu. Maleo bestand darauf und er war im Recht. Ich nahm dieses erstaunliche Pärchen mehrmals auf, um keinen Fehler zu riskieren. Pygmalion und seine Kreatur. Ich war bewegt.

– Ich hoffe, dein Lokal schließt spät, sagte der Alte, während er uns zur Tür drängte.

– Willst du auch wirklich nicht mitkommen?

– Red keinen Unsinn.

Er hatte wieder seine knarrende Stimme, die er immer benutzte, wenn er gegen jede Logik daran festhielt, die Menschheit im allgemeinen und seine guten Freunde im besonderen zu verachten.

– Weißt du, seit wann ich nicht mehr ausgehe?

Er hatte mir das alles schon erzählt. Sein Widerwillen gegen Renovierungen, die Zerstörungen, die Viertel, die er nicht mehr wiedererkannte, seine kleinen Wehwehchen beim Laufen und sogar seine altersbedingten Ängste, manchmal, spätabends.

– Du hast nichts kapiert, überhaupt nichts! Man kann keinen Spaß daran haben, in Paris auszugehen, wenn man keinen mehr hochkriegt. Da hast du die Erklärung.

Er öffnete die Tür. Die Rue de la Roquette war leer. Die Kälte drang ein. Maleo hielt Ida am Arm zurück.

– Amüsier dich, Kleines. Du brauchst erst wiederzukommen, wenn du deine Sachen abholen willst. Sie sind sauber bis dahin.

Ida küßte ihn auf die Wangen.

– Du wirst nicht allzuviel Mühe haben heute

abend. Außer meinem Pelzmantel hatte ich nichts an. Gar nichts.

Nur ein paar Dutzend Meter trennten Maleos Laden von der Passage du Cheval-Blanc. Zeit für Ida, mir zwei oder drei Dinge zu sagen. Der Überfall vorhin bei Einbruch der Nacht, als zwei Typen sie in dem leerstehenden Schuppen des Viadukts an der Avenue Daumesnil überrascht hatten. Dort hauste sie seit einigen Wochen. Ein verlassener Ort, weil hier die Enteignungen stattgefunden hatten. Sie hatten sie vergewaltigt. Darüber klagte sie nicht groß, abgesehen davon, daß es natürlich ekelhaft war. Den Krieg unter Armen, den kannte sie, das war das Gesetz, wenn die Leinen einmal losgemacht waren («Du brauchst mich nicht zu bedauern, ich hab' es mir vielleicht nicht ausgesucht, unter die Penner zu gehen, aber bestimmt hab' ich mir ausgesucht, Opfer zu sein.») Aber sie hatten ihr auch alles gestohlen, ihre Klamotten, ihre Konserven, ihre Diebesbeute für den Flohmarkt an der Place d'Aligre.

– Sogar meinen Einkaufswagen haben sie kaputtgemacht! Nicht zu glauben.

Sie sagte das mit angespannter Mundpartie. Ihre Stirn war frei. Die Nacht stand ihr gut.

– Ich konnte nur zu Maleo gehen.

Sie lachte.

– Es ist immer dasselbe. Für ihn bin ich, glaube ich, eine seiner Schaufensterpuppen. Nach dem Bad läßt er mich jedesmal die unmöglichsten Sachen anziehen, mit Löchern und Schlitzen, na, du weißt schon, wo. Sachen für alte

Lüstlinge. Kann ja sein, daß du so was auch liebst. Aber er ist einfach furchtbar nett.

– Und ich?

– Du?... Du führst mich in die Stadt aus.

Im Mittelpunkt der Zeichnung schnitten sich die Linien genau rechtwinklig. Marti hatte ein paar Orientierungspunkte notiert: Martin Garcia und Beaumarchais, Pyramide de Mai und Obélisque de la Concorde, Palacio del Congresso und Bastillegefängnis. Zu den Rändern der Papiertischdecke hin zerstreuten sich die Wege, verloren sich in ungewissen Pampas oder anderen Vororten ohne klare Grenzen. Idas karmesinroter Nagel (knochige Finger, schöne bläuliche Venen unter der trockenen Haut) folgte dem Flußlauf. Die Seine oder der Rio de la Plata.

Marti brach in sein klangvolles, etwas gezwungenes Gelächter aus. Ein Lachen, das ich ein oder zwei Mal bei ihm gehört hatte, als man ihm einen zu niedrigen Preis für seine Gemälde vorschlug. Das machte ihn wütend, besonders wenn er den potentiellen Käufer sympathisch fand. Ida war von dieser unmöglichen Topographie fasziniert.

– *Arrabal*, das Wort, das hier steht, was heißt das?

– Im Französischen, antwortete Marti, könnte man es mit Faubourg übersetzen.

– Wie Faubourg-Saint-Antoine?

– Nicht ganz. In den Zeiten eurer Revolutionen vielleicht, aber jetzt nicht mehr.

Er kritzelte weiter, während er sprach.

– Oder es hängt vom jeweiligen Augenblick

ab. *Arrabal* ist ein Wort, das oft in den Tangotexten wiederkehrt. Es meint eine unbestimmte Zone der Stadt, ein Viertel, eine Straße. Die Gemütslage derjenigen, die dort umherschlendern.

Unter seinem Stift entstand eine ausgedachte Kreuzung Avenida La Plata und Avenida Rivadavia zwischen Saint-Paul und Châtelet.

– Ich wohne da, sagte Ida.

– Wo?

– Da.

Auf dem Plan war es der Bahnhof Constitución. Es hätte genauso gut die Gare de Lyon oder der Viadukt sein können. Marti sagte, das sei sehr gut, und umschloß ein paar Sekunden lang Idas Handgelenk. Ich ließ sie allein.

Der Saal war nur eine Höhle mit mehr oder weniger erkennbaren Schatten darin. Ein Ort für Snobs? Vielleicht entwickelte sich das *La Boca* dazu. Das Orchester spielte. Bandoneon, Geige, Klavier. Junge Musiker, die ich nicht kannte. Mit neuen Kompositionen, auf die ich wenig achtete.

– Müde?

– Das wird es sein.

Rita reichte mir ein Glas. Ich hatte keine große Lust mehr zu trinken. Ein vorübergehender Zustand. Sie trug in dieser Nacht eine rote Jacke mit übermäßig breiten Schultern und einen schwarzen Rock.

– Deine neue Freundin ist sehr hübsch. Paß auf, sie gefällt Marti. Wo wir gerade von Freunden sprechen, hast du gesehen, wer da ist?

Villon saß an dem Tisch in der düsteren Ecke bei der Treppe, unter den Portraits von Anibal Troilo und Homero Manzi. Den Arm in einer

Schlinge, die Augen ins Leere gerichtet, wiegte sich der Bulle im Takt, sobald das Bandoneon eine etwas ergreifendere Passage spielte.

– Gefällt dir das Orchester? Ich stelle dir die Leute später vor, wenn du willst.

Nichts drängte. Ida zeichnete auf Martis Tischdecke, ohne zu wissen, daß er das Privileg dieser Einmischung nur selten vergab. Einige Pärchen tanzten bedächtig. Ich näherte mich dem Tisch des Bullen. Es ging ihm überhaupt nicht gut. War das wirklich echt?

– Schöner Abend, nicht wahr? Ich liebe das hier. Setzen Sie sich! Alkohol? Nur zu, es ist meine Flasche.

– Was machen Sie denn hier?

Villon zuckte die Achseln, bat um meine Hilfe bei der Hantiererei mit Salz und Zitrone, leerte sein Glas Tequila fast mit einem Zug. Es war nicht das erste.

– Ich lausche der Musik, ich beobachte. Ich denke an Sie und an Ihre Freunde. An die Fotos, die Sie mir geschickt haben.

Ida und Marti begaben sich zu dem Teil des Saals, der als Tanzfläche diente. Kein sehr großer Raum. Jeder weiß, daß ein Quadratmeter ausreicht, um Tango zu tanzen. Das Orchester spielte *Sud*.

– *Sud*. Einer meiner Lieblingstangos, müssen Sie wissen. (Er wiegte sich und sang vor sich hin.) «Die Straßen und die Monde der Vorstädte / und meine Liebe an deinem Fenster / alles ist tot, ich weiß es.» Schön, nicht wahr?

Er gab sich gelehrt und düster.

– Sie sprachen von meinen Fotos?

– Sehr beachtlich. Das Ausgangsmaterial war ein Film, nehme ich an? Ich würde ihn mir gern ansehen. Sie haben recht. Der Typ, den man sieht, der Folterer, hat große Ähnlichkeit mit Hauptmann Ortiz. (Er lächelte.) Mit den wenigen Fotos, die wir von ihm haben.

– Wie weit sind Sie mit Ihrer Untersuchung?

Er lächelte wieder, legte vorsichtig seinen Gipsarm auf den Tisch, schenkte sich nach.

– Am toten Punkt. Ehrlich gesagt, Ihre Freunde, verschwunden oder nicht, interessieren so gut wie keinen. Woher auch immer Ihre Fotos stammen, sie sind keine Beweise. Also hör' ich mir Tango an. Was dagegen?

Ida und Marti waren die einzigen Tänzer. Sie war eng mit ihm verbunden, paßte sich jedem Schritt an, sah jede Bewegung voraus. Sie hatten diese obszöne Harmonie der Lenden, wie ich sie nur bei wirklich berühmten, professionellen Tänzern gesehen hatte.

– Kein Tequila? Im Ernst?

Er versenkte sich wieder in sein Glas. Dieser Bulle markierte den Kerl, der auf dem letzten Loch pfeift; Säcke unter den Augen und Verführungskraft gleich null.

Er rülpste. Er war blau, sehr blau. Auch das ein Spiel.

– Es ist mir vollkommen egal, was Ihnen passieren kann, Ihnen oder Ihren Scheißlatinos. Ich will bloß die Typen auf frischer Tat ertappen, die Ihnen ans Leder wollen. Und die Sie erwischen werden, wenn Sie weiter den Idioten spielen. (Er schwieg einen Augenblick.) Hören Sie sich das an!

Das Orchester spielte ein altes einschmeichelndes Stück, von Diescepolo, glaube ich. Ida und Marti glitten übers Parkett, als ob sie ihre Nummer seit Ewigkeiten einstudiert hätten. Wie spät war es?

– Sind Sie bewaffnet? Nein? Sie sollten es aber sein. Hier.

Er bewegte sich. Seine gesunde Hand schob sich unter den Tisch. Etwas Hartes stieß mich an, ein schwerer Gegenstand auf meinem Schenkel.

– Nehmen Sie.

Seine Hand zog sich zurück. Blieb die Knarre, ihr Gewicht, ausbalanciert auf meinem Knie. Ich nahm das Ding, ein ordentliches Kaliber, soweit ich das beurteilen konnte, legte es auf den Tisch.

– Villon, Sie sind stinkbesoffen!

– Genau. Aber es ist zu Ihrem besten.

Rita hatte die Szene gleichmütig beobachtet.

– Sie spielen den Helden, Victor, sagte Villon, aber in Wirklichkeit machen Sie sich in die Hosen vor Angst.

– Kein Grund, eine Knarre anzunehmen. Ob sie von einem Bullen kommt oder...

– Von einem Ganoven. Okay. Lassen wir das... Hören wir der Musik zu.

Der Pianist war der Sache nicht ganz gewachsen, aber der Bandoneonspieler war gut. Sehr sinnlich, ganz eins mit seinem Instrument. Die Melodie enfaltete sich, dehnte sich, bis einem fast der Atem stockte, und verdichtete sich dann gewaltsam. Es war wie eine Falle. Man glaubte, Abstand gewinnen zu können, wurde am Kragen zurückgehalten, aber auf unvorhersehbare, fast verräterische Weise. Es war eine kaputte, impulsive Melodie. Die perfekte Tonspur zu dem, was mit mir geschah. Seit wann? November? Januar?

Marti küßte Ida die Hand, wandte sich ab. Verstimmt. Es war nicht mehr viel los im *La Boca*.

– Warum gehst du nicht mit ihm nach Hause?

– Weil ich nicht weiß, wo ich hingehen soll.

Dem war nichts entgegenzusetzen. Alles Übrige verstand sich von selbst. Wenn sie wollte, konnte sie bei mir übernachten.

– Ein bißchen weit weg von der Bastille, sagte sie, aber einverstanden. Ein letztes Glas?

– Klar.

Rita kam, um es einzuschenken. Sie setzte sich an unseren Tisch. Ida gefiel ihr.

– Sehr. Ich bin Victor dankbar, daß er uns bekannt gemacht hat. Kommen Sie so oft Sie mögen. *La Boca* ist Ihr Zuhause. Werden Sie wiederkommen?

– Ja. Ja, vielleicht. Ich bin gern hier. Aber... (sie warf den Kopf nach hinten, lachte das glückliche Lachen einer Dame von Welt). Nichts. Ich werde wiederkommen.

Die Schminke war ein bißchen verwischt. Blieben ein paar bewundernswerte Falten, die erschütternden Runzeln der Haut, der glänzende Blick.

– Es gibt da noch eine Frage, die ich Ihnen stellen wollte, sagte Ida.

– Ja?

Sie fragte, was sie nicht hätte fragen sollen. Eine Japanerin, die ein Tangolokal unterhält, warum? Rita füllte die Gläser nach, unbewegt und entzückt.

– Weil der Tango ursprünglich aus Japan stammt, auch wenn es nur wenige zugeben.

Mit all dem Feuer, zu dem ihre verhaltene Stimme der *guapa geisha* fähig war, erklärte Rita zum hundertsten Mal ihr Credo.

– Tango ist ein japanisches Wort. Früher einmal hieß eine unserer Städte so. Und es ist der Name eines der fünf Volksfeste unseres Landes. Es wird am fünften Tag des fünften Monats im Jahr gefeiert, und es ist das symbolische Fest der Kinder.

Das bewies gar nichts, aber Rita hatte ihre Argumentationskette schon seit langem parat. Sie wurde lebhaft.

– Passen Sie gut auf: Wo ist der Tango zum ersten Mal aufgetaucht? In Kuba. Eine Insel, auf der es seit Mitte des 18. Jahrhunderts sehr viele Japaner gab. Der Zusammenhang liegt auf der Hand. Danach, das stimmt, ist der Tango nach Spanien übergesiedelt, mit Segelschiffen exportiert worden, könnte man sagen. Dort wurde er naturalisiert. Er war nicht einheimisch. Verstehen Sie?

– Ich verstehe, sagte Ida. Sie werden recht haben. Der Tango ist japanisch.

Wir verabschiedeten uns. Ein kalter Wind wehte durch die Passage. Es war schon wieder zu spät geworden. Ida stapfte durch die Morgendämmerung, Kind und Femme fatale. Vielleicht sah sie Maleo nicht, der in seinem Treppenwinkel kauerte und Ausschau hielt. Er machte mir ein Zeichen zu schweigen, und lächelte offen.

Aschenputtel war weit über Mitternacht hinaus auf dem Fest geblieben, aber die verstrichene Zeit konnte ihr nicht viel anhaben. Er war zufrieden.

Die Müdigkeit verhinderte, daß ich dem Rest große Beachtung schenkte: der dumpfe Lärm der Maschinen auf der Baustelle; die neuen Plakate, die in der Umgebung des Kanals geklebt waren. Der gleiche Sessel und die gleiche Haltung bis auf einen Unterschied. Es handelte sich diesmal um eine Frau. Die sehr schmale Binde, die ihre Augen verbarg, genügte nicht, ihr Gesicht unkenntlich zu machen. Es war das Bild der gefolterten Jessica, das Oscar jetzt an den Wänden von Paris ausstellte.

Cour d'Avril

Wie konnte die Nacht sich so plötzlich
in Tod verwandeln,
in Schreie,
in Schweiß und Stöhnen?

Minuit ici, E. Canton. J. Cortázar

Ich mußte mich überwinden, Maître Jacob kommen zu lassen. Vielleicht lag es daran, daß er wie ein von vornherein besiegter Verteidiger der Menschenrechte aussah, vielleicht auch an seiner katastrophalen Vorliebe für Pünktchenkrawatten. Das Ganze fand im *Tour-d'Argent* statt, in einer verschwiegenen Ecke am vorbestellten Tisch. Kaum hatte der Anwalt Platz genommen, breitete ich die Fotosammlung vor ihm aus. Vergrößerungen aus den Filmen. Gesichter. Nicht die der Folterer. Gesichter der Opfer. Oft waren sie maskiert, zumindest teilweise. Nicht immer. Ich hatte zum Schluß einige Ansichten isoliert hervorgehoben. In manchen Fällen waren die Gesichtszüge der Gefolterten ganz deutlich zu erkennen.

Er betrachtete ein Bild nach dem anderen, seufzte, warf mir manchmal einen flüchtigen Blick zu. Der Ober kam. Ich wies ihn darauf hin, daß unsere Bestellung, vom Chablis abgesehen, warten konnte.

– Unglaublich, sagte Jacob. Wo haben Sie das gefunden?

Ich gab ihm einen zusammenfassenden Überblick.

– Wirklich außergewöhnlich!

Er vertiefte sich wieder in die grobkörnigen Abzüge mit den harten Kontrasten, an denen ich speziell für ihn eine ganze Nacht lang gearbeitet hatte. Eine ziemlich strapaziöse Nacht in der Hitze des Vergrößerungsapparats. Ungefähr zwanzig Fotos und auf jedem von ihnen das Leiden pur, endlos, groß, sehr groß aufgenommen.

– ... Natürlich müßte das überprüft werden, sagte er. Sehr sorgfältig sogar, aber...

– Ja?

Er holte tief Luft. Nicht zwangsläufig, um einen Theatereffekt zu erzielen.

– Ich persönlich bin schon jetzt überzeugt, daß hier auf Ihren Fotos einige der verschwundenen Frauen sind, mit deren Verteidigung ich beauftragt bin.

Er erklärte mir, daß er sich gut an die wenigen Fotos erinnere, die die Angehörigen ihm zur Verfügung gestellt hatten. Die meisten nicht sehr gut und vor allem älteren Datums. Aber trotzdem... Für ihn gab es keinen Zweifel mehr.

– Haben Sie Hinweise auf den Ursprung, die Entstehungszeit dieser Aufnahmen?

– Nein, antwortete ich. Keinen. Aber sehen Sie sich dieses an.

Ich schob ihm ein anderes Foto hin. Nur eins. Das Ergebnis einer langen Suche in einem Durcheinander noch nicht vollständig gesichteter Filme. Im Hintergrund sah man einen Gemarterten auf einem Zahnarztstuhl, eine gräßliche Variante von Oscars Plakat. Keine Kapuze hier. Man sah deutlich das verschwollene Gesicht eines jungen Mannes. Im Vordergrund ein anderes Gesicht, ein Oberkörper (Militärhemd, offener Kragen). Trotz des Gegenlichts und der leichten Unschärfe waren die Gesichtszüge mühelos zu erkennen.

– Hauptmann Ortiz, sagte der Anwalt. Ohne jeden Zweifel.

Darin stimmte ich mit ihm überein. Und dahinter? Jacob nannte sehr leise einen Namen, den ich nicht verstand.

– Die Mutter dieses jungen Mannes war gestern wieder in meiner Kanzlei. Sie hat mir noch einmal versichert, ihr Sohn sei nur aus humanitären Gründen nach drüben gefahren. Dieses Foto ist...

– Wann beginnt der Prozeß gegen die Junta genau?

– Diesen Monat. Am 22. April. Neun hochrangige Militärs, der schlimmsten Verbrechen beschuldigt.

– Neun, das ist nicht viel bei all diesen Horrortaten.

– Ich bin Ihrer Meinung. (Er räusperte sich.) Vielleicht gibt es da drüben Schwierigkeiten, die wir schlecht einschätzen können. Man kann nicht der gesamten Hierarchie den Prozeß machen. Aber dieser Ortiz... Kann ich die Fotos behalten?

– Ich habe sie für Sie gemacht.

– Nur für mich?

– *Le Soir* wird ebenfalls einen kompletten Satz erhalten.

– Natürlich, sagte er nach kurzem Zögern. Unsere Möglichkeiten sind ziemlich gering, aber diese Leute dürfen keine Schonung genießen. Jetzt haben wir Beweise.

Das stimmte nicht ganz. Selbst jetzt war mir Maître Jacob nicht sympathisch. Zu gut, zu sehr seiner Rolle angemessen. Seine Redlichkeit stand nicht zur Debatte. Nur sein Stil.

Ob passend oder nicht, in diesem Moment der Erschütterung brachte der Kellner eine wunderbare Platte mit Meeresfrüchten. Um uns herum herrschte die gedämpfte Atmosphäre einer Pariser Gaststätte der zweiten Kategorie, die nicht mehr lange zu leben hatte. Jenseits davon der Platz, die Autos, die Stadt.

– Und Ortiz, wo befindet er sich derzeit? Das Auslieferungsgesuch?

– Oh! Es ist offensichtlich auf strikte Ablehnung gestoßen.

Maître Jacob befreite das Fleisch einer Auster aus ihrer Schale, bestrich es mit Mayonnaise, steckte es gierig in den Mund, kaute es lange. Von der Energie ausgerechnet dieses Mannes hing sehr viel ab, aber was hatte ich ihm vorzuwerfen? Schließlich war auch ich kein Austernverächter. Wo war der Hauptmann jetzt?

– Zu einer neuen Garnison abkommandiert. Die Angelegenheit hat in Argentinien einigen Staub aufgewirbelt. Es gibt Unstimmigkeiten darüber, sogar in der Regierung selbst. Mit Ihren Fotos wird es möglich sein, wieder in die Offensive zu gehen.

Er lutschte ausgiebig auch noch das allerletzte Stückchen Fleisch aus einer Krebsschere.

– Ich weiß, daß Sie mich nicht besonders mögen, sagte er. Aber Sie werden sehen. Ich lasse nicht locker.

Nachdem Marc mehrmals wiederholt hatte, das sei gut, ja, ausgezeichnete Arbeit, klopfte er auf den kleinen Fotostapel, der vor ihm lag.

– Ich verspreche dir, daß wir daraus eine handfeste Dokumentation machen und sie wohlplaziert veröffentlichen. In ein paar Tagen.

– In ein paar Tagen? Warum nicht sofort?

– Weil vorher eine Information überprüft werden muß.

– Welche?

Er setzte sich in seinem Direktorsessel zurecht, massierte sich die Nasenflügel, schloß die Augen.

– Laut unserem Berichterstatter in Buenos Aires gibt es Neues von Ortiz. Danach sieht es so aus, als wäre er ebenfalls verschwunden. Niemand hat ihn in der Garnison ankommen sehen, zu der er angeblich abkommandiert worden ist.

In jener Nacht und in mehreren anderen Nächten suchte ich nach Oscar. Mit dem Fahrrad fuhr ich das Marais-Viertel bis zu den Hallen ab, kehrte über die Place de la République zurück, stieß zur Bastille und manchmal bis zur Gare de Lyon vor. Er blieb unauffindbar, selbst wenn ich von Zeit zu Zeit Spuren entdeckte, die davon zeugten, daß er dagewesen sein mußte. Der feuchte Leim auf den Plakaten der gefolterten

Jessica bestätigte mir, daß ich ihn nur knapp verpaßt hatte. Er versteckte sich. Spielte ein gemeines Spiel.

Auch Jessica war unauffindbar. Anfang des Monats hatte ich die unvermeidliche Post von ihr erhalten, wieder ein Foto. Es zeigte sie nackt, aufrecht vor einer Wand, mit herabhängenden Armen. Man hätte es fast für ein anthropometrisches Foto halten können. Ein paar handgeschriebene Worte: «Ich bin vierzig Jahre alt.»

Ich kannte mich in Geburtstagen aus. Ein beunruhigender Fehler, ich hatte den ihren vergessen, obwohl er doch genau auf den gleichen Tag fiel wie der von Hans-Christian Andersen (1805), den 2. April.

– Vierzig Jahre, sagte Ida träumerisch. Ich bin so viel älter! Aber was für eine gute Idee. Ich hätte gern ein solches Foto von mir, ganz nackt, und zwar von jedem meiner Geburtstage.

Sie hatte am Quai de Jemmapes Quartier bezogen. An Platz mangelte es nicht. Ihrem Wunsch gemäß schlief sie im nicht eingerichteten Teil des Ateliers oberhalb der Wohnung. Ein leerer Raum mit ein paar Kisten, Kartons, voller Gerümpel, das aus dem Wohnzimmer verbannt worden war, und einem alten bequemen Sofa, dem angestammten Zufluchtsort, wenn die eine oder andere Katze einmal ausriß. Kein Problem, Ida und die Katzen verstanden sich gut, Streicheleinheiten, kleine Mahlzeiten und private Neckereien. Dieses friedliche Zusammenleben meines Triumvirats mit einer Frau, sie mochte sein, wie sie wollte, stellte eine große Premiere dar.

Fast jeden Abend ging Ida ins *La Boca*. Manchmal kehrte sie spät heim, weil sie zu lange mit Rita geschwatzt hatte. Manchmal kam sie erst im Morgengrauen zurück, etwas verlegen, weil sie bei Marti übernachtet hatte. Zurück kam sie immer.

Marti liebte sie. Er hatte es ihr gesagt. Er hatte es auch mir gesagt. Sie wußte nicht so recht, was sie mit dieser Liebe anfangen sollte, und überhaupt, was ist schon Liebe, weißt du es, Victor? Sie war ratlos, und mir ging es auch nicht viel besser. Ich fotografierte sie oft, und sie ließ es sich gefallen. Jeden zweiten oder dritten Tag beehrte Maleo mich mit einem Anruf. Ohne große Überzeugung, aber auch ohne daß ich den Eindruck hatte zu lügen, versicherte ich ihm, daß alles zum besten stünde.

Ich durfte vor allem das Foto, das Jessica mir geschickt hatte, nicht zu sehr beachten. Es reichte völlig aus, es ständig zusammen mit den vorangegangenen auf dem Tisch in meinem Schlafzimmer liegenzulassen.

Oscar überraschte mich eines Abends, als ich geradezu zwanghaft den Hof der Passage Damoye fotografierte. Ich war auf der Suche nach einem ganz bestimmten Blickwinkel: dem nämlich, den siebzig Jahre zuvor der alte Eugène Atget für seine Serie «Malerisches Paris» ausgewählt hatte. Dieser Ehrgeiz ging nur mich etwas an. Auf den Spuren dieses Alten zu wandeln gehörte auch zu meiner Arbeitsweise.

– Ich muß dich unbedingt sprechen!

Die hektische Stimme, bekannt und ärgerlich.

Zum ersten Mal, seit ich Oscar kannte, trug er ein schwarzes Jackett ohne jeden Flicken.

– Es ist dringend.

– Deine Dringlichkeit kann warten.

Ich hatte das Dokument vor Augen. Das Foto von Atget. Ein Kanaldeckel in der Passage konnte als Orientierungspunkt gelten. Er war immer noch da, ich brauchte nur ein paar Meter zurückzutreten. Ich stellte das Stativ auf, probierte ein bißchen, das Auge am Sucher, bis ich die richtige Einstellung hatte. War fast zu Tränen gerührt, daß ich auf den Pflasterstein genau an der Stelle war, wo der Altvordere eines Morgens sein Material aufgebaut hatte. Es hatte sich nicht viel geändert an jenem Ausgang der Rue Daval. Natürlich war der Stapel der Karrenräder auf der linken Seite höher geworden. Aber die Hütte des Weinhändlers stand noch und das Gebäude im Hintergrund ebenfalls. Oscar packte mich genau in dem Moment, als ich den Auslöser betätigen wollte. Und das hätte er besser nicht getan.

Im Grunde wollte ich ihm schon seit der Novembernacht, als er mich durch die Gitterstäbe der Julisäule hindurch angegriffen hatte, liebend gern die Fresse polieren. Die Sache spielte sich ohne Getue und sehr technisch ab. Ich schämte mich kein bißchen, obwohl ich überzeugt war, daß er nicht die Absicht hatte, sich groß zu wehren. Den einzigen Schmerz verursachte ein Schlag, den er ablenkte. Meine Faust traf ihn genau an der Seite, an der seine Waffe hing. Daß er so ein Ding bei sich hatte, machte mich wütend. Es war lächerlich.

Die Prügelei hatte keine Zeugen. Am Sonntag ist die Cour Damoye ein ruhiger Ort in Paris. Oscar blieb ein paar Sekunden betäubt auf dem Boden liegen, dann richtete er sich auf dem Ellenbogen auf. Mit den Fingern schätzte er den Schaden ab, nichts Großes. Er konnte Schläge einstecken. Das Holster baumelte an seiner Brust. Der Inhalt sah nach dickem Ballermann aus.

– Können wir uns jetzt unterhalten?

Ich half ihm beim Aufstehen. Er verzog das Gesicht. Ein Bluff wie jeder andere. Ich hatte noch ein paar Fotos zu machen. Oscar ließ mich hantieren, während er sich das Blut abtupfte, das aus seiner Nase lief.

– Warum machst du das? sagte er. Diese alten Bruchbuden?

Ich machte mehrere Aufnahmen. Die Frage war nicht dumm.

– Warum? Aus den gleichen Gründen, die dich dazu bringen, deine Plakate zu kleben. Aus dem Gefühl, Schulden begleichen zu müssen, sofort und bar auf den Tisch, welche auch immer es sind.

Ich hatte Durst. Ich glaubte, ihn ein wenig zu provozieren, als ich ihm vorschlug, mich ins *La Boca* zu begleiten. Zu meiner relativen Überraschung sagte er, das sei eine gute Idee. War es das wirklich?

Über die Rue Daval und die Rue de la Roquette gelangten wir zur Passage du Cheval-Blanc. Niemand hatte Julios Wohnung übernommen.

– Warum bist du am ersten Tag abgehauen?

– Als du mich zu deinem Freund mitnehmen

wolltest? Ich weiß es nicht. Ich verstehe mich nicht immer sehr gut mit meinen Landsleuten.

Tangoklänge drangen bis zu uns, es wurde Nacht. Vor unseren Schritten flüchtete eine Katze, gefolgt von mehreren anderen. Der Typ, der sang, hatte eine gebrochene Stimme wie Goyeneche. Er war es auch mit Sicherheit. Eine Platte.

Bevor wir eintraten, nahm ich Oscar beim Arm.

– Was wolltest du mir denn so dringend sagen?

– Das kann jetzt warten. Ich sag's dir nachher.

– Einen Augenblick noch! Ich habe dir nämlich eine Frage zu stellen. Das Plakat, das du zur Zeit klebst, das mit der Frau, hast nicht du gezeichnet. Woher hast du es?

Er schüttelte meine Hand ab. Brüsk und auf sehr eindeutige Weise. Er wollte mir signalisieren, daß er sich vorhin aus reiner Gefälligkeit hatte schlagen lassen. Das war nichts Neues. Er hielt es nur für nützlich, mich daran zu erinnern. Für die Zukunft.

– Ich habe es von der Wand genommen. Wie das andere. Ich habe lange gebraucht, bis ich es reproduzieren konnte, das ist alles.

– Weißt du, wer diese Frau ist?

Muß ich hinzufügen, daß er mich interessiert und ganz direkt ansah?

– Eine Frau unter den vielen, den tausenden, die zwischen 1976 und 1982 in unserem Land verschwunden sind. Eine Frau ohne Gesicht.

Dermaßen gesichtslos, daß man ihnen die Augen verband, ihnen Kapuzen aufsetzte. Letzten Endes anonym in der Masse derjenigen, die sie einkassiert hatten, mit einem ganz bestimmten Körper und seit langem erstickten Schreien, untergegangen im großen Kollektivgrauen. War es nur das und weiter nichts?

Er sagte:

– Kollektivgrauen? Vielleicht nur das, ja. Gehen wir hinein.

Im *La Boca* herrschte Andrang. Der Andrang der schlechten Abende. Die große Masse der neuen Oberschicht des Viertels. Marti hielt alle frei, offene Gesellschaft. Zu Ehren seiner bevorstehenden Ausstellung. Seine «Tischdecken» und einige Gemälde sollten in einer Galerie an der Rue de Lappe ausgestellt werden. Übrigens die erste Ausstellung dieser Galerie. Das Viertel wandelte sich schnell. Die Idee, seine Tischdekken-Stadtpläne auszustellen, gefiel mir. Es waren zu viele Leute da, man drängte sich. Ida machte zwei Plätze für uns frei. Mochte ihr Fuchsia-Kostüm auch aus den fünfziger Jahren stammen, sie sah hinreißend darin aus. Hinreißend, das war's. Dann verließ sie uns und tauchte in dem Trubel unter, der Marti umgab. Das Orchester spielte Melancólico. Eine Melodie zum Ausflippen. Ich legte mir eine heiße *empanada* auf den Teller, den Ida uns dagelassen hatte. Oscar tat es mir nach.

– Köstlich, sagte er. Wirklich köstlich.

Das war etwas, das mich überraschte. Wer hatte Rita, der *guapa geisha*, das Empanada-Rezept zugeschoben? Und wie hatte sie es an die Vorstadtpflanze Ida weitergegeben? Aber es war Tatsache. Als wir die Mischung aus Hackfleisch, Eiern, Zwiebeln, Olive und Traube in dem weichen, goldgelben Teig kosteten, erwies sie sich auf Anhieb als der charakteristische lateinamerikanische Leckerbissen. Originalgetreu und unverwechselbar.

– Wer ist diese Frau?

– Ida? Meine Freundin.

– Und die anderen?

Von weitem stellte ich ihm Marti, die Mi Noche Triste und ein paar Latinos aus der Gegend vor.

– Sie wohnen alle hier irgendwo. Das ist ihr Hauptquartier.

Ich mußte wohl ein paar Gläser zuviel und zu schnell getrunken haben. Was machte das schon. Niemand schenkte uns groß Beachtung. Und das Orchester war wirklich gut.

– Was wolltest du mir sagen?

– Deine Freunde sind in Gefahr.

– Welche?

– Alle, die hier sind (umfassende Geste). Und vielleicht noch mehr.

– Erklär es mir.

– Sei kein Idiot, *compadre*. Ich glaube zu wissen, daß in Paris Männer eingetroffen sind, die nicht wollen, daß diese hier woanders hingehen.

– Nach Buenos Aires?

Marti ließ sich ungefragt vor uns nieder, eine kompakte, lebendige Fleischmasse. Erklärte umständlich, wie leid es ihm tue, uns nicht herzlicher empfangen zu haben, mich und meinen Freund (als ich die Vorstellung übernahm, achtete er kaum auf Oscars Namen, sah ihn nicht einmal an). Er zeigte mir eine Tischdecke, die er gerade bemalt hatte.

– Buenos Aires oder Paris, was soll's. Hier, du

findest alles in dieser Zeichnung. Observatorium, Fabrik, Kloster, Bordell, Kino, Theater. Und einen Strand, eine Buchhandlung, eine große Straße, auf der man demonstrieren kann, einen Kanal, um dir eine Freude zu machen, Toreinfahrten, Kais, wo man sich lieben kann, Keller, in denen man gefoltert werden kann, unterirdische Gänge, durch die man fliehen kann... Besser als die Ideale Stadt in Urbino, findest du nicht?

Auch er hatte getrunken. Die Ideale Stadt? Ich erinnerte mich nicht mehr so genau an das Bild auf dieser Holztafel (2 m x 0,60 m), die perfekt konserviert in einem der besten Säle der Gallerie Nationale delle Marche, manchmal auch Pallazo d'Urbino genannt, ausgestellt ist. Nein, wirklich. Ich erinnerte mich nicht mehr so gut. Es kam nicht darauf an. Ich hatte wirklich eine Ideale Stadt vor Augen. Mit Filzstift auf eine Tischdecke gezeichnet. Paris und Buenos Aires. Anklänge an Karlsbrücke, Galleria Vittorio-Emmanuele und Vorstädte von Barcelona. Er hatte alles vermischt, der Schweinehund. Metro und Katakomben, Highways und große Boulevards, Pantin und Whitechapel, Soho und Moabit.

Diese Zeichnung war wirklich sehr gut. Eine der besten aus der Serie imaginärer Städte. Marti versicherte mir, daß er sie gerade eben spontan zu Papier gebracht hatte. Daß sie auch ihm gut gefiel, daß er sie für seine Ausstellung auswählen wollte.

– Du bist dran. Zeichne irgend etwas nach deinem Geschmack dazu.

Er reichte mir eine Handvoll Stifte.

Was sollte ich hinzufügen?

Recht ungeschickt – ich kann sehr schlecht zeichnen, wenn ich mir besondere Mühe gebe – strichelte ich ein paar Barrikaden. Mal hier, mal da. Marti lachte laut und klangvoll (er lachte sehr viel häufiger, seit er Ida getroffen hatte), nahm sich Oscar zum Zeugen. «Barrikaden, sehen Sie sich das an! Das ist typisch Victor.»

In einer Ecke setzte ich noch einen winzigen Mann hinzu, der, über sein Fahrrad gebeugt, Notenlinien hinaufkletterte.

Marti stand auf und entfernte sich, um sein Meisterwerk an anderen Tischen bewundern zu lassen. Das Orchester spielte *Melodía arrabal*. Oscar war erstaunlich ruhig. Warum überraschte mich das so? Ich fragte ihn:

– Wer sind die Männer, die in Paris angekommen sind? Männer der Junta?

– So kann man es sagen.

– Waren vorher schon welche da? Der Bruder von Ortiz zum Beispiel?

Er sah erstaunt aus.

– Kann schon sein.

– Und unter den neu Angekommenen ist Ortiz selber, nicht wahr?

– Vielleicht. Wer weiß?

– Und du, woher weißt du es?

Er nahm einen kleinen Schluck Tequila, kostete ihn lange, ohne Vergnügen daran zu finden. Sein Blick schweifte ab zu den wenigen Tänzern (eng umschlungen, die Unterkörper zusammengeschweißt).

– Frag mich das nicht. Ich sage dir, was ich kann. Es ist schon schwierig genug.

Marti entführte Ida auf die Tanzfläche. Ihre

Nummer war zu einer der unumgänglichen Darbietungen im *La Boca* geworden. Rita stritt mit den jungen Leuten von Mi Noche Triste, die unbedingt darauf bestanden, eine Wand des Lokals mit einem ihrer schönen Fresken zu bemalen, von dem nur sie das Geheimnis kannten. Marc saß an der Bar dicht neben dem Grammophon, um ihn herum drängten sich einige der Hauptredakteure von *Le Soir*, alle sehr geschwätzig, er schweigsam. Villon trat ein.

Er trug immer noch seinen Arm in Gips und hatte seit unserer letzten Begegnung sicher zwei oder drei Kilo verloren. Und auch ein paar Haare. Die äußere Erscheinung dieses Bullen wurde zusehends verheerender. Er winkte mir kurz zu, machte aber keinen Abstecher an unseren Tisch, als ob er fürchtete zu stören. Er schlängelte sich vorbei an ein paar Gruppen und fand schließlich in einer Ecke einen freien Stuhl.

– Du kennst ja wirklich jeden hier, sagte Oscar.

– Nicht jeden, aber fast.

– Magst du diese Leute?

– Sagen wir, wir helfen einander, jeder auf seine Weise.

Marti und Ida tanzten immer noch. Ich malte mir aus, wie sie miteinander schlafen würden. Das dürfte ziemlich derb aussehen. Und gut. Das kam mir in den Kopf, weil der Tango lief und weil ich alles in allem seit ziemlich langer Zeit keine Frau mehr gehabt hatte.

– Komische Leute, sagte Oscar. Ich bin überzeugt, daß sie nicht die geringste Lust haben, in ihre Heimat zurückzukehren.

Einige Latinos, die ich nicht kannte, ließen sich an einem Tisch in unserer Nähe nieder. Sie waren laut und wiegten sich, kaum daß sie saßen, auf ihren Stühlen im Rhythmus des Bandoneons. Eine ihrer Frauen war sehr schön, der Andentyp, mit schweren, am Kopf anliegenden Haaren und dichten Brauen über den sorgfältig geschminkten Augen. Das hatte keinerlei Bedeutung.

– Sie geben sich mit Tango zufrieden. Oder sie träumen, wie dein Marti von einem Buenos Aires, das nicht mehr als eine kleine Zeichnung ist.

Ein Buenos Aires, das alle anderen Städte in sich aufnehmen würde. Warum nicht? Ich wußte es lange, bevor ich mit ihnen allen verkehrte. Ihre Stadt existierte nicht. Sie kamen von dort. Sie hatten dort gelitten. Sie würden vielleicht dorthin zurückkehren, jedenfalls einige von ihnen, um Zeugnis von ihren Leiden abzulegen. Aber die Stadt existierte nicht. Eine reine Illusion. *Cosa mentale*, wie die italienischen Immigranten, die in ihren Straßen wohnten, hätten sagen können. Eingezwängt zwischen Pampa und Ozean. Riesig, ausufernd, ohne wirkliche Grenze. Nicht faßbarer Gegenstand endloser nostalgischer Reden und des Tangos.

– Das wahre Exil, sagte Oscar, ist Buenos Aires. Die Eltern der Leute, die es bewohnen, kommen aus allen Ecken Europas. Mit ihrer Flucht vor dem, was sie zu fliehen hatten, finden deine Freunde zu ihren Wurzeln zurück.

– Und du, wovor bist du geflohen?

– Ich? Ich bin in den Bergen geboren. Ich war

so dumm zu glauben, daß es in der Stadt schöner wäre. Nicht leichter, versteh mich richtig. Schöner.

Das war keine Antwort auf meine Frage, aber darauf kam es nicht an. Ich trank systematisch zuviel, und er redete.

– Ortiz ist ungefähr genauso ein Typ, glaube ich. In der Pampa geboren (Pause). Die Pampa, das ist nichts. Gewaltig und zugleich nichts. Nicht mal mehr besonders fruchtbar. Ich weiß nicht, wie er Soldat geworden ist. Vielleicht wie ich. Damit er nicht... (Zögern)... so etwas wie ein Taugenichts blieb... (er zögerte wieder, vielleicht hatte auch er schon zuviel getrunken)... ein Taugenichts, das ist es.

– Ist er in Paris?

– Ja, ja. Ganz bestimmt.

Eine allgemeine Unruhe, und dann war Jessica da. Ein vielbeachteter Auftritt. Sie grüßte mich mit einer Kinnbewegung, ließ sich an der Bar nieder. In ihrem Gefolge ein paar Typen und ihr Mann, der Galeriedirektor. Welche Galerie? Marti ließ Ida stehen und kam, um sie zu empfangen, sie und Baxter. Alles fügte sich von selbst.

– Das ist die Frau, die du liebst, nicht wahr? fragte Oscar. Von der du jede Menge Fotos zu Hause hast?

– Die Frau da, ja.

Er führte sein Tequilaglas zum Mund, besann sich dann anders. Er beobachtete Jessica, ihre Gesten, ihre Posen. Diesen ganzen Hofstaat, den sie immer im Schlepptau hatte.

– Sie ist wirklich schön, sagte er. Auffallend schön. Es muß schwer zu ertragen sein für dich.

Es war mir nicht wichtig, mit Oscar über meine Eifersucht zu reden. Was bedeutete es schon, wenn ich wußte, daß sie beständig auf der Flucht war. Die Frau, die mich am meisten leiden ließ, weiter nichts. Die aber auf ihre Weise nichts dafür konnte. Ihre Vorstellungen vom Leben hatten eine andere Rangfolge als meine.

Versteckt im Dämmerlicht, hatte Villon alles im Blick, und ich sagte mir, daß er inmitten dieses ganzen Menschengewimmels vielleicht als einziger noch müder war als ich. Wobei nicht auszuschließen war, daß er mir im Grunde nur ein paar Gläser voraus hatte. Unter den respektvollen Blicken seiner Mitarbeiter tanzte Marti ziemlich schlecht mit einer seiner Mitarbeiterinnen. Oscar zog sein Jackett zurecht, weil er endlich gemerkt hatte, daß seine Pistolentasche seit einigen Minuten deutlich zu sehen war. Das Orchester intonierte *Cafetin de Buenos Aires*, und Rita ging auf die Bühne, um zu singen. Ein seltsamer Abend.

Marti stellte Ida dem Galeriedirektor vor. Der ließ sich zu einem Handkuß herab. Jessica leerte einsam ein Glas Sekt.

– Niemand schenkt irgendwem Beachtung, glaubte Oscar feststellen zu müssen.

Er hatte unrecht.

– Von mir aus, sagte ich. Aber wie hast du Ortiz kennengelernt?

– Jeder kennt Ortiz. Jeder weiß, was er getan hat. Er und andere. Aber keiner hat dem Beachtung geschenkt.

Es gefiel mir nicht, daß unser Gespräch eine häßliche Wendung nahm und sich zu einem

Schlagabtausch unter Betrunkenen entwickelte. Das Orchester spielte jetzt *La Mariposa,* kein schlechter Einfall. An der Bar nahm Jessica Baxter beim Arm und zog ihn zur Tanzfläche. Ein winziger Raum inmitten der Tische, wo sich einige Gäste des *La Boca* eng umschlungen zusammendrängten. Es wirkte von Anfang an brutal. Jessica trug ein sehr schlichtes schwarzes Kleid, kurz und eng anliegend. Ihre Beine steckten in Netzstrümpfen, aber das war noch das geringste. Er, ihr Mann zumindest für diesen Tango, trug etwas Anzugähnliches, grau, gestreift, tailliert – ein Mittelding aus Eleganz und Zuhälterkluft.

Von den ersten Takten an war klar, daß er Jessica nicht so führen konnte, wie sie es erwartete. Nicht, daß er echte Fehler gemacht hätte. Er tanzte tatsächlich gar nicht schlecht. Er hätte sogar lernen und ein guter Schüler sein können. Man machte ein bißchen Platz für die beiden, für dieses Paar. Um zuzusehen.

Denn nach einigen Plänkeleien – Vorgefechten! – bekam ihre Umarmung alle Anzeichen eines regelrechten Kampfes. Zuerst ließ sie ihn machen, unterwarf sich den Figuren, die er vorschlug, ließ sich führen, ließ ihm alle Chancen. Dann verlangte sie mehr. Was? Mehr Risiko. Oder mehr Haltung, und das hieß hier, mehr Anstößigkeit. Die Schritte glitten über den Boden. Sie drängte sich an ihn, gab sich herausfordernd hin. Er wußte weder mit diesem Anspruch noch mit diesem Geschenk etwas anzufangen. Mit hochgerafftem Kleid bäumte sie sich auf.

Er versuchte, sie zurückzuerobern, und sie

folgte ihm mit einem bösen Lächeln, sorgte dafür, daß er sich bald in seinen unnötig komplizierten Schritten verfing. Sie löste sich hochmütig von ihm. Das geschah mit einer einfachen Wendung, einem kaum merkbaren Hüftschwung genau in dem Moment, als der Bandoneonspieler einen rasanten Zwischenlauf beendete. Auf diese Weise entstand eine unendlich lange Pause. Abgewiesen, lächerlich gemacht, wußte der Mann nicht mehr, was er tun sollte.

Von nun an ignorierte Jessica ihn. Sie tanzte ein paar Sekunden mit geschlossenen Augen, versunken in die Atempause des Tangos, angespannt und nervös, einsam wie nie. Das Bandoneon setzte wieder ein, begleitete sie, aufmerksam und besorgt.

Einen Augenblick dachte ich, sie würde weitermachen. Würde tun, was sie mir eines Nachts als ihren Wunsch anvertraut hatte, ihre Schuhe von sich schleudern, ihr Kleid ausziehen, unter dem sie offensichtlich nackt war, und tanzen, zur Schau gestellt, wild, nackt und obszön für den Tango. «Durch und durch obszön, mit meinem vergewaltigten Geschlecht, meinem mißbrauchten Arsch, mit den Brandnarben der Zigaretten auf dem Bauch, mit meiner müden, abgenutzten Haut. So will ich sein, für mich, um die Dämonen ausztreiben.»

Jessica blieb stehen, schwankte. Ich hatte Angst. Sie verharrte so, versteinert, die Handflächen auf die Schenkel gepreßt. Eine Phase hochgradiger Erschöpfung. Dann richtete sie sich auf. Es war vorbei. Ein wildes Getöse setzte wieder ein, seltsam erleichtert nach der unbestimmten Angst, die diese Zurschaustellung begleitet hatte.

Nun wieder ungezwungen, schickte Jessica einen kleinen Gruß zum Orchester hinüber, ging an Baxter vorbei, ohne ihm auch nur einen Blick zu schenken, und steuerte die Bar an. Der kaltgestellte Liebhaber wußte nicht so recht, wie er sich verhalten sollte, aber es gab außer mir kaum noch einen, der seiner Verwirrung Beachtung schenkte.

– Ich gehe dann, sagte Oscar. Es reicht für heute Nacht.

Ich hielt ihn am Arm zurück.

– Du kennst diese Frau. Sie ist es, die auf deinem Plakat abgebildet ist. Erzähl mir nicht, daß du es nicht weiß.

– Wie könnte ich das wissen?

Er log. Sein System geriet ins Wanken. Er löste sich von mir.

– Sie war die Freundin eines Mannes, der Miguel hieß. Ein Künstler, ein Gegner des Regimes. Der Urheber deiner Plakate. Er ist verhaftet worden. Er ist verschwunden. Sie wäre beinahe ebenfalls verschwunden.

– Na und?

– Ich frage mich, wofür genau du bezahlen mußtest. Das ist alles.

Er wandte sich ab. Villon, der ein paar Meter weiter weg saß, war von dieser kurzen Szene nichts entgangen. Was konnte er davon verstehen? Er stand auf und heftete sich an Oscars Fersen. Ich war erschöpft, unfähig zu denken. Der Tango hatte das *La Boca* wiedererobert, und es herrschte die bedrückte Stimmung einer ge-

genstandslosen Verzweiflung. Jessica ließ sich an meinem Tisch nieder, füllte zwei Gläser mit Champagner. Wir tranken uns zu.

– Du hast mir angst gemacht, sagte ich.

Sie zuckte die Achseln.

– Gib es doch zu. Du bist ganz zufrieden, daß ich meinen Macker versetzt habe.

– Hast du das wirklich?

– Soll ich es deutlicher ausdrücken? Vor die Tür gesetzt!

– Warum?

– Er langweilt mich.

– Warum heute abend?

– Weil du da bist.

Mit der leicht verwischten Schminke und den verrückten Haaren sah sie dem Foto sehr ähnlich, das ich am Abend unserer ersten Begegnung im *Balajo* von ihr gemacht hatte. Sie schenkte nach.

– Wer war der Typ bei dir?

– Der Mann, der überall in Paris Miguels Plakate hinklebt.

Das schien sie nicht im geringsten zu überraschen.

– Kennst du ihn gut? Warum hast du mir nicht eher von ihm erzählt?

– Vielleicht weil wir uns in den letzten Monaten nicht gerade häufig gesehen haben.

Ich erklärte ihr, was ich über Oscar wußte. Ich fragte sie, ob das Plakat, auf dem sie abgebildet war, auch an den Wänden von Buenos Aires geklebt worden sei.

– Nie, sagte Jessica. Als ich Miguel verlassen habe, hatte er es noch nicht fertig. Sie haben ihn weniger als zehn Tage nach unserer Trennung verhaftet.

– Ich wußte nicht einmal, daß ihr euch getrennt habt.

Genau da lag das Widersinnige. Ich wußte ganz sicher mehr als jeder andere Bescheid über Jessicas Verrücktheiten, über die Alpträume, die sie in den schlimmen Stunden der Nacht heimsuchten. Alles über ihre panischen Ängste, ihre Brechanfälle, das krampfhafte Zittern, das sie manchmal erfaßte, immer in den am wenigsten vorhersehbaren Augenblicken. Aber ich kannte fast nichts aus ihrer Wirklichkeit drüben in all den Jahren. Ich hatte mich immer zurückgehalten, die Leute, die sie näher gekannt hatten, allzu genau zu befragen. Angefangen bei Julio. Dieses Plakat?

– Dein Typ konnte es gar nicht auf der Straße abnehmen. Er kann es sich nur aus Miguels Atelier geholt haben. Er, oder einer seiner Komplizen.

Sie trank wieder. Sie trank zuviel. Ich war ungefähr zu dem gleichen Schluß gelangt. Also erriet ich ohne Mühe, was sie mir als nächstes zu sagen hatte.

– Ich habe den Mann, der bei dir war, schon gesehen, im Militärgefängnis. Es ist einer von Ihnen.

Trotz der Kapuze, die sie fast ständig tragen mußte, hatte sie unvermeidlich ab und zu auch Gesichter gesehen. Das von Ortiz, von manchen seiner Männer. Von eben diesem Mann.

– Er hat sich verändert, sagte sie mit starrem Blick. Er hat seinen Schnurrbart abrasiert, seine

Haare wachsen lassen, und er ist sehr gealtert. Aber es ist der gleiche Mann. Er war es, der Miguel verhaftet hat. Es kann nur er gewesen sein.

Was sie da sagte, war mehr als die Bestätigung eines Verdachts. Sie brachte eine unangenehme Gewißheit, die seit langem in mir dämmerte, auf den Punkt. Oscar hatte niemals wirklich mit verdeckten Karten gespielt. Er hatte alle Elemente geliefert, um durchschaut zu werden. Die Frage war nur, warum?

– Ortiz ist in Paris.

– Ich weiß, sagte sie.

– Wer hat es dir gesagt?

– Niemand. Man kann das Gesicht eines Mannes, der getan hat, was er mir angetan hat, nicht vergessen. Ich glaube, daß man danach, selbst Jahre danach noch spürt, wenn er einem nahe ist. Ich fühle es. Das ist etwas wie tierischer Instinkt, oder? Ortiz ist in Paris. Nicht weit von hier.

Jessica fügte hinzu, daß sie sich auch aus diesem Grunde heute abend ihres Liebhabers entledigt habe. Um sich von jeder Fessel, selbst einer leichten, zu befreien.

– Um frei zu sein.

– Und ich?

– Du bist mein Verbündeter.

Ich erzählte ihr von den Fotos, die ich in Julios Filmen entdeckt hatte, und daß man darauf aufbauend eine kleine Offensive starten könnte. Sie lachte. Und dann verhärtete sich ihr Gesicht, sehr schnell und sehr stark.

– Und sei es nur zum Gedenken an Julio, tut,

was ihr könnt, du, der Anwalt und die Leute von *Le Soir*. Nur zu. Ich habe gegen Ortiz noch viel erdrückendere Beweise. Er ist der einzige, der es weiß. Deswegen hat er das Risiko, das unglaubliche Risiko auf sich genommen, höchstpersönlich nach Paris zu kommen.

– Welche Beweise?

Sie zögerte, trank einen Schluck.

– Gräßliche Dinge. Du wirst es später erfahren, immer noch früh genug. Ich glaube nicht, daß ich Lust habe, als Zeugin aufzutreten.

– Was sonst? Was willst du tun?

– Leben. Und Ortiz töten, wenn ich kann. Ich glaube, ich kann es. Ich pfeife darauf, daß er verurteilt wird, er und andere, um beim nächsten Staatsstreich freigelassen zu werden oder auch bei der nächsten Amnestie, die die Zivilisten zur Beruhigung der Militärs erlassen werden. Ich will, daß er stirbt.

Andere Stimmlage. Jessica machte eine lässige Handbewegung. War das alles überhaupt wichtig? Sie sagte:«Ich bin betrunken, das ist gut so.» Das Orchester spielte wieder, diesmal eine zwangsläufig wehmütige Milonga. Das *La Boca* leerte sich. In der Nähe der Bar befestigte Poupée Brisée mit Ritas Hilfe das Foto à la Marilyn, das ich von ihr gemacht hatte, neben den anderen Erinnerungsportraits. Jessica erhob sich, küßte mich auf die Stirn, dann auf die Lippen, ihre Lippen schmeckten gut, und entfernte sich. Ida hing auf einem Stuhl und schlummerte, eine Königin. Marti saß wieder an der Arbeit vor einer Tischdecke, ließ mit Filzstiften und Pastellfarben eine neue Traumstadt entstehen. Ein seltsamer fahlblauer Schein durchflutete den großen Saal. Ich war nicht mehr ganz sicher, ob ich den Tango wirklich liebte. Draußen brach vielleicht schon der Tag an. Ich hatte das Bedürfnis, die nahegelegene Baustelle zu besuchen. Allein.

Ein leichter Schwindel erfaßte mich, als ich den Platz überquerte, ohne auf die Autos zu achten. Einige streiften mich fast, wichen mir im letzten Moment aus. Eine Art Rauschzustand. So weit war ich. Ich taumelte. Aber keiner dieser Fahrer war Ortiz, sein Bruder oder sonst irgendeiner ihrer Anhänger. Also überlebte ich und kehrte zu Fuß in meine Wohnung zurück, wobei ich mich streng an meine Gewohnheiten hielt. In meinem Briefkasten lagen ein paar Einladungen zu absolut uninteressanten Gemäldeausstellungen, die letzte Lieferung von *Rolling Stone* und ein Sony-Diktiergerät.

Eine Kassette war eingelegt. Blieb, sie anzuhören.

«Ich heiße Oscar, bin zweiunddreißig Jahre alt, Argentinier, ehemaliger Soldat, Emigrant in Paris. Ich glaube, daß ich bald sterben werde, und denke, das beste ist, ich wende mich an dich, Victor, um zu sagen, was ich zu sagen habe. Wir sind uns zufällig begegnet, aber ich glaube, ich kann dir vertrauen. Außerdem habe ich keine Wahl. Ich kenne sonst niemanden, dem ich anvertrauen könnte, was ich zu sagen habe. Du kannst mit diesem Tonband nach deinem Belieben verfahren. Zeitungen, Bullen, es ist deine Entscheidung. Für mich hat das keine besondere Bedeutung mehr. Versuche, so erfolgreich wie möglich zu sein, mach das Beste daraus... Also. Ich weiß nicht, ob du begriffen hast, wer ich in der Vergangenheit tatsächlich war. Doch, ich glaube, du hast es erraten, zumindest das Wesentliche. Ich muß es trotzdem erzählen. Ich habe den Krieg mitgemacht, fast den ganzen schmutzigen Krieg, zusammen mit Ortiz. Er als Hauptmann, ich als Unteroffizier. Er hat mich sehr früh zu seinem Schützling gemacht. Ich weiß nicht, warum. Gleich am Anfang, als sich die berühmten Todesschwadronen, die AAA, formiert haben, hat er darauf bestanden, daß ich Mitglied seiner Truppe bin. Die Epoche der Katzenjagd. In Cordoba und dann anderswo. Ich war ein sehr guter Katzenjäger, ich verabscheute sie, und auf die Jagd haben wir uns verstanden. Mit allen Mitteln, die nötig waren. Ich dachte, man mußte es tun. Die Terroristen beherrschten die Straße. So habe ich es gesehen. Die Leute vom ERP, die Montoneros, all die anderen. Sie entführten Leute, anständige Bürger, sie sprachen vom Krieg des Volkes, aber in Wirklichkeit führten sie Krieg gegen das Volk. Sie waren Söhne von Reichen, ich war arm. Ich kam aus den Bergen. Ich habe es der Armee zu verdanken, daß... Genug! Ich war von Anfang an gegen sie, das wollte ich sagen. Unter den allerersten, die für Ordnung sorgen wollten und sich selber die Mittel dazu verschafften. Nach dem Tod von Peron gab es nur noch Anarchie, ein Sauhaufen, ein Sauhaufen, von dem sich keiner eine Vorstellung machen kann. Wir kannten sie alle schon lange, die Anführer, die Chefs. Ihre Häuser, ihre

Gewohnheiten, ihre Verbindungen. Sie hielten sich für sehr stark. Selbst wenn wir zu ihnen kamen, nachts oder im Morgengrauen, boten sie uns die Stirn. Selbst danach in den Kellern, selbst wenn man ihnen einen Knüppel bis zum Anschlag in den Hintern rammte, zwischen zwei Schmerzensschreien beschimpften sie uns weiter. Selbst bevor sie abkratzten... Ja. Ich habe getötet. Ich hätte vielleicht mit dieser Aussage anfangen müssen. Ich habe oft getötet. Ich habe auch gefoltert. Es tut mir leid. Aber es war eben wirklich Krieg, und ein Krieg ist immer schmutzig, oder? Wir sind zu weit gegangen. Anfangs, lange Zeit und wenn es zehnmal unbegreiflich ist, wenn es gräßlich ist, anfangs war ich überzeugt, daß alle Mittel recht, gerechtfertigt waren bei diesen Schweinen. Und selbst jetzt, ich versuche, die Wahrheit zu sagen, glaube ich, daß eine ganze Menge wirklicher Schweine unter ihnen waren, regelrechte Banditen, die uns nicht die Wahl ließen bei unseren Methoden. Aber ich muß sagen, wie ich dazu gekommen bin... um das zu erklären, diktiere ich dieses Tonband, oder? Es ist schwer zu erklären, aber ich werde es versuchen. Ich glaube, es ist das Lachen von Ortiz. Ja, das ist es. Vielleicht hat er es immer gehabt, und ich habe nicht darauf geachtet. Eines Tages ist mir folgendes bewußt geworden: Ortiz lachte während der Verhöre. Klar, wenn ich Verhör sage, bedeutet das Folter, die *picana*, die *planche*, die Prügel, all das andere... Dieses Lachen hatte etwas von Wahnsinn. Ich möchte mich verständlich machen, ehrlich sein, wie ich schon gesagt habe, jetzt muß ich es auch sein.

Wir lachten alle ein bißchen zu Beginn der Verhöre. Besonders bei den Frauen. Sie starben vor Angst, so nackt, mit der Kapuze auf dem Kopf. Man konnte mit ihnen machen, was man wollte, und das ließen wir uns nicht entgehen. Sie konnten ruhig schreien oder uns beschimpfen. Aber das war nur der Anfang. Später sah es anders aus, die Verletzungen, die Verbrennungen, all das, der Geruch von Scheiße, von verfaulenden Wunden. Ortiz lachte. Gerade in solchen Momenten lachte er am lautesten. Wir waren manchmal betrunken. Er nie. Immer ganz Herr seiner selbst. Bis auf dieses Lachen. Das paßte nicht zu all dem Blut, dem Gestank. Das Lachen von Ortiz war etwas anderes als der Krieg. Und dann kam die Sache mit dem Plakat. Der Typ, der es gemacht hatte, Miguel, war seit langem bekannt. Eines Tages sind wir bei ihm abgestiegen. Um die Wahrheit zu sagen, es war vor allem die Frau von diesem Typ, auf die Ortiz und die Chefs es abgesehen hatten. Miguel war nur ein Maler, ein Intellektueller, lästig, aber nicht gefährlich. Seine Frau Jessica, das war ein anderes Kaliber, eine echte Aufständische schon seit langer Zeit. Sie ist in Trelew dabeigewesen, hat bewaffnete Kommandos angeführt. Also sind wir eines Morgens mit den Lastwagen, den Falcons, bei ihnen aufgekreuzt, Großeinsatz. Sie wohnten im Corrientès-Viertel, eine sehr schöne Ecke von Buenos Aires. Ich muß dazu sagen, daß es für mich, den Burschen aus den Bergen, immer ein besonderes Vergnügen war, in solchen Vierteln zu operieren. Der Typ hat uns geöffnet. Ich glaube nicht, daß er wirklich überrascht war, man kann sogar sagen, er sah so aus, als hätte er uns erwartet. Ich war ein bißchen enttäuscht, denn die Wohnung war nicht gerade luxuriös. Eine Künstlerwohnung, wenn man will, so ähnlich wie deine, Victor, mit Büchern, komischen Gegenständen überall, Bildern. Die Frau war nicht da. Der Typ hat uns erklärt, daß unsere Informationen nicht auf dem neuesten Stand waren, weil er und seine Frau sich schon vor einiger Zeit getrennt hatten. Ah! Ich habe vergessen zu erwähnen, daß es Katzen und Grünpflanzen in diesem Haus gab. Ich erinnere mich jetzt daran, weil Ortiz einen Scherz darüber gemacht hat: Ein Revolutionär, der sich um Katzen und Grünpflanzen kümmert, ist erledigt. Er hat seine Pistole gezogen und eine der Katzen, eine siamesische, getötet. Die andere konnte entkommen. Ortiz hat gesagt, daß man sie früher oder später kriegt, daß man sie alle kriegt, und er hat gelacht. Wir haben den Typ gepackt, aber bevor wir ihn mitgenommen haben, haben wir sämtliche Bücher verwüstet. Das kennt man ja, die Faschos vergreifen sich immer an Büchern, sie pissen drauf. Wir haben's auch gemacht. Wir haben Farbtöpfe, die wir im Atelier eine Etage höher gefunden haben, drüber ausgeschüttet. Und auch im Atelier haben wir alles zerschlagen. Ich gehörte zu den Burschen, die das erledigt haben. Und dabei habe ich das Plakat gefunden. Oder besser, die Plakate. Es gab das eine, das schon ziemlich lange in der Stadt geklebt wurde, und dann ein zweites, das erst eine Zeichnung war, noch nicht ganz fertig, aber fast. Eine Frau. Ich habe die Zeichnung und ein paar

Plakate mitgehen lassen. Keiner hat darauf geachtet. Man muß wissen, daß in solchen Fällen, bei den Razzien, sich jeder nach Belieben bediente. Die Anführer gaben ihren Segen dazu. Die Gesetze des Krieges, oder? Warum ich mich ausgerechnet dafür und nicht für etwas anderes entschieden habe? Ich weiß es nicht. Diese Bilder machten Eindruck auf mich. Der Typ? Der hatte Anspruch auf die gewöhnliche Behandlung. Er war kein bedeutender Gefangener. Ein lästiger Kerl. Weiter nichts als ein Künstler. Er hatte uns fast nichts zu sagen. Ich glaube, ehrlich gestanden, daß er selbst über die Aktivitäten seiner Frau nicht viel wußte. Er ist ziemlich schnell zusammengebrochen. Zusammengebrochen? Ich will sagen: Er ist gestorben. Nach zwei oder drei Tagen Verhör. Probleme mit dem Herzen. Der Quacksalber hat den Anfall nicht kommen sehen. Wir sind vielleicht zu heftig und zu schnell vorgegangen, weil wir wußten, daß der Typ uns nichts liefern konnte. Man merkt so was sehr schnell, wenn man Übung darin hat. Ich muß noch einmal auf das Plakat zurückkommen... Und wenn wir zehnmal im Krieg waren, ich habe mir gesagt, daß man deswegen noch lange keinen Mann töten darf, bloß weil er Plakate geklebt hat, und ich war ganz sicher, daß dieser Typ nie etwas Schlimmeres getan hatte. Aber ich glaube, ich drücke das alles nicht richtig aus. Das Plakat habe ich sofort in meinem eigenen Zimmer aufgehängt. Das mag seltsam klingen, aber genau das habe ich gemacht. Ich habe schnell begriffen, daß der Mann, der darauf abgebildet war, er selber war, der Typ, den wir gerade verhörten und der dann sterben würde. Und natürlich sollte die andere Zeichnung, die noch nicht ganz fertig war, seine Frau darstellen. Eine komische Idee, die er da gehabt hatte. Und ich fand mich jedesmal, wenn ich die Kaserne verließ, diesen Bildern gegenüber. Sie wurden fast unerträglicher als das, was ich jeden Tag sah. Auch das ist schwer zu erklären. Die Qualen, die Schreie, der Tod, daran hatte ich mich gewöhnt. Aber diese Plakate sind für mich zum Alptraum geworden. Ich hatte Angst, sie wiederzusehen, aber ich brachte es nicht fertig, sie von meiner Wand zu nehmen. Sie bereiteten mir Alpträume. Ich schwöre, daß es an ihnen und an Ortiz' Lachen lag, daß ich allmählich begriffen habe: Wir waren alle verrückt geworden. Die Frau?... Ja. Ich muß auch von der Frau sprechen. Vor allem, weil ich jetzt weiß, wer sie ist und was sie für dich ist, Victor. Sie ist ein paar Wochen nach ihrem Mann festgenommen worden. Ich war nicht dabei. Einer unserer Männer ist während der Operation getötet worden, von ihr. Das heißt, daß für sie eine Sonderbehandlung vorgesehen wurde. Ortiz hat uns vorher gesagt, daß wir uns bei ihr viel Zeit lassen sollten. Ich will keine Einzelheiten nennen. Das ist ihre Sache, wenn sie will. Tatsache ist, daß sich nach einigen Tagen Ortiz selber um sie gekümmert hat, praktisch allein. In gewissen Fällen, bei wirklich wichtigen Gefangenen, wurde das immer so gemacht. Ich bin froh zu sehen, daß diese Frau überlebt hat, daß sie am Leben ist. Ich weiß auch, daß sie mich wiedererkannt hat und daß sie mich töten wird, wenn sie kann. Was sonst noch?... 1978 bin ich versetzt worden, und ich war erleichtert, daß ich diese dreckige Arbeit nicht mehr machen mußte. Ich bin in eine andere Garnison gekommen. Ich habe immer häufiger Alpträume gehabt. Ich habe mit der Zeit Gefallen an diesen Alpträumen gefunden. Ich habe angefangen zu verstehen, daß sie gerechtfertigt waren, daß das meine Strafe war. Ich sah mir immer noch die Plakate an, sie ließen mich nicht los. Dann kamen die Falklandinseln, die Niederlage, ich wurde gefangengenommen, ich wurde wieder freigelassen, ich bin desertiert. Die Einzelheiten sind unwichtig. In Paris habe ich mir gesagt, daß ich für all die begangenen Horrortaten bezahlen muß, wenigstens ein bißchen, weil in meinem Kopf alles weitergeht. Ach ja... Drüben werden in diesem Monat unsere Anführer vor Gericht stehen. Sie werden Rechenschaft ablegen über all die Befehle, die wir ausführen sollten, über all diese Toten. Das ist gerecht. Aber es gibt jede Menge Dinge, die wir ohne Befehl getan haben. Ich, Ortiz, die anderen. Wir haben es getan, ich jedenfalls, weil... Ich werde mich nicht stellen. Ich werde nicht nach Buenos Aires zurückkehren. Ich habe nicht den Mut dazu. Ich will nicht ins Gefängnis, ich will nicht geschlagen werden. Ich habe Angst, ja, ich gestehe, ich habe Angst. Und ich habe noch mehr Angst, seit Ortiz und seine Bande in Paris sind. Ich weiß nicht, wie sie es angestellt haben, aber sie sind da. Und sie haben mich gefunden... Also, ich will folgendes sagen. Sie glauben, ich könnte Informationen über all die Leute haben, die als Zeugen aussagen werden. Namen, Adressen. Ich habe alles gesagt, was ich wußte, alles, was du mir abends im *La Boca* gesagt hast, Victor. Ortiz hat es vor allem auf die Frau, diese Jessica, die du liebst, abgesehen. Man muß sie schützen. Ich habe ihnen alles gesagt, was ich wußte, weil sie mich sonst töten würden. Ich weiß, wie sie töten. Ich sterbe vor Angst. Zum Schluß will ich noch eins sagen: Wir werden uns bestimmt nicht mehr wiedersehen. Aber falls du mich wiedersiehst, hüte dich vor mir. Adios.»

Wir hatten uns zu dritt ins Direktionsbüro von *Le Soir* zurückgezogen. Ein kaputter Bulle, ein beunruhigter Journalist und ich. Beim Anhören von Oscars Geständnis hatten Villon und Marc pausenlos den Satz Fotos, den ich mitgebracht hatte, durchgesehen. Der gleiche, den ich auch Maître Jacob anvertraut hatte. Daß Marcs Kaffeemaschine defekt war, hatte uns als willkommenes Alibi gedient, trotz der frühen Morgenstunde gleich zum Bourbon überzugehen. Wir waren schlecht rasiert und sahen nicht gerade frisch aus. Wir mochten uns nicht, vielleicht weil wir uns schon so lange kannten.

Als das Band zu Ende war, herrschte lange Schweigen. Marc brach es als erster.

– Nicht der kleinste konkrete Anhaltspunkt, sagte er und gab sich Mühe, wütend zu klingen. Dieser Oscar kann ein kompletter Mythomane sein: kein exakter Ort, kein Datum, nichts. Seelenzustände.

– Und die Fotos?

– Ein Typ im Vordergrund, der Ortiz entfernt ähnlich sieht? Na und? Die alltäglichste Visage der Welt. Und deine Filmschnipsel können aus irgendeiner B-Serie stammen. In einem entsprechenden Laden hast du sie ja auch gefunden.

Marc war auf dem besten Weg, sich in die Nummer des übererregten Zeitungsverlegers hineinzusteigern. Jetzt fing er auch noch an, mit großen Schritten in seinem kleinen Büro auf und ab zu gehen, was mich daran hinderte, die Beine auszustrecken. Ich unterbrach ihn.

– Dann ist es für dich also Bluff.

– Natürlich nicht! Ich bin überzeugt, daß das alles die Wahrheit ist. Nur, wenn ein Soldat in Ausübung seines Berufs definitionsgemäß ein Schwein ist, muß er nicht zwangsläufig ein Mörder sein. Und auch kein Folterer. Eine Zeitung arbeitet mit Beweisen, nicht mit Überzeugungen.

– Es gibt die Aussage von Jessica.

– Jessica? (Marc hörte einen Augenblick auf, seine Runden zu drehen)... Entschuldige, aber... das könnte sich als unzureichend erweisen.

– Und die Toten? Edgardo, Julio, Ruben?

– Unfall, Verschwinden, Selbstmord, sagte Villon. Abgeschlossene Fälle. Da ist nichts zu machen.

Der Bulle hing in dem alten abgenutzten Ledersessel, der seit den Anfängen der Zeitung zu Marcs Büro gehörte und jeden Umzug begleitete. Ein Ding, das er sich bei Emmaüs besorgt hatte. Er fügte hinzu:

– Juristisch gesehen sind diese Dokumente keinen Pfifferling wert. Am Quai des Orfèvres bin ich der einzige, der glaubt, daß eine Todesschwadron zur Zeit in Paris ihr Unwesen treibt.

Er schüttelte sich.

– Ich habe versucht, diesem Oscar zu folgen,

als er letzte Nacht das *La Boca* verlassen hat. Er hat meine Neugier geweckt. Er hat mich im Handumdrehen abgehängt. Ein echter Profi.

Die Kassette hatte er anschließend besprochen. Nachdem er Ortiz oder seine Männer gesehen hatte. Es war mehr als ein Bekenntnis, es war ein Testament. Ich hatte bereits mehrere Telefongespräche geführt, um meine Latinofreunde zu warnen. Am anderen Ende der Leitung hatte ich immer nur verschlafene Stimmen gehört. Ortiz in Paris? Vielleicht. Man kann es glauben oder nicht glauben. Was konnte man schon machen? Jeder hatte mir versichert, daß er aufpassen würde, was streng genommen gar nichts hieß. Jessicas Nummer hatte ich nicht. Niemand hatte sie mir nennen können. Bei Baxter nahm schlicht und ergreifend keiner ab.

– Man kann eine Suchanzeige wegen Oscar machen, sagte Villon. Aber das wird nichts bringen.

– Es sind Leute zu beschützen. Das ist Ihr Job.

– Dazu braucht man eine Eingabe der argentinischen Botschaft. Man braucht Zahlen. Man müßte überzeugt sein, daß wirklich Gefahr besteht.

– Jessica?

Villon kratzte sich hörbar am Bart.

– Sie ist ja nicht mal ein offizieller politischer Flüchtling. Außer unseren Leuten von der Rauschgiftpolizei interessiert sich bestimmt kein Mensch für sie.

– Wir tun also nichts?

Marc holte die Bourbonflasche wieder hervor, füllte die Plastikbecher.

– Eins mußt du begreifen, sagte er. Ich kann dieses Bekenntnis veröffentlichen. Kein Problem. Für einen Tag wird das eine echte Sensation. Aber wenn ich am nächsten Tag nichts habe, um die Sache in Gang zu halten, wird es ein lächerlicher Flop. Und alle meine hervorragenden Kollegen werden sich mit Freuden über den Schwindel auslassen. In meinem Fach wäre das, wie soll ich sagen... ein dicker Schönheitsfehler.

Draußen auf dem Hof ließ ein flach einfallendes, wunderbares Frühlingslicht die Umrisse klar hervortreten. Von meinem Platz aus machte ich ein paar Fotos von den verwüsteten Fassaden der alten Fabrik.

– Mir kommt es auf einen Schönheitsfehler mehr oder weniger nicht an, sagte Villon. Ich glaube, man muß dafür sorgen, daß diese Typen sich rühren. Man muß einen Weg finden. Und ich will zur Stelle sein, wenn sie aus ihren Löchern kommen.

– Mit Ihrem Gipsarm? erwiderte Marc. Und dazu noch dem rechten?

An diesem Punkt geschah etwas alles in allem ziemlich Komisches. Oder die Müdigkeit ließ mich so denken. Es gab einen langen Abschnitt in Marcs Leben, da hatte er geglaubt, die Macht komme aus den Gewehren. Und es war bekannt, daß er aus dieser Zeit eine gewisse Begeisterung für Waffen behalten hatte. Er träumte gewiß nicht mehr von Kalaschnikows, die zur Beschwörung einer schöneren Zukunft geschwungen wurden, nein. Da die Papiertiger gefährlicher waren als angenommen, hatte er sie gezähmt. Mit einem realen Erfolg. *Le Soir* war der beste Beweis dafür: Die Macht konnte auch aus den Rotationsmaschinen kommen. Und dennoch. Ein hartnäckiges Gerücht wollte wissen, daß dieser Spezialist für hohe Auflagen ein ausgezeichneter Schütze war. Es wurde behauptet, Marc sei regelmäßiger Besucher der Schießsportabteilung der Polizei und erziele dort angeblich die schönsten Treffer. Er unternahm nichts, diesen Ruf des Waffennarren zu widerlegen, ganz im Gegenteil. Daher war er einigermaßen überrascht, als Villon ihm blitzartig eine 357er Magnum unter die Nase hielt.

– Ich glaube, ich bin wieder ein echter Linkshänder geworden, sagte der Bulle.

Das brachte unsere Angelegenheit letztendlich auch nicht weiter.

– Meiner Meinung nach gibt es eine ganz einfache Lösung, sagte ich.

Ich hatte gewisse Schwierigkeiten, Maître Jacob ans Telefon zu bekommen. Aber nach einer knappen Viertelstunde war es mir gelungen. Ich erläuterte ihm den Plan. Wir brauchten einen von ihm gezeichneten Kommentar, der den Fall Ortiz auf den Punkt brachte, die neuesten Einzelheiten, die Möglichkeit, daß er mit einem Killerkommando in Paris war. Die Begeisterung des Anwalts hielt sich in Grenzen. Diese Vorschläge sprengten angeblich den Rahmen seiner Tätigkeit.

– Sie wollen der Sache also nicht mehr auf den Grund gehen?

– Das schon, aber... Ich überlege es mir. Bis wann brauchen Sie das alles?

– Sagen wir, am frühen Nachmittag. Eine ganze Seite für *Le Soir*.

Ihm blieb die Luft weg. Ich legte auf.

– Ortiz und seine Freunde müssen darauf irgendwie reagieren, sagte Villon.

– In dieser Art aufgemacht, kein Problem für mich, sagte Marc.

Sie hatten recht. Beim nächsten Schritt waren außer den Latinos nur zwei Personen durch diese Provokation gefährdet. Maître Jacob und ich.

Die folgenden Stunden verbrachte ich im wesentlichen mit dem Versuch, Jessica zu finden, und rannte auf der Rue du Faubourg-Saint-Antoine von einem Café ins andere. Manchmal waren die Wirte unfreundlich, manchmal die Telefonanlagen außer Betrieb. Wenn ich Glück hatte und eine Verbindung bekam, mußte ich mir sagen lassen, daß Jessica nicht oder nicht mehr da sei, daß sie viel unterwegs sei, daß man eine Nachricht aufnehmen könnte, aber ohne Garantie etc.

Es war ein schöner Morgen mit einem richtig blauen Himmel. Ich gab mir wirklich Mühe, alle nur denkbaren schlimmen Handlungsabläufe im Kopf durchzuspielen, es änderte nichts daran: Ich lebte in einer herrlichen Stadt und hatte das Glück, mir jeden Tag ihr schönstes Viertel neu erschließen zu können.

Dieses eine Mal drehte ich den orangefarbenen Lichtern des *Tour-d'Argent* den Rücken zu und ging entschlossen zur Cour du Cheval-Blanc. Das *La Boca* war nicht geöffnet. Dennoch brauchte man nur die Tür aufzustoßen.

Der Saal war leer. Ein ziemlich alter Mann fegte den Boden. Ich kannte ihn nicht. Ein anderer lehnte am Tresen und trank einen Kaffee. Es war Maleo. Er wandte sich nur kurz nach mir um und winkte mich heran.

– Ein Freund, sagte er und zeigte auf den fegenden Mann. Ein ehemaliger Tischler. Er bessert seine Rente auf, indem er in deinem Scheißlokal den Hausknecht spielt. Ich leiste ihm von Zeit zu Zeit Gesellschaft.

Der Kaffee, den er mir anbot, kam nicht aus der Maschine. Es war Kaffee aus einer Thermoskanne, vorgekocht auf einem Campinggasherd.

– Zu dieser Zeit, sagte Maleo, liegt die Chefin im Bett. Die Gäste sind gegangen. Man ist unter sich.

Der Kaffee war heiß. Gar nicht so schlecht. Was wollte Maleo hier?

– Ich versuche zu verstehen, Kleiner. Zu verstehen, warum es Ida an diesem kitschigen Ort so gut gefällt. Warum sie mich fast nie mehr besuchen kommt. Warum dieses Viertel sich verändert.

Das Radio brummte, eine passende Geräuschkulisse. Rita Mitsouko, Marcia Baila. Wieder fühlte ich mich sehr müde.

– Den echten Tango habe ich gut gekannt, sagte Maleo. Ich habe sogar die Miß gesehen, die Mistinguett, wenn du verstehst, was ich sagen will. Sie tanzte ihn mit Max Dearly, im Théâtre Marigny. Ich war noch klein, ein grüner Junge. Es hat mich ganz durcheinandergebracht. Mein Vater hatte mich ohne Wissen meiner Mutter mitgenommen.

Er fügte hinzu, er habe seine Mutter nie besonders gut gekannt. Als junger Mann hatte er dann später im *Coupole* Bachicha gesehen.

– Deambrogio, das wir ihr richtiger Name. Ein ganzes Zeitalter. Es scheint, daß ihr Sohn immer noch spielt. Tango! Bilde dir bloß nicht ein, daß wir deswegen auf euch gewartet hätten! Und was das Viertel angeht, könnte ich dir allerhand von der Rue de Lappe, den Fiestas im *Balajo* erzählen. Sag mal...

Es gab natürlich eine Flasche Gin hinter dem Tresen, und selbst wenn Maleo nicht oder nicht mehr trank, stand ihm selbstverständlich ein Gläschen zu.

– Sag mal, warum hockt die Ida dauernd hier rum? (Er kippte seinen Schnaps.) In deiner Wohnung, das verstehe ich, du bist ein Freund, du bietest ihr Unterkunft, kein Problem. Aber hier? Das ist eine Kneipe für Spießer. So was paßt nicht zu Ida und zum Viertel genausowenig.

Der Tischler kehrte sein Häuflein Sägespäne zusammen. Eine Katze tauchte in der Tür auf und flüchtete gleich wieder. Das alte Grammophon auf dem Tresen sah nach armseligem Trödelkram aus. Die Stühle, die umgedreht auf den Tischen standen, das Fehlen der Stammgäste und diese beiden anklagenden alten Männer – das *La Boca* kam mir plötzlich wie ein verlassener Tatort vor. Unerquicklich. Im Radio liefen jetzt Nachrichten. Wiederaufflammen des Krieges im Libanon und Tod eines Pariser Anwalts, den man in seinem Badezimmer gefunden hatte. Stromschlag.

Ich ging beim *Soir* vorbei, um Marc aufzusuchen. Er war ganz Zeitungsboß der großen Momente. Aufgeregt, hektisch und schrecklich tüchtig. Zynisch.

– Wenn sie ihn getötet haben, ist ihnen der Coup nur zum Teil geglückt. Jacob hat noch Zeit gehabt, uns seinen Kommentar zur diktieren.

– Wie ist es passiert?

– Ein idiotischer Unfall oder ein gemeiner Mord. Jacob nahm gerade ein Bad. Ein angeschaltetes Radio ist ins Wasser gefallen. Stromschlag. Auf der Stelle tot.

– Ein Radio? Ein einfaches Transistorgerät?

Nein. Marc kritzelte den ersten Entwurf eines Layouts auf ein großes Blatt Papier.

– Wußtest du das nicht? Maître Jacob hatte ein interessantes Hobby. Er sammelte alte Radios. Er besaß sogar Detektorempfänger. Seine ganze Wohnung stand voll von diesen alten Stücken, die er sich irgendwo besorgte und wieder zurechtbastelte. Allein in seinem Bad gab es fünf oder sechs. Alle funktionsfähig.

– Am hellichten Tag ein Bad zu nehmen, ist doch eigenartig.

– Passiert dir das nie? Nach Villons Aussage gibt es an seinem Körper keinerlei Spuren von Gewalteinwirkung.

– Glaubt er an einen Unfall?

– Nicht im geringsten. Und er hat bestimmt recht, aber...

– Ja?

– Was mich stutzig macht, ist, daß dieser Bulle seine Nachforschungen so anstellt, als ob es sich um eine rein persönliche Angelegenheit handelte. Das scheint ihm nicht besonders gut zu bekommen.

Ich ließ mir Jacobs Artikel zeigen. Anders als man hätte fürchten können, war es ein ätzender Kommentar. Sämtliche Verdächtigungen, die Ortiz belasteten, waren im Detail erwähnt, die übereinstimmenden Zeugenaussagen. Es wurde erläutert, daß gewisse Zeugen für den bevorstehenden Prozeß in Buenos Aires unter Druck gesetzt worden waren, und vor allem auf die erstaunliche Häufung von «verschwundenen Personen» oder Toten hingewiesen, die einen Teil der argentinischen Gemeinde in Paris heimsuchte. Ohne Umschweife wurde die Hypothese aufgestellt, daß Ortiz mit seinen Killern mitten in der Hauptstadt am Werke sei.

Marc zeichnete immer noch an seinem Vorentwurf herum.

– Die Titelseite und die anschließenden drei Seiten. Mit deinen Fotos und den Lebensläufen von Edgardo, Julio und Ruben. Dazu ein Editorial. «Buenos Aires-Paris: die Verschwundenen.»

Das Editorial war für Marc das ruhmreiche Siegel, der Adelstitel, den er dem Tagesgeschehen verlieh, um es der großen Geschichte näherzubringen.

– Und morgen machen wir mit Oscars Aussage weiter. Keinerlei Bestätigung, haufenweise Konditional, aber wir schlagen zu.

Er erhob sich, den Entwurf in der Hand, sehr in Eile. Aber als ob ihm plötzlich ein Gedanke durch den Kopf gegangen wäre, blieb er auf halbem Wege zwischen seinem Schreibtisch und der Tür stehen.

– Dabei fällt mir ein... die Dokumente, die Negative, der ganze Kram? Wo hast du sie versteckt? Bei dir zu Hause? Das dachte ich mir. Du wirst mir den Gefallen tun, das Material hierherzubringen, und zwar schnell und... Scheiße, ich begleite dich. Das ist gescheiter.

– Nicht nötig. Ich mach' das schon. Ich bin in einer Stunde zurück.

– Verflucht nochmal, Victor. Erzähl mir nicht, du hättest nicht kapiert, daß du der nächste auf ihrer Liste bist.

Meiner Meinung nach täuschte er sich. Jessica war ein viel bedrohteres Ziel. Aber es war nicht der richtige Zeitpunkt, darüber zu streiten.

Die Wohnung am Quai de Jemmapes war ruhig. Niemand hatte ihr einen unpassenden Besuch abgestattet. Die Katzen spielten in dem Haufen zusammengerollter Filme. Aus der nächsten Etage hörte man Ida schnarchen.

– Bist du fertig mit dem Sortieren?

– Nein. Keine Zeit gehabt.

– Dann packen wir alles ein. Wir werden das Ganze gemeinsam unter die Lupe nehmen. Jetzt erst mal zum Tresor in der Redaktion.

Marc half mir, die Filme in zwei große Müllsäcke zu stecken. Ich holte die Bilder, die ich bereits im Labor bearbeitet hatte. Ich mochte die Paranoia nicht, die sich breitmachte. Ich mag Umzüge nicht, und seien sie noch so unbedeutend.

Wir fuhren schon eine Weile über den Boulevard Richard-Lenoir, als Marc mich darauf hinwies, daß wir verfolgt wurden.

– Das Motorrad hinter uns. Es hat vor deiner Wohnung gestanden, als wir herausgekommen sind, da bin ich ganz sicher. Und jetzt, wo ich darüber nachdenke, fällt mir ein, daß es auch in der Rue de Charonne war, als wir das Zeitungsgebäude verlassen haben.

Er hatte vielleicht nicht unrecht. Trotz des geringen Verkehrs und unserer langsamen Geschwindigkeit machte der Motorradfahrer keine Anstalten, uns zu überholen. Er trug einen Integralhelm und eine Lederkombination. Das konnte der Mann sein, der mir gefolgt war, als ich mir die Filme im Paramount besorgt hatte, oder sonst irgendwer. Das Motorrad konnte ich ebensowenig identifizieren. Für mich sind alle Motorfahrzeuge Luftverpester, deren Marken und technische Daten ich mir aus Prinzip nicht merke.

– Ich fahre mal ein bißchen Zickzack, sagte Marc, nur um zu sehen.

Er bog nach links in die Rue du Chemin-Vert. Dann ziemlich bald wieder nach links, Rue du Pasteur-Wagner. Rue Daval, Rue de la Roquette. Das Motorrad folgte uns immer noch. Über Rue Ledru-Rollin und Rue Basfroi erreichte Marc das Zeitungsgebäude. Eine idiotische Strecke. Er stellte den alten DS im Hof ab. Der Motorradfahrer hatte genau vor dem Vorbau angehalten.

– Nimm die Säcke und geh hinauf. Ich werde ein Wörtchen mit ihm reden.

– Überflüssig, sagte ich. Und gefährlich.

– Gefährlich?

Er öffnete sein Jackett, zog seinen Pullover hoch. Ein Revolverknauf ragte aus dem Gürtel.

Eine schlechte Idee. Man hantiert nicht regelmäßig mit Feuerwaffen, ohne daß man früher oder später Lust hat, zu flott auf irgendeinen Kerl zu ballern.

Der Motorradfahrer ließ Marc bis auf gut zehn Meter an sich herankommen. Dann startete er weich und entfernte sich denkbar gelassen.

Wir mußten etwas nachhelfen, um die gesammelten Filmrollen in den Safe zu packen. Ich glaubte, offen gestanden, nicht, daß in diesem ganzen Durcheinander noch interessante Dokumente steckten. Was Ortiz beunruhigen dürfte, fand in einem wattierten Umschlag Platz, knapp ein paar Dutzend Bilder. Marc schloß die schwere Safetür hinter meterweise Pornoszenen, Scheinschießereien und lächerlichen Werbefilmen.

– Was willst du jetzt tun?

– Versuchen, Jessica zu erreichen. Sie ist Ziel Nummer 1.

– Ich nehme an, sie wird davon nichts wissen wollen.

– Sie meint, daß es zumindest in Paris eine streng persönliche Angelegenheit zwischen ihr und ihnen ist.

– Zwischen ihr und Ortiz. Total verrückt, seufzte er. Falls du sie siehst, sag ihr trotzdem, daß ein Interview in der Zeitung nicht zwangsläufig ein schlechter Gedanke ist. Und versuch vor allem, mit ihr in Kontakt zu kommen, ohne daß du eine komplette Todesschwadron im Schlepptau hast. Übrigens...

Er nahm mich beim Arm und zog mich mit sich. Obwohl einige Journalisten einen vielbeschäftigten Eindruck zu machen suchten, als sie am Chef vorbeikamen, lief bei der Zeitung alles nach der üblichen, gut eingespielten Routine. Marc betrat einen menschenleeren Flur und stieß eine kaum sichtbare Tür zwischen zwei Schränken auf.

– Da hinauf, sagte er.

Es war eine feuchte Dienstbotentreppe mit dreckigen, rissigen Mauern zu beiden Seiten. Sie mündete auf eine Terrasse.

– Du hast die Wahl, sagte Marc mit einem Anflug von Stolz in der Stimme. Entweder du gehst über die Dächer und landest zum Beispiel in der Cour Saint-Louis am Gebäude unserer lieben Kollegen von *Actuel*, oder du nimmst hinter dem Mäuerchen da eine andere Dienstbotentreppe und kommst in der Rue de Lappe raus. Wenn sie dich bis dahin nicht abgeknallt haben, zeige ich dir eines Tages auch die Keller. Hier im Viertel sind sie alle miteinander verbunden.

Wie in den Tagen der Aufstände, der Kommune? Das Saint-Antoine-Viertel war sehr brav geworden. Seine Höfe und Gäßchen bildeten noch ein akzeptables Labyrinth. Wo wir uns befanden, war es nicht einmal mehr ein Paris für Fantômas, das uns umgab. Nur das meine.

– Ich gehe dann, sagte Marc. Aber vorher nimm das hier.

Gegen Osten bewölkte sich der Himmel. In der Ferne zog sich ein etwas lächerliches Gerüst um die Kuppel der Kirche an der Rue Saint-Antoine. Ich hatte keine Eile, dieses Dach zu verlassen. Ich wies den Revolver zurück, den Marc mir hinhielt. Was ich einem Bullen abgeschlagen hatte, würde ich nicht von einem Journalisten annehmen.

Über eine komplizierte Route von Treppen und winzigen Passagen, wo es nach Holzleim, Katzenpisse und Terpentin roch, über leicht anrüchige Gänge und städtische Pfade kam ich an der Rue de Lappe raus. Die Reklame des Balajo leuchtete auf. Kein Mann auf einem Motorrad. Die Ruhe eines einstmals heißen Pflasters. Ich erreichte die Galerie, in der Marti ausstellen würde. Er war da, mit dem Aufhängen seiner Bilder beschäftigt. Ich klopfte an die Scheibe. Er machte mir auf.

– Ich wette, du bist zum ersten Mal hier. Ein schöner Ort, oder?

Sehr schön, sehr weiß, sehr sauber. Zwei große Räume, weitläufig und hell. Die fleckigen Tischdeckenzeichnungen waren auf dem Parkett verstreut. Plexiglasscheiben, in einer Ecke gestapelt. Aluhaken. Ein paar Bilder hingen bereits an der Wand, Auszüge aus der Serie, die er *Cafetin* getauft hatte. Tangolokale und Spelunken, heimgesucht von kleinen komischen oder tragischen Figuren, Nutten, Kupplern, *compadres* aller Schattierungen, fragwürdigen Musikern, illusionslosen Liebhabern. Oft eher gezeichnet als gemalt, ein wüstes nächtliches Gewimmel.

– Gefällt es dir?

Im Lauf der Jahre hatte ich tausendmal Gelegenheit gehabt, Marti mitten in seiner Arbeit zu besuchen. Wir hatten stundenlang über seine Bilder, seine Ziele gesprochen. Seit er in Frankreich war, hatte ich für die meisten seiner Kataloge die Fotos gemacht. Ja, es gefiel mir.

– Baxter hat mir mit der Eröffnung dieser Galerie ein schönes Geschenk gemacht.

Ich dachte bei mir, wenn es bei dieser Ausstellung überhaupt um ein Geschenk ging, dann war Marti der Gebende. Vielleicht war ich voreingenommen. Eine Metalltür zum benachbarten Saal wurde geöffnet. Baxter tauchte auf.

– Guten Tag, sagte er bewußt zuvorkommend. Eine gute Idee von Ihnen, uns zu besuchen. Gefallen Ihnen die Räumlichkeiten?

– Ausgesprochen gut.

Das schlimmste war, daß ich es wirklich dachte.

– Ich führe Sie herum. Kommen Sie.

Mit seinem Filzhut in der Stirn, dem dunklen antaillierten Anzug und der Lederkrawatte glich er einem nicht gerade begnadeten Sänger, der eine zweite Karriere in Angriff nahm. Hinten im Saal führte eine doppelte Eisentür zu einem vollgestellten Lager. Puppen. Schaufensterpuppen, aufeinandergestapelt, gleichsam in Garben aufgestellt.

– Hier war irgendein Modegeschäft drin, das Konkurs gemacht hat.

Es handelte sich möglicherweise um Darnat-Modelle, eine Sorte, die in den sechziger Jahren die Schaufenster der *Galeries Lafayette* erobert hatte. Kahlköpfige Dany Savals, junge Catherine Deneuves. Keine große Kunst, aber eine ganze Epoche. Ein Traum für Maleo. Und für mich.

Baxter entwickelte mir seine Pläne. Die Polyestermädchen sollten evakuiert werden. Platz dafür war vorhanden. Hier würde man Kataloge und Kunstbücher durchblättern, essen, trinken, unter Freunden sein, diskutieren, Künstlern begegnen. Ich kannte mindestens zehn Leute, Neuankömmlinge im Viertel, die ähnliche Projekte hatten.

– Sie mögen mich nicht besonders, nicht wahr?

– Nicht besonders, nein.

Ich haßte ihn aber auch nicht.

Man sollte nichts dramatisieren. Solange er seine Fotos von ihr nicht ausstellte, konnte man über alles verhandeln. Baxter erklärte mir, daß er auch vorhatte, eine Zeitschrift herauszugeben.

– Ich habe Jessica ebenfalls sehr geliebt. Sie ist die boshafteste Frau, die ich je getroffen habe. Ich liebe sie immer noch.

– Soll ich Sie bedauern?

– Sie könnten es, sagte er. Sie sind es, den sie liebt. Ich habe schnell gemerkt, daß ich nur ein Bauer in ihrem Spiel war. In Ihrer beider Spiel. Sie haben beide einen außergewöhnlichen Hang zum Leiden. Im Grunde sind Sie es, der Mitleid verdient.

– Wo ist sie?

– Ich habe ehrlich gesagt nicht die geringste Ahnung. Haben Sie gesehen, wie sich die Dinge in jener Nacht abgespielt haben? Seitdem keine Nachricht mehr. Die Geschichte mit dem Todeskommando, ist da etwas dran?

– Durchaus.

– Aha! Ich muß gestehen, vorhin am Telefon habe ich Sie nicht sehr ernst genommen. Bei dem ungewöhnlichen Talent, das Jessica und Sie haben, alles zu...

Dieser Hinterraum der Galerie war wirklich verführerisch. Ich machte ein paar flüchtige Aufnahmen von den Schaufensterpuppen. Baxters Anwesenheit störte mich. Er spürte es. Seine gezwungene Höflichkeit ging nicht so weit, daß er mich meine paar Bilder in Ruhe machen ließ.

– Ich verspreche Ihnen, daß ich alles tun werde, um sie zu erreichen, sagte er.

Das Störende ging nicht nur von Baxter aus. In einem Winkel des Lagers gleich neben einer Art großem Arbeitstisch standen zwei Sessel. Metall und Leder. Zahnarztsessel. Bestimmt hatten sie keinerlei besondere Bedeutung in bezug auf die Geschichte, aber sie waren eben da.

– Wenn Sie in diesem ganzen Durcheinander irgend etwas interessiert, nur keine Hemmungen: Ich gebe es Ihnen.

Ich kehrte in die Galerie zurück. Marti rahmte eine seiner Tischdecken. Eine schöne, bei der irgendwer auf den Rand des Stadtplans ein kleines Gedicht geschrieben hatte. Es besagte, daß man den kleinen Kindern in Buenos Aires erzählt, sie seien nicht in irgendeinem ärmlichen Winkel geboren, sondern stammten aus Paris.

– Mir hat man das auch gesagt, als ich klein war, weißt du? Wie sollen wir uns jemals ganz von unseren Exilgeschichten befreien?

Draußen war es Nacht geworden. Aufgedonnerte Frauen, geschminkt und allein, waren auf dem Weg zum *Balajo*. Jüngere, modebewußtere Leute gingen lieber ins *Rose-Bonbon*. Baxter begleitete mich bis zur Tür. Er versicherte mir, ich könne mit seiner Hilfe rechnen, falls ich sie je brauchte, und daß ihm der Gedanke, Jessica könne etwas zustoßen, unerträglich sei. Es kümmerte mich wenig, ob er die Wahrheit sagte oder nicht, das einfachste war, anzunehmen, daß er die Wahrheit sagte. Das änderte nichts an meinem Hauptproblem. Dieser unendlichen Müdigkeit.

Es gelang mir nicht, zu schlafen, nicht wirklich. Nur ein unruhiger Dämmerzustand, in dem ich von Bauchkrämpfen geschüttelt wurde. Durch das Fenster zur Kanalseite drangen die Geräusche einer Stadt zu mir, die dabei war, mir fremd zu werden. Im Nebenzimmer lief der Anrufbeantworter mit Maximallautstärke und informierte mich über verschiedene Anrufe, die ich unbeantwortet ließ. Die meisten waren beruflicher Art, manche freundschaftlich und vorsichtig besorgt. Rita hatte eine lange Nachricht hinterlassen, in der sie wiederholte, ich könne mich im *La Boca* wie zu Hause fühlen, wenn ich wollte, daß es vielleicht das beste wäre, ich würde mich dort für eine Weile niederlassen, daß sie mir nicht auf die Nerven gehen würde. Später rief sie noch einmal an, um mir zu sagen, daß sie Lust auf Sex hätte und sich übrigens bei diesem Anruf selber liebkose. Sie sagte, sie habe sich eben die Möse rasiert und parfümiert, die unter ihrem Finger weich, feucht und weit offen sei, wie ich ja wüßte, sie wolle jetzt auf die Straße gehen und sich aufs Geratewohl einen Macker suchen, der es ihr schnell und kräftig besorgen würde, ganz wie er Lust hätte. Sie sagte, ihr käme es gerade, ich sei ein mieser Kerl, sie warte auf mich, ich könne mir ruhig Zeit nehmen. Es gab weitere Anrufe. Villon, der ganz sicher war, daß man Jacob ermordet hatte, daß seine Kollegen die Tatsachen nicht zur Kenntnis nehmen wollten, Faschos allesamt. Man verfolge ihn ebenfalls, das wisse er genau. Wir seien alle in Gefahr. Viel stärker, als wir bisher befürchtet hätten. Man weigert sich immer, die drohende Gefahr wahrzunehmen. Man glaubt bis zum Schluß, dem Anschlag zu entgehen. Ein wunderliches Selbstgespräch. Auf diese Weise verschwand man in den Städten. Villon nannte mir einen Haufen Telefonnummern, unter denen ich ihn erreichen konnte. Ich hütete mich, sie zu notieren, was hatte ich ihm schon zu sagen? Später beschwor mich Marcs aufgeregte Stimme, daß das morgige Blatt ein Unglück anrichten könne, daß ich um Himmels willen vorsichtig sein und ihn anrufen solle, zumindest um ihn zu beruhigen und um gemeinsam die im Safe zwischengelagerten Filme gründlich durchzusehen. Er bestellte mich zur Redaktionskonferenz am nächsten Vormittag, damit ich an der Organisation dessen teilnahm, was er von nun an die «Kampagne» nannte. Seine Aufregung machte mich wütend.

Diese Stimmen in der Nacht, diese Nachrichten wurden von vielen stummen, anonymen Anrufen unterbrochen. Es waren so viele, daß sie nur als Drohungen gemeint sein konnten.

Ich mußte wohl ein bißchen eingeschlafen sein. Jessicas Stimme weckte mich auf.

– Ich weiß, daß du zu Hause bist, daß du

mich hörst, nimm vor allem den Hörer nicht ab. Du sollst aufhören, mich zu suchen, es ist sinnlos, laß es sein.

Die Stimme verstummte kurz, ich suchte tastend nach einem Glas Wasser, stand auf. Sie fuhr fort:

– Er ist gekommen, um mich zu töten. Wie all die anderen. Schlimmer als all die anderen. Er hat keine andere Wahl. Ich weiß, wo er ist. Ich werde ihn töten. Auch ich habe keine andere Wahl. Ich...

Ich beging den Fehler, den Hörer abzunehmen. Jessica ließ mich kein Wort sagen, legte augenblicklich auf. Ich stand eine ganze Weile da und lauschte dumpf auf das Unterbrechungszeichen im Telefon.

Dragon Lady zerknüllte die Zeitung und schob sie bedrückt zu mir hinüber. Sie hatte gerötete Augen und ein fahles Gesicht. Müdigkeit und Zorn. Ein paar Minuten zuvor hatte ich mir in der Rue de Lyon das Wandbild angesehen, das sie und ihre Freunde in der Nacht gemalt hatten. Unter die Passanten gemischt, beobachtete sie die Reaktionen. Dragon Lady hatte mich gepackt. Sie hatte den *Soir* in der Hand.

– Ist Marc bekloppt geworden oder was?

Ich lud sie zu einem Kaffee im *Tour-d'Argent* ein. Das junge Mädchen begriff nichts. Weder den Aufmacher («Eine Todesschwadron in Paris») noch all diese Schlußfolgerungen um den Tod eines Rechtsverdrehers, noch dieses hochtrabende, Schrecken verbreitende Editorial («Wie viele Argentinier müssen noch in Paris verschwinden, bis...», etc.).

– Hier geht es immerhin nicht um «Verschiedenes».

– Was weißt du denn schon darüber? Was gibt einem das Recht, solche Ammenmärchen zu verbreiten? Wo ist der Beweis, daß sie tatsächlich was zu tun haben mit dem, was da drüben passiert ist? Wo ist der allerkleinste Anfang eines Beweises?

Ich verstand ihre Empörung nicht. Die Worte überschlugen sich in ihrem Mund.

– Das wird sie in ihrem Verfolgungswahn doch bloß noch bestätigen. Als ob sie nicht auch so schon durchgedreht genug wären. Glaubst du wirklich, die Faschos hätten weiter nichts zu tun als hier rüberzukommen und ein paar Emigranten auszuschalten, die solide geworden sind?

– Zeugen, die ihnen lästig sind.

– Die wirklich lästigen Zeugen sind in Argentinien. Sie leben in der Gegenwart ihrer Heimat. Sie käuen nicht ständig Vergangenes wieder. Ich nehme sogar an, daß ziemlich viele bereit sind, einen Strich unter ihre Vergangenheit zu ziehen.

Und Dragon Lady war überzeugt, daß es die letzteren waren, die recht hatten. Edgardo, Julio, Ruben, Jacob, sie waren ihr völlig egal. Unfall, Ausreißen, gemeines Verbrechen oder Selbstmord, jede Erklärung war gut. Aber die Hypothese von «Verschwundenen» in Paris versetzte sie in störrische Wut.

– Das wirft uns alle zurück. Das ist so, als ob man dich zwingen würde, zur Zeit der Résistance und der Kollaborateure zu leben. Man hat das

Recht zu leben, ohne all diese Klötze am Bein mitzuschleppen.

– Und deshalb malst du nächtelang Buenos Aires?

– Lieber Himmel, seufzte sie. Jetzt fängst sogar du an zu spinnen.

Sie stand auf, erschreckend bleich. Ich hatte sie ins Mark getroffen, ohne es wirklich zu wollen.

– Ich werde ganz sicher nie mehr einen Fuß auf den Boden von Buenos Aires setzen, hoffe ich jedenfalls. Ich werde nie vergessen, daß ich von dort stamme, und ich knie mich in diese Arbeit, wie ich nur kann, um die Verbindung zu meinen Wurzeln nicht abreißen zu lassen. Aber ich werde mich nicht von ihnen fesseln lassen. Du glaubst, das ist eine Floskel? Du hast recht. Es ist eine. Sie ist vielleicht lächerlich, aber es ist die tauglichste, die ich bis jetzt gefunden habe.

Als ich beim *Soir* eintraf, arbeitete Marc bereits am Layout für die Zeitung des nächsten Tages. Er hatte vor, Oscars Bekenntnis in extenso abzudrucken. Ich sagte ihm bewußt nichts von Dragon Ladys Äußerungen. Ihn interessierte nur, ob ich verfolgt worden war. Ich verneinte, aber es war nicht die ganze Wahrheit. Er schien enttäuscht.

– Und Jessica?

– Sie sagt, sie weiß, wo Ortiz ist. Aber ich weiß nicht, wo sie ist.

– Eure dummen Verliebtenspielchen sind zur Zeit nicht gefragt. Ich will ein Interview mit ihr für die morgige Ausgabe! Zusammen mit Villons

Erklärungen gibt das eine hervorragende Dokumentation.

– Villon hat Erklärungen abgegeben?

Marc reichte mir ein paar maschinegeschriebene Blätter. Das Ganze wurde vorgestellt als «gesammelte Äußerungen» eines Bullen, der es «im Augenblick» vorzog, anonym zu bleiben. Villon erläuterte, wie die zuständigen Dienststellen seit Januar die Anschläge vertuschten, denen verschiedene argentinische Emigranten zum Opfer gefallen waren. Er erwähnte die ultrarechten Gruppen innerhalb der Polizei und die Geheimdienste, unterstellte ihnen Komplizenschaft mit den Killern. In einer langatmigen Beweiskette ging er zurück bis auf die Ben Barka-Affäre. Das Ganze hatte etwas von der Rede eines fanatischen Aktivisten. Oder eines absoluten Paranoikers. Jedenfalls war es eine streng polizeiliche Sichtweise der Geschichte.

– Das willst du veröffentlichen?

– Natürlich. Was stört dich daran?

Er hatte lange gezögert, und jetzt machte er Dampf. War bereit, auch die fragwürdigsten Mittel einzusetzen. Es fehlte mir wohl an Abstand. Oder es war diese hartnäckige Müdigkeit. Ich stand schon in der Tür, als Marc mich daran erinnerte, daß wir die Filme sortieren mußten, weil er sicher war, daß sie uns noch nicht alles gesagt hatten. Ich ließ ihn wissen, daß ich vom Gegenteil überzeugt war und daß er auf jeden Fall gut daran täte, mit seiner Munition sparsam umzugehen.

– Ich verstehe dich nicht.

– Ich glaube, daß du und ich sowieso nicht viel verstehen.

Ich ging hinaus. In der Rue de Charonne lauerte kein einziger Motorradfahrer auf mich.

Ein paar Tage später, am Montag, den 22. April, wurde der Prozeß gegen neun Oberbefehlshaber der bewaffneten Streitkräfte eröffnet. Generäle und Admiräle der drei Junten, die von März 1976 bis Juni 1982 dafür gesorgt hatten, daß Argentinien von einer der finstersten Diktaturen beherrscht wurde. In der Voruntersuchung waren 700 Fälle «schwerer Menschenrechtsverletzung» dokumentiert. Über 2 000 Zeugen sollten vor Gericht erscheinen.

An diesem Tag herrschte in Paris eine trockene Kälte, auch wenn die Sonne dazu schien. Auf der Baustelle an der Place de la Bastille war die schöne Werbung für Nicolas zerstört worden. Die Wand war dem Erdboden gleichgemacht. Dadurch wurde die linke Seite des langgestreckten Gebäudes sichtbar, das die Rue de Charenton eröffnete. Lange fotografierte ich die verwüstete Fassade, unfähig und wenig darauf bedacht zu begreifen, warum mich hier jeden Tag aufs neue die Besessenheit überkam, Beweise zu sammeln.

Cour de Mai

In den Straßen Trelews und in den
anderen Straßen dieser Stadt.
Kennt ihr einen einzigen Ort, an dem
zur Zeit kein Blut mehr fließt?
Sind eure Betten nicht blutgetränkt,
ihr Liebenden?

Le Chant du Coq – Gloires
J. Cedron, J. Gelman

Der Himmel an diesem 1. Mai war wolkenverhangen. An der Place de la Bastille warteten spärliche Demonstrantenhäuflein lange auf den Abmarsch des traditionellen Zuges. Lautsprecher übertrugen revolutionäre Gesänge, denen es auch nicht gelang, die Stimmung anzuheizen. Der geräuschvollste von ihnen gehörte den türkischen Aktivisten und war auf einem Kleinlaster angebracht, der vor der Julisäule stand. Das Fahrzeug war mit Portraits von Marx, Engels, Lenin und Stalin geschmückt. Es war deprimierend, und der Aufruf der Komintern konnte auch nichts daran ändern. Ich sah keine argentinische Gruppe. Der Platz hatte etwas Besseres verdient als diese magere Demonstration, die sich schließlich in Richtung Place de la République in Bewegung setzte. Ich schloß mich ihr nicht an.

An diesem Tag war die Baustelle menschenleer und schien in Lethargie versunken. Man spürte sehr gut, daß die Dinge sich bald überstürzen würden. Die letzte Insel, das *Tour-d'Argent,* hatte nur noch ein paar Wochen vor sich. Ein Schild an der Scheibe kündigte die bevorstehende Schließung an, ohne genaues Datum. Ich trat ein, um ein Glas zu trinken. Aus reiner Anhänglichkeit.

Seit ihrem letzten Anruf hatte ich nichts mehr von Jessica gehört, keine Spur. Das beunruhigte mich nicht über die Maßen. Seit ich sie kannte, hatte ich oft genug ihre Seitensprünge hingenommen, ihr Bedürfnis, sich in der Stadt zu verlieren, zu verschwinden, das Viertel zu wechseln. Sie strandete bei einem zufälligen Freund, einer flüchtigen Liebe oder im Hotel. Jedes Einrichten kam für sie einer Inhaftierung gleich. Wenn sie ohne Vorwarnung wiederkam, erzählte sie lange von ihren Umtrieben, ihren Begegnungen, ohne daß man je unterscheiden konnte, was Wahrheit und was Erfindung war.

Auf ihre Weise log sie nie.

Hatte ihr Verschwinden diesmal einen anderen Grund? Ich war mir da ganz und gar nicht sicher. Aber wessen war ich mir überhaupt noch sicher? Die Pressekampagne des *Soir* hatte für Aufruhr gesorgt, ohne daß Ortiz oder Oscar deswegen aufgetaucht wäre. Sie wurde nur noch mühsam verlängert durch die regelmäßige Berichterstattung über den Prozeß in Buenos Aires. Zahlreiche Zeugen hatten Marc ihre Geschichte erzählt, und er hatte sie alle veröffentlicht. All diese Leute waren unbehindert in ihre Heimat zurückgekehrt. Ich sah Villon selten, ihm ganz aus dem Weg zu gehen, gelang mir nicht. Er behauptete, er sei den Killern auf der Spur. Manchmal vertraute er mir an, daß die Wiederherstellung seines Armes ihm Sorgen mache. Das war keine Erklärung für seine immer schmuddeligeren Hemden und sein zunehmend dreckiges Äußeres.

Als ich in die Cour du Cheval-Blanc kam, stand mir in der Vorhalle unverhofft Ida gegenüber. Sie warf sich in meine Arme und weinte. Sie stank nach Wein.

– Ich hau' ab, schluchzte sie. Ich kann nicht mehr.

– Komm.

Ich wollte sie mit ins *La Boca* nehmen. Sie weigerte sich.

– Nein. Bloß nicht dahin! Ich hab' das alles satt.

– Um diese Zeit ist niemand da. Wir wären ungestört.

Sie zierte sich ein bißchen, ließ sich dann aber ganz gern trösten und gab schließlich nach. Das *La Boca* war geschlossen. Rita machte uns auf. Sie war im Kimono und offensichtlich gerade dem Bett entstiegen. Mir kam der Gedanke, daß sie nicht allein darin gelegen hatte. Ich verscheuchte ihn schnell.

– Tut mir leid, dich zu stören. Wir suchen nur eine ruhige Ecke, um ein bißchen zu reden.

– Kein Problem. Du solltest schon längst Schlüssel haben. Es ist meine Schuld. Bitte sehr.

Sie legte die Schlüssel auf den Tresen und entschwand in die erste Etage, Richtung Wohnung. Ich war wirklich sicher, daß sie da oben einen Mann bei sich hatte. Der Saal war blau und düster. Wir ließen uns an einem Tisch nieder, genau unter einer schönen Sammlung von Gardel-Fotos.

– Ich hab' Durst, sagte Ida.

Ich besorgte eine Flasche Bourbon und zwei Gläser.

– Nein, nicht dieses Zeugs da, sagte sie. Das ist Schnaps für Reiche. Ich will Wein.

Unter dem Tresen fand ich ohne Mühe einen Casona Lopez. Es war ein Malbec, also kein richtiger Wein, aber Ida würde ihn schon mögen. Sie kippte ein erstes Glas.

– Marti säuft dieses Zeugs da auch. Ich kann es nicht mehr ertragen, verstehst du?

Ida schenkte sich nach. Sie hatte wieder ihre Pennerklamotten an. Ein Dreieckstuch war um ihre Schultern geschlungen, und ihre vollen Brüste spannten unter dem zerschlissenen Oberteil.

– All dieser schicke Kram, dieses Schicki-Mikki-Lokal und dieser Blödmann, der sich einbildet, daß sich ganz Paris um sein Tischdeckengekritzel reißen wird...

Wieder flossen die Tränen, gruben wahre Furchen in den Reispuder, der ihre Wangen bedeckte.

– ... Das ist nicht meine Welt, Victor. Ich will dich nicht beleidigen. Du bist ein Freund, und ich weiß, daß es dir hier gefällt. Aber für mich ist das einfach nichts.

Ich legte die Arme um sie und ließ sie nach Herzenslust weinen. Sie heulte Rotz und Wasser.

Sie war meine Freundin, aber ich konnte nicht viel für sie tun.

– Hier bin ich nicht zu Hause, und im Viertel bin ich auch nicht mehr zu Hause. Die Bulldozer und der Zaster, ich finde mich nicht zurecht, ich bin kein gelehrter Affe. Ich weiß nicht mehr, wo ich hin soll.

– Und bei mir, geht das auch nicht mehr?

– Du bist ein Spinner, das ist was anderes.

Sie sagte, ein paar Tage länger am Quai de Jemmapes, klar, das könnte gehen. Sie wußte genau, daß sie nicht störte. Sie lachte sogar herzlich zwischen zwei Schluchzern, als sie die drei Katzen erwähnte. Die drei und sie, das war schon eine Teufelsbande.

– Weil sie von der Straße kommen, deine Katzen.

– Na gut, ja.

– Deswegen verstehen wir uns so gut. Aber ich kann nicht bleiben. Ich muß was anderes für mich finden.

Sie stand schwerfällig auf, suchte nach Worten. Ich schenkte ihr ein letztes Glas ein.

– Marti, sagte sie, ich will nicht, daß... es ist nicht, daß wir beide uns etwas vorgemacht hätten, aber... Er ist ein prima Kerl. Und dann...

– Ja?

Sie versuchte, die Tränen abzuwischen, die wieder zu fließen begannen. Ließ es dann.

– Ich weiß genau, daß ich die Dummheit meines Lebens mache, wenn ich ihn verlasse. Ich weiß es. Sag's ihm. Einverstanden?

– Versprochen.

Würdevoll schwankend ging sie fort. Ich hatte

keine besondere Lust, Marti so bald zu treffen. Eine Weile betrachtete ich versonnen den Rest Malbec, dann beugte ich mich den Tatsachen. Was ich brauchte, war ein starker Bourbon. Maleo, Ida, ich verstand völlig, was sie vom *La Boca* halten konnten. Von diesen Galerien, diesen Studios in Penthouseversion, diesen Läden oder modischen Lokalen, die jetzt eröffnet wurden. Von Martis Kritzeleien und der beunruhigenden Städtemischung, an die sie denken ließen. Ich hatte nichts übrig für Viertel, die auch ohne Bürgerkrieg Festungen glichen, und ebensowenig für historische Gebiete mit allerlei Baudenkmälern, die eine Bevölkerung wirksamer entwaffnen als eine Kanonade. So absurd das *La Boca* mit seinem Tango auch war, es gefiel mir.

Rita tauchte wieder auf, kam die Treppe herunter, setzte sich.

– Ein Drama?

Ich zuckte die Achseln. Es gab keine Dramen. Nur lauter logische Dinge, die ihren Lauf nahmen. Das Gesicht der *guapa geisha* war perfekt geschminkt – weiß, rosa, rot – und blieb unbewegt.

– Willst du vögeln?

– Es ist doch schon jemand bei dir.

– Na und? Zu dritt ist es auch nicht schlecht. Du willst nicht? Nein? Dann ist es, weil du immer noch nach Jessica suchst. Suchst du sie?

Sie zündete sich eine Boyard an. Und ich erinnerte mich an einen Abend, an dem ich gesehen hatte, wie der Bulle Villon heimlich eine ihrer berühmten lippenstiftverschmierten Kippen an sich gebracht hatte.

– Keine Sorge, sagte sie. Ich werde nie mit einem Bullen schlafen. Selbst wenn er dein Freund wäre, und dieser da ist nicht dein Freund. Willst du Jessica wirklich sehen?

– Weißt du denn, wo sie ist?

– Komm mit.

Sie nahm meine Hand und zog mich zur Treppe. Eine Tür im Zwischengeschoß führte zu ihrer Wohnung. Ein großer Raum, einheitlich in schwarzem Lack gestrichen, sämtliche Möbel weiß. Ich kannte mich aus. Das niedrige Bett und eine komplette Hi-Fi-Ausrüstung mit Fernseher und Videorecorder nahmen den hinteren Teil des Zimmers ein.

– Guten Tag, sagte Jessica.

Sie lag sehr nackt und sehr freizügig auf dem Bett, den Oberkörper auf die Ellenbogen gestützt. Sie lächelte. Ob es mich überraschte, sie hier zu finden?

– Nein. Nicht wirklich.

Das stimmte. Ich hatte nie ernsthaft geglaubt, daß Jessica sich sehr weit vom *La Boca* entfernt haben konnte, so entschlossen sie auch war, zu töten.

– Ich lasse euch allein, sagte Rita.

– Bleib, sagte Jessica.

In Reichweite neben ihr lag auf einem Schränkchen ein 45er Colt «Government Model», auch er ganz schwarz und aus schönem Stahl. Ein bösartiges Ding, dessen Vorzüge Marc mir gegenüber einmal gerühmt hatte.

– Kommt her, sagte Jessica.

Ich zog meine Jacke, mein Hemd, alles Übrige aus. Über einen schwer zu schätzenden Zeitraum war uns unendlich wohl. Wir bewegten uns kaum und waren uns ganz nah. Ich hatte Jessicas Körper seit Monaten verloren, aber ich war glücklich, ihn hier zusammen mit Rita wiederzuentdecken. Unwichtig, daß es schwer zu erklären war. Niemand verlangte eine Erklärung. Mit geschlossenen Augen bot sich die Frau an, die ich liebte, und ließ sich liebkosen, küssen, lenkte unsere Zärtlichkeiten, wie sie es wollte.

– Ich möchte, daß du Rita liebst, sagte sie. Ich will euch zusehen.

– Nein, sagte Rita. Ich bin die Gastgeberin.

Eine unbestimmbare Leidenschaft kam auf. Sie schürte sie, kniete sich neben unsere ausgestreckten Körper, ließ ihren Mund von Jessicas Geschlechtsteil zu meinem gleiten. Sagte, daß sie uns liebte, daß sie liebte, was sie mit uns machte, daß wir nicht an Sterben denken sollten, nicht so bald. Dann spreizte sie Jessicas Schenkel noch weiter, küßte sie ein letztes Mal, nahm mein Glied und führte es in sie ein. Was folgte, war eine glückliche Zeitspanne, gelassen, fast heiter. Ich war immer ein bißchen böse auf mich selbst, daß ich mich Illusionen dieser Art hingab.

Die *guapa geisha* hatte uns assistiert und war selbst nicht inaktiv geblieben. Nachdem wir uns geliebt hatten, küßte sie uns noch einmal, weil sie auch das liebe, wie sie sagte. Dann ging sie nach unten an die Bar, um etwas zu trinken zu holen. Sie unterließ es, und auch das war sehr schön, ihren Kimono wiederanzuziehen.

Was wir gerade getan hatten, war gut und richtig. Blieb Jessicas Körper, dieser verwundete und wunderbare Bauch. Einzig dieser Bauch.

– Ich bin froh, dich wiederzufinden, sagte sie. Wann das letzte Mal?

– November.

– Genau. Du warst rasend vor Wut.

– Du auch.

– Ja. Es tut mir nicht leid. Es werden echte Wutanfälle gewesen sein.

Mir tat es ebenfalls nicht leid. Ich gab auch die Hoffnung nicht auf, noch weitere Wutanfälle mit ihr zusammen zu erleben. Und herzliches Lachen.

– Ich habe Oscar gefunden, sagte sie. Und dann habe ich ihn wieder verloren. Ich glaube, ich finde ihn auch ein zweites Mal. Er versteckt sich nicht sehr gut. Wirst du mir helfen?

Warum nicht? Rita kam zurück, Flasche und Gläser in der Hand, eine Boyard zwischen den Lippen. Der Körper glatt, androgyn. Sie trank in aller Ruhe, ließ sich bewundern. Dann schob sie sich zwischen Jessica und mich, kniete sich hin, preßte die Stirn aufs Laken, breitete die Arme aus, reckte die Hüften.

– Und nun zu mir, sagte sie. Liebt mich.

In Buenos Aires ging der Prozeß gegen die Militärchefs weiter. Man hatte den zweiten Tag der Verhandlung abwarten müssen, bis das Wort «Verschwundene» endlich in den Debatten ausgesprochen wurde. Von einem Holländer, dem Vorsitzenden der UNO-Menschenrechtskommission. Mit jedem Tag wurde der magere Staatsanwalt mit den dunklen Rändern unter den Augen, Julio-Cesar Strassera, ungeduldiger, war außer sich über die tausend Spitzfindigkeiten, die dieser oder jener der zweiundzwanzig Verteidiger vortrug. Wie es ihr Recht war, hatten die neun Angeklagten sich geweigert, an den Verhandlungen teilzunehmen. Bei einem solchen Beginn konnte der Prozeß einige Monate oder mehrere Jahre dauern.

Marc schlug kräftig auf den Schreibtisch.

– Wir sitzen auf dem trockenen, regelrecht auf dem trockenen!

Nicht die kleinste «Kurzmeldung» mehr, um die argentinische Serie am nächsten Tag weiterzuführen. Nichts. Schon seit mehreren Tagen schlachtete *Le Soir* die gleichen Fakten aus, ein lobenswerter Voluntarismus. Niemand fiel groß darauf herein. Selbst die Leser begannen, wie es schien, den unsauberen Pressecoup zu wittern. Es gehörte zu den Besonderheiten von *Le Soir*, daß er viele Leserbriefe erhielt.

– Nada. Da unten tut sich nichts. Jeden Tag das gleiche: «Sie haben mich entführt, man hat mir eine Kapuze auf den Kopf gesetzt, man hat mich gefoltert, es ist ein Wunder, daß ich da wieder herausgekommen bin.» Scheiße! Das haben wir alles schon zehnmal berichtet! Villon?

Der Bulle drückte sich in den Ledersessel, massierte sich den Arm und versuchte mechanisch, das Gelenk seines schlampig zurechtgeflickten Ellenbogens zu bewegen.

– Sie verhalten sich nicht wie erwartet, aber ich bin sicher, sie sind da, ganz in der Nähe. Das steht fest. Es müßte einer den... den Lockvogel spielen.

Er wandte sich zu mir. Keiner dieser beiden

wußte, daß ich den Kontakt (den Kontakt!) zu Jessica wiederhergestellt hatte. Sie verdächtigten mich nur, ihnen nicht alles zu sagen. Auf Marcs Schreibtisch kündigten mehrere Artikel, die aus argentinischen Zeitungen ausgeschnitten waren, ihr Eintreffen an. Bei ihrer Vergangenheit als ultralinke Kämpferin und dem guten Ruf, den sie bei einem ganzen Teil der Bevölkerung noch zu genießen schien, wurde ihre Zeugenaussage als einer der mit Spannung erwarteten Höhepunkte im Prozeß vorgestellt.

– Es gibt keinen Grund, weshalb sie nicht erst in einem guten Monat drüben sein sollte, sagte ich. Der Presse pressiert's immer.

– Wir brauchen ein Interview mit ihr.

Villon verlor das Interesse an seinem kranken Arm, drückte sich noch tiefer in seinen Sessel. Er hatte eine widerliche, bleiche Visage. Die selbstzerstörerische Auflösung dieses Typs beeindruckte mich mehr, als ich es sagen konnte.

– Dieser Prozeß ist phantastisch, sagte er. Ein schöner demokratischer Akt und gleichzeitig eine perfekte Nebelwand. Oder etwa nicht? Jessica ist unseres Wissens die einzige, deren Aussage die ganze schweinische, abstoßende Militärhierarchie, die praktisch für die Unterdrückung verantwortlich war, erschüttern kann.

Was war seine Heftigkeit wert?

– Nicht nur Ortiz.

– Deren absolutes Symbol Ortiz aber ist! Ortiz ist in Paris. Der hat jedenfalls alles begriffen. Und diese kleine Idiotin spielt Katz und Maus.

Kleine Idiotin?

Marc beendete die Schlägerei, die dieser Erklärung folgte, ohne größere Schwierigkeiten. Ich hatte ständig mehr oder weniger Lust, Villon zu verprügeln. Er hatte stets mehr oder weniger Lust, es sich gefallen zu lassen. Das ging auf diesen Schönheitsfehler zurück, der seine Karriere gekennzeichnet hatte und dessen verspätete Auswirkungen sich stärker als vorgesehen manifestierten. Ich meinerseits mußte zugeben, daß mein Verhältnis zu anderen Leuten nicht immer ganz durchsichtig war.

– Du lieber Himmel, sagte Marc. Wenn du weißt, wo Jessica ist, sag es. Sie ist immerhin in Lebensgefahr.

Sie war es bestimmt. Aber war das wirklich meine Sache? Auch wenn es schmerzlich war, liebte ich Jessica doch nur, wenn sie genau das tat, was sie tun wollte.

– Nur eins ist wirklich sicher, sagte Villon. Dieser Kerl, dieser Oscar. Der Folterer.

– Ja, was ist mit ihm?

– Es ist lange her, daß man eines seiner Plakate gesehen hat.

Der alte Maleo war dermaßen in Hochstimmung, daß er darüber vergaß, den reuigen Trinker zu spielen. Er machte die Ginflasche auf. Ich fand diesen Schnaps nach wie vor abscheulich. Die Kleine, die Ida, war zurückgekehrt. Das feierte er.

– Sie hat endlich begriffen, daß ihr Hohlköpfe seid, daß sie etwas Besseres verdient.

– Und was?

– Paris!

Betrunken! Er hatte die Flasche nicht erst bei

meinem Eintreffen in Angriff genommen. Immerhin waren alle seine Schaufensterpuppen zum Fest geladen. Seine gesammelten Frauen aus Pappe, aus Plastik, aus Wachs, aus Polyester oder sonstigem Material hatte er eigenhändig in die allerfeinste Wäsche gekleidet. Abgesondert im Nebenraum des Ladens stand eine Puppe mit üppigen Formen. Sie war mit Flitterkram geschmückt, der offensichtlich für Idas nächsten Besuch bestimmt war. Denn sie würde schließlich wie gewohnt hierher zurückkehren. Ihr Zufluchtsort. Die kleinen Feste würden wieder aufgenommen werden.

– Pflege sie gut bis dahin, sagte Maleo. Bei dir ist sie in Sicherheit. Es sollte aber nicht mehr so lange dauern, hörst du.

Ein paar Minuten vorher hatte mir nicht weit von hier in einer Galerie ein ebenfalls nicht mehr ganz junger Mann fast die gleiche Rede gehalten. Marti hatte verloren inmitten seiner Bilder gestanden, die es aufzuhängen galt. Er litt. Er verstand Idas jähen Weggang nicht. (»Alles, alles, was ich habe, gebe ich ihr!«) Daß er sie bei mir wußte, hatte auch ihn beruhigt. Mir war nicht recht klar, worauf diese idiotische Überzeugung sich stützte.

Ich schickte mich an zu gehen. Maleo hielt mich am Ärmel zurück.

– Kleiner... Das Gefährliche in diesem Viertel, das sind nicht bloß die schlechten Künstler, die Opernsänger, die Bulldozer. Es ist...

Er war Kellner, Spitzel, Fälscher, Leibwächter, Archivar gewesen. Er kratzte sich am Kopf auf der Suche nach der richtigen Formulierung.

– Hüte dich vorm *Tour-d'Argent*.

Nachdem das heraus war – es klang wie eine Losung –, wandte er mir den Rücken zu und kehrte in den Nebenraum seines Ladens zurück. Da fiel mir ein, daß er auch Fortsetzungsromane geschrieben hatte.

Ida verweigerte jegliche Diskussion. Sie wollte nicht reden. Sie ließ sich gerade noch das Versprechen abringen, nichts überstürzt zu entscheiden und erst bei mir auszuziehen, wenn sie ein ruhiges Gäßchen, einen sicheren Winkel in irgendeinem Hof gefunden hatte.

– Mach dir keine Sorgen, murmelte sie. Ich werde nicht abhauen wie eine Diebin. Gegen dich habe ich ja nichts.

Sie trank gewaltige Mengen und dämmerte den größten Teil des Tages in ihrer Zimmerecke vor sich hin. Sie hatte sich dort nach und nach ein ganzes Lager eingerichtet, Schachteln, alte Kleider, bunt zusammengewürfelte Dinge, die sie aus allen möglichen Mülleimern gefischt hatte. Ein ekelerregender Geruch, der jeden Tag aggressiver wurde, ging von Idas Höhle aus. Es amüsierte mich, wenn ich die erstaunten Gesichter mancher Kunden oder Fotomodelle sah, die ich im Nachbarzimmer, meinem Atelier, empfing.

Dennoch räumte sie jeden Morgen gewissenhaft ein bißchen bei mir auf und kümmerte sich noch gewissenhafter um die drei Katzen. Ich sagte mir, daß Ida eigentlich bleiben müßte, aber ich fand einfach kein Argument, sie zu überzeugen.

Komisch war, daß sich Jessica in der Passage du Cheval-Blanc in einem großen leeren Raum der Cour de Mai auf beinahe die gleiche Weise niedergelassen hatte, die Pennermerkmale natürlich ausgenommen.

Rita hatte diesen Raum mitgemietet, obwohl sie noch nicht das Geld hatte, ihn zu nutzen. Er grenzte an ihre Wohnung im *La Boca*. Sie hatte die Absicht, die Zwischenwand eines Tages zu durchbrechen und ihr Reich zu vergrößern. Das Lokal lief gut. Aber noch nicht gut genug, als daß sie solche Arbeiten hätte finanzieren können. In der Zwischenzeit konnte das leerstehende Zimmer gut als Versteck dienen. Es lag am Ende der Passage. Die schmutzigen Fenster gingen auf einen viereckigen Hof, auf dem seit Ewigkeiten alte Bretter und Wellblechplatten herumlagen. Es war der Zufluchtsort sämtlicher räudiger Katzen des Viertels.

Eine Matratze direkt auf dem Boden, ein Schlafsack, ein paar Kisten, Bücher und Zeitschriften, ein Radio, und mittendrin thronte Jessica. Ich ging sie jeden Tag besuchen und zwang mich dabei zu Sicherheitsmaßnahmen, die schon an Affentheater grenzten, um eventuelle Beschattungen zu vereiteln. Jeder konnte wissen, daß ich seit der Eröffnung ein Dauergast des *La Boca* war und daß ich Katzen liebte. Aber um zu Jessica zu gelangen, waren einige Meter zusätzlich zurückzulegen, ein stinkender Korridor, eine Treppe, und von dieser Kursabweichung durfte niemand wissen. Ortiz oder Oscar, die im Schatten lauern konnten, ebensowenig wie Marti, der gleichfalls in der Cour de Mai wohnte.

Jessica lachte.

– In Buenos Aires hatten wir zu Beginn der siebziger Jahre Wohnungen, die dieser hier ähnlich waren. Wir nannten sie *casas de securidad*.

Sie erzählte:

– Wir waren eine Volksarmee und im Krieg. Eine sehr abgeschirmte Armee, ständig verfügbar. In einem Haus warteten wir, mehrere Aktivisten, Männer und Frauen, manchmal tagelang, wochenlang auf den Auftrag.

– Welche Art Auftrag?

– Eine Enteignung. Oder eine Entführung. Oder ein Handstreich gegen eine Kaserne.

– Man informierte euch erst im letzten Moment?

– In letzter Minute, so ist es. Die Anweisungen, das Material. Die Aktion. Immer blitzartig, die Aktionen, ist ja klar. Und dann Rückkehr in ein anderes Versteck.

– Für wie lange?

– Tage oder Wochen, wie ich dir gesagt habe. Je nachdem. Zwischen zwei Aktionen verging manchmal viel Zeit. Die Zeit kam einem immer sehr lang vor.

– Was habt ihr dann gemacht?

– Unter uns? Radio, Zeitungen, Presse- und offizielle Parteiberichte, politische Diskussionen. Viele politische Diskussionen. Also Wortgefechte, also Meinungsverschiedenheiten, also... Es war sehr hart.

– Nur wegen der politischen Divergenzen?

Sie lachte wieder in diesem leeren Zimmer.

– Natürlich auch Liebesaffären. Eifersüchteleien, Rivalitäten. Um so gehässiger, als wir Revolutionäre sein sollten, ehrlich mit uns selber und mit den Genossen, frei. Um so brutaler, als wir die Vorhut einer Befreiungsbewegung waren und unter Gefängnisbedingungen lebten.

Ganze Stunden in diesem leeren Zimmer. Reden, sich lieben, schweigen. Tangokassetten hören oder auf andere Kassetten diktieren, endlos. Ohne jedes Zeitgefühl, isoliert hinter den Vorhängen, die über die schmutzigen Fensterscheiben gezogen waren. Wir redeten. Aus Vergnügen an endgültigen Auseinandersetzungen, an Versöhnungen, die zwangsläufig folgten. Gelegentlich schliefen wir sogar. Manchmal war es ein friedlicher Schlummer. Das Erwachen war immer hart. Jessica redete, monologisierte, vermengte alles, Buenos Aires und Paris, die Zeiten unserer Geschichte und was diese an den Zeiten ihrer eigenen Geschichte in Frage stellten, Miguel, der sie betrog, und Rita, die mich zu sehr liebte, Ortiz, der sie kaputtgemacht hatte, und das irrsinnige Verlangen, das sie jetzt hatte, nur noch eine verliebte Frau und eine Mörderin zu sein, irgendein Mensch unter vielen.

– Es gab eine militärpolitische Führung. Der hat man mich zugeordnet. Ich war nicht mehr nur an Coups beteiligt, ich organisierte sie. Wir haben sehr gute Coups gemacht.

Diebstahl von Kleidung und Nahrung, «neu verteilt» in den Armenvierteln. Minutiös vorbereitete Kommandounternehmen, die Dutzenden von Genossen die Flucht ermöglichten.

– Und die Kohle?

– Die Raubüberfälle? Ich habe viele organisiert.

– Wofür wurde das Geld benutzt?

– Um die Genossen im Untergrund zu unterstützen. Die Waffen, die Häuser, die Anwälte zu finanzieren.

Das alles hatte sie gemacht. Und dann kam Trelew, 1972.

– Ich bin verhaftet worden, weil ich bewaffnet war. Eine ganz banale Geschichte. Die Anklage gegen mich hatte nichts mit meiner tatsächlichen Verantwortung zu tun. Natürlich hatten sie Verdacht geschöpft. Sie haben mich oft verhört.

– Gefoltert, willst du sagen?

– Das ist das gleiche. Ich bin schließlich ins Rawson-Gefängnis verlegt worden. Weißt du, was das ist, Rawson?

Ein Gefängnis im Herzen Patagoniens, gebaut auf einer öden Hochebene. Die Umgebung? Ein paar vereinzelte Militärbasen und der Flugplatz von Trelew, 25 Kilometer entfernt.

– Mehrere wichtige Aktivisten, die als solche bekannt waren, saßen in Rawson im Knast. Sie gehörten verschiedenen revolutionären Organisationen an; den Montoneros, dem ERP, dem FAR (sie lachte höhnisch)... Namen, Abkürzungen, die nichts mehr zu sagen haben. Organisationen, die für gewisse genau umrissene Ziele gemeinsame Aktionen durchführen konnten. Fünfzehn Führern den Ausbruch zu ermöglichen war ein solches Ziel.

Das Ganze hatte sich so abgespielt: Am 15. August 1972, um achtzehn Uhr fünf, übernahm eine Gruppe von Häftlingen die Kontrolle über einen ganzen Gefängnistrakt. Sie kannten sich ganz genau mit den inneren Abläufen aus: Häufigkeit der Kontrollgänge, Losungsworte, Wege der Aufseher. Manche der Letztgenannten trugen übrigens auf ihrer Mütze einen fünfzackigen roten Stern zur Schau. Sehr rasch und ohne viel Aufhebens wurden die störrischen Wächter eingesperrt. Um achtzehn Uhr fünfundzwanzig war alles vorbei. Sechs bewaffnete Gefangene verließen das Gefängnis mit einem Lastwagen. Sie hatten Militärkleidung angelegt. Ihr Ziel war der Flughafen von Trelew. Eine zweite Gruppe von Ausbrechern sollte ihnen so schnell wie möglich folgen.

Die erste Gruppe erreichte Trelew fast ohne Zwischenfälle. Der Flugplatz war planmäßig in wenigen Minuten erobert. Die sechs Geflohenen brachten ein Flugzeug aus Richtung Comodoro Rivadavia in ihre Gewalt. Was um so leichter ging, als vier ihrer Genossen unter den Passagieren waren.

Die anderen Geflohenen ließen auf sich warten. Der Plan geriet ins Wanken.

– Die Organisation der Aktionen setzte immer einen sehr genauen Zeitplan voraus, der keinerlei Improvisationen zuließ, sagte Jessica. Die sechs Geflohenen haben das Flugzeug genommen. Sie wußten, daß ein paar Minuten später eine Caravelle der Aerolinas Argentinas landen mußte. Falls die anderen Geflohenen doch noch eintrafen, konnten sie die Maschine leicht an sich bringen.

Sie kam nie. Genau in dem Moment, als neunzehn ihrer Genossen endlich Trelew erreichten, starteten die sechs ersten Geflohenen. Ihr Ziel war Allendes Chile. Es war neunzehn Uhr dreißig.

– Sie hätten den Start des Flugzeugs verhindern können, aber sie zogen es vor, auf die Caravelle der Aerolinas Argentinas zu warten. Sie nahmen die wartenden Passagiere und das Flughafenpersonal als Geiseln. Ungefähr sechzig Leute. Gewaltlos. Völlig gewaltlos.

Die Caravelle kam nicht. Die Armee umstellte den Flughafen. Kein Entkommen.

– Sie hätten das Leben der Geiseln zur Erpressung benutzen können. Sie haben es nicht getan. Sie haben lediglich Garantien gefordert. Anwesenheit der Presse und einiger Rechtsvertreter. Das wurde ihnen zugestanden, aus rein taktischen Gründen. Man gewährte ihnen eine Pressekonferenz, dann ergaben sie sich.

«Diese Gegend da bei Trelew war mehrere Stunden lang ein regelrechtes Vietnam», erklärte später ein argentinischer Offizier. Die Gefangenen wurden einem Stützpunkt der Marineluftstreitkräfte überstellt.

– Dem Stützpunkt Trelew. Fünfhundert Soldaten für fünfundzwanzig Gefangene. Zur Erläuterung: Keiner von ihnen hatte offiziell mit der Entführung des Fiat-Generaldirektors Sallustro oder mit der Erschießung von Sanchez, dem Anführer der Antiguerilla, zu tun. Viele Geflohene waren in Beugehaft...

Das Massaker fand am 22. August statt.

– Sie haben von einem Aufstand gesprochen, von einem Gefangenen, der sich auf einen

Wächter gestürzt habe, um ihm die Waffe abzunehmen. Das ist nicht wahr. Nach der Übergabe haben sie uns verhört, geschlagen. Als sie uns um halb vier Uhr morgens aus den Zellen holten, dachten wir zuerst, es ginge um ein neues Verhör. Sie haben uns zusammengetrieben und in einen kleinen Innenhof hinuntergehen lassen. Es war kalt, der schlimme eisige Wind der Hochebene. Zum ersten Mal seit dem Flughafen waren wir wieder zusammen. Alle. Ich sehe sie noch vor mir. Ruben Pedro Bonet, den wir den Indianer nannten, Anna Maria Villareal de Santucho, deren Freund Roberto mit dem ersten Kommando nach Chile hatte fliehen können, Mariano Pujadas, den man dann beschuldigt hat, der Anführer der Meuterei gewesen zu sein. Maria Susana Savelli, die sie so schrecklich gefoltert hatten... Wir waren ungefähr zwanzig, die sich in einer Reihe an der Wand aufstellen mußten. Nein, es war nicht wie auf dem Foto, das du vielleicht kennst, das Rita im *La Boca* aufgehängt hat. Auf dem man fast an erster Stelle Anna Maria in ihrem dicken schwarzen Mantel sieht, der ihr so schlecht stand. Nein, auf diesem Foto sind wir auf dem Flughafen und haben uns nach langen Verhandlungen gerade ergeben. Im Beisein von Journalisten und Beamten hatten uns die Militärs zugesichert, wir würden anständig behandelt werden. Auf diesem Foto sieht man unsere Waffen, wir hatten sie zu unseren Füßen abgelegt. In Trelew waren es die anderen, die Leute, die solche Angst gehabt und die wir so sehr gedemütigt hatten, sie waren jetzt im Besitz von Waffen. Wir dagegen hatten nichts. Sie haben das Feuer eröffnet.

Am 22. August 1972 gab es in Trelew sechzehn Tote, erschossen. Andere Gefangene kamen mit mehr oder weniger schweren Verwundungen davon. Zu ihnen gehörte Jessica. Und während ich zum wiederholten Mal die weiße sternförmige Narbe unter ihrer Brust berührte, sagte sie:

– Ortiz war unter den Mördern.

Ein unterer Dienstgrad damals, aber schon aktiv in gewalttätigen Gruppen. Fünf Jahre später hatte sie ihn wiedergesehen, als Folterchef an der Marineakademie.

– Wann mußt du nach Buenos Aires?

– Ich werde im Juni aussagen. Eine Aussage unter 2 000 oder 2 200 anderen! Ich will vorher den Kopf von Ortiz.

Ich liebte den Geruch ihrer Haare, den Geschmack ihrer Möse, ohne groß Worte darum zu machen. Es blieb nicht mehr viel Zeit zwischen uns.

In ihrer Abgeschiedenheit hatte sie sich mit Aktenordnern umgeben, die jede Menge Presseausschnitte und handschriftliche Notizen enthielten. Die Kassetten stapelten sich rings um das Bett, und es gab auch Fotos.

– Ortiz hat seit Trelew meine Spur verfolgt. Meine Flucht aus dem Militärkrankenhaus, die Aktionen, die ich geleitet habe, als Peron wieder an der Macht war, und später während Isabelitas Zwischenspiel. Es war nichts wirklich Großes mehr.

Die Guerillafront war mit dem Comeback des gelifteten alten Caudillos zusammengebrochen.

Die internen Auseinandersetzungen, die Rivalitäten, der internationale Druck, die militärische Logistik. Peron selber weckte die schlimmsten politischen Dämonen.

– Ich fand mich nicht mehr zurecht. Ich bin auf Distanz gegangen. Außerdem habe ich mich in diesen Mann verliebt, in Miguel.

– Hast du ihn geliebt?

– Wie keinen anderen Mann, nicht einmal dich.

Miguel war lange der Weggefährte der Montoneros, der linken Peronisten, gewesen. Er war dabei, als sie am 20. Juni 1973 auf dem Flughafen in Ezeiza die Rückkehr des alten Regierungschefs aus dem Exil feiern wollten.

– An diesem Tag haben die Ganoven der alten peronistischen Rechten das Feuer auf die *Muchachos*, die linken Gruppen, eröffnet. In einem üblen Kampfgetümmel, bei dem jeder bewaffnet war, gab es an die hundert Tote, mindestens. Mit solchen Leuten hatte Miguel nichts gemein. Er hat sich mit seiner Malerei, seinen Zeichnungen in sein Atelier in Corrientès zurückgezogen. Ich habe ihn begleitet. Auch ich, eine Anführerin unserer Revolutionären Volksarmee, war inzwischen überzeugt, daß wir auf dem falschen Weg waren. Die Fortsetzung unserer Privatkriege in diesem Land, das dem Chaos ausgeliefert war, konnte nur zur Katastrophe, zum Untergang führen. Ich habe alles fallenlassen. Ich bin sicher, daß Ortiz sehr genau gewußt hat, wann ich die Waffen gestreckt habe.

Nach Perons Tod kam die Herrschaft der Vizepräsidentin Isabelita und vor allem ihres Beraters Lopez Rega. Echte Faschisten, die beiden.

– Rega war es, der den ersten Anstoß zu den Todesschwadronen des dreifachen A gegeben hat. Ortiz ist von Anfang an einer der aktivsten Organisatoren gewesen. Aber er hat schnell begriffen, daß Isabelita und Rega bald von den Militärs verjagt sein würden. Als sie dann im März 1976 die Macht übernahmen, erhielt Ortiz durch seine Verbindung zu sämtlichen Faschisten des Landes, in Uniform oder nicht, eine gewichtige Schlüsselrolle.

Die Männer in den Ford Falcons verbreiteten Terror. Auf diese Weise begann dann wirklich die Epoche des *No te metas*. «Misch dich nicht ein», eine alte Devise der *porteñas*, die traurige Aktualität erlangte.

– Niemand wollte etwas gesehen haben. Weder die Verhaftungen mitten auf der Straße, mitten in der Nacht, noch die Plünderung von Häusern, noch das Verschwinden von Nachbarn und Freunden. In dieser Zeit hat Miguel sein Plakat entworfen. Es war ihm wichtig, daß es ihn darstellte. «Eine Methode, Zeit zu gewinnen, bevor das Unvermeidliche eintritt», sagte er. Er klebte jede Nacht. Er hat nie gewollt, daß ich ihn begleite. Später hat er ein neues Plakat gemacht. Diesmal war ich darauf abgebildet. Zu dem Zeitpunkt waren wir schon so gut wie getrennt.

– Warum getrennt?

– Eine Frau natürlich. Eine dieser ultralinken kleinen Aktivistinnen, entschlossen und ohne Kultur, mit glattem Körper. Eins dieser Flittchen, die im Untergrund leben, aber mitten auf der

Straße, die Jacke von einem dicken Ballermann ausgebeult. Neben ihr sah ich schätzungsweise ziemlich alt und kaputt aus.

– Nur wegen dieser Frau?

– Nein. Es ist stets komplizierter. Ich habe mich bei Miguel zum Schluß gelangweilt. Und außerdem habe ich wieder Verbindung zu einigen Genossen aufgenommen, die verstanden hatten, daß der Widerstand von unten, von ganz unten neu organisiert werden mußte. Daß die Militärs für lange Zeit an der Macht und allmächtig waren. Ich habe schnell begriffen, daß Ortiz und seinesgleichen solche Leute zu den gefährlichsten rechneten. Glaub mir, die Stadtguerilleros, die auf spektakuläre Aktionen erpicht waren, haben die Straße nicht lange gehalten.

– Er hat dich schnell gefaßt.

– Wir waren so wenige.

Ortiz und sie, es war nicht alles gesagt. Diese Geschichte, die bis Trelew, bis zu dem Massaker zurückreichte, die lange Treibjagd...

– Sie haben mich in einer dieser konspirativen Wohnungen gefunden, nicht weit von dem anderen, dem Haus von Maria La Vasca, in dem angeblich die erste Tangopartitur geschrieben wurde. Ein Zufall. Ortiz hat es sich sehr bald so eingerichtet, daß er sich persönlich mit mir beschäftigen konnte.

Seit wie vielen Stunden oder Tagen hatten wir die Vorhänge dieses Schlupfwinkels nicht mehr aufgezogen? War es Tag oder Nacht? Rita klopfte manchmal kurz und unaufdringlich an die Tür. Dann fanden wir auf dem Treppenabsatz einen Karton mit Nahrungsmitteln. Auf der Matratze hockend, machten wir uns Essen wie in einer Puppenküche. Liebe und Lebensbeichte verschmolzen miteinander. Das Tonbandgerät lief fast ununterbrochen. Wir tranken viel. Zwischen Brot, Wurst und Flaschen fand ich gelegentlich einen Zettel von Rita, auf dem sie mir mitteilte, daß Ida angerufen hatte, daß es den Katzen gut ging, daß sie sich nur ein bißchen langweilten. Jessica redete pausenlos.

– Selbst jetzt, wo so viel Zeit vergangen ist, kann ich es nicht erzählen.

Sie stand auf, holte einen dicken wattierten Umschlag, der zwischen zwei starke Aktendekkel geklemmt war.

– Hier sind die Fotos, die ich dir an Stelle der anderen hätte schicken können. Auch das ist meine Wahrheit.

Glanzfotos, verknickt und an den Ecken von zuviel Betasten befleckt. Was sah man darauf? Oder wen? Jessica an einen Sessel gefesselt, nackt, fast genauso wie auf dem Plakat von Miguel, erstarrt in Erwartung der Gewalt, die sich entladen würde. Das war nicht das schlimmste Foto. Da waren all die anderen, auf denen sie offensichtlich von ihren Fesseln befreit war, aber von Männern genommen wurde. Grotesk, die heruntergelassenen Drillichhosen. Man konnte die Gesichter erkennen. Ortiz, Oscar, ein paar unbekannte andere, die bestimmt leicht zu identifizieren waren. Sie vergewaltigten Jessica.

– Von diesen Fotos hat es viele gegeben. Das war ihre Methode, den Pakt zu besiegeln, sich zu kompromittieren. Dieser Mann da, siehst du (sie legte den Finger auf das Bild eines Mannes, der gewaltsam in ihren Mund eindrang), das war eins der ganz großen Tiere an der Akademie. Ortiz hat das Foto gemacht.

Der Mann lachte, zog sie an den Haaren. Vom Fotoapparat eingefangen weitere halbnackte Soldaten, die sich das Schauspiel ansahen.

– Später hat Ortiz mich dann für sich selbst gewollt. Nach den Sitzungen mit den anderen pflegte er in meiner Zelle meine Wunden, sagte, daß er mich liebe und immer in meiner Nähe sein würde.

Ein Foto zeigte sie nackt, auf einer Art Bank sitzend, und Ortiz in der Galauniform der Marine. Er hatte sie am Nacken gepackt und zwang sie in eine unterwürfige Haltung.

– Für Oscar und die anderen war ich die «kleine Freundin des Hauptmanns», die man besser nicht ganz übel zurichtete.

Was wollte sie mir sagen mit all diesen schrecklichen Fotos, diesen erdrückenden Dokumenten, die ich verloren hin und her drehte? Was ich im Paramount zusammengetragen hatte, war nichts neben all diesen Beweisen da. Hier handelte es sich nicht um unscharfe Gesichter, verschwommene Silhouetten, unbestimmte Übeltaten. Die verzerrten Grimassen von Ortiz und seinen Männern, das mitgenommene oder schmerzerfüllte Gesicht Jessicas ließen nicht den geringsten Zweifel zu. Ebensowenig wie das andere Foto, auf dem sie, immer noch nackt, mit ihrem Folterer tanzte. Oder noch ein anderes, auf dem sie ihm den Schwanz leckte.

– Was ich empfunden habe? Ich werde es dir nicht sagen. Selbst dir kann ich es nicht sagen. Er hat mich getötet, aber ich lebe noch. Ich werde ihn töten. Dann kann ich sprechen. Mit mir sprechen.

Ich steckte die Fotos in den Umschlag zurück, weil ich sie nicht mehr sehen wollte. Dabei wußte ich genau, daß ich darauf zurückkommen und sie noch einmal studieren mußte, als Voyeur, entsetzt zwar, aber doch als Voyeur, daß ich mir keine dieser Stellungen ersparen durfte.

– Willst du diese Fotos im Prozeß vorlegen?

– Ja. Und ich werde auch sagen, wie ich sie mir beschafft habe. Bei Ortiz, in seinem Haus in *La Boca* – ja, so heißt das Viertel, in dem er wohnte –, in das er mich an manchen Abenden mitnahm, gegen Ende immer häufiger, als ob ich seine Mätresse gewesen wäre.

Sie würde alles erzählen. Von seinen Soldatenfreunden, denen er sie anbot. Von dem Handel mit den Fotos der Gefolterten, den Filmen von Todeskämpfen, die einen Liebhabermarkt hatten. Wie sie, mit Handschellen gefesselt, die ihr die Knöchel einschnitten, am Fußende seines Bettes schlafen mußte. Wie er jeden Morgen von ihr verlangte, daß sie sich bei ihm bedankte, weil sie über Nacht nicht von ihm oder einem seiner Untergebenen erledigt worden war.

– Ich weiß nicht, wie ich es sagen werde, aber ich werde sagen, daß ich nicht gestorben bin. Daß er mich nicht gekriegt hat. Tango?

Sie liebte den klassischen, altmodischen Tango. Den von Gardel und Goyeneche. Rührselig. Direkt auf dem Pflaster, nie weiter weg als der

Lichtschein der Gaslaterne reichte. Sie weinte, als sie die alten traurigen Texte über verlassene Nutten und impotente Machos vor sich hin sang. Ich streichelte sie.

– Marc will ein Interview? Ich werde darüber nachdenken.

Wir liebten uns wieder, soffen wie die Löcher. Ich glaube, ich war schon seit langem nicht mehr von der Geschichte dieses Körpers und seiner schrecklichen Male fasziniert, sondern von seiner Präsenz, seiner unbedingten, wütenden Lust, am Leben zu sein. Die erschöpfte und stöhnende Jessica, die den Orgasmus heuchelte, ihn aber manchmal auch wirklich erlebte, das war die Frau, die ich liebte. Sie packte mich.

Spät, sehr spät erst fiel mir auf, daß ich ohne Fotoapparat in ihre «Sicherheitshöhle» gekommen war.

Geblendet und taumelnd tauchte ich aus dieser endlosen Nacht auf.

Das *Tour-d'Argent* war geschlossen. Ich hatte den allerletzten Tag versäumt. Hinter den Scheiben an der Vorderfront konnte man die aufeinandergestapelten Stühle und Tische sehen. Die Abtragung der Innentreppe (das Meisterstück eines Gesellen) hatte begonnen. Dieses Meisterwerk würde wiederverwendet, für irgendein anderes Bauwerk benutzt werden. An der Ecke des Gebäudes, das rechts an die Baustelle stieß, waren die Reklameschilder verschwunden. Dadurch wurde sichtbar, daß hier ein sehr altes Optikergeschäft gestanden hatte (an die Wand gemalte Buchstaben, halb verwischt). Wieder einmal hatte ich die Beschleunigung, die Brutalität der laufenden Veränderungen nicht kommen sehen.

Ringsum wurden Zäune aufgestellt. Diese gelben Plastikdinger, sehr dick und sehr widerstandsfähig. Das ganze Glück von Mi Noche Triste und bestimmt noch von ein paar anderen nächtlichen Graffitimalern. Die Zäune steckten eine Art Sicherheitszone ab. Der vorbeugende Versuch, den Ort des unvermeidlichen Verbrechens zu verbergen.

Ich blieb noch für ein paar Fotos da. Die Metrostation wenige Meter von der Gaststätte entfernt war stillgelegt. Um sich bis dahin vorzuwagen, brauchte man nur eine kurze Holzschranke zu überspringen. Nach ein paar Schritten war der unterirdische Gang durch eine schwarze glänzende Bitumenwand versperrt. Ein Pappschild bat die Benutzer der Pariser Verkehrsbetriebe, die durch die laufenden Bauarbeiten verursachten Störungen zu entschuldigen. In der Sackgasse dieses unterirdischen Gewölbes am Rand des Platzes gefangen, sagte ich mir, daß dies nicht der schlechteste Ort für eine Abrechnung war. An dieser Bitumenwand konnte man sterben, von ein paar Kugeln zerfetzt, von verrückten Killern abgeknallt. Oder von mir. Ein mögliches Bild unter vielen. Foto.

Ich kletterte wieder an die Oberfläche. Draußen war es schön. Ein klarer Himmel, an dem nur einige sehr dicke, beruhigende Wolkenkissen träge dahinzogen. Es kümmerte mich wenig, daß ich mich vor dem *Tour-d'Argent* hüten sollte, wie Maleo mir geraten hatte. Irgend etwas noch

Unheimlicheres braute sich da zusammen und konnte einen ganzen Teil der Stadt umkippen lassen. In welche Richtung?

Ich hatte Lust, Marti zu sehen oder vielmehr seine Tischdecken. Seine Pläne von verrückten Städten, seine unglaublich kohärenten Gegenüberstellungen. Ich hielt mich zurück. Vielleicht weil ich mich so verstört fühlte, wollte ich etwas Nützliches tun und ging in Richtung *Le Soir*.

Marc, dieser eingebildete Affe – nichts anderes war er –, gab sich geschäftig, sortierte ein paar Akten auf seinem übervollen Schreibtisch und fluchte scheinheilig auf die immer noch defekte Kaffeemaschine.

– Jessica ist also bereit, uns ihre Zeugenaussage zu überlassen. Exklusiv?

Ich nahm den Bourbon aus seiner angestammten Schublade, bediente mich großzügig, weil es eine harte Rückkehr in die Welt war. Ja, Jessica war bereit. Exklusiv, wenn sie schon in Argentinien nicht zu den ersten zählte, die aussagten. Sie würde reden. Ich hatte grünes Licht, die Sache auszuhandeln. Es lag nur noch an mir, Kilometer von Tonbändern zu entschlüsseln, die unsortiert während unserer Diskussionen unter Verliebten und in der Strenge ihrer eigenen Einsamkeit zustandegekommen waren. Ich hatte die Ehre, all das in gesetzte Worte zu übertragen, etwas Lesbares daraus zu machen.

– Bis wann schaffst du es? Bis morgen?

– Ich werde es versuchen.

– Einverstanden, sagte Marc. Damit erhöhen wir den Einsatz.

Zweifellos würde er auch die Auflage verdoppeln. Er frohlockte innerlich. Ich stellte mir Villon vor, wie er sorgfältig seine Knarre schmierte. Ich hörte Jessica sagen: «Sobald dieser Artikel erscheint, gehe ich aus, zeige ich mich. Ich warte auf sie. Ich will Ortiz töten.» Auch sie war bewaffnet.

Als mir auf der Treppe meine Nachbarin (Psychoanalytikerin) begegnete, wunderte ich mich, weshalb sie plötzlich ein verkniffenes Gesicht machte – sie schien ernsthaft erzürnt zu sein. Das war nicht üblich zwischen uns. Ab der zweiten Etage verstand ich den Grund ihres Zorns. Die Sache hatte inzwischen beunruhigende Ausmaße angenommen. Es war ein grauenhafter Geruch, der durch meine Wohnungstür drang.

Idas Welt organisierte sich mit unabweisbarer Logik. Wenn mein Anteil am Wohnraum alles in allem sauberer war als gewöhnlich (sah man von den Fotokartons und den Büchern ab, die überall herumlagen), so brach ein Stockwerk höher die Apokalypse aus. Schlimmer noch, eine Art furchterregender Tentakel aus Scheuertüchern, zusammengerollten Zeitungen, aufgeplatzten Müllsäcken (weiß der Himmel, was darin war!) schlängelte sich über das Parkett , eroberte das Terrain in meinem Fotoatelier, das für gewöhnlich schmucklos und wohlgeordnet wie ein Zen-Garten war. Es kam aus Idas «Zimmer». Es stank. Es stank sogar so sehr, daß ein Typ wie ich, dessen Geruchssinn durch übermäßiges Rauchen längst abgestumpft war, darunter litt. Es war ein scharfer, durchdringender Geruch. Ein Fäulnisgeruch, in dem sich Ausdünstungen von feuchter Wäsche, verschimmeltem Papier, verdorbenem Fleisch, ungewaschenem Körper und billigem Wein vermischten, sogar ein Hauch Eau de Cologne war dabei. Man mußte kämpfen, um bis zu Idas ärmlichem Bett vorzudringen. Was sie zusammengetragen hatte, erreichte die Hochwassermarke und bedeckte gut und gern ein Drittel des Zimmers. Ich litt.

Ida schlief, auf dem Rücken ausgestreckt, mit einem kolossalen rosa Büstenhalter und einem Schlüpfer bekleidet, die sicherlich nicht aus Maleos Laden stammten. Sie schnarchte mit weit geöffnetem Mund und ließ dabei bemerkenswert untadelige Zähne sehen. Ich ließ sie in Ruhe. Beschränkte mich darauf, die ekligen Abfälle, die mein Studio zu erobern begannen, in ihre Höhle zurückzuschieben.

Ich ging wieder in die Wohnung hinunter. Entdeckte in verzierten indianischen Tongefäßen Räucherstäbchen, Überbleibsel aus den wilden Jahren, und Duftpapier. Ich riß die Fenster weit auf und sorgte systematisch für einen ordentlichen Durchzug. Dann verbrannte ich die schönen Duftstoffe aus einer anderen Zeit. Es würde ihnen bestimmt nicht gelingen, den Krieg gegen den pestilenzartigen Gestank Idas zu gewinnen. Es war mir im Grunde egal. Ich wollte nicht, daß sie ging.

Jetzt mußte ich die Sache in Angriff nehmen. Die vielen Kassetten, die Notizbücher, den dikken wattierten Umschlag. Die ungeordnete Zeugenaussage von Jessica. Die Katzen schnupperten interessiert und entfernten sich wieder. Die eine legte sich in der Ellbogenbeuge des Bewaffneten Armes schlafen. Die andere machte es sich unter Janes weitem Umhang bequem, ein beliebter Zufluchtsort, die letzte etwas banaler auf dem thailändischen Sessel. Ich holte den Bourbon heraus.

Zuerst empfahl es sich, die Arbeit zu organisieren. Und dazu war zweierlei notwendig. Der Tisch, auf dem dieser ganze Dokumentensalat lag, mußte umgestellt werden. Anschließend brauchte die Wand, die ich während der Entzifferungsarbeit vor mir haben würde, eine etwas veränderte Dekoration. Kein besonderer Aufwand. Das große Gemälde von Monory (*Diamondback*) herunternehmen. Ein paar kleine Reproduktionen von Hooper etwas umhängen... An deren Platz befestigte ich das Plakat von Miguel. Die Version «Jessica». Daneben entrollte ich ein weiteres lebensgroßes Foto von Jessica, auf dem sie sehr affektiert aussah (kräftige Schminke, Knoten und unverschämter Filzhut, eng anliegendes Oberteil, geschlitzter Rock, hohe, sehr hohe Absätze). Das waren die beiden Bilder von ihr, die ich vor Augen haben wollte. Dann legte ich die Platte *Trottoirs de Buenos Aires* auf (Cuarteto Cedron, Edgardo Canton etc.). Zigarette. Bourbon. Ich zog die alte Underwood (1912) zu mir heran und konnte an die Arbeit gehen.

Oder beinahe. Denn Radek kam nach reiflicher Überlegung zu dem Schluß, daß sie auf dem Papierstapel rechts unter der Lampe am allerbesten aufgehoben war. Nichts zu wollen. Ich nahm also ein paar kleine Veränderungen an meiner Anordnung vor und begann zu tippen. Die Katze schnurrte. Die Masse dieser Dokumente zu sichten war eine Sache. Das wichtigste aber war, den Raum zwischen den beiden Bildern da vorn mit Worten zu füllen. Guerilla, Tango. Wer war Jessica, die *tanguerilla*?

Welche Antwort konnte ich geben? Und mit welchem Recht? Erst sehr viel später, als ich schon weit fortgeschritten war mit der Arbeit, habe ich mir diese Frage gestellt. Nur kurz und ohne ihr große Bedeutung beizumessen. Indem ich Tonbänder und Notizen energisch beschnitt, stutzte und auswählte, rekonstruierte ich eine Geschichte und war gleichzeitig überzeugt, daß ich sie erfand. Nach der gleichen Methode hatte ich an Julios Filmen herumgebastelt. Das höchste Recht des Zuschauers, der entscheidet, was wahr ist. Vielleicht war ich ein Fälscher, aber ich zweifelte nicht an der Rechtmäßigkeit meines Tuns.

Marti war betrunken. Er drang mit Gewalt in die Diele ein, stieß sich an Joan, die ich gerade noch auffangen konnte.

– Ida. Sie ist hier, ich will sie sehen!

– Komm mit, sagte ich beruhigend.

Er schob mich brutal zur Seite. Dicke Strähnen klebten an seiner Stirn, sein Gesicht war gerötet, das Hemd über seiner breiten Brust, weiß und behaart, stand weit offen. Er war nicht einfach blau, er hatte viel getrunken. Über einen langen Zeitraum. Seit Idas Abwesenheit?

Ich rappelte mich gerade mühsam wieder auf, da war er schon dabei, die Treppe hinaufzusteigen.

– Das da oben ist mein Atelier, sagte ich.

Ich dachte, ich hätte es sehr leise gesagt, während ich meine Hüfte massierte. Marti blieb abrupt stehen, einen Fuß in der Luft. Ein bißchen lächerlich.

– Sie ist da oben.

Das konnte man riechen. Das konnte man sogar sehr deutlich riechen. Trotzdem war es mein Atelier, ein heiliges Territorium. Marti rührte sich nicht.

– Gib mir die Erlaubnis hinaufzugehen.

– Trinken wir vorher ein Glas zusammen.

Er zögerte. Er hatte das unwiderstehliche Verlangen, mich stehenzulassen und mit ein paar großen Schritten eine langjährige Freundschaft zu beenden. Er seufzte.

– Einverstanden. Trinken wir einen Schluck.

Es mache ihn wahnsinnig, das solle ich doch begreifen. Ida sei für ihn etwas geworden wie... Er suchte nach Worten, war schließlich bereit, sich zu setzen.

– Meine Ausstellung ist Scheiße, eine einzige Scheiße. Es ist eine Ausstellung aus der Zeit vor Ida.

Er trank hintereinanderweg mehrere Gläser. Bei seinem Zustand konnte das keine besonderen Folgen mehr haben. Kamenew machte es sich auf seinen Knien gemütlich, und er streichelte sie.

– Ida versteht alles. Sie spaziert mit mir durch Buenos Aires, wie ich dort nie spazierengegangen bin. Sie tanzt wie eine Nutte im *La Victoria*... dabei hat sie nie einen Fuß ins *La Victoria* gesetzt... Was ich seit Jahren machen will, sie kommt im Handumdrehen darauf. Oder mit einem Hüftschwung. Ist sie hier?

– Sie schläft.

– Vögelst du mit ihr?

– Hör auf, dich verrückt zu machen.

Ein zusammengesunkener, zerknirschter Hüne, mit dem ich vor allem kein Mitleid haben wollte, dem ich nie mein Herz ausgeschüttet hatte und der seit ein paar Sekunden gebannt vor den zwei großen Bildern von Jessica stand, die meinem Arbeitstisch gegenüberhingen.

– Du hast auch Grund, dich verrückt zu machen, sagte Marti. Jessica ist eine beachtliche Frau.

«Beachtlich». Ein paar Sekunden ließ ich mir dieses Wort durch den Kopf gehen. Gewiß, Jessica war eine beachtliche Frau.

– Warum ist Ida weggegangen? Du kennst sie doch, du mußt es wissen. Zu dir flüchtet sie sich schließlich immer, verdammt. Sie soll zurückkommen.

– Bist du hier, um sie abzuholen?

– Ich bin hier, weil ich sie bitten will, zurückzukommen.

Er trank weiter, gierig, fing mühsam zu gestikulieren an, was die Katze nicht besonders störte. Kamenews Nachsicht war heute abend wirklich extrem.

– Was sind wir denn schon? Kannst du es mir sagen? Zwei alte Idioten, im Begriff, über die Frauen zu heulen, von denen sie kaputtgemacht werden! Aber wir halten durch, das sollten sie wissen. Du und ich, wir verstehen uns darauf, oder?

Tatsache war, daß Jessica mich nicht kaputtmachte und daß ich, ganz prosaisch gesprochen, manchmal den Eindruck hatte, daß ich meine Haut durchaus zu retten verstand. Das war es, was mich alt machte. Marti stand auf, legte die Katze vorsichtig auf den Sitz zurück.

– Ich werde Ida schlafen lassen. Ehe ich sie störe, muß ich erst noch über einige Sachen nachdenken, die sie mir gesagt hat. Ich muß arbeiten, muß zeichnen, muß...

Er war erschöpft, geschlagen. Das Zuviel an Alkohol hatte mit der Geschichte nichts zu tun. Ein bedauernswerter Mann. Er machte ein paar Schritte, stieß prompt mit dem Kopf an den Ellbogen des Bewaffneten Armes. Einen Augenblick stand er benommen da. Dann fiel ihm auf, daß dieses Firmenschild an meiner Wand eigentlich nichts zu suchen hatte.

– Ein schöner Fang.

Er strich mit der flachen Hand über den angestrichenen Gips. Ein kostbares Objekt.

– Ich weiß nicht, was sie aus Buenos Aires gemacht haben. Ich würde gern... Ich gäbe viel darum, ein echtes Plakat zu haben, einen Bistrostuhl, ein Stück Putz von einer Mauer da drüben. Du hast Glück.

Vielleicht würde er sich wieder hinsetzen. Oder in Ohnmacht fallen. Oder wortlos abhauen. Oder mich angreifen. Er entschied sich plötzlich für diese Lösung. Seine breiten Künstlerpranken packten mich an den Schultern und schüttelten mich. Ich stieß an die Tür, rührte mich nicht.

– Du schläfst mit ihr, oder? Gib zu, daß du mit ihr schläfst!

Marti war erheblich stärker als ich, massig und jetzt wieder fast wahnsinnig. Aber eben nur fast wahnsinnig, und so ließ er seine Beute ziemlich schnell fahren. Seine Augen waren blutunterlaufen. Das lag nicht nur am Alkohol. Er hatte viel geweint.

– Ich gehe, sagte er. Sagst du ihr, daß ich hier war?

– Wie du willst.

– Sag ihr, daß ich sie brauche, das ist alles.

Er wandte sich um, schubste ein letztes Mal Stuhl und Tisch und Gene zur Seite. Ich war ganz sicher, daß Ida nichts gehört hatte und daß sie da oben in ihrem Gestank den unruhigen Schlaf der Gerechten schlief.

Jessica warf nur einen flüchtigen Blick auf die Handvoll Blätter, die ich aufs Bett legte. Sie sagte, daß sie mit mir schlafen wollte, bevor sie die Geschichte las, wenn das denn unbedingt sein müßte; daß sie vor allen Dingen berührt und gestreichelt werden wollte, werden mußte. Ihr war kalt.

– Ich will wieder auf die Straße hinaus können.

Sie sagte, das hätte sie in der Nacht zuvor getan.

– Ich wußte, daß du damit beschäftigt warst, über mich und mein Leben zu schreiben, meine Aussage für die Zeitung zusammenzustellen. Ich malte mir aus, wie du die Kassetten anhörst, die Fotos betrachtest, alle diese Fotos, auch die schlimmsten. Ich malte mir aus, wie du an deinem Tisch sitzt, mit den Katzen, deiner alten Maschine, all den albernen Dingen, die du so gern um dich hast. Ich war zufrieden, daß du diese Arbeit machst. Ich bin ausgegangen, ich war sehr vorsichtig. Niemand war in der Passage, die Katzen schliefen. Keiner mehr im *La Boca*. Der Platz war schön, sehr düster, wie in Erwartung. Ich habe einmal die Runde gemacht. Zuerst Rue de la Roquette, dann Boulevard Richard-Lenoir. Als ich den Boulevard Beaumarchais erreichte, hat mich ein Typ angequatscht. Einer dieser unsicheren Burschen, die einem jede Nacht über den Weg laufen können. Es war spät. Er hat ein paar Worte zu mir gesagt, ich weiß nicht mehr genau, was. Er hat die Hand auf meine Schulter gelegt. Nicht wirklich hartnäckig. Ich habe ihm die Pistole unter die Nase gehalten. Ich wollte durchaus reden, aber ich wollte nicht, daß man mich berührt. Ich habe ihm Sachen erzählt, alles mögliche, über das Haus von Beaumarchais, das dort vorher gestanden hatte, über den *Carillon*, das Glockenspiel der Bastille, die authentische Mechanik, die man im Bistro gegenüber noch sehen kann, neben der Schaufensterpuppe mit dem Belmondo-Kopf, die aus dem Grévin-Museum stammt und als Sansculotte verkleidet ist. Er hat mir zugehört. Er konnte es nicht fassen. Er hatte Angst. Er hörte mir kaum zu. Ich habe ihm nur schöne Dinge über seine Stadt gesagt, die nicht einmal die meine ist, und er hat nur an die Pistole gedacht, die ich schon lange wieder in die Tasche gesteckt hatte. Ich habe weitergemacht. Ich hätte mit ihm vögeln können. Ich habe an dich gedacht und daran, daß du beim Schreiben warst. Ich habe es gelassen. Er hat nichts begriffen. Später habe ich mit einem Filzstift kleine Liebesbotschaften für dich an die Wände geschrieben. Du mußt sie suchen, du mußt sie unbedingt suchen. Den ganzen Weg entlang. Es ist ein so schöner Platz! Auf der Baustelle bin ich stehengeblieben. Ich habe verstanden, was du sagen wolltest, als du mir einmal erklärt hast, daß am Abend unserer Trennung der Bahnhof abgerissen wurde und daß es da einen offenkundigen Zusammenhang gibt. Ich war ziemlich sicher, daß wir nicht wirklich miteinander gebrochen hatten. Das war nur eine Station in unserem Krieg, eine unserer Gewohnheiten. Du hast recht gehabt. Wenn ich auf den Straßen bin, kann ich die Zeichen nicht mehr verstehen. Auch das haben sie mir genommen, du kannst nichts dafür. Du dagegen verstehst sie noch. Ich habe noch andere kleine Sachen geschrieben, weil ich Lieder im Kopf hatte. Ich habe oft Lieder im Kopf, wenn ich an dich denke. Das ist keine Kunst: der Tango... Dann bin ich nach Hause gegangen.

In ihren Poncho eingehüllt, saß Jessica im Schneidersitz und überflog die Blätter, entschied, daß es ihr gefiel. Daß alles, was ich geschrieben hatte, gut war, und sie sich darin wiederfand. Soweit das überhaupt möglich war.

– Wann erscheint es?

– Alles hängt von Marc ab. Morgen oder übermorgen.

– Er soll bloß schnell machen. Werden auch Fotos abgedruckt?

– Die Auswahl liegt bei dir.

Sie nahm den Umschlag, breitete die Fotos von Ortiz auf dem Bettuch aus, entschied sich für fünf der schrecklichsten.

– Man sieht ihn, man sieht mich. Die Gesichter und die Körper.

– Bestehst du wirklich darauf, daß diese Bilder veröffentlicht werden? Glaubst du nicht, daß...

Sie machte mir ein Zeichen, zu schweigen.

– Mir können diese Bilder nichts mehr anhaben.

Sie nahm meine Hand.

– Marc soll schnell machen. Ich will, daß sie aus ihren Löchern kommen, daß sie sich zeigen.

– Willst du sie wirklich umbringen?

Der 45er Colt lag immer noch am Kopfende ihres Bettes. Sie nahm ihn, ließ die Trommel rotieren.

– Ich weiß nicht, ob es mich daran hindern wird, an Ortiz zu denken, jedesmal, wenn ich vögele, aber es ist den Versuch wert.

Marc legte seinen Füller zur Seite, den dicken Montblanc, den er gewöhnlich nahm, um Artikel zu korrigieren. Er hatte ihn nicht ein einziges Mal benutzt.

– Sie ist damit einverstanden, daß wir diesen Text veröffentlichen? sagte er, nachdem er ein paar Sekunden nachgedacht hatte. Bist du sicher? Und auch die Fotos?

– Die Fotos von Ortiz, ja.

Er glaubte sagen zu müssen, das sei entsetzlich. Vielleicht meinte er es auch. Aber die Art, wie er seinen fetten Nacken rieb, bewies mir vor allem, daß er innerlich frohlockte. Er machte einen kleinen Stapel aus all den Dokumenten. Das Foto obenauf zeigte Jessica unmittelbar vor der Vergewaltigung durch einen Soldaten, neben dem sich ein vergnügter Ortiz aufhielt.

– Das kommt in die morgige Zeitung. Wir werden die Hälfte der Ausgabe umstoßen müssen, aber ich kriege das schon hin, mach dir deswegen keine Sorgen.

Ich machte mir keine Sorgen. Nicht deswegen.

Ich mußte einfach beim *La Boca* vorbeigehen. Dort fand ich Rita. Sie saß auf einem der hohen Barhocker vor irgendeinem alkoholischen Getränk. Der Aschenbecher neben ihr war voll von Boyard-Kippen. Auf dem Plattenspieler lief eine alte, unglaublich abgespielte Tangoplatte. Ich erkannte das Duo Alfredo Gobbi und Flora Rodriguez. Eine der ersten zweiseitig bespielten Platten, eine Seltenheit, die Rita bei einer Reise in die Heimat irgendwo an der Kreuzung Calle Suarez und Calle Necochea entdeckt hatte. Sie weinte.

Und außerdem war sie nicht geschminkt. Ich hatte sie nie weinen sehen, ich hatte nie ihr nacktes Gesicht gesehen.

– Ihr werdet allesamt verrückt, sagte sie. Bekloppt, meschugge, plemplem.

Locos! Horatio Ferrer und Piazzola haben ein schönes Lied über die Ausgeflippten geschrieben, die durch die Städte geistern. Ich glaube allerdings nicht, daß Rita daran dachte.

– Alles, was ihr sagt, alle diese Worte, die von

Verzweiflung reden, von Verfall und Tod, ich kann es nicht mehr ertragen.

Ihr merkwürdiges Gesicht, diese Worte, die nicht die ihren waren, machten mich ratlos. Sie sprach davon, das *La Boca* zu schließen, zu verkaufen, fortzugehen. Sie flüchtete sich in meine Arme und stieß mich gleich darauf beinahe wütend zurück.

– Es wäre mir lieber, wenn du gehst, schluchzte sie. Wenn du abhaust. Du und deine Nutte, die den Tod anzieht. Tu mir den Gefallen.

Es war ein schöner Veranstaltungsraum, traurig und leer, in Erwartung seiner Stammgäste. Eine echte Spelunke, ein Treffpunkt für die Latinos. Rita war seit Monaten die Seele des Ganzen. Wer spielte also nicht mehr mit? Als ich das *La Boca* verließ, hatte ich zum ersten Mal das Gefühl, daß der Tango tatsächlich nicht aus Japan stammte.

Ich war nicht sehr überrascht, Villon in der Galerie an der Rue de Lappe anzutreffen. Er unterhielt sich mit Marti. Der Maler schien sich wieder gefangen zu haben. Der Bulle erinnerte mehr und mehr an ein Chanson von Tom Waits. Oder von Diescepolo.

– Tut mir leid wegen neulich Abend, sagte Marti, als er mich umarmte. Ich war blau. Geht es ihr gut?

Ich bestätigte es ihm und übertrieb dabei ein bißchen. Er war nicht von der maßvollen Sorte, und deshalb fand er das angemessen.

– Wie findest du es?

Er hatte schließlich nur drei sehr große Gemälde aus der Serie *Cafetin* ausgewählt. Sie bestimmten das gesamte Arrangement, verliehen ihm eine barocke Kraft, die ich bis dahin nicht vermutet hatte. Sie rechtfertigten in gewissem Sinn den Wahnsinn der imaginären Stadtpläne auf den Papiertischdecken, die den überwiegenden Teil des vorgestellten Werkes ausmachten. Es war reizvoll zu sehen, wie die vollendeten Gemälde hinzutraten und sich als Zugabe, als notwendiger Luxus aufdrängten.

Am Ende des Rundgangs, den ein aufmerksamer Besucher logischerweise vornehmen würde, war eine große freie Fläche übrig.

– Ich arbeite an einem letzten Stadtplan, sagte Marti. Nicht um die Ausstellung abzuschließen, sondern...

Seine Hände, seine Arme bewegten sich, und das wollte wohl sagen, er wünschte, daß die Sache so oder so zu Ende käme. Villon stand ein paar Schritte entfernt und beobachtete uns.

– Ich würde gern... der Bulle und ich haben darüber geredet, bevor du gekommen bist.

– Worüber habt ihr geredet?

– Wir haben uns gefragt, was das eigentlich ist, das Zentrum einer Stadt, sagte Villon.

– Das Zentrum?

– Ja, schaltete Marti sich wieder ein. In Buenos Aires zum Beispiel gibt es kein Zentrum. Weil die Stadt so groß ist, daß kein Mensch sie ganz kennen kann. Oder weil es den Hafen gibt und dieser Hafen das Zentrum des Landes ist. Aber man kann ein echter *porteño* sein und ein ganzes Leben lang nicht wissen, daß es diesen Hafen gibt: Von der Stadt aus sieht man ihn nicht! Für manche von uns ist das Zentrum dieser Streifen links bei El Bajo, neben der Via Monte, neben Cordoba. Für andere ist es der Süden, der in den Chansons besungen wird. Die Viertel, in denen der Tango geboren wurde. Und Paris? Wo ist das Zentrum von Paris?

Wo? Paris war gleichfalls eine zu große Stadt, als daß man sie vollständig kennen könnte. Und übrigens, auf welche Weise kennenlernen? Darauf wußte ich auch keine endgültige Antwort. Es genügte mir, hartnäckig jede Einladung zu einer Reise außerhalb der Mauern abzulehnen. Die wenigen Ausnahmen von dieser Regel waren nie besonders glückliche Ereignisse gewesen. Ich verstand, was Marti sagen wollte. Das «Zentrum» hatte keinen direkten Bezug zur Genese, zur Geschichte. Es war eher eine gefühlsmäßige Entscheidung. Ein unwiderstehlicher Anziehungspunkt, der nicht geplante Endpunkt aller Irrfahrten. Das allerletzte Kästchen des Gänsespiels, das man sich als persönlichen Stadtplan entworfen hatte. Für mich war es die Bastille.

– Die Place de la Bastille ist auch für Ida das Zentrum, sagte Marti. Da bin ich ganz sicher. Ich werde diesen Platz zum Zentrum meines letzten Plans machen. Für sie. Damit ich weiterarbeiten kann...

Villon hatte sich ein wenig im Hintergrund aufgehalten. Er trat noch einen Schritt zurück.

– «... und jede Stunde, die vergeht, vergrößert das unberechenbare Labyrinth, das meine Schritte gebildet haben...», rezitierte er.

– Von wem ist das?

– Borgès, glaube ich, antwortete der Bulle zerstreut.

Er stand mit dem Rücken zu uns vor einem *cafetin* von Marti. Einem der schönsten. Blau. Orange. Grell. Von einem ganzen Volk kleiner Menschen wimmelnd. Ulkige oder schemenhafte *porteños*.

– Ich habe eine Neuigkeit für Sie, sagte er. Man hat mir ein Ermittlungsverfahren an den Hals gehängt. Schon wieder eins.

– Grund?

– Ich soll mir seit einigen Monaten Verstöße gegen die Vorschriften geleistet haben.

– Wegen der Verschwundenen?

Er drehte sich um, lächelte breit. Ein häßliches Lächeln, das schnell ins Sarkastische umschlug.

– Die Verschwundenen, so was gibt es gar nicht. Buenos Aires ist weit, sehr weit von Paris. Was auch immer unser Freund, der Maler, dazu sagt. Meine Kollegen glauben, daß wir es hier lediglich mit ein paar mythomanisch veranlagten Latinos zu tun haben. Sehen Sie, Victor... (es gefiel mir nicht, wie er mir seinen Zeigefinger ins Brustbein bohrte)... es kommt mir so vor, als hörte ich diese Melodie schon seit meiner Kindheit. Erst auf die Juden bezogen und dann auf die Araber.

Ich fegte diese Hand beiseite, die an mir herumtrommelte und mich ärgerte. Marti verstand nicht so recht, was vor sich ging.

– Seit meiner Kindheit, und ich werde Ihnen sagen, warum: Ich für mich bin überzeugt, daß sich der Polizeiberuf vom Vater auf den Sohn vererbt. Also, Auftrag oder nicht, Ermittlungsverfahren oder nicht: Ich mache weiter.

In jener Nacht schlief ich in der Cour de Mai bei Jessica. Sie sagte nichts, ich verlangte nichts von ihr. Ich hatte nur das Bedürfnis, mich neben ihr auszuruhen. Es gelang mir schlecht.

Ich stand früh auf, um die Zeitung zu besorgen. Ich kaufte sie an der Place de la Bastille. «Enthüllungen einer Verschwundenen» lautete der Titel, mit dem Marc die erste Seite aufgemacht hatte. Dazu gehörte ein stark vergrößertes Foto von Ortiz. Ich ließ mich auf der Terrasse des Cafés nieder. Auf der anderen Seite der Rue de la Roquette und Rue de Charenton dröhnten die Baumaschinen. Zwei Arbeiter klammerten sich an die Fassade und nahmen die Außendekoration des *Tour-d'Argent* in Augenschein. Bestandsaufnahme vor dem Niederreißen.

Marc hatte wirklich geklotzt. Der gesamte erste Teil von *Le Soir* war dem Fall Ortiz und Jessicas Aussage gewidmet. Er hatte dafür gesorgt, daß in den Artikel immer wieder Kästen eingestreut waren, die alle notwendigen Informationen zum Ablauf der Ereignisse und zu den Personen lieferten. Auch die verdächtigen Vorkommnisse, die es seit Januar in Paris gegeben hatte, waren besonders herausgestellt. Reproduziert und für die Zeitung gerastert, boten die Fotos der Frau, die ich liebte, einen erschreckenden Anblick. Ich erinnerte mich jetzt, daß ich jahrelang Tageszeitungen genauso gelesen hatte, wie man ein Tagebuch liest. Ereignisse vom Ende der Welt wurden dann zu einer eindeutigen persönlichen Angelegenheit. Es war nicht ganz das, was mir heute morgen bei der Lektüre dieser Zeitung passierte. Das Gefühl, daß Jessica und ich in zwei sich fremden Welten lebten, hatte sich mir nie so stark aufgedrängt wie angesichts dieser Worte, die ich für sie übertragen hatte.

Der Kellner kam an meinen Tisch. Es sei ein Gespräch für mich angekommen.

– Für mich?

– Am Telefon an der Bar, ja. Der Anrufer hat Sie beschrieben. Sie sind doch Monsieur Victor?

Ich ging hin. Ich erkannte seine Stimme trotz des Lärms. Es war Oscar.

– Treffen in fünf Minuten an der Julisäule. Okay?

– Warte!

– In fünf Minuten.

Seine Stimme gefiel mir nicht. Von wo aus rief er an? Vom Tresen, an dem ich mich befand, konnte ich die Straße hinter der Glaswand der Terrasse schlecht erkennen. Wo war die nächste Telefonkabine, von der aus er mich angerufen haben mußte? Ich wählte schnell die Nummer des *La Boca*. Zu schnell. Ich verwählte mich zweimal. Dann läutete es lange. Endlich nahm jemand ab. Nicht Rita, eine mir unbekannte männliche Stimme. Ob ich Rita sprechen könne? Der Mann sagte, ich solle mich ein paar Sekunden gedulden.

– Ja?

– Rita! Jessica muß verschwinden, schleunigst!

– Ich wünsche mir nichts anderes.

– Du verstehst nicht. Sie muß sehr schnell verschwinden, und sie muß aufpassen. Sie ist in Gefahr. Verstehst du jetzt?

– So ungefähr. Mach dir keine Sorgen. Ich tue, was nötig ist.

Ich legte auf.

Ich kannte mich in dieser Kneipe überhaupt nicht aus. Oscar mußte mir gefolgt sein. Seit der Passage. Er und die anderen? Ich ging hinaus. Der Himmel war wolkenlos, die Luft frisch. Wunderbares Licht. Ein Morgen, alles mögliche anzustellen, nur nicht diese idiotischen Spielchen. Nein, wahrhaftig, heute war die Zeitung nicht mein Tagebuch.

Oscar stand ungefähr da, wo ich ihm das erste Mal begegnet war. Auf der Seite der Rue Saint-Antoine war die Eingangstür zum Säulenbereich geöffnet. Bauarbeiten. Oscar schlug sie hinter mir zu, ein dumpfes, sehr unangenehmes Geräusch. Er trug einen blauen Anzug, der, wenn man von der Mütze absah, einer der zahlreichen Dienstkleidungen glich. Vom Führer durch Pariser Museen bis zum Parkwächter. Aus der Tasche seiner dunkelblauen Jacke holte er dieses Ding hervor, das große Kaliber, das ich schon im *La Boca* bemerkt hatte. Er hatte mich gewarnt auf seinem Tonband. Für den Fall eines Wiedersehens sollte ich mich in acht nehmen.

– Wohin gehen wir?

– Wir gehen hinunter.

– Gehörst du jetzt zum städtischen Dienstpersonal?

– Kann gut sein.

Man kommt nicht so ohne weiteres in die

Julisäule hinein. Wenn man keine offiziell ausgestellte Ausnahmegenehmigung hat, ist schon eine etwas heißere Demo, ja ein Aufstand nötig, um in ihr Geheimnis einzudringen. Oder eine langjährige und sehr innige Vertrautheit mit den Örtlichkeiten. Ich selber kannte mich mit diesen verschiedenen Möglichkeiten sehr gut aus. Oscar ließ die Wendeltreppe, die zum Genius hinaufführt, unbeachtet und zog mich nach unten. In Richtung Krypta, in Richtung Kanal.

In dem Mausoleum ruhen angeblich die sterblichen Überreste der «französischen Bürger», die am 27., 28. und 29. Juli 1830 «zu den Waffen griffen und kämpften», um «die Freiheitsrechte zu verteidigen». Es ist bekannt, daß auch die Reste einiger ägyptischer Mumien, Reliquien von Bonapartes Ägyptenfeldzug, darunter sind, die unglücklicherweise zu den Märtyrern gelegt worden waren. Was bedeutete das schon? Das Feuer der Blutigen Woche hatte das Ganze ohnehin in ein einziges Krematorium verwandelt. Geblieben ist nur die Überlieferung.

– Komm.

Ein Gang, eine steile Treppe. Oscar führte mich zum Kanal. Hier passierte eine merkwürdige Geschichte. Wir begegneten einer jungen Frau. Es war fast wie eine Erscheinung. Sie war groß und schlank, sehr blond – ausgesprochen hübsch – und bewegte sich im Schein von Streichhölzern durch das unterirdische Gewölbe.

– Was machen Sie da?

– Ich forsche, sagte sie ganz selbstverständlich.

– Aha!

Sie ging ihres Wegs, eine Art flüchtige Vision. Oscar nahm den seinen, der auch der meine war. Wegen der Pistole im Rücken.

Noch eine Stufe, dann das schmale Ufer des Kanals. Ein rutschiger Weg, der nicht den geringsten Fehltritt duldete. Das Wasser schwarz, bedrohlich. Zur Rechten die Öffnung des Bassin de l'Arsenal. Zur Linken der vollkommen glatte, gierige Abgrund, die Finsternis, in großen Abständen erhellt von bleichen, schräg einfallenden Lichtstrahlen. Auf diesem Weg gelangte man nach ein paar Kilometern zum Canal Saint-Martin... unterhalb meiner Wohnung.

Oscar schob mich nach links. Der kleinste Schritt hallte in dem Gewölbe wider. Ich kannte den Ort gut, die trüben Gefühle, die er hervorrufen konnte. Eine finstere Gegend, ja. Aber auch ein verschwiegenes Plätzchen, wenn man Lust auf Sex hatte.

Wir gingen noch etwa dreißig Meter weiter.

– Stop.

Ich gehorchte. Wozu brauchte er diese ganze Inszenierung? Er stand ein paar Schritte von mir entfernt, die Waffe immer noch in der Hand, aber nicht besonders drohend. Er schien sich unwohl zu fühlen.

– Ich bin nicht das, was ich gesagt habe. Nicht ganz.

– Du hast nicht gefoltert?

Er biß sich auf die Lippen.

– Doch. Das habe ich schon gemacht. Man konnte nicht anders. Es war eben Krieg.

Über uns, oben auf der Erde, klärte es sich

offenbar auf. Der Glanz der Lichtbündel, die durch die Lüftungsschächte des Gewölbes drangen, wurde dadurch heller, krönte das Wasser mit blaugrünen Strahlenkränzen. Ich mußte mich sehr anstrengen, um mir klarzumachen, daß der Mann vor mir, der seine falschen Geständnisse in kurzen, aggressiven Sätzen hervorstieß, tatsächlich derjenige war, der Jessica gefoltert und vergewaltigt hatte. Sie und so viele andere. Ich wußte auch, wenn er mir aus Unachtsamkeit nur die geringste Chance ließ, würde ich ihn... ich wollte ihn nicht töten. Ich wollte ihn schlagen, lange, damit er litt und damit es dauerte, damit es unerträglich war und damit es kein Ende nahm.

– Ein ekelhafter Krieg. Ich kriege ihn einfach nicht aus dem Kopf.

– Soll ich dich bedauern?

– Es ist mir egal, was du denkst! Und es ist mir egal, was deine Freundin und die anderen denken, die unserem Zugriff entkommen sind! Ich hasse sie, und ich verachte sie.

Das Gewölbe warf seine Worte als Echo zurück.

– Ich bezahle! Ich bezahle auf meine Weise. Ich brauche keinerlei Gericht.

– Das ist praktisch.

– Das ist die Hölle! Kannst du das begreifen? Diese Leute waren Gesocks, und sie haben uns gezwungen, schlimmer zu sein als sie. Und jetzt machen sie sich wichtig. Spielen die Märtyrer! Und ich...

Er gestikulierte heftig, es war grotesk. Aber die Erregung, die ihn erfaßt hatte, war noch nicht groß genug, als daß ich eine vernünftige Chance gehabt hätte, mich auf ihn zu stürzen und ihm den Hals umzudrehen. Ich hatte keine große Lust mehr, vernünftig zu sein. Eine Frage von Sekunden.

– Nur um mir solchen Unsinn zu erzählen, wolltest du mich unbedingt sehen? Und warum ausgerechnet hier?

Oscar nahm sich zusammen. Er ließ es mich sogar fast zu gut merken.

– Weil ich mich hier auskenne. Ich habe schon vor langer Zeit herausgefunden, wie man unter die Säule gelangt. Ein prima Versteck für einen... wie sagt man bei euch? «Ohne festen Wohnsitz».

– Und weiter?

– Es dürfen keine Artikel mehr über Ortiz veröffentlicht werden (wieder wurde er unruhig). Nicht mit Fotos von mir, nicht mit dem, was ich auf dem Tonband gesagt habe.

Es war sehr dunkel, aber ich war sicher, hinter ihm im Schatten bewegte sich vorsichtig etwas.

– Ich habe gelogen, was Ortiz betrifft. Er ist nicht in Paris. Und falls er kommt...

Dann ging alles ziemlich schnell. Eine Silhouette löst sich aus dem Schatten, Oscar dreht sich um, der Schuß knallt und hallt endlos wider, ich stürze los und erkenne Villon. Schreie, Keuchen.

Es war ein mittelmäßiger Nahkampf. Oscar gelang es anfangs nicht, sich von meinen Fingern zu befreien, die ihn würgten. Ich schlug seinen Kopf mehrmals auf den zementierten Uferweg. Die Furcht, das wahnsinnige Verlangen, ihn umzubringen. Es war ein schrecklicher und zugleich beruhigender Lärm. Mit den Fingernägeln zerkratzte er mein Gesicht, meine Hände. Ich glaubte zu spüren, daß Oscar aufgab, doch nur für Sekundenbruchteile. Er spannte sich, stemmte sich hoch, brachte uns ins Rollen. Ich fühlte das schwere Gewicht Villons auf mir. Er versuchte, uns festzuhalten. Ich hing mit dem gesamten Oberkörper über der Tiefe. Ein paar Zentimeter, noch ein Aufbäumen. Ich kippte. Der Sturz. Das eiskalte Wasser. Ich ließ los. Hände griffen nach mir, hinderten mich daran, an die Oberfläche zu gelangen, und ich hatte Angst, große Angst. Ich versuchte mich zu wehren. Das Gewicht meiner Kleidung, das zähflüssige Wasser. Mein Überlebensgestrampel kam mir so träge vor wie in Alpträumen, in denen man läuft, ohne vom Fleck zu kommen. Dann ließ die Umklammerung nach. Ich machte instinktiv einige unkontrollierte Bewegungen, um wieder an die frische Luft zu gelangen. Endlich konnte ich atmen, husten, das widerwärtige Wasser ausspucken, das meine Kehle, meine Lunge, meinen ganzen Körper durchdrungen hatte. Villon packte mich am Ärmel, versuchte, mich ans Ufer zu bringen. Das bißchen, was ich in diesem Moment von seinem Gesicht sah, war mehr als beunruhigend. Der Bulle war völlig verstört. Er ließ los.

– Der Arm, schluchzte er. Ich kann nicht mehr.

Ich erreichte mit Müh und Not den glitschigen Zementrand, wobei diesmal ich den Bullen zog. Für ein paar lange Sekunden verharrten wir dort erschöpft. Ich drehte mich um. Mehrere Meter von uns entfernt versuchte Oscar ans gegenüberliegende Ufer zu kommen. Er schwamm langsam und ungelenk, aber mit einer solchen Wut, daß ich jeden Gedanken an Verfolgung gleich wieder aufgab. Meine Augen, die Nase und der Mund waren noch voll von modrigem Wasser.

Ich konnte erkennen, wie er sich auf den Gehsteig hieven wollte. Er rutschte mehrmals ab, bevor er es schließlich schaffte. Auch er war wohl am Ende seiner Kraft. Er verschwand im Dämmerlicht.

– Ein Arm ramponiert, der andere verletzt, sagte Villon. Sie werden mir helfen müssen.

Und das in unserer augenblicklichen Lage! Ich brauchte ganz schön Zeit, bis ich endlich auf den Uferweg geklettert war, weitere Zeit, bis ich wieder ordentlich Luft bekam, und noch mehr Zeit, bis ich Villon zu mir heraufziehen konnte. Benommen und triefend lehnten wir uns an das Gewölbe, blieben erst einmal sitzen. Ich wußte nicht, was er empfand. Ich jedenfalls fühlte mich alt.

Ich half ihm, die Jacke auszuziehen. Der Knochen war sicher nicht in Mitleidenschaft gezogen, aber es war trotzdem eine ernsthafte Verletzung. Tatsächlich konnte er den linken Arm kaum noch bewegen. Der Bulle klapperte mit den Zähnen.

– Er hat sofort geschossen. Ich habe das Feuer nicht erwidert.

– Sie hatten Angst, mich zu treffen, ist es das?

– Ich hatte vor vielen Dingen Angst.

Faulige Brühe lief an uns herab, wir waren an einem der schönsten Orte von Paris. Wir waren lächerlich.

Bei mir zu Hause fand sich nichts. Nichts mehr und niemand. Nur eine Nachricht, mit Klebstreifen am Bewaffneten Arm befestigt. «Bin zu Marti gegangen.» Unterschrift Ida. Sie hatte oben alles ausgeräumt, ihre sämtlichen Sachen, alles saubergemacht. Bis auf einen immer noch sehr starken Geruch war fast nichts mehr übrig. Ihn zu vertreiben war jetzt nicht das wichtigste. Ich griff zum Telefon.

Rita versicherte mir, daß Jessica die Cour du Cheval-Blanc wirklich verlassen hatte. Ohne Zwischenfälle. Wie?

– Wie? Du kennst diese Gegend besser als ich. Alle Häuser sind miteinander verbunden. Niemand hat ihr aufgelauert, und sie ist unauffällig gegangen. Sie ist in Gefahr? Mehr als vorher?

Was wußte ich im Grunde schon darüber! Wenn Oscar mit mir hatte Kontakt aufnehmen können, hieß das, er war mir seit Tagen auf der Spur gewesen. Eine nicht besonders schwierige Übung bei meinen armseligen Vorsichtsmaßnahmen. War er allein? Bestimmt nicht. Er hatte Wert darauf gelegt, mir zu sagen, daß Ortiz, Ortiz und sicher auch die anderen nicht in Paris waren. Na schön, das war ein Ablenkungsmanöver. Eine Verschleierungstaktik, eine Reaktion auf die Artikel in *Le Soir*.

– Er hat sich gerührt, sagte Villon. Das zeigt, daß sie den Kopf verlieren. Das ist gut.

– Sind Sie mit sich zufrieden?

– Okay. Vorhin habe ich ein bißchen lange gebraucht, um zu kapieren, was da lief.

Es war, wie es schien, meine Schuld. Meine Gewohnheit, ohne Vorwarnung über Zäune oder

Gitter zu klettern. Er hatte Oscar nicht einmal sofort erkannt.

– Und später habe ich mich in der Krypta verlaufen.

«Ein erstaunlicher Ort», fügte der Bulle hinzu, als müßte er mich davon überzeugen. Dennoch konnte er nicht verhindern, daß sich sein Gesicht verzog. Er stand mit nacktem Oberkörper vor dem Waschbecken in meinem Bad, und die alkoholgetränkte Watte, mit der er seine Wunde betupfte, verursachte sicher ein schreckliches Brennen.

– Helfen Sie mir, einen Verband anzulegen.

Die Kugel hatte seinen Bizeps zerrissen. Eine sehr häßliche Wunde, die eine fachmännischere Pflege erforderte als unsere Flickschusterei. Villon wurde bleich, während ich die Mullbinde festzuziehen versuchte. Mit Hilfe eines Telefonbuches mußte es doch möglich sein, einen anständigen Arzt zu finden, der hoffentlich da war, bevor dieses Wrack von einem Bullen umkippte. Danach würde man ernsthaft erwägen müssen, die Polizei anzurufen, und zwar die richtige.

Es herrschte Gedränge in der Galerie. Die vielen Gäste von Marti standen sogar bis auf den Bürgersteig hinaus. Einige Stammgäste des *Balajo* kamen vorbei, um einen Blick auf die ausgestellten Gemälde und Zeichnungen zu werfen. Natürlich ließen sie sich auch das großzügige kalte Buffet nicht entgehen, das Baxter hinten im Atelier aufgebaut hatte.

– Sie sind die Schaufensterpuppen also losgeworden?

– Einer Ihrer Freunde aus der Rue de la Roquette hat sie gekauft. Er glaubt, daß ich ihm einen guten Preis gemacht habe, aber unter uns gesagt, er hat mir echt aus der Patsche geholfen.

Baxter interessierten die Schaufensterpuppen und Maleo herzlich wenig. Er zog die Ausgabe von *Le Soir* hervor, die zusammengefaltet in seiner Tasche gesteckt hatte.

– Ich bin immer noch schockiert. Es wird Ihre Meinung über mich nicht verbessern, aber ich wußte nicht... was sie alles durchgemacht hat. Sie hat mir darüber nie etwas gesagt.

Das konnte sogar stimmen. Es war bedrükkend. Baxter zitterte, ein Gefühl, das er schlecht beherrschte, trübte seine Stimme.

– Was sie ihr angetan haben...

– Ich habe keine Meinung über Sie, Monsieur Baxter. Und das ist nicht schlimm, weder für Sie noch für mich. Aber Sie sind unfähig gewesen, den Körper dieser Frau zu sehen.

– Wollen Sie damit sagen...?

Ich hatte nicht nur die Narben gemeint. Aber ich hatte vor allem überhaupt keine Lust, mit einem Galeriedirektor über Jessica zu sprechen.

Ein ständiges Unterhaltungsgemurmel drang aus den Sälen herüber. Viele Stammgäste des *La Boca*, unbekannte Latinos, Leute aus dem Viertel, Künstlerkollegen, auch ein paar Arbeiter von der Baustelle, denen ich von der Ausstellung erzählt hatte. Roger, der Vorarbeiter und Chefzerstörer, war da.

– Gefällt es Ihnen?

– Es ist schön, sagte er. Aber das macht uns die Arbeit nicht leichter. Wie soll man bei dem

Job, den wir haben, keine Gewissensbisse kriegen? Das ist wie bei der Malerei der jungen Leute.

– Welche jungen Leute?

– Die da.

Die Mi Noche Triste plünderten gerade mit Inbrunst das kalte Buffet. Aus Jill de Rays Jakkentasche ragte eine Farbspraydose hervor.

– Glauben Sie, es macht uns Spaß, ihre Wandmalereien mit dem Bulldozer zu bearbeiten? Die Zäune, die sie besprühen, auszutauschen?

– Finden Sie das denn nicht schön?

– Doch, das ist es ja gerade! Aber ich mache nur, was mein Job ist, und gelte als Vandale. Ich will Ihnen etwas gestehen. Sie haben mich neugierig gemacht, diese jungen Leute. Eines Nachts habe ich mich in einer leeren Wohnung in der Rue de Charenton versteckt und auf sie gewartet. Ich habe ihnen bei der Arbeit zugesehen. Sie haben mich nicht bemerkt. Es war toll. In weniger als einer Viertelstunde haben sie eine ganze Wandfläche vollgepinselt. Vielleicht zwanzig Quadratmeter. Großartig. Phantastische Farben...!

– Und dann?

– Diese Wand stand für den nächsten Tag auf dem Poclain-Programm. Nichts zu machen, Plan ist Plan. Außer ein paar Freunden hat niemand ihr Bild sehen können. Und dabei war es schön, was sie gemacht hatten: ein Kai mit einem Schiff im Hintergrund. Ein Frachter. Außerdem eine Nutte und ein Freier. Aber das wichtige war, glaube ich, der Frachter. Mitten auf der Place de la Bastille. Sie dürften sauer auf uns gewesen sein, die Kids.

Nicht unbedingt. Ich war sogar vom Gegenteil überzeugt.

– Ich werde euch miteinander bekanntmachen.

– Ich lege keinen Wert darauf, sagte Roger ziemlich heftig.

– Warum nicht?

– Man tut, was man tun muß, die einen wie die anderen, jeder in seiner Gegend. Es ist die gleiche Gegend, aber weil es nicht zur gleichen Zeit geschieht, ist es auch wieder nicht die gleiche. Eine Art friedlicher Koexistenz. Wenn es mehr darüber zu sagen gibt, können Sie das gut allein besorgen.

Roger fügte hinzu, es sei schon spät und er müsse jetzt gehen.

Die Ausstellung kam an. Das bestätigten mir ein paar Gesprächsfetzen, die ich auffing. Aber es war ein unwichtiger Eindruck, der nicht einmal Schlüsse auf die zu erwartenden Artikel der anerkannten Spezialisten zuließ. Keiner der hier Anwesenden machte sich auch nur die geringste Notiz auf dem allerkleinsten Fetzen Papier. Es wurde viel über Jessica und die Artikel in *Le Soir* geredet. Marc war mindestens genauso umringt wie Marti. Vielleicht sogar stärker. Auch Villon war da. Gott sei Dank kam niemand auf die Idee, ihm Beachtung zu schenken.

– Ihr Arm?

– Ein Monat Zwangspause, sagte er mürrisch. Das wird allen recht sein.

– Die Untersuchung?

– Sie haben einen jungen Hüpfer auf den Fall angesetzt. Er hat gesagt, er kommt mich morgen besuchen oder später. Er hat viel zu tun. Warum sehen Sie mich so an?

Das stimmte. Ich sah ihn sehr aufmerksam an.

– Nichts. Sie sollten sich demnächst vielleicht mal wieder rasieren, das ist alles.

– Ach ja? Ich dachte, ein Dreitagebart ist was Schickes.

– Dann nehmen Sie wenigstens eine Dusche.

Rita kam vorbei und befreite mich von dem Bullen. Mit ihrem schwarzen Pelz und der dreißig Zentimeter langen Zigarettenspitze sah sie aus wie die orientalische Verräterin aus einem Comic von Milton Caniff.

– Da, sieh mal, sagte sie zu mir. Das ist der Clou des Abends.

Ida trat auf, ein verspäteter Star. Sie kam aus dem Atelier. Ein Traum! Schminke, Federn, Pailletten. Sie war eine absolut neue Mischung aus Môme Bijoux (wer erinnert sich noch an sie?) und Mae West. Blitzlichter flammten auf. Sie bot den Handrücken zum Kuß an. Man stürzte sich auf sie. Marti ließ seine Gesprächspartner stehen und schubste bedeutende Leute beiseite, um die Frau, die er liebte, zu umarmen.

Ich glaubte, draußen im Dämmerlicht Maleos Gestalt zu erkennen. Er trug einen alten Trenchcoat und eine Schirmmütze trotz dieser lauen Frühlingsnacht.

– Du bist die Schönste, sagte Marti.

– Heute abend stimmt das, flüsterte Rita.

Ida schritt voran, und vor ihr öffnete sich der Weg. Marti nahm zeremoniell ihren Arm. Von

Werk zu Werk führte er sie durch die Ausstellung. Bis zur letzten bemalten Tischdecke. Eine etwas merkwürdige Sache, über die ich bis jetzt nicht allzuviel nachgedacht hatte. Von weitem (und es war ausdrücklich dafür gemacht, auch von weitem gesehen zu werden) ähnelte das Ganze dem Oberkörper einer Frau, zwischen Mund und Scham. Mit zwei ungeheuer üppigen, runden Brüsten. Trat man näher, war es ein irrwitziger Stadtplan. Noch irrwitziger als all die anderen. Eine der großen Brustwarzen wurde zum Zentrum der Place de la Bastille, die andere deutete den «Obelisco» als Mittelpunkt der Vierhundertjahrfeier von Buenos Aires an. Die trichterförmige Mündung der Seine verschlang den Cavanagh-Wolkenkratzer. Eine Passage am Opernhaus bildete ein rührendes Faltenpaar in der Bauchgegend nicht weit weg von einem sehr unbestimmten Treffpunkt der Pariser Kommune. Eine Metrostation trug den Namen Cortázar. Eine andere hieß Borgès. Dieser Name war durchgestrichen, dann neu geschrieben. Es gab eine Rue Diescepolo, eine Rue Enrique-Cadicamo, eine Rue Anibal-Troilo. Dicht daneben, mit rosa Stift gezeichnet, der Platz des Kapitols, den er ebenfalls mit einem Opernhaus beehrt hatte. Kleine Anmerkungen. «Verblüht, geschminkt, prachtvoll, meine Stadt, du.» Hundert Einzelheiten, Überlagerungen, Verflechtungen boten sich dort an. Ich wollte sie nicht allzu genau betrachten, nicht zu schnell. Mir Zeit nehmen für diese Gebrauchsanweisung. Mit Bleistift gezeichnet, eher unauffällig, obwohl den ganzen oberen Teil der Zeichnung bedeckend, ein sehr genau reproduzierter Schriftzug. Ein brüderlicher Ausruf. Eine Losung. Ein Sinnbild. «Che.» Nur dieses Wort.

Ich war gar nicht sicher, ob mir dieses letzte Tischtuch gefiel. Ida gab kleine Schreie von sich, teilte die Menge, um zu mir zu kommen und mich zu umarmen, obwohl ich doch nichts von ihr verlangt hatte.

– Hast du die richtige Wahl getroffen?

– Sag mir nicht, daß ich mich vögeln lasse, flüsterte sie. Ich weiß es.

Sie entfernte sich, besann sich dann anders.

– Ich kann weiterhin kommen, um deinen Katzen Futter zu geben, wenn du willst.

Sie sprach leise, sehr leise.

– Seine letzte Zeichnung ist mir unangenehm. Er sagt, er hat sie für mich gemacht.

– Ja, und?

– ... das ist doch Scheiße (sie zuckte die Achseln und ihre Brüste erzitterten). Die reinste Scheiße. Das ist nicht gut für ihn. Und weißt du was?

– Nun?

– Er wollte für heute abend ein Tangoorchester haben, das die Ausstellung begleitet.

– Warum nicht?

– Tango, euer Tango, ich habe die Nase voll davon.

– Warum bist du zurückgekommen?

Sie nahm meine Hand und drückte sie an ihre Brust.

– Weil er Zaster hat, und einen Schwanz, der funktioniert, jedenfalls noch eine Weile.

Gegen die Stimmung ringsum war nichts zu

sagen. Ein sympathischer Gesellschaftsabend, mit Maßen alkoholisiert. Die Kritikerin von *Le Soir*, eine ziemlich hübsche Dunkelhaarige, mit sehr teurem Schmuck behängt, versicherte mir (auch von ihr hatte ich nichts verlangt), daß sie einen grundlegenden Artikel über diese wirklich erbauliche Ausstellung schreiben wolle. «Erbaulich», das war ihr Wort. Der Mund dieser Frau war eigenartig. Schmale Lippen, verkrampft von einer ständigen Gier ohne Freude noch rechten Appetit.

– Einen grundlegenden Artikel, wiederholte sie.

– Mit einem großen Foto, sagte Marc.

Er war in seinem Element. Alle waren gekommen. Ich war der einzige, der sich ein bißchen langweilte. Und Villon wahrscheinlich. Den gleichen Überdruß zu empfinden wie ein Bulle war kein Trost.

– Diese Dokumentation hat unglaublich eingeschlagen, sagte der Journalist. Jetzt kommt alles darauf an, den Schwanz des Drachen nicht loszulassen.

Man sprach zuviel von Schwänzen an diesem Abend.

– Wo ist Jessica?

– Nicht so wichtig, sagte ich. Morgen früh, wenn ich wieder nüchtern bin, bringe ich dir die Exklusiventhüllungen über Oscars Wiederauftauchen und über das Pech unseres Lieblingsbullen.

– Ich rechne fest damit.

Er verstand sich aufs Rechnen. Marti gesellte sich zu uns. Auch er hatte den *Le Soir* zusammengefaltet in der Tasche. In der Tasche eines Spenzers, der ihm nicht besonders gut stand. Wegen seines Bäuchleins, denke ich.

– Die Fotos, die ihr veröffentlicht habt, sind entsetzlich.

Wie alle hier, hatte auch er bereits viel zuviel getrunken. Während er sprach, verfolgte er Idas Bewegungen. Ganz gleich, was er darüber sagen mochte, der Weggang seiner Mätresse hatte ihn beruhigt, aber ohne sie konnte er nicht leben. Er hatte keine andere Wahl gehabt, als sie wiederkommen zu lassen. Glückliche Hölle. Ida hatte sich an Baxter herangemacht. Sie drängte sich an den armen verlegenen Mann. Nur wegen des Vergnügens, gesehen zu werden. Von Marti und der ganzen Gesellschaft.

Marti trank seinen Scotch und fing wieder an, die Zeitung vor unserer Nase zu schwenken.

– Diese Fotos sind entsetzlich, weil sie zunächst einmal entsetzlich schön sind! Was glaubt ihr, wie viele Typen sich seit heute morgen einen runtergeholt haben, während sie die Bilder der vergewaltigten Jessica betrachteten? Wie viele sogar von den netten Burschen hier? Man hätte diese Fotos nicht veröffentlichen dürfen. Es war falsch, daß ihr es getan habt.

– Jessica hat darauf bestanden.

Eine dürftige Antwort, niemand fiel darauf herein.

– Wenn sie sich unter einen Lastwagen werfen wollte, würdest du es zulassen?

Ich hatte nie etwas anderes getan. Marti geriet ganz von allein in Wut.

– Was mich angeht, ich bin kein großer Politiker. Kein berühmter, schmerzensreicher Emigrant. Ich werde nicht verfolgt. Ich war nicht drüben, als dort all dieses Grauen stattfand. Aber ich habe noch ein bißchen Moral. Vorhin, als ich mit Ida gevögelt habe, habe ich an diese Fotos gedacht. Es ist wichtig, genau zu wissen, was man im Kopf hat, wenn man vögelt. Na ja, und da habe ich beschlossen, daß ich vielleicht eine Bilderserie über diese Folterungen und Vergewaltigungen machen werde. Wie der Verrückte, der seine Plakate überall im Viertel klebt. Genau wie er! Und das wäre würdiger als eure Schweinerei da in der Zeitung. Zumindest wäre Mitleid dabei und...

– Und was?

– Gefühl.

Manchmal entwickeln sich die Dinge mit gefährlicher Unerbittlichkeit. Jessica wählte exakt diesen Moment für ihren Auftritt in der Galerie. Ein unbestimmbares Schweigen breitete sich aus. Sie nahm mich beim Arm.

– Ich möchte etwas trinken.

Die Leute machten uns verlegen Platz, wußten nicht so recht, wie sie sich verhalten sollten. Einige Getreue aus dem *La Boca* wagten es, schüchtern zu grüßen. Jessica grüßte nicht zurück.

Am Buffet angelangt, schenkte ich ihr ein Glas Bourbon ein. Ohne Eis, wie üblich.

– Randvoll, bitte.

Sie trank den Alkohol langsam, Schluck für Schluck und ohne abzusetzen bis zum letzten Tropfen. Sie stellte das Glas ab, sie zitterte leicht. Ich glaube, ich war der einzige, der es merkte.

– Schenk mir nach.
– Bist du sicher?
– Gerade deswegen bin ich ja hier, weil ich bis zum Ende durchhalten will. Keine Angst.

Die Unterhaltungen nebenan waren nicht wieder richtig in Gang gekommen. Ein mühsames Geplätscher. Ich sah, wie Baxter sich verdrückte und Villon auf eine Weise lächelte, die seit neuestem sein Geheimnis war. Marti trat von einem Bein aufs andere. Marc massierte sich den Nakken. Jessica nahm mir die Flasche aus der Hand, füllte ein zweites Glas, reichte es mir.

– Stoßen wir an.
– Worauf?
– Auf uns. Auf den Endsieg. Auf Freiheit oder Tod. Auf Paris. Auf meine Reise nach Buenos Aires.

Ida löste sich aus der kleinen Gruppe, in deren Mitte sie der Star gewesen war, zögerte, kam auf uns zu. Ihre Schminke war nicht mehr perfekt. Eine kleine feuchte Spur glänzte zwischen ihren Brüsten. Lastendes Schweigen kehrte wieder ein.

Ida blieb vor Jessica stehen, schwankte unbeholfen hin und her.

– Sie und ich, wir kennen uns nicht gut, sagte sie mit sehr unsicherer Stimme. Ich weiß, was ich gern machen würde, aber ich weiß nicht, wie ich es machen soll.

– Was würden Sie denn gern machen? entgegnete Jessica.

– Das.

Fast gewaltsam packte Ida Jessica bei den

Schultern, drückte sie einen Augenblick an sich, küßte sie mehrmals.

– Das wollte ich machen. Sie küssen, weil...

– Sagen Sie es.

Ich sah deutlich, daß Ida errötete.

– Im *La Boca* waren Sie für mich eine Nachtschwärmerin wie jede andere. Ein bißchen schöner. Von der Art, die die Kerls verrückt macht. Aber in der Zeitung von heute habe ich gesehen... daß Sie eine große Frau gewesen sind. So, jetzt ist es heraus.

– Das sollten wir feiern, sagte Jessica.

Sie konnte viel trinken, das war nicht das Problem. Das Problem war die Kleidung, für die sie sich an diesem Abend entschieden hatte, Bluse und langer Seidenrock. Sehr teuer. Das Schönste, was sie zu zeigen hatte für ein letztes Fest. Das Problem war die Pistole in ihrer Tasche. Und diese Spannung, die noch keine Sekunde nachgelassen hatte, seit sie eingetreten war. Und dieser Ernst.

– Wann fährst du?

– Ich werde am 15. Juni aussagen.

– Und bis dahin?

– Oh! Bis dahin...

Eine junge Frau mischte sich unter die Gäste, die ihre Unterhaltungen wieder aufgenommen hatten. Zuerst konnte ich sie nicht einordnen. Blond, hübsch, ausstaffiert mit einem glänzenden knallgelben T-Shirt und einer hautengen knallvioletten Hose. Dann erinnerte ich mich. Es war die Frau, der wir in der Krypta der Julisäule begegnet waren. Sie erkannte mich ebenfalls und verzog auf drollige Weise das Gesicht. Es konnte besagen, daß solche Veranstaltungen nicht unbedingt ihr Fall waren, oder auch, daß Martis Bilder nichts taugten. Sie verschwand.

– Das zeugt doch wirklich von erlesenem Geschmack, sagte Jessica.

– Wovon sprichst du?

– Davon.

Die Schaufensterpuppen waren verschwunden, aber Baxter hatte noch niemanden gefunden, dem er die beiden Zahnarztstühle andrehen konnte. Sie prangten in einer Ecke des Ateliers, ins Blickfeld gerückt, weil sich irgendwer die Mühe gemacht hatte, Platz zu schaffen und die Grünpflanzen, die sie bis dahin verborgen hatten, wegzuschieben.

– Gehen wir, sagte Jessica.

Über den Dächern der Rue de la Roquette strahlte der erleuchtete Genius der Bastille wie auf einem Foto von Robert Doisneau. Es war Frühling, erkennbar an der Kleidung der Mädchen mitten in der Nacht. Ich schob meine Hand in Jessicas Bluse, um die Bewegung ihrer Brüste bei jedem Schritt direkter zu spüren.

– Ich habe auch Lust auf dich, sagte sie.

Wieder kamen wir auf den offenen nächtlichen Platz. Die Autos rasten, die Passanten zögerten, zumindest hatte ich diesen Eindruck. Es war wie der Augenblick, in dem das Bandoneon den Atem anhält und wartet, bereit seine ganze Fülle, seine ganze Leidenschaft zu entfalten. Jessicas Hand legte sich fester auf meinen Arm. Wir gingen unausweichlich in Richtung *Tour-d'Argent*.

Bei mir zu Hause stapelten sich sämtliche Fotos von der Veränderung dieses Schauplatzes. Sie mischten sich unter Hunderte anderer Spuren meiner Geschichte, die ich einfach nicht sortiert bekam. Sogar Ida hatte es aufgegeben, mir zu helfen. Dabei wußte sie viel über mein Leben und alles über das Viertel, seine tausend Verzweigungen, Schichten, Verbindungen und geheimen Passagen. All das war auf dem Boden dieser zum Lager gewordenen Wohnung ausgebreitet wie die Karten eines Tarockspiels, dessen Sinn ich nicht einmal mehr andeutungsweise begriff. Als nächstes sollte die Gaststätte in Angriff genommen werden.

– Das einzige verbliebene Gebäude, das den Sturm auf die Bastille gesehen hat.

– Warum machen sie das?

Warum? Ein ordentliches Schild am Rand der Baustelle erklärte das Prinzip. Zuerst Abriß, dann Rekonstruktion nach den Originalplänen. Es handelte sich um «die Wiederherstellung der Fassaden aus dem 17. Jahrhundert». Das sah nach einem – sehr kulturbeflissen durchgeführten – Prestigeunternehmen aus.

– Man zerstört Echtes und rekonstruiert Talmi. Eine Kopie von Gewesenem anstelle einer lebendigen Kneipe. Das Komische daran ist, daß das Ganze bestimmt sehr schön wird und auf die eine oder andere Weise hier auch wieder Leben einzieht.

Das Erdgeschoß und das gesamte erste Stockwerk waren verwüstet. Roger und seine Kollegen hatten die Fensterscheiben, die Außendekorationen, die meisten der Schilder entfernt. Aber nicht alle.

An der Ecke des Platzes und der Rue de Charenton war das schönste noch erhalten. Ein langes Doppelschild aus silbrigem Metall, schwarzumrandet, mit einem zwar grob gezeichneten, aber sehr stolzen mittelalterlichen Turm darauf.

– *Tour-d'Argent*, warum?

– Weil die Herberge, die sich hier befand, dem Südostturm der Bastille gegenüberlag. Kurz nach der Erbauung gegen Ende des 14. Jahrhunderts wurde hier der königliche Schatz zwischengelagert.

Jessica wollte Anekdoten? Die konnte ich ihr liefern. Bis zur Revolution hatte die Herberge selber auch einen Turm. Mit zwei Ausgängen, weil dort galante Schäferstündchen stattfanden. Auf diesen Turm hatte die heutige Gaststätte nur einen symbolischen Hinweis bewahrt. Eine kleine hölzerne Nachbildung über der Eingangstür. Inzwischen abgerissen wie alles andere auch. Das Gebäude glich schon einer Ruine.

– Wer wohnte in den oberen Wohnungen?

– Die Kellner, die Lehrlinge und der Chef. Er heißt Solignac. Der Bau gehört seiner Familie seit 1913.

– Was empfindest du bei diesem Abriß?

– Ich habe schon vor langer Zeit beschlossen, Paris trotz allem zu lieben.

Ich hätte hier gern mehr Protestaktionen erlebt. Die Liebe zur Straße, das ist vor allem dieses Sich-Einsetzen, mit seinen Strategien, seinen Tricks, seiner Gewalt letzten Endes. Die Erhebung. Aber ich fand es auch nicht schlecht, daß ich nur ein einfacher Spaziergänger war.

– Wenn du sehr alt bist, sagte Jessica, endgültig an Katarrh erkrankt, steif durch Rheuma und noch mürrischer als heute, läßt du dich als Führer anheuern und erklärst den jüngeren Generationen die Stadt. Du wirst das sehr gut machen. Und ich bin sicher, daß die wehmütig gestimmten alten Damen dir hochinteressiert zuhören werden.

– Ich fürchte, ich ende wirklich einmal so. Wohin gehen wir?

– Hierhin.

Wir betraten die Baustelle durch eine Lücke im Zaun, zwischen zwei Plakaten, auf denen die «Nacht des Agro-Instituts» angekündigt wurde. Die Gruppe Rita Mitsouko war die Hauptattraktion. Ein paar Schritte, und der Lärm, der vom Platz herüberdrang, wurde diffuser, gedämpfter, nur noch eine ferne Geräuschkulisse. Eine schöne, klare Nacht.

Die Gesteinsbrocken aus der Fassade waren dort aufgestapelt, wo vor einigen Wochen der Stand des Fischhändlers seinen Platz gehabt hatte. Bretter, Kunststoffstangen; Gipssteine, die noch im Flechtwerk aus verbogenem Eisenschrott hingen. Ich unterschied Türenteile, große Fetzen zerrissenen Stoffs, zertrümmerte Stuckleisten. Überall Glasscherben, Papier. Aus einem auseinandergefallenen Haufen fischte ich eine Speisekarte. Sie war überholt. Die Flasche «Chablis Domaine Laroche» zu achtzehn Franc oder ein «Chateaubriand-Robespierre» zu sechzehn

Franc fünfzig, das war Teil längst verflossener Gaumenfreuden.

– Komm, sagte Jessica. Gehen wir hinein.

Wir überschritten den ehemaligen Bereich «Notausgang», der schon lange ausgedient hatte. Aus geheimnisvollen Gründen hatten die Abrißarbeiter ihn bis jetzt respektiert. Auch den Zigarettenstand im Inneren, direkt am Eingang, hatten sie fast unberührt gelassen. Natürlich waren die Regale leer, aber die halbkreisförmige Verschalung aus lackiertem Holz gewann in meinen Augen das Aussehen eines kostbaren Relikts. Rechts oben in der Decke ein großes rundes Loch anstelle der abgerissenen Treppe. Diese gähnende Lücke öffnete sich auf den ehemaligen Saal des Restaurants in der ersten Etage. Über eine Stehleiter kletterten wir hinauf.

Oben trat das Chaos noch stärker zutage. Nur noch Bauschutt, der auf den Resten des abgenutzten Teppichbodens herumlag.

– Hier haben wir doch mal zu Abend gegessen. Wo war das? An welchem Tisch?

Es war kein einziger Tisch mehr da. Zerbrochenes Holz, aufgerissene Zwischenwände. Keine weiteren Anhaltspunkte. Wir tasteten uns vorsichtig weiter, verrenkten uns bei jedem Schritt beinahe die Füße. Eine kleine Tür führte zu einer Innentreppe. Sie war düster und mit riesigen Papiersäcken vollgestellt. Manche davon waren aufgeplatzt und hatten ihren Inhalt freigegeben, jede Menge altbackenes Brot, aus irgendwelchen Sparsamkeitsgründen aufbewahrt. Es lag auf allen Stufen. Wir klammerten uns an das schwankende Geländer und stiegen hinauf. Das trockene Brot knirschte unter unseren Absätzen

– Da sind die Wohnungen, sagte Jessica.

Leer und zerschlagen, auch sie. Sie verteilten sich hinter einer ganzen Flucht von Türen, eine Art Flur, der an der Innenseite der Fassade entlanglief. Das gelbliche Licht der Straßenlaternen auf dem Platz drang durch die Fenster herein und ließ die dunklen Ecken noch dunkler erscheinen.

Jessica ging vor mir her. Wir durchquerten einige der ausgestorbenen Zimmer. Hier und da leere Flaschen, Telefonbücher, Rechnungsbücher, ein Campingkocher, sogar Stroh. Von unten stieg erneut sehr deutlich der Verkehrslärm herauf: aufheulende Motoren, quietschende Bremsen, ein lebendiges Getöse. Jessica stützte sich auf ein Fensterbrett.

– Schön, die Place de la Bastille. Jedesmal wieder.

Sie zog selber ihren Rock bis über die Hüften hoch.

– Du wirst mich jetzt vögeln, und ich werde den Platz betrachten. Die Autos, die Leute, diesen ganzen Trubel. Genau so, ja. Damit wir eine Erinnerung mehr haben. Willst du?

Es war Freitagnacht, der 31. Mai. Motorradfahrer hatten sich auf dem Mittelstreifen oberhalb des Bassin de l'Arsenal versammelt. Ihr üblicher Treffpunkt. Sie teilten den Platz mit einem kleinen Jahrmarkt. Ein Karussell, ein Autoskooter, ein Pommes frites-Verkäufer. Von bunten Neonlichtern grell beleuchtete Buden. Die Maschinen jaulten manchmal auf und drehten ein paar Runden um die Julisäule. Jessica sagte, sie wolle ganz nackt sein.

– Ich darf nicht vergessen, daß es an der Straßenecke ein Schild «Achtung – Blinde» gibt. Daß der Genius sich auf dem linken Fuß emporschwingt. Und nicht diese Liebkosung da an meiner Brust.

Sie vergaß nie etwas.

– Nie, das ist wahr. Was sie mir angetan haben. Diese kleine alte Frau, die da unten trippelt, und daß wir bestimmt die einzigen sind, die es sehen. Diese stillgelegte Metroöffnung unter dem Fenster. Was mir dein Schwanz tut. Dieses Taxi, das vorbeifährt. Wie gern ich es habe, wenn du mich von hinten nimmst. Die Worte, die du für meine Geschichte in der Zeitung gefunden hast. Diese Pistole in meiner Tasche. Die Feste im *La Boca*. Das Lachen von Ortiz. Das Spektakel, das wir hier eines Abends im Mai erlebt haben, als es gewittrig war. Dein Fahrrad, das erste Mal, als ich damit auf dem Boulevard Richard-Lenoir gefahren bin und wie ich beinahe hingefallen wäre, genau vor dem Pornokino. Danach sind wir in den Porno gegangen. Miguels Plakate. Ich vergesse nicht. Ich kann es nicht. Nichts.

Ich denke, man weiß stets, wann man das letzte Mal mit einer Frau schläft, die man liebt. So war es hier. Jessica kleidete sich langsam wieder an. Draußen wurde ein Motorradfahrer von einem Auto gestreift. Ein bösartiger, banaler Knall. Das Motorrad kippte um, rutschte über das Pflaster. Es sprühten sogar Funken. Der Typ stürzte schwer. Und dann war ein Geräusch, ein Knacken, aus dem Nebenzimmer zu hören.

– Da ist jemand, sagte Jessica.

Schon hatte sie ihre Pistole in der Hand und stürzte los. Der Klang eiliger Schritte hallte wider. Eine Flucht. Etwas lächerlich, weil Jessica ihren Rock noch nicht wieder angezogen hatte. Es gefiel mir, ihrem Hintern beim Laufen zuzusehen. Vielleicht gab es eine Möglichkeit, den Typ über eine andere Treppe zu erwischen.

Die verstreuten Brotkrümel waren hinderlich beim Abstieg. In der unteren Etage nahm ich nur noch einen Schatten wahr, der sich aus dem Staub machte, schon weit weg. Vielleicht Einbildung.

– Es war wirklich jemand da, sagte Jessica.

– Ein Penner, der gern Voyeur spielt.

– Oder einer, der gefährlicher ist.

Es machte mir Spaß, sie noch ein bißchen zu streicheln, so wie sie war, fast nackt und bewaffnet in diesem leeren Haus. Zu unseren Füßen lag mitten im Abfall ein zerknülltes Exemplar von *Le Soir*. Jessica unter Ortiz.

– Sie werden mir nie mehr etwas wegnehmen, sagte sie. Auch nicht die Bilder von mir selber. Und du, du wirst ein Anrecht auf alle gehabt haben. Ohne Ausnahme.

Der Motorradfahrer lag immer noch bewegungslos auf dem Rücken, wie er bei seinem Sturz gelandet war. Man drängte sich um ihn. Polizei, Blaulichter. Es gelang mir nicht, diese nächtlichen Rituale störend zu finden. Ich wollte auch gar nicht genauer wissen, was Jessica in der Zeit zu tun gedachte, die noch blieb, bis sie nach Buenos Aires fuhr. Ich erinnerte mich an Maleo und seine ausdrückliche Aufforderung, ich solle mich vorm *Tour-d'Argent* hüten, das alte Schlitzohr. Ich erinnerte mich vor allem daran, wie traurig er vorhin vor der Galerie in der Rue de Lappe gewesen war, die Trauer des unterlegenen Liebhabers. Wieder auf der Straße, schlug ich Jessica vor, bei ihr noch ein Glas zu trinken. Eine Art wie jede andere, den Augenblick hinauszuzögern, in dem sie mir sagen würde, daß sie jetzt gehen müsse.

– Ich ziehe es vor, dich sofort zu verlassen, sagte sie.

– Endgültig?

– Wir sehen uns vielleicht einmal wieder, aber es wäre bestimmt kein gutes Treffen. Das ist nicht schlimm. Ich weiß, daß du mich nicht mehr liebst. Widersprich nicht. Diese Nacht hast du mich kein einziges Mal fotografiert.

Cour de Juin

Heute wirst du Vergangenheit für mich
Und wir beschreiten andere Wege.
Wie groß war unsere Liebe!
Sieh, was von ihr geblieben ist.

Esta noche, amiga mia, beberemos.

Marti lag verrenkt in einer Lache dickflüssigen Blutes, in dem braunschwarze Reflexe schillerten. Auch auf der weißen Wand und auf dem Plan der Geisterstadt, der über dem Leichnam hing, war Blut. Ein langer Streifen, der ebensogut das Werk eines Jackson Pollock hätte sein können. Auf dem Plan verband ein ultimativer Strich die Rue du Faubourg-Saint-Antoine mit der Avenida Florida. Ich brachte es nicht über mich, die sonstigen Zeichen dieser allerletzten Verwandlung der Karte zu deuten. Das bereits erstarrte Gesicht Martis drückte nichts anderes als Verblüffung aus. Villon ordnete an, das Laken wieder über ihn zu decken. Ringsum machten sich die Beamten der zuständigen Polizeidienststellen mit exakten Bewegungen zu schaffen.

– Leicht zu rekonstruieren. Der Tag ist gerade erst angebrochen. Jemand klopft. Er öffnet, kein Anlaß zum Mißtrauen. Sofort kriegt er eine Kugel mitten in die Brust, aus nächster Nähe oder doch fast, dann noch eine. Großes Kaliber. Aber mit Schalldämpfer. Auf der Straße hat niemand etwas gehört.

– Und dann?

– Der Mörder macht weiter. Er durchquert den Saal, geht zum Atelier. Es sieht ziemlich böse aus, ich warne Sie.

Vorgewarnt oder nicht, es war gräßlich. Ida lag tot vor den beiden Zahnarztstühlen. Nackt unter ihrem weit geöffneten Bademantel. Milchweiße Haut und blutige Löcher. Ich spürte, wie mir übel wurde. Dieser Mord war eine Mischung aus Unrecht und Obszönität.

– Schon die erste Kugel war tödlich, sagte Villon (seine Stimme bebte), aber welche war es? Die sie mitten in den Kopf getroffen hat? Oder die andere in der Brust?

Der Mörder hatte auch mehrmals und ganz aus der Nähe in den Unterleib geschossen. Eine dichte Pulverschicht hatte sich im weißen Fleisch abgelagert. Lächerliche Verbissenheit oder Zeichen eines niederträchtigen Bedürfnisses.

– Decken Sie sie wieder zu, sagte ich zu Villon. Und machen Sie schnell, bitte.

Ein Bulle zog an dem Laken. Das letzte Bild, das ich von Ida hatte, war das aschfahle Gesicht, verschmiert von Schminke und Blut, mit dem aufgeplatzten und von gefärbten Haarbüscheln durchsetzten Brei anstelle der Stirn.

Jessicas Aussage und die Fotos waren mit Klebstreifen an der Wand befestigt, daneben der große Entwurf einer noch sehr wirren Kohlezeichnung. Eine Art Folterszene.

– Nach Baxters Worten haben sie hier schon seit einiger Zeit praktisch gewohnt.

Marti hatte sogar einen Teil seines Materials herübergeschafft. Hier war mehr Platz als in seinem Atelier in der Cour de Mai. Mehr Licht. Er konnte besser arbeiten. Manchmal blieb er über Nacht mit Ida hier. In einer Ecke lag eine Matratze. Wie lautete Villons Hypothese?

– Ortiz oder Oscar, antwortete er sehr schnell. Oder einer der Ihren.

Das hielt nicht stand. Keine Sekunde.

– Marti hat keine Politik gemacht, sagte ich. Er war nicht als Zeuge im Prozeß vorgesehen.

Villon begann, auf und ab zu marschieren, seine behinderten Arme machten kleine eckige Bewegungen dazu.

– Sie verstehen nichts von der Politik des Terrors, mein Lieber. Wenn sie foltern, ist es ihnen meistens völlig egal, ob sie Geständnisse erhalten. Sie wissen bereits alles. Wenn sie morden, besonders auf diese Weise morden, dann zuallererst, um andere wichtige Leute einzuschüchtern, um Panik hervorzurufen. Wo ist Jessica?

Vielleicht in Buenos Aires. Ich wußte nichts darüber. Seit mehreren Tagen versuchte ich mir einzureden, daß ich es nicht zu wissen brauchte. Die aufgeregte Gewißheit Villons ärgerte mich.

– Sind Sie mit der Untersuchung beauftragt?

– Nein. Ich bin immer noch in Ungnade, beinahe verdächtig. Aber ich gehöre zum Haus, man duldet mich. Der Typ, der jetzt meine Vorgänge bearbeitet, ist kein schlechter Kerl.

Villons Meinung nach war er nur ein schlechter Bulle.

Da ich es nicht fertigbrachte, Maleo aufzusuchen, ging ich direkt zu *Le Soir*.

Hinter Marcs Schreibtisch hing ein großes Plakat. Eine schwarz umrandete gelbe Hand: «Rühr meinen Kumpel nicht an». Es rief zu einer großen antirassistischen Versammlung auf der Place de la Concorde auf, ein riesiges Fest mit vielen Gruppen und Sängern. Eine gute Idee. Es war für den 15. Juni geplant. Das war der Tag, an dem Jessica aussagen sollte.

Marc hatte einen seiner schlechten Tage erwischt. Ich auch. Es gab ein paar gute Gründe dafür. Ich war bereit, mir schlechte dazu zu erfinden. Wir sprachen wenig über den «Doppelmord in der Rue de Lappe» (so lautete der Titel in den Agenturmeldungen). Wir waren uns einig über die Unhaltbarkeit von Villons Hypothese. Aber nicht aus den gleichen Gründen.

– Dieser Bulle wird allmählich verrückt. Ortiz hat mit der Sache nichts zu tun.

Der Ton war entschieden. Marc hatte neue Anhaltspunkte und legte Wert darauf, mich einzuweihen. Mit einer gewissen Gereiztheit.

– Einer meiner Burschen vom Filmdienst war vorhin bei mir. Er erzählt hochinteressante Geschichten. Er ist noch draußen. Das beste ist, du hörst ihn dir an.

– Ich gehe ziemlich selten ins Kino. Laß ihn hereinkommen.

Er trat ein. Ein mittelgroßer, kurzsichtiger Typ mit Stirnglatze. Er wirkte etwas nervös, und sein gemustertes Tweedjackett paßte schlecht zu seiner Krawatte. Oder es war gerade modern. Oder er war mir unsympathisch.

– Weil Sie offenbar an dem Kram nicht mehr interessiert waren, hat Marc mich gebeten, einen Blick auf die Filmrollen zu werfen, die Sie im Safe hinterlegt haben.

Auch seine Stimme war unangenehm. Er räusperte sich.

– Hmhm! Es scheint mir, daß die Folgen, die... also, aus denen wir Dokumente entnommen und als Beweise veröffentlicht haben... nun ja...

Der Rest verstand sich von selbst. Fiktion. Montagen.

– Man muß wissen, daß es in Korea, in Hongkong, auf den Philippinen und auch in Lateinamerika illegale Gesellschaften gibt, die solche Filme produzieren. In Mengen. Es gibt einen regelrechten Markt dafür. Ein Publikum.

– Trifft das auf alle Fotos zu, die wir veröffentlicht haben?

– Es bleibt natürlich immer ein Zweifel. Aber bei den Bildern aus dem Material, das Sie gefunden haben... handelt es sich meiner Meinung nach um sehr spezialisierte Hardcore-Pornos. Einige der Protagonisten, die im Hintergrund zu sehen sind, haben auffallende Ähnlichkeit mit Schauspielern, die man regelmäßig in diesen notwendigerweise nur beschränkt verbreiteten Filmen wiederfindet.

Er sprach mit der schüchternen Arroganz eines verlegenen Fachmannes.

– Könnten Sie das beweisen?

Es gefiel ihm nicht, daß er seinem Chef die Suppe versalzte. Marc hatte tatsächlich eine Stinkwut. Und zwar auf mich.

– Nicht sofort. Aber kurzfristig bestimmt. Ich

dürfte übrigens nicht der einzige sein, der diese Art Beweisführung erbringen kann. Und außerdem...

– Ja?

– Ihre Quelle. Der Mann, dieser Julio, der verschwunden ist. Der war in Spezialistenkreisen ziemlich bekannt.

– Mit Sadomaso-Pornofilmen?

– Unter anderem, sagte der Filmkritiker abschließend. Ein nicht besonders vertrauenswürdiger Mann, wenn Sie meine Meinung wissen wollen.

Niemand hatte ihn darum gebeten. Nicht in diesem Büro und wahrscheinlich auch nicht bei der Zeitung, in der sich sein Geschreibsel breitmachte. Aber er gab sie trotzdem von sich und verdiente auf diese Weise sein Brot. Marc bat ihn, uns allein zu lassen.

– Ein Idiot, zischte er, kaum daß der andere aus der Tür war. Er meint, daß Belmondo vielleicht doch noch Talent hat und daß Garrel ein großer Filmemacher ist. Aber was unsere Geschichte angeht...

– Du glaubst, er hat recht? Der Anwalt Jacob hat Ortiz immerhin offiziell wiedererkannt.

– Jacob war ein windiges Bürschchen mit der Tendenz zum Winkeladvokaten. Er war auf Sensationen aus und ließ darüber seine Fälle liegen. Überzeug dich bei deinen Latinofreunden. Die meisten von ihnen waren im Begriff, den Anwalt zu wechseln, als starb. Ortiz auf diesen Fotos wiederzuerkennen war für ihn ein Dreh, Werbung für sich zu machen.

– Er ist daran gestorben.

– Nicht unbedingt ermordet. Villons Statistiken sind voll von Leuten, die an einem Stromschlag in der Badewanne sterben. Wir stecken in einer häßlichen Geschichte. Das schlimmste weißt du noch gar nicht.

Er entschloß sich, den Bourbon hervorzuholen. Vielleicht wollte er mich beschwichtigen, bevor er die ernsten Dinge in Angriff nahm.

– Ich habe gestern ein Telex von unserem Korrespondenten in Buenos Aires erhalten. Nicht zur Veröffentlichung, nur zur Information.

– Und weiter?

– Es hält sich hartnäckig das Gerücht, daß man Ortiz gefunden hat. In der Gegend von Cordoba. Er hat Familie da unten, wie es scheint. Er soll sich der Polizei gestellt haben, nachdem er sich für kurze Zeit abgesetzt hatte.

– Ist das alles?

– Nein. Unser Korrespondent ergänzt, daß Ortiz ein Schriftstück abgefaßt hat. Es zirkuliert in den Militärvereinigungen der Ultrarechten. Darin erklärt er, daß er sich für eine Weile heimlich davongemacht habe, weil er durch die Verleumdungskampagne gegen die Armee und ihn selber, durch den Prozeß etc. «nervlich erschüttert» gewesen sei, so hat er es offenbar ausgedrückt. Wenn er sich entschlossen hat wiederaufzutauchen, sagt er heute, dann weil er es nicht erträgt, ein ungeregeltes Verhältnis gegenüber seinem Kommando zu haben. Schließlich sei er stets ein disziplinierter Soldat gewesen.

– Und in dem Umfang, den seine Chefs ihm zugestehen, ist er bereit, auf alle Anschuldigungen zu antworten, mit denen ihn die internationale kommunistische Verschwörung belastet, ist es das?

– So ungefähr.

Er war vor seinen tressengeschmückten Gesinnungsgenossen erschienen, und sie hatten ihn für unschuldig erklärt. Das Auslieferungsersuchen war abgelehnt worden. So spektakulär der gegenwärtige Prozeß gegen die Stabschefs auch war, es war nur eine Teufelsaustreibung mit begrenzten Folgen, die etwas schwierige Etappe hin zu einer mehr oder weniger formellen Amnestie, die den von den Müttern der Plaza de Mayo so sehr gefürchteten *punto finale* bedeuten würde. Ortiz würde eine kurze Zeit absitzen, weil er seinen Posten verlassen hatte.

– Was hat er die ganze Zeit über getan?

– Faktisch hätte er den Abstecher über Paris machen können. Aber...

Marc glaubte nicht mehr daran und ich nur noch halbherzig. Auf seinem Schreibtisch hatte er alle Fotos ausgebreitet, die uns während dieses Falls untergekommen waren. Nicht nötig, sie noch einmal durchzusehen. Die Abzüge, die wir von den Paramount-Filmen gemacht hatten, konnten aus irgendeiner Giftküche stammen. Meine Fotos von der Begegnung auf dem Boulevard Richard-Lenoir konnten den Bruder von Ortiz darstellen. Oder sonstwen. Sahen sie sich überhaupt ähnlich? Marc reichte mir ein Foto, ein Telekopie von AFP. Eines der seltenen Portraits des Folterers. Extrem unscharf.

– Die Fotos von Jessica?

– In Argentinien keine echte Reaktion, sagte Marc.

– Das heißt?

Er richtete sich in all seiner Massigkeit auf, nahm sich Zeit, auf dem Schreibtisch vor sich Platz zu schaffen, indem er die Bilder beiseite schob. Dann legte er seine Hände ganz flach auf die Holzplatte, die von Tintenflecken und Kritzeleien übersät war.

– Dieser Fall zerrinnt uns wie Sand zwischen den Fingern. Aber ich bin sicher, daß das Material von Jessica, das du bearbeitet hast und das ich veröffentlicht habe... ich bin sicher, daß dieses Material die Wahrheit sagt, selbst wenn...

– Wenn?

– Selbst wenn sie Jessica in den Wahnsinn getrieben haben.

Als ich aus Marcs Büro kam, begegnete ich auf dem Gang der Journalistin, die ich bei der Vernissage in der Galerie getroffen hatte. Die mir ein wenig zu ausgiebig versichert hatte, daß Martis Werk «erbaulich» sei. Ihr Artikel ein paar Tage später in *Le Soir* war ein gezielter Abschuß gewesen, der sich besonders dadurch auszeichnete, daß er von allem, nur nicht von der Ausstellung sprach und gleichzeitig zu dem Schluß kam, sie sei ein Nullereignis und überflüssig.

Man hatte mir berichtet, daß Marti der Dame danach begegnet war. Wir grüßten uns nicht. Trotz der getönten Brille, die sie trug, konnte man das Ausmaß des Blutergusses zwischen Wangenknochen und blau unterlaufenem linken Auge sehr deutlich erkennen. Statt sie richtig zu verprügeln, hatte Marti ihr eine gepflegte Ohrfeige verpaßt. Er hatte immer gewußt, was sich für einen echten Macho gehört. Aber das konnte diese Schnalle mit dem bitteren Zug um den Mund natürlich nicht begreifen, weil sie überhaupt nichts begriff. Eine Kritikerin.

Die jungen Leute hatten ihr neues Refugium im Handumdrehen in ihre eigene Welt verwandelt. Alle Wände der kleinen Wohnung in der Cour de Juin, die die Mi Noche Triste ohne Erlaubnis besetzt hatten, waren bereits mit erstaunlichen Bildern bedeckt. Die gesamte Hafengegend von Buenos Aires und auch ein paar andere Bezirke waren heraufbeschworen. Highways und Kabaretts. Sie waren jung und empfänglich für alles Exotische.

– Wir fühlen uns wohl hier, sagte Dragon Lady. Beschissen ist nur, daß der Bulle unten drunter eingezogen ist. Auch illegal.

– Welcher Bulle?

– Er heißt Villon. Du kennst ihn, er ist dein Freund.

– Er wohnt hier?

– Seit einigen Tagen, ja. Ich glaube sogar, daß er das gemeinsam mit dem Rahmenmacher ausgeheckt hat, der weggezogen ist.

Die Cour de Juin bildete den letzten Teil der Passage du Cheval-Blanc. Ein Gewölbe, ein viereckiger Hof voll mit abgestellten oder zurückgelassenen Möbeln, Tummelplatz für Katzen mit struppigem Fell. Eine Außentreppe führte zu den Wohnungen.

Wenn *Le Soir* eine wirklich clevere Zeitung gewesen wäre, hätte das ein Knüller sein können: Poupée Brisée hatte sich den Mi Noche

Triste angeschlossen. Keine Verbindung, eine Fusion. Sie war gekommen mit ihren bonbonrosa und südseeblauen Lamékleidern. Mit all ihren Portraits von Marilyn, von Jayne, Jean und Gene. Mit ihren Farbspraydosen und ihren Schablonen. Und mit ein paar der Erinnerungsfotos, die ich von ihr gemacht hatte.

– Nachts ziehen wir jetzt immer zusammen los.

Das gesamte Material war vorhanden und stand jederzeit zur Verfügung. Es prangte mitten in ihrem winzigen Gemeinschaftsraum. Die Farbtöpfe, die Pinsel, aber auch andere Gegenstände. Tränengassprühdosen, ausziehbare Knüppel, ein japanischer Wurfstern und weitere Kleinigkeiten dieser Art. Ein ganzes Selbstverteidigungsarsenal. Fehlte nur noch der Schäferhund. Aber womöglich kämen sie auf die Idee, mir zu erklären, sie liebten Hunde seit neuestem.

– Erinnerst du dich an die Kerle, die uns angegriffen haben? sagte Jill de Ray. Wir haben sie ausfindig gemacht. Eine Bande von Skins aus der Hallengegend. Eine verkommene Ecke.

– Faschos. Keine Frage, daß sie in der Ecke das Sagen haben. Wir passen sie ab.

– Welche Sorte Faschos?

– Skins, sagen wir doch. Man könnte auch sagen Punks. Aber diese da haben's mit dem Hakenkreuz und sonst nichts drauf. Schlägertypen. Wir werden ihnen zeigen, daß wir nicht unbedingt Anhänger der Gewaltlosigkeit sind.

Heute nacht wollten sie sich ein paar gut sichtbare Wände vornehmen. Mit ein bißchen

Handwerkszeug in Reichweite auf die anderen warten. Wenn sie nicht kamen, würde das Ganze eben in der folgenden Nacht wiederholt. Sie ließen das nicht mit sich machen, das verstünde sich ja wohl von selbst. Und das hätte überhaupt nichts zu tun mit der argentinischen Katzenjagd.

Wir tranken Mate. Fotos gingen von Hand zu Hand. Immer wieder Fotos. Diese hier kamen aus Buenos Aires.

– Seit sie drüben ihre Demokratie haben, sind auch die Wände wiedererobert worden, sagte Dragon Lady. Nicht nur von den Politikern und ihren bescheuerten Losungen sondern von Leuten wie uns.

Wandmalereien, Schablonenzeichnungen. Gardel, Che. Andere Gesichter, die ich nicht kannte. Die jungen Leute begeisterten sich. Von Stadt zu Stadt schickten sie sich die Fotos ihrer jeweiligen Arbeiten zu.

– Es gibt da dieses Plakat, sagte Jill de Ray. Wir haben gedacht, das interessiert dich.

Die «gefolterte Jessica» von Miguel. Eine ganze Plakatreihe hing an einer sonnenüberfluteten, rauh verputzten Mauer.

– Letzte Woche auf der Avenida de Mayo aufgenommen, das Foto. Eine Idee der Mütter. Sie setzen ihre Demonstrationen fort, wie's scheint.

– Wo haben sie diese Zeichnung gefunden?

Die Mi Noche Triste hatten so ganz nebenbei ihre kleine Untersuchung angestellt. Dragon Lady erklärte es mir.

– Wir finden dieses Plakat ja eher ätzend. Aber es ist ein Hinweis auf das, was sich bei uns abgespielt hat. Wir haben den Freunden drüben ein Foto geschickt. Dafür haben wir von ihnen ein identisches zurückgekriegt. Komisch, was?

– Keine weiteren Einzelheiten?

– Doch. Unserem Freund zufolge ist das Plakat schon während der Diktatur geklebt worden. Zuerst mit einem Mann drauf, dann mit einer Frau. Das mit der Frau ist nur ein paar Tage zu sehen gewesen. Die Mütter haben wohl gedacht, es wäre nicht schlecht, es wiederaufzunehmen. Sie haben ein gutes Gedächtnis.

– Hör mal, sagte Jill, wir möchten immer noch gern wissen, wer der Bekloppte ist, der das in Paris klebt.

Auch ich hätte liebend gern gewußt, wer Oscar letzten Endes war. Oscar, in all seinen Lügen verloren, verloren wie so viele andere.

Ein Stockwerk tiefer drang Licht unter der Tür hindurch. Villon war in seinem neuen Zuhause. Ich glaubte Milva zu hören, begleitet von Piazzola. Der Maestro hatte nicht nur unter der Junta eine nicht immer sehr rühmliche Haltung eingenommen, sondern ließ sich auch gelegentlich mit unrühmlichen Partnern ein. Ein paar Treppenstufen lang hörte ich, wie Milva die Balada para un loco verhunzte. Mit diesem Bullen ging es wahrhaftig immer mehr bergab. Ich beeilte mich, nach Hause zu kommen.

Das Schild war auf meinem Treppenabsatz deponiert. Das Schild vom *Tour-d'Argent*. Viel schwerer und länger, als ich es mir als gewöhnlicher Gaffer von meinem Bürgersteig aus hatte vorstellen können. Es war alles da. Die Doppeltafel aus angestrichenem Metall, die schmiedeeisernen Schnörkel ringsherum, damit es hübsch aussah. Ein schönes Geschenk. Es konnte nur von Jessica sein. Wie hatte sie das gemacht? Und mit wem? Ich konnte mir schlecht vorstellen, wie sie allein mit der Metallsäge das Schild von seiner Stange sägte, das sperrige Firmenemblem im gleichen Arbeitsgang in Empfang nahm und es anschließend bei mir ablieferte.

Ich schleppte die neue Reliquie ins Wohnzimmer. Sie würde dem Bewaffneten Arm zwangsläufig den Rang streitig machen. Ich mußte einen Platz für sie finden. Aber wo? Dieses Zimmer entwickelte sich allmählich zum vorweggenommenen Nebengebäude des Carnavalet-Museums. Die Katzen rieben sich an meinen Waden. Dann beschnupperten sie lange das Schild. Schnurrten. Ida hatte recht gehabt. Sie liebten die Straße, aber ins Haus geliefert.

Ich schlief schlecht, ohne daß mir beim Erwachen einfiel, wovon ich geträumt haben konnte. Ich erinnerte mich nie an meine Träume. Schon gar nicht und mit um so größerem Recht an meine Alpträume. Bestimmt war darin Raum gewesen für Ida, eine weiche, sinnliche Puppe, von Kugeln durchbohrt. Für einen heruntergekommenen Villon, der auf einem schmalen Ufer um sich schlug, mit seinen steifen Armen in der Luft herumfuchtelte und schließlich im kümmerlichen Styx des unterirdischen Kanals versank. Für einen Maleo, der blutbefleckte Schaufensterpuppen mit Flitterkram und Reizwäsche schmückte. Für eine unversehens sehr alte Rita, die Tangoklängen aus ihrem Grammophon lauschte und mit den Blicken suchte, wer ihr wohl Feuer für die erloschene Boyard geben könnte. Vielleicht hatte ich auch vom menschenleeren *La Boca* geträumt. Oder von Jessicas Po. Oder von einem Ford Falcon, der vor meiner Wohnung wartete. Von hämmernden Stiefeltritten. Oder von Polizistenschritten auf der Treppe. Es klingelte.

Ich ließ Villon herein. Wenn ich ein Gedächtnis für schlechte Träume gehabt hätte, er hätte einem solchen entsprungen sein können. Was für ein kaputter Typ. Er hatte bestimmt kein Badezimmer mehr von innen gesehen, seit ich ihn nach der Prügelei mit Oscar in meins geführt hatte. Seine Haare wurden immer weniger und immer weißer. Sein Tweedjackett roch nach Verfall.

– Helfen Sie mir auf die Sprünge, sagte er. Was pflegen Sie um diese Zeit zu essen?

Gerade neun Uhr. Im Kühlschrank gab es ein nicht mehr ganz frisches Tarama, Cornichons, einen ziemlich traurigen Rest gefüllten Karpfens, Sahneheringe. Und Chablis.

– Ich habe Neues über Oscar gehört, sagte der Bulle, während er an einem Cornichon knabberte.

Ich servierte den Katzen eine Mischung aus Geflügelleber, Eiern und feingehackten Zwiebeln, die sie besonders liebten. Hausgemacht.

– Nichts vollständig Überprüftes, aber nach Aussagen amerikanischer Kollegen ist er ein komischer Kauz.

Ich machte einen starken Kaffee. Spendierte den Katzendamen eine Schale saure Milch.

– Bevor er nach Frankreich gekommen ist, hat er sich so ziemlich überall herumgetrieben. Er hat mehrfach versucht, Enthüllungen über die Praktiken der Junta während der Diktatur zu verkaufen. Manchmal hat es geklappt.

– Ein Schwindler?

– Nicht ganz. Aber mit Sicherheit ohne jeden Dienstgrad. An der Marineakademie, wo er gewütet haben will, hat man keine Spur von ihm gefunden. Okay, das beweist noch nichts.

– Jessica hat ihn einwandfrei erkannt.

– Er ist nicht auf den Fotos.

– Doch.

– Haben Sie sie zur Hand?

– Die Originale nicht. Aber die Ausgabe von *Le Soir*.

– Sehen Sie!

Vielleicht lag es am schlechten Farbdruck. Oder am schlechten Papier. Oder an zu komplizierten Geschichten, die von zu weit herkamen. War Oscar der Mann, der lachte, hinter jenem anderen, der die Beine der auf einen Tisch gefesselten Jessica spreizte? Vielleicht. Ich hatte Oscar nie lachen sehen.

– Sie sagt, daß er es ist!

– Verdammt! Ich glaube auch, daß er es ist, ereiferte sich der Bulle. Es ist meine innigste Überzeugung, wie diese Richterheinis immer sagen. Und den Aussagen Ihres miesen Freundes und Schreiberlings zum Trotz bin ich auch überzeugt, daß Ortiz in Paris ist. Daß er die große

Abrechnung macht und fest entschlossen ist, damit fortzufahren.

Villon setzte brutal sein Glas ab, das prompt zerbrach. Auf diese Weise gelang es ihm, sich selber noch ein bißchen mehr zu ramponieren. Kein sehr tiefer Schnitt. Das Blut tropfte. Diese systematische Selbstzerstörung hatte etwas Faszinierendes.

Mit einer gereizten Geste zog er den Glassplitter heraus, den er sich in die Handfläche gerammt hatte.

– Ich bin der einzige, der diese Schweinehunde aufhalten will. Es paßt zu vielen Leuten, ja allen, hier wie drüben, zu gut in den Kram, daß Oscar ein fragwürdiger Zeuge und Jessica eine Nymphomanin ist. Aber ich weiß Bescheid! Ich weiß, daß Edgardo nicht einfach einen normalen Unfall hatte. Ich weiß, daß Julio nicht das Opfer einer kleiner Abrechnung unter Dealern geworden ist. Daß Ruben nicht aus Liebeskummer Selbstmord begangen hat. Und Marti? Und Ida? Nur gemeine Verbrechen? Daß ich nicht lache! Ich weiß, daß Jessica die Wahrheit sagt. Und Sie wissen es auch!

Sein Blut rann in kleinen Tropfen auf das Parkett. Er kümmerte sich nicht darum, war ganz in seiner fanatischen Logik gefangen. Der Chablis schmeckte eklig, nach Korken. Oder es war etwas anderes. Ein tiefer gehendes Unwohlsein.

Als ich am Donnerstag, den 6. Juni, mit dem Fahrrad zur Julisäule kam, überraschte ich sie. Sie lehnte am Gitter und fotografierte. «Überraschte sie» ist natürlich nicht der richtige Ausdruck. Sie versteckte sich ja nicht. Gegenüber hatte die Zerstörung der Gaststätte begonnen.

– Wir haben uns schon mal gesehen.

Sie lachte.

– In der Krypta, sagte sie. Und da hinten in der Galerie.

Mit dem zu großen Herrenhemd, dem kurzen Rock, den schwarzen Wollstrümpfen und der großen Strohtasche über der Schulter sah sie wie eine gefälschte Ausgabe von Carolyn Carlson aus, nur daß bei ihr eine kräftige Portion echten persönlichen Charmes hinzukam.

– Ich bin Maggy. Sie sind Victor.

– Woher wissen Sie das?

– Es steht auf Ihrem Briefkasten. Tut mir leid, daß ich indiskret war, als ich Ihnen das Schild gebracht habe. Hat es Ihnen gefallen?

– Sie waren das also?

– Nicht nur ich.

Eine Einzelheit fiel mir plötzlich auf. An der Gaststättenfassade, die zum Platz hin lag, stand zwischen der zweiten und dritten Etage in dikken Metallbuchstaben «*La Tour-d'Argent*». Das «A» aus «Argent» war verschwunden. Das war neu.

– Sie haben es auch bemerkt, sagte Maggy. Das ärgert mich. Ich kriege einfach nicht heraus, wann genau es heruntergekommen ist.

Sie erklärte mir, als ob das selbstverständlich wäre, daß sie schon wochenlang jeden Tag auf die Baustelle kam. Sie führte eine Art Tagebuch über die Entwicklung. Aber nun hatte sie wegen einer scheußlichen Grippe, von der sie sich gerade erholt hatte, eine ganze Etappe der Zerstörung verpaßt.

– Nicht mal an dem Tag, an dem sie angefangen haben, bin ich da gewesen.

– Das war am 3. Juni.

– Ich habe kein einziges Foto.

– Ich habe welche.

– Und Sie wissen nicht, an welchem Tag das «A» heruntergekommen ist?

– Gestern. Oder heute morgen, sagte ich. Ich habe gestern nicht fotografiert.

Maggy sorgte dafür, daß dieses heitere Geplauder unter frustrierten Sammlern nicht abriß. Versicherte mir, daß sie dem Geheimnis des fehlenden «A» schon auf die Spur kommen werde. Unterdessen ging alles zügig voran. Auf der rechten Seite der Fassade waren das Dach und die oberen Etagen freigelegt wie nach einem Kanonenbeschuß. Herabhängende Balken, lächerliche Tapeten, Steinschutt, vergessene Möbel. Ein Teil des Gebäudes, den Jessica und ich nicht erforscht hatten.

– Was ist mit dem Schild?

– Ach ja! Das Schild. Eine ganz einfache Geschichte. Am Tag vor meiner Grippe. Ihre Freundin streifte hinter dem Zaun herum. Über eine bestimmte Uhrzeit hinaus tun das nicht viele Leute.

– Tun Sie es denn?

– Natürlich. Ich habe Ihnen doch schon gesagt, daß ich in diese Gegend verliebt bin. Also, sie stromerte da herum. Sie sah aus, als suche sie etwas. Oder jemanden. Wir haben uns unterhalten.

– Worüber?

– Über alles mögliche. Über die Leute, die oft auf der Baustelle waren. Ihre Freunde, die diese Wandmalereien machen. Den Penner, der sich in den leeren Wohnungen eingerichtet hat.

– Was ist das für ein Typ?

– Nicht unbedingt ein Penner, müssen Sie wissen. Er hat seine Zelte dort aufgeschlagen, als das Restaurant geschlossen wurde. Manchmal haust er in den ehemaligen Personalräumen, dann wieder im Hotel an der Rue de Charenton. Das ist alles miteinander verbunden.

– Kennen Sie ihn?

– Er ist diskret. Eher ausweichend. Die Burschen von der Baustelle lassen ihn in Ruhe. Sie passen nur auf, daß er sich nicht in einer Bude herumtreibt, wenn es an den endgültigen Abbruch geht. Interessiert die Geschichte mit dem Schild Sie immer noch?

– Nur zu!

Maggy erläuterte, es sei ihr bekannt, daß meine «Freundin» Jessica heiße, daß sie ihr Foto in der Zeitung gesehen habe und daß diese Begegnung sie im übrigen, rückwirkend betrachtet, amüsiere und beeindrucke. Sie erzählte die Dinge in dem fröhlichen Ton eines jungen Mädchens, das von den neuesten Streichen seines Plüschteddys spricht.

– Sie fand das Schild schön und hat mir gesagt, sie würde es gern dem Mann schenken, den sie liebt. Ich wußte nicht, daß Sie damit gemeint waren, aber ich dachte, das wäre eine gute Idee. Leicht zu realisieren. Roger war nicht weit weg.

– Roger, der Chef der Bauarbeiten? Sie kennen ihn?

Sie lachte wieder, entzückt darüber, wie wenig Gemeinsamkeiten wir über diese Ecke von Paris hatten, die wir doch alle beide so beharrlich besuchten.

– Roger ist im Augenblick mein bester Freund. Er zechte gerade mit ein paar anderen Burschen im *La Bretagne* an der Rue de Charenton. Ich habe ihm die Sache erklärt, und er hat gesagt, wenn es um eine Liebesgeschichte ginge, gäbe es keine Probleme. Wir besorgten uns nur noch eine Säge, und dann ging's los. Er ist hinaufgeklettert. In weniger als fünf Minuten hatten wir das Schild. Ich versichere Ihnen übrigens ausdrücklich, daß Ihre Jessica einen Heidenspaß dabei hatte. Weil das Ding schwer war, hat Roger einen Kleinlaster genommen, und wir haben das Geschenk alle zusammen auf Ihrer Treppe deponiert. Waren Sie zufrieden?

– Sehr.

– Sie haben Glück gehabt. Roger zufolge gab es eine ganze Menge Liebhaber unter den Passanten. Einer hat ihm sogar bis zu 5 000 Franc für das Ding angeboten.

– Warum hat er es dann Ihnen gegeben?

– Weil er mich gut leiden mag, weil Ihre Freundin sehr schön und er ein Mann von Welt ist.

Sie griff wieder zu ihrem Fotoapparat. Ein Stück weiter waren andere Maschinen am Werk, fraßen sich methodisch durchs Gestein. Ich war hier, um das gleiche zu tun wie Maggy. Um festzuhalten.

– Sie sagen, Sie kommen jeden Tag hierher. Warum?

Während wir fotografierten, jeder von seinem Standpunkt aus, erzählte sie es mir. Eine Art Familiengeschichte. Einer ihrer entfernten Verwandten hatte zu den Zerstörern der Bastille gehört.

– Mitglied von Trupps, die der Patriot Palloy aufgestellt hat, als es nach 1789 darum ging, die Festung zu schleifen. Mein Vorfahr hat alles mitgemacht. Aristokratenköpfe aufgespießt und Mauern mit der Hacke niedergerissen. Nebenbei hat er in die so gewonnenen Steine kleine Bastille-Nachbildungen gehauen.

Eine Idee von Palloy. Aus den Steinen des Gefängnisses Mini-Bastilles anfertigen zu lassen und sie in jeden Verwaltungsbezirk des Königreichs zu verschicken. Ein voller Erfolg.

– Mein Großvater hat nur ein einziges Andenken von der Bastille aufbewahrt. Wollen Sie es sehen?

Maggy holte eine dicke rostige Kette aus ihrer Strohtasche. Mit Schlüssel. Ein riesiges Ding.

– Familienerbstück! Damit wurden gewisse Verstecke versperrt.

– Trennen Sie sich nie davon?

– Nicht, wenn ich hierherkomme.

Ihre Strohtasche sah dermaßen schwer aus, daß darin bestimmt noch mehr Fundstücke dieser Art steckten.

– Außerdem, fuhr sie fort, hatte ich einen Vorfahren bei den Kommunarden. Der hatte etwas gegen die Julisäule. Kein Mensch weiß, warum! Er gehörte zu denen, die das Feuer in der

Krypta gelegt haben. Soweit man weiß, ist er auf einer Barrikade in der Rue de Charonne gestorben. Dann...

Sie redete pausenlos und hatte obendrein auch noch alles notiert. In einem dicken Buch, das sie ganz offensichtlich ständig in ihrer Strohtasche herumschleppte. Ein Buch in Blindenschrift. Eine Menge Seiten waren unbeschrieben, aber auf vielen sah man zwischen den leicht erhabenen Braille-Zeichen eine kindliche Handschrift.

– Ich habe es in einem Keller gefunden. Ich dachte, das sei genau das richtige für mein Logbuch. Meine Geschichte in einer anderen Geschichte. Gut, oder?

Sie erforschte alle Keller des Viertels. Von einer dicken Streichholzpackung und ihrer Strohtasche begleitet. Sie erforschte auch die Dächer. Und die leeren Wohnungen.

– Ich mache Fotos und Skizzen, ich gehe in die Bibliothek. Ich stelle Nachforschungen an. Ich erlebe Abenteuer. Komisch, daß wir uns vorher nie begegnet sind.

Glaubte sie wirklich, daß es so einfach war, sich in Städten zu begegnen? Je intensiver die Spurensuche ist, desto stärker isoliert sie schließlich. Zumindest von anderen Spurensuchern. Man liest am besten allein. Ich hatte es plötzlich eilig und verließ Maggy.

Maleos Geschäft in der Rue de la Roquette war immer noch geschlossen. Eisengitter. Ich ging über die Cour du Cheval-Blanc bis zum *La Boca*. Ebenfalls geschlossen. Ich besaß die Schlüssel, aber ich konnte mich nicht entschließen, sie zu benutzen. Ich hatte die Befürchtung, drinnen die Rita aus dem Traum zu finden, den ich vielleicht gar nicht geträumt hatte. Verblüht und traurig, endlos den Tangomelodien lauschend, die knarrend aus ihrem Grammophon plärrten.

Es wurde Abend. Ein gewittriger Himmel, mit wunderschönen bleiernen Wolken bedeckt. Eine Ansammlung, die hier und da von Flecken in einem intensiven Dunkelblau durchbrochen wurde. Die ersten Tropfen fielen. Bei Marc brannte Licht. Ich ging hinauf.

Nichts oder fast nichts hatte sich verändert seit mehreren Monaten. Er lebte immer noch inmitten von Kartons und Kisten, die so da standen, wie die Möbelpacker sie hingestellt hatten. Marc hatte nur eine einzige Ecke halbwegs hergerichtet. Sie lag paradoxerweise in der verglasten Passage, die die beiden sehr verschiedenen Teile der Wohnung verband. Diese Passage beherrschte die Cour de Février. Ein Tisch, ein Bett, Zeitungsstapel, eine Schreibmaschine. Nicht gemütlicher als jener andere Winkel, den er sich in den Räumen von *Le Soir* reserviert hatte. Marc schlief zwei von drei Nächten in der Redaktion.

– Zu den Morden in der Rue de Lappe hat sich eine Organisation bekannt, verkündete er, kaum daß er mir das erste Glas eingeschenkt hatte. Das dreifache A. Ein Anruf bei AFP.

Kaliber, Anzahl der Kugeln, Lage der Leichen: Der Anrufer hatte, wie es schien, genügend Einzelheiten genannt, damit man seine Botschaft ernst nahm.

– Das Kommuniqué übernimmt auch die Verantwortung für alle unsere anderen Fälle: Edgardo, Julio, Ruben. Wie denkst du darüber?

Villon mußte verrückt geworden sein. Weder die Antikommunistische Allianz Argentiniens noch irgendein anderes Todeskommando war in Paris am Werk. Viele Flüchtlinge waren ohne Zwischenfälle in die Heimat zurückgekehrt, manche von ihnen, um auszusagen, und nicht über Belanglosigkeiten.

– Du glaubst, daß er die Meldung lanciert hat?

Wer anders als Villon konnte aus dem Mord an Ida und Marti eine politische Affäre machen?

Regenschauer peitschten an die Glaswand. Es war merkwürdig, über dieser Passage, in der alles angefangen hatte, zu schweben und geschützt zu sein. Ein wüstes Gewitter, ein schöner Katastrophenentwurf. Unten, allein im Lichtschein einer Straßenlaterne (vielleicht war es nur das Schild eines Handwerkers), kaum geschützt von der Dachkante, lauerte Jessica.

Sie blickte zu mir auf. Haare und Gesicht regenüberströmt, das nasse Kleid klebte an ihrem Körper. Sie hätte ebensogut nackt sein können. So war sie noch begehrenswerter. Durch den Schleier der Tropfen, die über die Scheibe liefen, sahen wir uns ein paar Sekunden an. Jessica spannte sich plötzlich, zweifellos von einem Geräusch alarmiert. Sie verschwand.

– Was ist los? fragte Marc.

Nichts. Nichts als das Gewitter. Es war alles in Ordnung.

Der dröhnende Lärm hastiger Schritte auf der

Treppe. Es klingelte. Mehrmals. Marc runzelte die Brauen.

– Wer ist dieser Geisteskranke?

Es war Villon. Er stürmte herein.

– Genau Sie, den Schreiberling, wollte ich sehen, sagte er. Aber... (er wandte sich zu mir um) wenn Sie schon mal da sind, ist es noch besser.

– Was ist los?

Villon sah immer noch so aus, wie er in den letzten Tagen gewesen war. Hektisch, am Rand des Zusammenbruchs. Mitleiderregend und unangenehm.

– Ich weiß, wo Oscar ist. Ganz in der Nähe!

Er reckte seine beiden steifen Arme. Dann versuchte er, sich mit dem schäbigen Verband, den er sich um die verletzte Hand gewickelt hatte, die Augen abzuwischen. Tränen oder Regen?

– Herrgott nochmal! Ich bin nicht sicher, ob ich allein damit fertig werde! Kommen Sie!

Marc musterte ihn ein paar Sekunden lang. Jetzt nahm das Gesicht des Bullen beinahe einen flehenden Ausdruck an.

– Okay, sagte er schließlich. Gehen wir. Nur eine Vorsichtsmaßnahme noch...

Er verschwand, kam sehr schnell zurück und machte mit einer gewissen Koketterie in unserer Gegenwart seine Pistolentasche endgültig fest.

– Los dann.

Wir stürzten die Treppe hinunter. Draußen goß es immer noch. Keine Spur mehr von Jessica.

– Da entlang!

Durch den Vorbau an der Rue de la Roquette gelangten wir ins Freie. Der Rinnstein stand voll

Wasser. Ein Auto fuhr in schnellem Tempo vorbei und bespritzte uns rücksichtslos.

– Folgen Sie mir!

Wir liefen hinter ihm her in Richtung Gaststätte. Wen konnte das überraschen? Oscar versteckte sich irgendwo darin. Villon hatte ihn verfolgt und hineingehen sehen. Er sagte sicher die Wahrheit. Es entsprach vor allem einer gewissen Logik der Dinge. Der Himmel hellte sich über dem Zentrum von Paris auf. Ich hatte immer noch mein Laguiole in der Tasche. Ich hatte es seit November nicht mehr benutzt.

Der Bulle schlüpfte als erster durch den Zaun. Die Baustelle dahinter war wie ausgestorben. Die Umrisse eines Krans, eines riesigen Baggers zeichneten sich vor dem Hintergrund der Trümmer ab. Marc stolperte.

– Leise, flüsterte Villon. Er ist da drin. Ich bin sicher.

Das Erdgeschoß war schnell durchsucht. Der Zigarettenstand war verschwunden. Der Bauschutt war zu einem Berg angewachsen. Die Zerstörung dieses Gebäudes ließ an billige Kriegsbilder von einer fast anziehenden Absurdität denken.

Dann wurde die Sache komplizierter. Oscar hatte sich nicht im ehemaligen Restaurantsaal in der ersten Etage versteckt. Wir stiegen zur zweiten hinauf. Die Treppe war immer noch mit Brotkrümeln übersät. Ein ganzer Flügel des Gebäudes war nicht begehbar. Die Abrißbirne hatte darin gehaust, ohne ihn vollständig zu zerstören. Tagsüber war ein schwieriges Fortkommen darin denkbar. Nachts war es unmöglich. Dafür war der gesamte Trakt zur Rue de Charenton hin heil geblieben. Dort gab es außer der Zimmerflucht, die sich an der Fassade entlang über den Flur zog, ein verwirrendes Puzzle aus winzigen Räumen, Schränken, Küchen. Lauter potentielle Verstecke, schwer zu überblicken.

– Wir sollten uns trennen, sagte Villon. Zumindest in zwei Mannschaften.

– Ich steig' aus, sagte Marc.

Der Bulle stand wie vor den Kopf geschlagen.

– Wie bitte?

– Ich steig' aus, wiederholte Marc.

– Angst? fragte Villon leise.

Mir fiel auf, daß die Frage nicht aggressiv klang. So wie man ohne große Umstände den Kumpel neben sich anspricht, wenn man in einer Bande ist und kurz vor der Prügelei ein leichtes Zögern spürt. Marc bäumte sich auf.

– Das ist keine Frage der Angst, sagte er.

Ich wußte, daß er log. Er fuhr fort.

– Ich merke gerade, daß ich an einer Sache teilnehme, die nicht zu meinem Job gehört, das ist alles. Ich mag so was nicht.

Der Ton wurde schärfer.

– Sie sparen Ihre Kräfte wohl lieber für ein gutes Editorial, sehe ich das richtig? Eine dieser tollen Moralpauken, die Ihr Geheimnis sind?

– Denken Sie, was Sie wollen. Ich hoffe vor allem, daß ich später keinen Schönheitsfehler kommentieren muß.

– Sagen Sie das nie wieder, brüllte Villon und packte ihn. Oder ich bringe Sie um.

Marc hatte tatsächlich Angst. Aber dieser lächerliche Klamauk hatte auch einen Vorteil. Er provozierte ein Geräusch, ein Knarren im Parkett, mehrere Zimmer von uns entfernt. Ich rannte los.

Es war düster. Wenn die Zimmer nicht zur Fassade hin gelegen waren, und sei es auch nur indirekt, waren sie vollkommen dunkel. Ich stürzte mehrmals, aber das Geräusch einer zögernden Flucht vor mir führte mich immer näher heran. Derjenige, dem ich nachlief, gab sich keine Mühe, vorsichtig zu sein. Genau wie ich keuchte er, stieß sich an unvorhergesehenen Hindernissen, und ich wußte, daß es Oscar war.

Ich landete in einer Sackgasse. Ein ziemlich weiträumiges Zimmer mit Fenster auf die Rue de Charenton. Geblümte Tapete, Poster mit weißen Pferden, die durch eine Camargue in Hamiltonscher Beleuchtung trabten. Ein Toiletteneimer. Ein umgestürzter Nachttisch. Mein Herz raste. Ich wollte es erst zur Ruhe kommen lassen. In der Nähe hörte ich Schritte, die eine Treppe hinunterstürzten. In einer düsteren Ecke war eine Schranktür, mit Tapeten beklebt. Eine Tür, aber kein Schrank dahinter, wie die Nachprüfung ergab.

Eine winziger Treppenabsatz, zugestellt mit einem Gemeinschaftsspülbecken. Oscar setzte seinen Abstieg fort. Ich wußte, daß er sich nicht drücken würde. Eine Frage der Würde. Der Rest war eine technische Angelegenheit, schnell genommene Stufen, wilde Rennerei. Auf dem Treppenabsatz der ersten Etage holte ich ihn ein. Er versuchte, seine Waffe zu ziehen, aber ich hatte mein Messer schon lange in der Hand. Er schrie auf, als die Klinge sich in seinen Arm bohrte, ließ sich nach hinten fallen.

Eine Zeitlang blieb er so sitzen, bereit zum Sprung. Seine Knarre lag auf dem Boden, unter meinem Fuß.

– Und nun?

Ich schob den Revolver ans Geländer. Er fiel zwischen den Stufen hindurch. Oscar verzog das Gesicht, steckte die Hand in seine Jackentasche und hielt dann abrupt inne. Die Spitze meines Laguiole saß genau unter seinem Adamsapfel. Es fing an zu bluten.

Ich konnte mich so weit beherrschen, daß ich ihn nicht tötete. Aber verprügeln mußte ich ihn. Nicht wie sonst, nicht der übliche Schlagabtausch. Nicht einmal, um meinen Frieden zu haben. Sondern weil es gerecht war. Ich war immer noch verbissen mit dieser idiotischen Abreibung beschäftigt, als Jessica mich unterbrach. Dicht gefolgt von Villon. Kein Zweifel, Oscar hatte alles getan, damit wir ihn fanden.

Der Häuserblock war zum Abriß verurteilt. Die Bewohner hatten das Gebäude räumen müssen. Das erste Zimmer war genau das richtige gewesen, klein, weit weg von allem. Es roch nach Schimmel, nach feuchtem Gips, nach Elend. Dahin schleppten wir Oscar. Was dann geschah, bekam ich nur teilweise mit.

Sie banden ihn an Handgelenken und Knöcheln auf ein Bettgestell, das dort stand. Stopften ihm einen schmierigen Stoffballen in den Mund und knebelten ihn. Draußen wurde es Tag. Es regnete nicht mehr. Was wollten sie tun?

– Ich bin immer noch Polizeioffizier, sagte Villon. Ich werde seine erste Aussage auf Tonband aufnehmen.

– Hier? Geknebelt, wie er ist?

– Er kann mit dem Kopf ja oder nein antworten.

Ihn schlagen? Dazu bringen, daß er irgend etwas sagte? Jetzt wurde es richtig hell. Ein erstaunlich blauer Himmel, wie gewaschen. Auch wir hatten eine kleine Chance, etwas sauberer zu werden. Und wäre es nur aus Erschöpfung. Jessica war nicht einverstanden. Wir waren auf unterschiedliche Weise müde. Nicht einmal das hatten wir gemeinsam.

– Nicht irgend etwas, sagte sie. Ich will meine Wahrheit wissen. Meine Wahrheit, verstehst du?

Ich konnte sie verstehen. Bei anderen Tagesanbrüchen hatte ich ihr nacktes, ungeschminktes Gesicht gesehen. Ich hatte manchmal daran gedacht, wie es wäre, wenn ich es jeden Tag sehen könnte. Es würde auch nicht genügen. Das dort, das war sie und auch wieder nicht. Vielleicht hatte sie dieses Gesicht an dem Morgen in Trelew gehabt. Das war meine einzige verfügbare Liebeshypothese. Ihre Wahrheit?

– Nur ein paar Fragen.

Oscar rollte in panischer Angst die Augen. Villon durchsuchte seine Taschen. Ein bißchen Zaster, Schlüssel, keine Papiere. Ich warf einen Blick auf die Schlüssel. Zwei von ihnen trugen ein Etikett: «Julisäule». Ich legte den Schlüsselbund aufs Bett zurück.

– Verziehen Sie sich, sagte Villon. Sie sind jetzt raus aus der Sache. Wie Ihr Freund, der

Journalist. Ich will, daß dieser Typ alles sagt, was er weiß, und er weiß alles.

– Und wenn es nötig ist, wird er mit allen Mitteln dazu gebracht, es zu sagen?

– Wir werden schon sehen, wer recht hatte. Von Anfang an.

Ich wandte mich an Jessica. Auch sie erwartete, daß ich ging.

– Ich will wissen, ob er es war, der mich vergewaltigt hat, sagte sie entschieden zu ruhig. Und wie oft. Und mit wem. Und ich will, daß das in Anwesenheit eines Bullen gesagt wird. Selbst wenn es so einer ist wie der da.

– In seiner, aber nicht in meiner Anwesenheit?

– Du kannst es so verstehen. Aber überleg mal: Du hast schon die Geschichte geschrieben.

Oscar hörte uns zu. Er sah aus wie alle Gefangenen. Seine geschwollene Wange, seine geplatzte Braue, das hatte er mir zu verdanken.

– Geh, sagte Jessica. Nur für eine Stunde. Komm danach zurück, wenn du willst. Ich muß es wissen.

Ich vermied es, Oscars Blick zu begegnen. Ich ließ sie allein.

Die Blaulichter an der Rue de la Roquette waren ein Alarmzeichen für mich. Ein Polizeiwagen stand vor Maleos Laden. Es war viel zu früh, als daß dadurch ein regelrechter Auflauf entstanden wäre. Bullen in diesem Viertel, daran war man gewohnt. Das Eisengitter war fast ganz hochgeschoben. Einer von Villons Kollegen erkannte mich. Ich konnte eintreten.

– Wenn Sie den Anblick des Massakers in der Galerie ertragen haben, nehme ich an, Sie können das hier ebenfalls ertragen. Es ist hinten im Nebenraum.

Ich würde lügen, wenn ich sagte, ich sei überrascht gewesen. Eine Kugel in den Mund. Der Alte hatte sich inmitten seines Spielzeugs umgebracht. Um genau zu sein, der Körper ruhte zu Füßen einer Stockman-Schaufensterpuppe. Wachskopf, echtes Haar, gepflegte Gelenke. Sie war Anfang des Jahrhunderts entstanden, und es war saubere Arbeit.

– Inzwischen haben wir schon etwas gelüftet, erläuterte der Bulle, aber der Geruch war es, der die Concierge beunruhigt hat. Es war grauenhaft, als wir hereinkamen. Dieser Typ hat sich nicht erst gestern erschossen.

Nein. Wenn sie neugierig genug gewesen wären, die Kugel, die ihn getötet hatte, mit den in der Galerie gefundenen zu vergleichen, hätten sie das Datum seines Selbstmordes bis auf wenige Stunden genau herausfinden können, ohne sich auf das Gutachten eines Gerichtsmediziners zu stützen. Obwohl der Brechreiz immer stärker wurde, war ich fast erleichtert.

– Gehen wir hinaus. Ich glaube, mir ist nicht gut.

Draußen war es schön, ein absolut wolkenloser Himmel. Der Verkehr auf der Straße verdichtete sich. Ich hätte viel darum gegeben, wenn es ein Morgen wie jeder andere gewesen wäre. Nur daß ich nicht wußte, womit ein Morgen wie jeder andere Ähnlichkeit haben konnte.

– Da fällt mir ein, sagte der Bulle. Heißen Sie nicht Victor?

– Warum?

– Ein Umschlag mit diesem Namen hat im Nebenzimmer gelegen. Die Kollegen haben ihn schon mit der Knarre und verschiedenen anderen Sachen an sich genommen. Er war vielleicht für Sie. Waren Sie Freunde?

Freunde? Die Frage hatte ich mir nie gestellt. Nein, wir konnten es wohl nicht gewesen sein. Wir hatten sogar in zwei verschiedenen Vorstellungen von Paris gelebt, die sich nur in ein paar Schrullen getroffen hatten. Marti hätte das in eine Zeichnung umsetzen können. Ein trauriger Gedanke.

Auch die Passage du Cheval-Blanc belebte sich. Bevor ich das *La Boca* erreichte, liefen mir nacheinander ein Tischler, ein Schicki-Micki-Designer, die ehemalige Herausgeberin einer sensationellen feministischen Monatszeitschrift, ein Rahmenmacher und Dragon Lady über den Weg. Sie hatte Ringe unter den Augen, schien aber zufrieden zu sein.

– Gestern nacht haben wir die Faschos drangekriegt.

– Die Leute, die uns angegriffen haben?

– Ja. Und was super ist, wir haben sie in der Rue de Lyon erwischt. Genau an der Stelle, wo sie uns verprügelt haben. Denen haben wir vielleicht eine Abreibung verpaßt!

Außerdem hatten die Mi Noche Triste sie mit der Farbspraydose bearbeitet, um dem Werk den letzten Schliff zu geben.

– Willst du zum *La Boca*? Das ist geschlossen, nur damit du es weißt.

– Normal um diese Uhrzeit.

– Schön, aber auf einem Schild steht, daß es sich um eine vorübergehende Schließung handelt. Rita ist es in den letzten Tagen nicht besonders gut gegangen.

Dragon Lady war total erschossen und verabschiedete sich. Ich ging trotzdem zu dem Lokal. Das Schild war tatsächlich da. Ich holte meine Schlüssel heraus, versuchte zu öffnen. Rita hatte das Schloß ausgewechselt.

Einen Augenblick war ich versucht, Ausflüchte zu machen, den Zeitpunkt meiner Rückkehr zu ihnen noch hinauszuschieben, dem Schwindelgefühl nachzugeben, das sich ausbreiten wollte. Ich bog in die Rue de Charenton ein.

Auf der Seite mit den geraden Hausnummern waren die meisten Türen schon zugemauert. Die Fenster ebenfalls. Das Hotel, der Friseursalon, das Chinarestaurant... Ich betrat die Nummer acht. Ein düsterer Flur. Aufgebrochene Briefkästen. Der winzige Hof, in den früher der Korridor mündete, öffnete sich jetzt auf die gesamte Baustelle. Baubuden, das Hôpital Quinze-Vingts in fahlblauem Licht, der Boden schwer und aufgewühlt, noch feucht von dem heftigen nächtlichen Gewitter. Die Maschinen schliefen noch. Beunruhigt von dieser Stille, ging ich hinauf. Die Tür oben stand offen.

Oscar war immer noch an das Bett gefesselt. Tot. Villon saß ganz in seiner Nähe unter dem Fenster. Er war hochgradig erschöpft.

Sie hatten ihn getötet. Weil es derzeit wohl mein Los war, zwang ich mich hinzusehen. Sie hatten den Knebel gelöst. Sein Gesicht war angeschwollen, entstellt von bösen Schlägen. Nicht nur von meinen. Sie hatten ihn übel verprügelt, gefoltert. Zwischen den halb geöffneten Lippen konnte man ein Stück Zunge sehen. Aufgrund der Dinge, die er gesagt oder zu sagen sich geweigert hatte, war Oscar erstickt. Ich stand offenbar an der Stelle von Villon oder Jessica, als der eine oder die andere es getan hatte. Denn Oscar starrte mich entsetzt an.

Villon wimmerte leise. Er saß da mit verlorenem Blick. Sein Oberkörper schwankte hin und her. Ein leichtes regelmäßiges Schaukeln. Er wiegte sich. Seine Arme hingen wie ausgeleiert am Körper herab. Seine Hände lagen flach auf dem schmutzigen Parkett, sämtliche Fingerknöchel waren aufgeschürft. Ich ging zu ihm. Wenn ich aufmerksam hinhörte, konnte ich unter all seinen Klagen ein paar Worte verstehen.

– Nicht mehr der gleiche Mann... hat er gesagt... nicht mehr der gleiche Mann... und sie...

– Jessica? Wo ist sie?

– ... er bezahlt... er hat gesagt, daß...

Ich ohrfeigte den Bullen mit aller Kraft. Er behielt sein kindisches Lächeln bei, wiegte sich weiter hin und her. Jessica?

– ... Schuld... keine Schuld... Schuld... er hat gesagt...

Er war verrückt geworden. *Loco*. Seit wann? Ich lief davon, stürzte in aller Eile ohne zu überlegen die Treppe hinunter, hastete ohne Grund in Richtung Place de la Bastille. Eine

Maschine begann zu dröhnen. Der Poclain-Bagger. Es gab eine dumpfe Erschütterung, einen Einsturz, eine Staubwolke. Sie waren auf der Höhe der brotübersäten Treppe angelangt. Ein Auto verfehlte mich um ein Haar, wie üblich. Schaulustige sammelten sich hinter dem Zaun. Der Poclain setzte erneut zum Sturm an. Eine ganze Wandfläche der Fassade stürzte in sich zusammen. «Mörder», zischten einige zwischen den Zähnen. Ich ließ sie reden.

Oscar getötet, Villon verrückt. Und das war nicht alles. In dem Zimmer hatte etwas gefehlt. Ein Gegenstand. Ein Schlüsselbund. Ich blickte nach oben. Jessica war tatsächlich da. Ganz oben auf der Julisäule. Das konnte nur sie sein.

Ich rannte los. Schaffte gerade ein paar große Schritte. Der Stoß, der Sturz konnten mich nicht überraschen. Auch nicht das Quietschen der Autoreifen. Ich stand sofort wieder auf, weil ich keine andere Wahl hatte. Rufe, Beschimpfungen, Hupkonzert. Humpelnd erreichte ich die Mitte des Platzes. Die Tür des Gitters war geöffnet. Bevor ich hineinging, sah ich noch einmal nach oben, obwohl die Sonne mich blendete. Sie war es. Vorgebeugt. Viel zu weit vorgebeugt. Ich stürzte zur Wendeltreppe, wohl wissend, daß ich zu spät kommen würde.

Mehrmals rutschte ich aus, fiel hin und rollte ein paar Stufen hinunter, ohne mich abfangen zu können. In meiner Brust stach es, die Beine versagten mir den Dienst, ich verlor den Halt. Das Ganze machte einen irren Lärm, der endlos in dem Bronzeschaft widerhallte. Unendlich lange.

Das Licht blendete mich. Der Wind, die frische Luft. Jessica war nicht mehr da, und ich brauchte lange, sehr lange, bevor ich es wagte, ihren Körper zu betrachten, der zerschmettert auf dem Pflaster lag.

Der letzte Tag war der 12. Juni. Ein Mittwoch. Als ich am frühen Nachmittag auf der Baustelle eintraf, hatten sie bereits die Hälfte des Gebäudes erledigt. Auf dem Bürgersteig drängten sich die Leute. Die Zerstörung sorgte für Aufsehen. Es war der letzte Sturmangriff.

– Wir werden heute fertig, sagte Roger zu mir, als er von seinem Poclain stieg. Um Mitternacht, wenn es sein muß.

Er sprach wie ein alter Haudegen, der über den unvorhergesehenen Widerstand einer belagerten Festung gereizt ist. Nach langem betretenem Schweigen sagte er mir auch, daß er über die Sache mit meiner Freundin auf dem laufenden war und nicht wußte, was er sagen sollte. Er ging, es würde ein harter Tag für ihn werden. Er besaß Anstand.

Roger hatte den Sturz gesehen. Er hatte sogar zu denen gehört, die ausgesagt hatten, daß Jessica tatsächlich allein auf der Plattform unter dem Genius gewesen war, als sie das Gleichgewicht verlor.

Hatte sie das Gleichgewicht verloren oder das Geländer übersprungen? Ich hatte die Zeugenaussagen gelesen. Sie waren widersprüchlich, unbestimmt. Schwindelanfall oder Selbstmord? Es kam letztlich nicht darauf an. Sie hatte mir das ungeheure Vertrauen geschenkt, mich einen ganzen Abschnitt ihrer Geschichte zwischen Trelew und *La Boca* aufschreiben und veröffentlichen zu lassen. Das letzte Kapitel gehörte mir nicht. Ebensowenig wie Einzelheiten über seinen Verlauf oder seinen Sinn.

Die Baggerzähne schlugen sich mit verblüffender Hartnäckigkeit und Präzision in das alte Gemäuer. Jeder Schlag saß und war von einer dicken Staubwolke begleitet. Ein Arbeiter spritzte ununterbrochen die Trümmer ab. Trotzdem war die Windschutzscheibe der Maschine ab und zu blind. Deswegen wurde die Schlacht allerdings nicht unterbrochen. Roger oder ein anderer reinigte sie kurz mit einem Guß Wasser oder einem Tuch, und der Angriff ging wieder los. Manchmal wurde auch der Untergrund wacklig. Dann mußte die Maschine sich die Zeit nehmen, die Ruinen, die sie aufgehäuft hatte, mit ihrem gewaltigen angewinkelten Arm unter sich einzuebnen, bevor sie weiterfahren konnte.

In der Menge verloren, fotografierte Maggy. Sie war nicht die einzige. Viele versuchten die Etappen des Todeskampfes festzuhalten, entweder weil sie den Ernst der Lage oder das Anekdotische daran schätzten. Für diese Menschenmenge war der Bürgersteig schnell zu schmal. Die Autofahrer bremsten von sich aus, um sich die Sache anzusehen. In Kürze würde sich ein Stau bilden, der eher auf Zustimmung als auf Ungeduld stoßen würde. Ich war wahrscheinlich der einzige, der darin die Karikatur einer letzten Ehrerbietung sah.

Der schrittweise Abbau, den der Bagger vornahm, wurde an einfachen Zeichen sichtbar: die Buchstaben an der Vorderfront. Die dicken, bordeauxrot gestrichenen Metallbuchstaben. «*La Tour-d'Argent.*» Mehrere Buchstaben waren schon in all dem Getöse herabgestürzt. Die ersten bereits am Vortag. Das «d» mitsamt Apostroph verschwand zur gleichen Zeit wie das genau darüber gelegene Fenster der letzten Nacht mit Jessica.

Mit Jessica! Der Entschluß, Paris neu und anders zu erfahren als anhand der Markierungen, die wir gemeinsam abgesteckt hatten, reichte schon lange Zeit zurück. Bis zu der Zerstörung des Bahnhofs, die ich nicht als Zeuge erlebt hatte. Die Rekonvaleszenz hatte länger gebraucht als vorgesehen, das war alles. Eine harte Stadt und eine große Frau.

Sie setzten eine andere Maschine in Bewegung. Einen Kran mit einem Greifer am Ende seiner stählernen Trosse, der zupacken und ordentlich etwas wegschaffen konnte. Ich bemerkte, daß Maggy in ihrem dicken Braille-Buch akribisch und auf die Minute genau den Moment festhielt, in dem jeder einzelne Buchstabe fiel.

Das «A» von «La Tour» widerstand am längsten. Es war jetzt fast einundzwanzig Uhr, und von dem Gerippe der Gaststätte war nur noch ein Vorsprung an der Ecke der Rue de Charenton übrig. Da, wo das Schild gehangen hatte. Da, wo immer noch der Anschlag «Blinde» zu sehen war, den Jessica nie zu vergessen geschworen hatte. Sie war nicht die einzige, die ein gutes Gedächtnis für Räumlichkeiten hatte.

Zum fünften oder sechsten Mal seit meiner Ankunft legte ich einen neuen Film ein. Ich hatte alles im Kasten. Alle Tricks, alle Taktiken der

Zerstörung. Alles auf Fotos gebannt. Auch jeden Gesichtszug der Maschinenführer. Ihre Spannung, ihre Verbissenheit, ihren Willen, rasch zum Ende zu kommen.

– Ich kann Ihnen ebensogut hier Adieu sagen, sagte Baxter zu mir. Es ist alles so mies.

Er war Ritas Vorschlag, das *La Boca* zu kaufen, nicht gefolgt. Da der Gedanke nicht dümmer als irgendein anderer war, hatte er zunächst geschwankt. Jessicas Tod hatte ihn schließlich zum Verzicht bewogen. Auf alles. Unter anderem auch auf die Galerie in der Rue de Lappe, die er den Mi Noche Triste vermietet, praktisch geschenkt hatte. Auch auf Paris?

– Sie mögen mich nicht, sagte er. Ich hätte diese Stadt sehr gern geliebt. Sie hat mich nicht aufgenommen. Ich habe keinen Geschmack daran finden können. Mit niemandem.

– Haben Sie Nachricht von Rita?

– Seit ihrem letzten Brief aus Japan? Nichts.

Es würde nichts weiter kommen. Sie war durchaus fähig, das *La Boca* für immer leer zu lassen. Baxter und ich schüttelten uns die Hand.

Sie hörten auf. Es war spät. Fast Nacht. Sie hatten Scheinwerfer, aber sie setzten sie nicht ein. Der Vorsprung stand immer noch, ringsherum durch den aufgehäuften Bauschutt verstärkt. Eine große Fassadenfläche an der Rue de Charenton hielt sich noch gut. Was zu tun blieb, würde sie heute abend Stunden kosten. Morgen würden sie alles in kurzer Zeit erledigt haben. Sie waren erschöpft.

Die Menge zerstreute sich. Der Verkehr kam wieder in Gang. Alles ging weiter.

Ich kehrte ein paar Stunden später zurück, nachdem ich am Quai de Jemmapes vorbeigeschaut hatte. Mir war ganz wirr im Kopf von der Nachricht, die mir ein Bulle hinterlassen hatte, wahrscheinlich der, den ich in Maleos Laden gesehen hatte. Sie hatten den Umschlag geöffnet und hätten mich eigentlich früher verständigen sollen. Sein Inhalt war tatsächlich für mich bestimmt. Der Alte erinnerte daran, daß ich mich vorm *Tour-d'Argent* hüten sollte, daß sich darin jemand verbarg. Außerdem vermachte er mir sein Geschäft und seine Schaufensterpuppen. Das Testament entsprach zwar nicht ganz den Regeln, würde aber nach Aussage des Bullen ohne größere Schwierigkeiten anerkannt werden. Der Bewaffnete Arm, das Schild, die Fotos überall... Und jetzt noch die Mannequins und der Flitterkram!

Ich schlüpfte hinter den Zaun. Es war eine schöne Nacht. Hell. Ich hatte nicht besonders viel Mühe, zu finden, was ich suchte: die Buchstaben der Vorderfront. Einer nach dem anderen heruntergefallen. Ich nahm mir ein «R» und ein halb verschüttetes «E». Maggy war mir zuvorgekommen und hatte sich bereits das «A» und ein «T» gesichert. Unter Besessenen mußte man teilen. Sie half mir, diese Ausbeute auf meinem Fahrrad zu befestigen. Ich schlug ihr nicht vor, später zu mir zu kommen.

Die Nacht war noch lange nicht zu Ende. Ich mußte nach Hause, die Ausbeute meiner letzten Ernte ablegen und anschließend wieder auf die Straße zurückkehren. Mit Eimer, Quast und einem Teil der dicken Plakatrolle, die Oscar bei mir vergessen hatte. Wie in Erwartung.

Auch ich hatte Schulden zu begleichen.

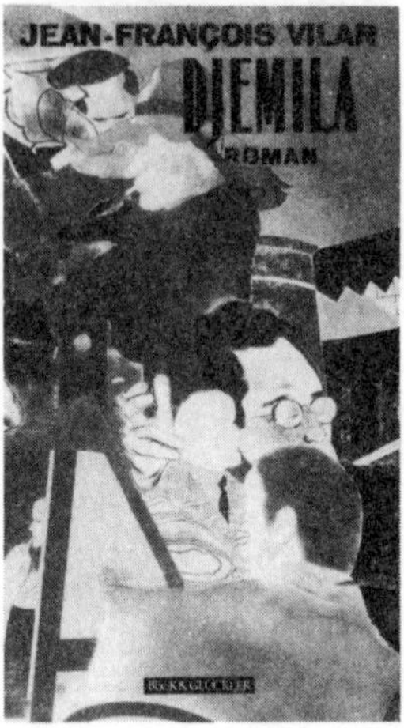

Name: DJEMILA
Geschlecht: weiblich
Tat: Ladendiebstahl
Tatort: ein Kaufhaus in Paris

Der Hausdetektiv greift ihr an die Brust ... sie zerfetzt ihm die Hand mit dem Messer.
Er ist Mitglied der rechtsradikalen «BEWEGUNG» ... DJEMILA ist Algerierin.
Als ein Schlägertrupp sie in der Wohnung ihres Geliebten, des angesehenen Professors und früheren Widerstandskämpfers SINCLAIR, einer «Behandlung» unterziehen will, kommt es zum Doppelmord. Die Opfer: rechtsradikale Schläger. Täter: unbekannt. Jetzt geht die «BEWEGUNG» über Leichen, um den Fall für sich auszuschlachten, die Medien bereiten den Skandal vor, in fünf Monaten sind Wahlen ... in Professor SINCLAIRs Vergangenheit gibt es einen dunklen Punkt:

Name: SINCLAIR
Geschlecht: männlich
Tat: Einsatz gegen eine junge Partisanin im Algerienkrieg
Tatort: DJEMILA, ein Dorf in Algerien ...

Kriminalroman, 240 Seiten, Leinen, DM 28,–
Aus dem Französischen von Christel Kauder
ISBN: 3-924175-39-X

BECK & GLÜCKLER

Giuseppe Fava: «Ehrenwerte Leute»

Roman. 319 S., gebunden, DM 34,–
Aus dem Italienischen von Peter O. Chotjewitz
ISBN: 3-924175-65-9

«Ehrenwerte Leute» ist ein Mafia-Schlüsselroman, ein Kriminalroman ohne Täter, ohne Kommissar, ohne die beruhigende Aufklärung der Morde, ein Roman um eine junge Frau, für die ein sizilianisches Bergdorf zum Alptraum wird.

Der sizilianische Journalist Giuseppe Fava hat dieses Buch im Jahre 1975 geschrieben. Heute, da sein Autor das Opfer eines Mordes geworden ist, der mafiose Züge trägt, kommt ihm der Rang eines menschlichen und mutigen Zeugnisses zu, das die nur literarische Bedeutung des Romans noch übersteigt.

BECK & GLÜCKLER

Mehdi Charef: «Tee im Harem des Archimedes»

Roman. Aus dem Französischen von Christel Kauder
232 Seiten, geb., DM 24,80
ISBN: 3-924175-22-5

Der Roman, der dem gleichnamigen Film von Mehdi Charef und Costa Gavras zugrundeliegt.

Alles, was wir nicht wissen und vor dem wir die Augen verschließen, nämlich wie sie da leben in den Elendsquartieren der Vororte von Paris — Madjid und seine Freunde zwischen 16 und 18 Jahren — sie erzählen es uns wie noch niemand vor ihnen. Und keiner konnte es besser beschreiben als Mehdi Charef, denn er kommt daher.

«Ein soziales Bild wird entworfen, kein soziales Drama freilich, das polemisch anklagt. Mehdi Charef, ein Algerier, aufgewachsen in einer der wuchernden Betonsiedlungen im Gürtel von Paris, zeigt vor, was er selber dort erlebt, erduldet und ertragen hat. La Courneuve, Schlafstadt, ist der Schauplatz, die Menschen sind von überall hierher gekommen, Weiße, Araber, Neger. Es sind Minoritäten, die da zusammengepfercht sind, in hohen Mietshäusern, deren Elend nicht etwa in der Abwesenheit von Komfort besteht, sondern in der Unwirtlichkeit des angebotenen sozialen Komforts.»

(Neue Zürcher Zeitung)

«Ungeschminkter Realismus, poetische Kraft und politische Brisanz»

(Stern)

BECK & GLÜCKLER

Denis Belloc «Neon»

Roman, 140 Seiten, Broschur, DM 20,—
Aus dem Französischen von Ulrich Hartmann und François Guesnet
ISBN: 3-924175-08-X

Neon erzählt die Geschichte von Denis Belloc: Der frühe Tod des Vaters, die bleibende Leere, die er hinterläßt, Mißhandlungen durch den Stiefvater, Erziehungsheim, Gefängnis, die Liebe zu einem anderen Mann, die tiefe, vertrauensvolle Bindung an die Mutter, schließlich eine neue Perspektive: die Malerei.

«Wenn diese Seiten die empfindlichen Gemüter schocken, tun sie es nicht um der Provokation willen, sondern um der Wahrheit willen, und die Wahrheit ist verletzend, das weiß man.»

(Lire)